心理小组

毕淑敏 著

山西出版传媒集团　山西人民出版社

图书在版编目（CIP）数据

心理小组 / 毕淑敏著. — 太原：山西人民出版社，2023.9
ISBN 978-7-203-13053-6

Ⅰ.①心… Ⅱ.①毕… Ⅲ.①长篇小说—中国—当代 Ⅳ.① I247.5

中国国家版本馆 CIP 数据核字（2023）第 168626 号

心理小组

著　　者：	毕淑敏
责任编辑：	郝文霞
复　　审：	刘小玲
终　　审：	贺　权
装帧设计：	宋双成

出　版　者：	山西出版传媒集团·山西人民出版社
地　　址：	太原市建设南路 21 号
邮　　编：	030012
发行营销：	0351-4922220　4955996　4956039　4922127（传真）
天猫官网：	https://sxrmcbs.tmall.com　电话：0351-4922159
E-mail：	sxskcb@163.com 发行部
	sxskcb@126.com 总编室
网　　址：	www.sxskcb.com

经　销　者：	山西出版传媒集团·山西人民出版社
承　印　厂：	三河市天润建兴印务有限公司

开　　本：	890mm×1240mm　1/32
印　　张：	12
字　　数：	330 千字
版　　次：	2023 年 9 月　第 1 版
印　　次：	2023 年 9 月　第 1 次印刷
书　　号：	ISBN 978-7-203-13053-6
定　　价：	48.00 元

如有印装质量问题请与本社联系调换

再版序言

为一部小说，前前后后近二十年，共写了三个序。在我以往的写作经历中，此为唯一。之后，大概率亦不会再有。

先做一个小小的解释。此小说，曾用名有两个。一曰"心理小组"，一曰"拯救乳房"。在本序中，它们会交替出现，然小说内容完全一样。

别嫌烦乱，容我慢慢说明。

初版的小说，名叫"拯救乳房"。没有自序，也没有他序。

之后，这本书多次再版。大约十年之后，我写了一篇"拯救乳房"的再版序，录在下面。

"拯救乳房"的再版，让我费了一点斟酌。归根到底，是为这个书名。

因了"拯救乳房"，我已经遭受了自写作以来最大的误解和折腾。当初我完成定稿交给出版社时，自拟的书名是"癌症小组"或者是"心理小组"，二选一。出版社提出要改书名，理由是"癌症小组"这个书名，会令读者避之唯恐不及，因为人们普遍有一种对死亡的恐惧感，排斥感。而"心理小组"这个名字呢，太学术化了，没准儿读者还以为是一本心理学的专著呢。出版社研究后提出的书名是"拯救乳房"。可能料到了我会比较抗拒这个改变，他们组成了一个班子，前来说服我。

我当然很想坚持自己对作品的命名,这就像父母给自己的孩子起了名字,现在却被人家要求连名带姓一起改变。这其中的凄楚无奈,难以言表。但作者和出版社相比,是弱势群体。对方握有作品生杀予夺之权,且人多势众。

抵挡不过。如果仅仅是位卑,并不足以让我退缩。我虽为女子,幼年当兵扼守边陲,也有铁骨在身,死都不曾怕过。但我之所以写作这本乳腺癌患者与死亡相搏的小说,初衷是为了治病救人,是为了关注这个女性第一高发癌症给女子生命带来的威胁,给女子心理带来的重创。我希望能在这部小说中,表达我对他们的悲悯与祝福(之所以没有用女字旁的"她",是因为也有男子患乳腺癌)。和这个任重道远的目标相比,一本小说的名字虽然要紧,但我的主旨更为重要。

我是医生出身。我知道中国文化中有对女子某些器官的忌讳,觉得这些是不登大雅之堂的秽物。但对一个医生来说,众生平等,所有的器官都应该珍惜。你不能说眼睛重要结肠就不重要,耳朵重要肾脏就不重要。从这个意义上讲,如果我们可以说"拯救大脑",我们也可以说"拯救乳房"。器官并没有高低贵贱之分,更不要说当这个器官罹患恶疾有可能危及生命的时候,拯救整体就是第一等命题了。

但我依然明白这书名潜藏的危险。三思之后,我同意了出版社的建议,我告诉他们这在我是一个妥协。我不是妥协于金钱或是威权,不是妥协于世俗或是人情。我妥协于我坚定地相信这本书是有价值的,它对无数罹患此症的人们和他们的家人来说,是值得一读的。和这一最终目的相比,我将受到的质疑和打击,我能够从容领受。

果然……

我至今不愿以恶意揣测出版社的初衷,一如我始终相信人是值得信赖的。那家出版社的领导曾当面感谢我,说我从来没有在一片攻伐声中指责过他们，从而让他们的日子比较好过。

后来，当这份出版合同届满之后，我离开了那家出版社，在新的出版机构里，我将书名恢复为"心理小组"，再次出版。

不料这一次的更名，引起了很多乳腺癌患者的忧伤。他们说，在我这本小说出版之前，他们甚至没有胆量在别人面前报出自己的病名。觉得"乳腺"两个字是有狎意的，是想诱惑他人的，是不洁的，等等。由于世人对我这部小说的攻伐（有人说这是一本诲淫诲盗的黄色之书，有人说这是不择手段以求惊世骇俗），反倒无数次地提及"乳房"这个词，当这个词在舌尖滚动了千百次之后，众人脱了敏，从此此病不再不可告人。在我做了顶"雷"的先驱之后，他们始能大声地说出自己的疾病名称；能够在患癌症之后注重心理健康，明白了人性的幽暗繁复，开始争取简单温暖的光明。

患者们请求我不要改书名，甚至说要组织多少乳腺癌患者签名来声援我。

谢谢他们。这一次再版此书，我又启用了"拯救乳房"的书名，就是对他们的回应和尊重。估计又要有人说我"媚俗"了，可能还有更尖刻的言辞和攻讦在前方拐角处等着我。我虽不能将这些一一料想周全，但已做好了准备，安然承接。

为了我的初衷，我知道自己该做什么，该隐忍什么。我愿尽微薄之力来帮助他人，以我的笔，传达力所能及的温情。一时的宠辱兴衰，和我的理想相比，不足道。

唯一想提示读者的是，本书和"心理小组"，虽稍有修改，本质上是同一本书，不要买重了。

毕淑敏

2011年12月25日

看完当年我的自序，想来读者诸君对我的心境，多少有了一点了解。

现在，容我倒叙一个插曲。

这篇序里提到，之前我已经在另外一家出版社再版了此书，用的就是"心理小组"这个书名。当时为了说明情况，我也写过一篇自序。恕我罗列如下。

"心理小组"原名"拯救乳房"。它们俩是同一本书，已经有了"拯救乳房"的朋友，不必再买这一本了。

这本关于女性的命运，关于癌症的抗击，关于心理健康的小说，萌生于本世纪（21世纪）初。

那时我在北师大学习心理学博士方向的课程，将要毕业。打算组织一个帮助癌症患者康复和直面死亡的心理小组，几经思考，决定选乳腺癌患者为组员。一是考虑乳腺癌病人的生存期比较长，这个心理小组可以较长时间坚持开办下去。二是身为女子，失去了乳房，即使生命得以延续，但心理上会面临诸多挑战，甚至终生不得解脱。组织这样一个"同质"小组，对组员们的身心健康可能有所裨益。向导师请示之后，就这样定了下来。当我完成了所有的准备工作，招募完组员并即将开始小组第一次活动之时，我的母亲突然被查出罹患癌症。

我心悲怆，陪同母亲奔波于京城各大医院，寝食难安，惊惧不宁。我的博士生导师林孟平教授，几经考虑之后，指示我说，鉴于我此刻的心理状况，已不适合继续组织并领导这个小组。也就是说，我不能再担当组长了。她说，毕淑敏，这不单是为你的身心健康负责，也是为了你的组员们负责。因为一个自己亲人突患癌症的心理组长，很可能在复杂的组织活动中，引起情绪的急剧动荡。这种情况，对小组的所有成员来说，均为不利。

我遵从了导师的指示。

几年之后，我在开设心理诊所之余，在纸上构建了一个乳腺癌康复小组的活动过程。这部长篇小说，就叫"心理小组"……

后来，出版社经过研究，给出的书名叫"拯救乳房"。

思忖再三，我接受了这个书名。我曾公开说过，这是一个妥协……

多年前，为了写一部名叫"预约死亡"的小说，我曾经躺在临终关怀医院的病床上辗转反侧，陪伴垂危之人最终离去。我思索过我们对于死亡的种种观念，知道在国人的习惯思维中，对于死亡有噤若寒蝉的回避和否认。

我做过二十多年医生，我觉得乳房没有什么不可说的，并不卑下和肮脏，就如同我们的眼睛和双腿。同理，乳房也没有什么特别高贵和妩媚的，不值得卖弄。它是一个器官，功能不可或缺。如果它有了恶疾，不单这个器官蒙受痛苦，而且会对整个生命产生威胁。从这个意义上讲，拯救一个器官，也就是拯救整个生命。

乳腺癌现在已经成为中国城市女性的头号高发癌症。每年有数十万女性罹患此症，大约一半的病患最终因此而丧失生命。我作为一名医生出身的女作家，从女性和心理学家的角度讲述这个群体的命运进而探讨生命的价值，义不容辞且光明磊落。

小说出版后，因为这个书名，我受到了猛烈的攻击和耻笑，有的人甚至痛斥我堕落与色情。

我无言。

我至今不愿用恶意来揣测他人的动机，心境坦荡。

今天，当最先签订的五年出版合同期满，我可以再次出版此书并决定书名之际，我将它恢复为自己起的书名——"心理小组"。

这小说如同我的女儿，我希望用我最初给她拟定的名字。

"心理小组"出版后，事情又陡起变化。又一次到了再版时刻，我又复名"拯救乳房"，便有了本文开篇的那个序。

读者或许不解，既然我已圆初心，也换出了出版社，没有了需要再次妥协的外在压力，为何又故态复萌？

我在那篇序中曾做过解释，说身患乳腺癌的朋友们，希望小说依旧

v

叫"拯救乳房"，以壮他们的行色（我依然用了"他们"这个词，因为其中亦有男性）。

在我的意识里，深深潜藏着医生职业生涯的后遗症——病人为大。

恕我说个隐私。我很要好的一位女友，恰在此时，罹患乳腺癌，且发现就是晚期，已有骨转移。她有气无力地对我说："希望你这部小说，回归初版时的书名——'拯救乳房'。这样，我会觉得不那么孤单。我知道世上还有很多遭受此等厄难并持续抗争的人，和我一道活着。每逢翻动书页，会感觉你的笔锋存在。你虽未得此病，但你感同身受地懂得我们。你的心和我，和我们，是在一起的……"

你说面对这种恳求，能拒绝吗？！我答应了她，没有丝毫迟疑。这是我自觉自愿选择的结果。世上表达友情的方式千千万万，这算是最浅近简单的一种——"让我的小说，叫你喜欢的名字"。借一页页木浆制成的纸，吹拂去一缕缕稀薄但微有暖意的风。虽若有若无，但我心常在。

她终是离去了。后来，我又有了将此书再版的机会。按说我可以没有任何心理负担地将书名改回"心理小组"。不过，我虽是一个彻底的唯物主义者，却总觉她尸骨未寒，尚未走远。若立马改名，怕她在渺渺天际，生出些许不安。

遂决定再等几年。这是我能为故友，所做的最后点滴之事了。

现在，她已辞世很久。

我终于决定将本小说改回"心理小组"之名。在我签署图书出版和影视剧改编合同时，都固执地表示，若你们不同意叫"心理小组"，咱们就免谈哦。

回顾这段往事，涌出几个贬义词，如"朝三暮四""朝秦暮楚"等，甚觉惭愧。虽有种种原因——并非因为怯懦和私利，然终是造成了混乱，恳请读者们知悉，祈请谅解。

毕淑敏

2023 年 7 月 23 日

目 录

第 1 章	与狗有关的自杀	001
第 2 章	叫醒魔鬼	003
第 3 章	永远过不去的事	013
第 4 章	一道老虎菜	019
第 5 章	绿色的羊羔皮纸	030
第 6 章	这个小组姓癌	036
第 7 章	按下你的指纹	048
第 8 章	夜半铃声	057
第 9 章	墓地游戏	068
第 10 章	天堂里的政委	076
第 11 章	苦涩的青苹果	086
第 12 章	乳房在哭泣	098
第 13 章	白云之舞	112
第 14 章	我得了乳腺癌	126
第 15 章	心中的蟒蛇	136
第 16 章	种子蛰伏	140
第 17 章	台阶向上	150
第 18 章	熟悉的陌生人	169
第 19 章	向北再向西	186

| 第 20 章 | 婚礼，还是军礼　　210
| 第 21 章 | 谁设下的陷阱　　222
| 第 22 章 | 爱也需要证明　　228
| 第 23 章 | 从黑夜到黎明　　249
| 第 24 章 | 想象死亡　　260
| 第 25 章 | 子非鱼　　277
| 第 26 章 | 泪洒春草　　292
| 第 27 章 | 记忆之门　　305
| 第 28 章 | 爱情如雪花　　315
| 第 29 章 | 裸体秀　　324
| 第 30 章 | 水晶厅的表决　　342
| 第 31 章 | 花纹下面是金属　　356
| 第 32 章 | 死亡盛典　　360

| 第 1 章 |

与狗有关的自杀

他越来越喜欢"自杀"这两个字了。

它们端庄宁静,充满魅力。无声旋转着的猩红引力,犹如巨大的橡皮,会把他所面临的匪夷所思的困境,涂抹干净。当他想到自己死后人们对死因的种种揣测时,冷峻的嘴角浮出了微笑。

没有人会猜出他的真实死因。他事业有成,历史清白;英俊有为,为人谦和;家有豪宅,出入汽车;也许唯一的缺憾是他还没有成家。壮年男子的这种状况,很容易让人和暧昧的习惯相连。但他在私生活方面无可挑剔,没有情人,也不是同性恋。他规规矩矩地谈过恋爱,因性格不合而分手,所以至今单身。

一如他严谨的工作作风,对自杀也做了周密的研究。他在网上查了有关自杀的资料,据说女性多用服毒,男性多采自缢。这两种死法他都觉得有缺陷,关键是留下了全尸。

关于自杀的时间,香港一位硕士的论文以此为题,探讨在星期几自杀的人最多。他兴趣盎然地看下去,决定把终结自我的时刻,选在硕士认为最少发生自杀的日子。不料看完全文,才知道没法以自己的死和硕士开个小小玩笑了。资料表明,女性在周末自杀的人最多,但男性无此规律,分布平均。

他决定采取自爆的形式,地点选在一家狗肉馆。他喜欢狗,原本预计将来退休后,养一大群藏獒和一只京巴,不想来不及了。没有亲自养过狗,喜爱就更一往情深。他决定用自己的生命,为狗们做一件事情。让这家狗肉馆,因为有人曾在这里成功自杀,生意一蹶不振。

当他把一切计划安排妥帖以后,心情就稳定下来。经过狗肉馆的时候,他不由自主地对悬挂着的狗肉们说,别急,我就要来解放你们了。我的秘密也随之烟消云散。

|第2章|
叫醒魔鬼

某日，京城某报在最不显眼的版面上登出广告：

我知道你得了乳腺癌，我知道你手术后很孤独。我想把得了这种病的人聚在一起，成立一个心理小组，结伴前行。如果你想参加，请拨打程远青博士的电话××××××××询问详情。

程远青在自己家里，像在机场的候机楼里一样走来走去，路过穿衣镜的时候，对着里面那个面容清秀但不修边幅的形体，莞尔一笑。她本是穿着考究重视仪表的女人，知道提臀收腹，把一副略显衰败的中年妇女骨架，打造得挺拔紧凑。知道用极细颗粒的粉底，把面部填抹得依旧霜白。为了和病入膏肓的组员们打成一片，她毁掉精致，趋向朴素简约。

隽永生物公司资助小组，并把职员褚强配给程远青当助手，可惜没有办公室和专人值班。面向社会招募癌症组员，一应杂事必得程远青亲办，广告刊出的是程远青家中的电话号码。

程远青警觉如猎犬，睡觉的时候，仰面朝上，以利两只耳朵都能接收到声波。卫生间没有电话机，每次方便过后，她都先提着裤子跳出小门，仔细听听有无振铃，再按下水箱阀门，生怕冲水声淹没了一个报名者的希望。

电话响了。她急切地抓起话筒。

"我在报上看到你的帖子了,你究竟安的啥心啊?"

程远青察觉到对方的不解,很镇定地说:"好心。"

"你有这病吗?"对方问。

"没有。"程远青如实作答。

"没得过这病,瞎掺和啥?想闹个啥外国学位,要不就是想得奖。诺贝尔什么的?"对方还挺渊博。

"我已经有外国学位了。凭这个得不了奖。不管是诺贝尔还是其他尔,全不够格。"

对方又追问道:"卖票吗?"

程远青不明白:"什么票?"

对方说:"加入你那个组织,不要票啊?"

程远青答:"不要票。"

对方穷追不舍:"要不要钱呢?"

程远青说:"也不要钱。"

对方大好奇,纳闷地问:"一不卖票,二不收钱,那你图的是什么?"

这下真把程远青给难住了。说这是为了癌症病人的福祉,生命的终极关怀之类?想来她也不信。思忖一番,只得说:"我得到一笔慈善捐款,专门用于癌症病人的康复,为他们排忧解难。"

话说到这个份儿上,对方一个大喘气,总算明白了,埋怨道:"早说就跟庙里施粥似的,我就不和你啰嗦了!"

程远青忍气吞声道:"您是要报名参加这个小组吗?"

对方嘿嘿一乐说:"阿弥陀佛,我可没得这种要命又说不出口的病。打个电话,凑个乐子。"说罢挂了电话。

程远青呆坐半天,缓不过气来。设想了一百种开张的方式,没想到竟是这样。

陪着先生到国外读书,程远青含辛茹苦,放弃专业,抚育幼女,打工助学。丈夫埋头读书之后,回家能吃到真正的手擀面和茴香馅的饺子。丈夫戴上博士帽的那天,正式宣布和她分居。程远青呆若木鸡,记得当时正在厨房里倒番茄酱,好像并没有听到玻璃瓶子落地的声响,遍地已是猩红的泥泞。

"为什么?"她失声道。

"以前,电脑显像管是球面的,后来是柱面的,又发展到了平面……"丈夫回答。程远青茫然,想不出这两者之间有什么关联。"请你通俗点,别用专业术语。"程远青打断他的话,在失魂落魄中竭力保持着最后的尊严。

"我本不想说,但你一定要我说,就不要嫌我刻薄。你内存太小,硬件太差,CPU 太慢。简而言之,是个过时的球面管,而新的液晶显示屏更大更清晰也更赏心悦目。"丈夫说。

这一次,程远青还是不很明白,但她确知事情已无可挽回。

西谚说:"一个丈夫消失的缺口,十个朋友才能填起。"程远青此时悲哀地发现,这些年来,自己不但荒疏了学业,而且冷落了朋友。那缺口就孤零零地龇牙咧嘴,日夜飕飕冒出冷光。

她平静地接受了这一切,不需要解释,也没有哀求。干脆一步到位,和丈夫平和地离婚了。旁人以为是沉着,其实不过是绝望。丈夫要到硅谷任职,说把女儿带上,以后让孩子有一个好前程。程远青淡然地说,你把女儿留下,这样容易和新人相处。丈夫先前一直绷着的强硬突然柔和了,说,给我个补偿的机会。程远青说,那你掏一份读博士的学费吧。先生说,这你放心,为了女儿,我会这样做的。程远青说,不是女儿的学费,是我的学费。我年纪大了,一边打工一边读书,恐怕拿不下来。

丈夫有些意外,但还是很快回答,行。不过要分期付款。

程远青选择了心理学,这门年轻而深奥的学问如同碘酒,给她的伤口消了毒,让她没有因此坏疽而崩溃。一个柔弱的东方女子,要在西方国度里钻研心理学,其中的艰辛,常人难以想象。程远青坚持了下来,披荆斩棘,导师和同学们都称赞她有毅力,只有她自己知道,那是为了探究自己命运的悲剧和洞察他人思维的轨迹。

学问真是个好东西，心理学深入到人心最柔软的地方，在那里摧枯拉朽点石成金。它使程远青在痛苦中脱胎换骨，锻造一新。羞辱被宽容平复，仇恨被岁月漂白。她学会了觉察自己内在的涟漪，以博爱和晴朗的心，观察世界穿透风云。孩子上了大学，有了自己的志向和圈子，程远青决定回国。她虽然已成为独当一面的临床心理学家，但面对异国人催眠后的喃喃低语，总有隔着冰箱保鲜纸的疏离。你可以看清肌肉的纹理，甚至可以触摸到起伏的骨渣，但它们以一种冰冷的滑腻，拒绝和你的指纹丝丝入扣。那是另类文化浸泡出的橄榄，其中的五味，无论她怎样体察，都略逊一筹。她决定回国，用自己辛辛苦苦学来的知识，报效生养她的地方。这不但是一种地域的忠诚，更是文化基因的指令。

回国后，暂住在父母遗留下的一小套单元房里。何去何从，看看再说。研究所邀她任职，大学请她担纲教授……她谢绝了那些声名显赫的单位，很想做一桩开创性的事情。

思忖之中，母校校庆。校园被怀旧的故人塞满每一个角落，连大操场边上旧厕所的一堆废砖，都不断有人凭吊。一般中学的校庆会像贫农办宴，捉襟见肘，母校则不然，是个富农，不单茶点丰富，中午还供应一顿价格不菲的自助餐。从星级饭店请来的厨师把餐台布置在篮球场上，高高的白帽几乎触到篮板。冷拼热炒，袅袅香气把篮筐的破线头吹得像章鱼的触须，四下飘扬。来者无论老少，都吃得双唇油亮，面红如蟹。

叙旧再久，必有一散。程远青因被几位老同学缠住，请她为各自的感情和子女问题支招，待走出校门，已是暮色四合。分手之后，程远青正待打车回家，一辆黑色奔驰无声地停在了她的身旁。电动玻璃窗摇下，一个很明亮的男声说："请问，是程远青博士吗？"

程远青下意识地回答："我是。"答完之后，又有些后悔。回国不久，几乎不认识什么人。眼下的场面，有点像国外的惊险片，认定了是你，便有一番打斗。

那人把车子停稳，走出来，面带微笑。他身材高大，挺拔瘦削，西服笔挺，脸部轮廓像非洲人三斧劈出的木雕，不精致，但有一种独特的精气神。"程博士，别那么紧张。我叫吕克闸。算起来，不好意思，还是您的学长。"

程远青笑了。一些杰出校友的名字和头衔，今天在会场上被大喇叭屡屡提及，程远青也忝列其中。吕克闸这个名字，出现频率最高，据说校庆所有开销都由他支付。其实他当年转学过来，只读了一个学期，成绩还差。如今是隽永生物公司总裁，身价不菲。

程远青说："那要谢谢你。"

吕克闸说："谢什么？"

程远青说："谢你的饭啊。"

吕克闸露出烤过瓷的白牙说："要谢这个，应该是校长谢我，不该是你。如果你要谢我，就要再给我一个机会。我能请你坐一坐吗？"

程远青出国时日已久，对国内人事心态，乐得能有第一手了解，就说："好啊。到哪里？"

吕克闸说："离这里不远，有一间酒吧。请上车吧。"

酒吧以航海为主题，假装无意地随处摆放着缆绳和舵盘一类的装饰品，连挂衣帽的钩子，都用抹了特质胶的水手结替代，空气中弥漫着海风的咸腥冷峻，想来也是特选了海洋气息的空气清新剂。吕克闸熟门熟路，落座于一架罗盘钟下的独木舟旁。舟长丈余，虽是现代能工巧匠的复制品，一眼看去还是古拙苍凉。舟板的木纹断裂处布满蛀孔，舟帮之上，略加打磨，铺着一块厚厚的玻璃砖，透过晶莹的玻璃，可以看到舟底森然的疙瘩纹如老迈之眼。

程远青为自己点了水，纯净冷冽的水。吕克闸点了烈酒。吕克闸说："程博士，在酒吧里点水，是对这里的不敬了。"

程远青说："所有的酒都是水变成的。"

吕克闸说："就像我们不管现在是什么人，以前都是天真无邪的中学生。"

程远青转了话题："吕总裁常来这里吗？"

烈酒入口,吕克闸说:"我喜欢酒吧。尤其喜欢一个人待在酒吧里。在这里没人认识我。没人不停地对我说酒是个坏东西。"

程远青笑了:"看来经常有人对你说酒的坏话。"

吕克闸说:"是啊。我老婆。我父亲是得肝癌去世的,他是一个老酒鬼。烧他的时候,整个火葬场都闻到了酒味。程博士,罢,罢,初次见面,不说这种伤感的话了。知道你在国外读了心理学,很想和你合作。"

程远青说:"你是个企业家,我们怎么合作呢?心理学某些分支和企业管理有关,可惜我不曾专修这些科目。"

吕克闸说:"我是研究生物化学的,在我眼里,人既是细胞的堆积,支离破碎的,又是完整的大一统。程博士从国外回来,一定想干成一番事业。我愿意无偿资助你,事你挑,钱我出。只有一个条件,要和癌症有关。我母亲也是被癌症带走的。想孝敬他们的时候,我没有钱。有了钱的时候,他们已经不需要了。可天下还有无数的癌症患者,需人救治。"

程远青说:"所以你要报效社会,了却自己的心愿。"

吕克闸说:"拔那么高,我够不着。我是商人,在商言商。比如操办今天的校庆,很多人以为是个义举,其实不过是为了多认识些朋友。没有这次聚会,我就无缘和您重逢。当年,您比我低两级,成绩特优,全校瞩目,我哪能请您小坐?我很早就喜欢心理学。"

程远青说:"国外很多企业家都有自己的心理医生。"此话一出,略觉不妥,好像在推销自己。

幸好吕克闸说:"我可不敢请心理医生。商人,连胃都填满了秘密,更不用说心。程博士,我倒要考考你,知道我为什么喜欢这个酒吧吗?"

程远青如实答道:"不知道。心理学家没那么神。"

吕克闸是属于那种越喝脸色越惨白的人,伸出白蜡一般的手指说:"我喜欢海。你看那个调酒师在干什么?"

迷蒙的灯光下,调酒师站在船长操作室模样的吧台后面,双手将碧蓝的基酒和一些辅料倒进调酒壶,加进锐利的冰块……酒壶高扬翻飞摇晃,冰与冰的破碎之声在酒吧浮动。摇匀了的酒滤出,再用一片柠檬挂杯。那杯酒就像一尾活泼的金枪鱼，蹦到了程远青面前。

吕克闸说："这种酒的名字叫——风暴，我为您点的。杯中风暴，儿戏而已。癌症是真正的海，人类至今顶礼膜拜的海。"

程远青用"风暴"和吕克闸碰了杯，在这一瞬决定和吕克闸合作。

程远青决定成立乳腺癌康复期病人的心理小组。

乳腺癌是女性杀手，并对第二性征构成毁灭性的破坏。除死亡威胁以外，病人尚面临一系列复杂的心理困境，尤需救助。

"面向社会招募，是不是有风险？你知道会来什么样的人？"吕克闸得知程远青的计划后，不放心。

"不知道会来什么样的人，就更富有挑战性。"程远青答。

"造药是我的长项，组织小组你是内行。提个建议，登大广告，先声夺人。"吕克闸说。

"只需一个小小的广告。"程远青微笑着，用小指一划，如同在空中绘了一片透明的柳叶。

"给我省钱，是不是？程博士，你也太瞧不起人了。我可以把整张版面买下来送给你。"吕克闸喜欢程远青划小指的这个动作，觉得属于知识化的风情万种。

"你以为癌症小组是什么？CDMA 手机？减肥药？我就是要在报纸最不起眼的地方登一条眉毛宽的消息，只有那些最孤独最寂寞的人才能看到它。"程远青说。

"先要搞清这是什么人的眉毛。长寿眉还是蛾眉？宽度可有天壤之别啊！"吕克闸以玩笑回应。

程远青浑然不觉道："准确地说，就是一乘四厘米的面积……"

"有什么需要帮助的就找我，这个手机号码，日夜都开着。只有最亲近的人才知道。"

可惜马上要进行谈判，吕克闸只得结束对话。他喜欢和这位留过洋的女博士聊天，有类乎薄荷般提神醒脑的效能。

电话响了。程远青一把接起来,半天没有人声,只是窸窸窣窣揉纸的动静。

"你哭了?"程远青亲切地询问。

对方的哽咽得到了稍许控制,稀疏了一些,回答:"我想报名。"

"欢迎你。你叫什么名字?"程远青知道这是一位认真的报名者。

"我叫什么名字,这重要吗?一点都不重要。重要的是我得了乳腺癌,做了手术,在家养病。我害怕极了,孤独极了……这样没日没夜地熬下去,人会疯……"

程远青说:"感谢你信任我。但能否成为正式组员,要经过甄选。"

那一端惊讶迷惑地说:"甄……甄……什么选?"

程远青解释道:"甄别的甄,选择的选。不是所有报名的人,都能成为组员。在这之前,要面谈一次。"

"病得快死了,哪来这么多条条框框啊?"

程远青说:"这是对大家负责任。"

对方不相信地重复着:"谁对谁负责任啊?本来得病就够烦的了,这不是让人更挠心吗!求您了,干吗为难一个都摸着阎王爷凉鼻尖的人啊?"

程远青不为所动,说:"正因为这团体特殊,才格外慎重。"

那女人焦躁起来,说:"谁稀罕你的小组!你开不了张就得关门!"兀自把听筒砸下。此刻的暴怒和刚才的懦弱,恰成鲜明对照。

程远青看着电话机,缓缓放下。她不想把小组办成街头的秧歌队,原则一定要坚持。

深夜,电话痉挛似的响起,床头闪烁的电子钟,用毫不留情的血红色,向惊醒的程远青报告夜已多么深沉。

是一个男人,音色优雅沉稳,有一种青檀的味道。仿佛是从一架优良的仪器发出来,清晰而宽厚,带有稍纵即逝的魔力。

"程博士您好，很抱歉半夜三更打扰您。"那人彬彬有礼。

"没关系。"程远青拼命睁大眼睛，以尽快进入工作状态，力求口齿清晰地回答。

"看到您登出的寻人启事，现在还可以报名吗？"

"您是……"

"哦，我猜您一定很奇怪，一个男人怎么会关心女人们的小团体。我叫成慕海，我有一个孪生妹妹，叫成慕梅。很不幸……"他沉吟了一下，好像在选择下面的话怎样说。

"您是说，您的妹妹她得了……"程远青被胞间情谊所感动，轻微的不快悄然散去。

"千万别说出那个病的名称！"成慕海忙不迭地打断了程远青的话。如果他在旁边，会像抓俘虏般捂死程远青的口鼻。

"好，我不说。"程远青妥协了。

"那病是睡着的魔鬼，大声叫醒，它就暴跳如雷。我和妹妹都受过很好的教育，还这样想，很可笑，是吧？"

"大家都害怕，你们不是例外。"程远青宽慰他。

午夜的空气里，一个男人绵长的叹息，震动了程远青的耳膜，"听您这样说，我们安心多了。"

"为什么你妹妹不亲自打电话给我？"程远青反问，借机把歪斜的枕头调舒服，让自己赤裸的双肩有一个依靠。看这电话的阵势，一句半句结束不了。

成慕海说："她还没看到这份报纸。我前几天在炒货摊上买了瓜子，今晚才吃完，扔包装的时候，发现了这则消息……"

"你妹妹会有兴趣参加我们这个小组吗？"她问。

"不知道。我是男人，对这个病的认识很肤浅，只能尽量说服。她有了伙伴，彼此交流，孤单的感觉就淡一些。同病相怜，治疗方法交流交流，也是大收获。"成慕海条理清晰。

程远青把话筒换了一只耳朵（原来的那只耳朵被压麻了），说："欢迎她来。"接着告知具体事项。

成慕海说:"我替她先挂个号。"

程远青克服着疲倦说:"务必请你妹妹亲自报名。"

成慕海说:"她身体不好。"

"如果身体特别孱弱,就不要参加。小组有时会很深地刺入一个人的内心,消耗很大。"程远青刚想放下电话,成慕海又说:"我猜您接到我的电话时,大吃一惊。"

程远青敷衍道:"对一个心理学家来说,大吃一惊的时候不多。"

成慕海却不肯善罢甘休,说:"男性询问这种小组,不令人惊奇吗?"

程远青说:"这个病并非女性专利。"

成慕海声音嘶哑起来,说:"还有男组员吗?"

程远青揉着后脖颈说:"您的电话之后,我不再接收新的报名者。在这之前,没有男性报名。"

成慕海低沉地说:"谢谢您。祝您晚安。"

程远青最后补充了一句:"请转告你妹妹,副组长是男性。"便义无反顾地把话筒砸向机座,然后用被子包住头,虽然她从幼儿园时代起,就知道蒙头睡觉不卫生,但也顾不上那许多了,当务之急是迅速进入黑暗之中。脑海中最后一个想法是——成慕海先生,您现在应该说的是:早安。

| 第3章 |
永远过不去的事

退休校长岳评对丈夫满各苗说:"看今儿的报纸了吗?"

满各苗一边刷碗一边说:"还没呢。"

岳评说:"好好看看,有一条消息我特感兴趣。"

满各苗说:"是不是拉登男扮女装?我知道你最关心拉登。"

岳评说:"那是。拉登活着,就有好戏。要是他蔫了吧唧死了,这世界多没劲啊!不过,今天的事碍不着拉登,只和咱家有关系。"

满各苗在外是一家濒临倒闭的国营工厂的书记,大小也算个人物,但多年以来,家中诸事都是岳评拿主意,把他当成六年级男生对待。今天郑重其事地征询他的意见,满各苗受宠若惊,飞快地把碗筷拾掇干净,戴上老花镜细细地看报纸。

岳校长每隔五分钟就催促一句:"看完了吗?"

"没。"满各苗不慌不忙。

"怎么还没看完呀?你不是都自学了个大本吗?这么慢!一年级似的!"校长愤愤地说。

"嫌我慢,你告诉我不就得了!老花镜度数太浅了,我看字重影。"满各苗说。

过了大约一个小时,岳评说:"看完了?"

满各苗说:"完了。"

岳评说:"我猜你看了也是白看。我知道你猜不着。"

满各苗说:"不一定。"

岳评说:"说说看。"

满各苗正色道:"你看到了犄角旮旯那条招人的广告。"

岳评的眼眶,一下子被泪水浸满,说:"好老头,只有你知道我的心。我本想,你要是猜不出来,我就偷偷去。你猜出来了,我就光明正大地去,也省得跟你编谎。"

满各苗假装揉眼睛,其实是抹去稀薄的泪水,说:"老婆子,人家要得过癌的,可你没得过。"

岳评不服气地说:"没得过又怎么样?哪儿烂哪儿疼我都门儿清,蒙得过去。"

满各苗很担心地说:"要是人家搜身呢?"

岳评说:"一帮乌合之众,还会当场验明正身,扒光了看我肚皮上到底有没有一尺长的口子?"

满各苗说:"老婆子,听我一句劝。别去。受罪啊。人家都是乳腺癌,就你不是……"

岳评的倔劲被挑了起来,说:"我就是要会会这帮乳腺癌患者,看看她们都是一群什么样的怪物!"

满各苗拿出在快倒闭的厂子做思想政治工作的耐心说:"老太婆,火葬场在八宝山,你我都到了玉泉路。凡事想开些。"

岳评说:"想不开。就是化成了灰,也想不开。这个程博士难道火眼金睛?就是穿了帮,大不了让我滚蛋,滚就滚。"

满各苗仰天长叹:"你是图什么呢?过去的事,就过去吧。"

岳评老泪纵横地说:"过不去。永远也过不去。我非得搞明白了这事不可!"

"嗨!几点了?还不来!限十分钟赶到!本小姐过时不候!"呼机响了,留下这样的通牒。

褚强佩服女朋友申凌，总能让呼台小姐言听计从，把她草拟的如同小作文一样繁复的信息录下来，连标点符号都传达得一清二楚。申凌在广告公司做文员，拿手好戏就是在文字上故弄玄虚。

下班后，褚强在办公室打开了尘封已久的心理学课本，复习小组的理论。临阵磨枪，临时抱佛脚，临上阵现扎耳朵眼……看来类似窘况大有人在，才创造出这类形容词。

看看表，咧着嘴苦笑了一下。原定在公园门口会合，就是口角喷血，也赶不到了。他走出公司，找到一家星巴克咖啡厅坐下，点了一杯卡布奇诺，让淡棕色的泡沫浸泡着双唇，微微啜饮着。大约四十分钟后，一个身材高挑穿乳白色连衣裙的女子，袅袅婷婷地走进清澈的玻璃门。

他注视着这个女子。女子目不斜视，把并不长的脖子挺出了天鹅的风采。这是所有不很美却自认为非同一般的女孩子必须练就的功夫，只有你坚持不懈地表演下去，别人才可能注意到你。

女孩路过时，褚强轻轻拉了一下她的裙子。这个略显暧昧的动作，让那女子夹杂着恼怒和浅浅的受用。

"讨厌！告诉你，我男朋友马上就来了！"女子低声但是非常清晰地警告褚强。

"你男朋友来了我也不怕。你也不看看我是谁？"褚强气势汹汹地说。

女子听了褚强的回答，定睛一看，大叫起来："褚强，你坏！让我在大太阳底下等你那么久，你居然在这里安安稳稳地喝上卡布奇诺了！"

来人正是申凌。

"你怎么知道我要到这里来？"申凌细长的眼睛瞪成两尾挣扎的小鱼。

"嘘！我的姑奶奶！别那么大声好不好？闹得人家真以为我骚扰你呢！"褚强压低分贝。

"老等你不来，我预备到星巴克喝杯咖啡就回家去给你写绝交信，没想到你这么聪明，居然在这儿等着我呢！嗨！快说说，你是怎么找到这里来的？"申凌快人快语，惊奇把怨毒赶跑了。

褚强慢吞吞地说:"守株待兔。"

申凌说:"马路上那么多树,怎么单选了这一棵?"

褚强漫不经心地说:"有什么难的?你最近迷上了卡布奇诺,又特喜欢星巴克的小资味,一怒之下,肯定得找一间星巴克败败火。我一看时间来不及了,就打了一个114,问距这个公园最近的星巴克是哪一家……剩下的事,很简单了。"

申凌说:"我的天!把我的脾气摸得这么透了,真比我爹我妈都了解我。"

褚强为申凌点了咖啡,说:"你这么说,真叫我受宠若惊。"

申凌说:"别这么肉麻!你得老实交代,你干什么呢?把我给忘了?"

褚强说:"不用逼供,我正打算一股脑儿和盘托出!公司决定让我参加一个小组,以后啊,更忙了。"

申凌说:"什么小组?抗洪啊还是救灾呢?不会是联合国武器核查小组把你挑了去吧?"

褚强说:"这小组有个特点,全是女的!"

申凌手一哆嗦,把咖啡沫子都溅了出来,说:"女排女足什么的让你去当教练?没听说你有这方面的才能啊!"

褚强说:"她们全是病人。乳腺癌病人。"

申凌大叫道:"有没有搞错?你也不是医科出身,跟女病人瞎掺和什么呀!"

"我也一百个想不通,可有什么办法?老板吩咐下来的,让我给女博士当助手。这个程老师,一看就是个工作狂。今后咱俩的约会,你就做好思想准备,迟到肯定家常便饭。"褚强愁眉苦脸,表情夸张。

申凌说:"她长得怎么样?"

褚强说:"谁?"

申凌说:"程博士啊。"

褚强侧着脑袋想了想说:"年轻时还可以。"

申凌说:"谁问你她年轻时怎么样,我说的是现在。"

褚强说:"那么大岁数的女人,你很难用漂亮还是不漂亮形容她。有一种风度,既柔又狠。"

申凌撇着嘴,说:"这我就不懂了。柔和狠怎能掺在一起?"

褚强说:"反正你看到她就会有这感觉。外表柔柔的一个女人,骨子里很强硬。"

申凌勾画出一个色厉内荏的女强人,便把心放下了,再接再厉地盘问:"长得怎么样?"

褚强摸不着头脑,说:"这回问的又是谁?"

申凌说:"装什么傻啊?那些女病人。"

褚强说:"我还没见到人呢。申凌你吃醋也要看场合,一群朝不保夕的病妇,黄皮寡瘦一步三晃的,谈什么魅力!"

申凌说:"哼,难免没一两个美人混迹其中。不是有病西施吗?"

褚强说:"咱们好不容易见着面,别说这些闲人好不好?"

申凌对褚强说:"不管怎么说,我不喜欢你扎在女人堆里工作。"

褚强说:"我也不喜欢,可有什么法子?"

申凌说:"去跟领导反映啊,叫他们另派高人。"

褚强说:"还用你教?你想到的,我早做了。我找到老板,说我年轻,小伙子,没经验……"

申凌说:"条条在理。老板说什么?"

褚强长叹一口气说:"老板看着我,说,如果你不愿给程博士当助手,你就不用来了。"

申凌大惊,说:"什么意思?"

褚强苦笑道:"你也是江湖中人,连这话都听不出来?"

申凌说:"听出来了,只是不信。就为这事,炒你?"

褚强说:"正是。老板最近很忙,抓新药鸢尾素的报批手续。如果我坚辞不受,恐怕凶多吉少。"

申凌说:"看来要保住饭碗,必得当这个倒霉的助手?"

褚强说:"咱的房子,咱的沙发,咱的冰箱音响……还有窗帘板凳,

017

都得从我这份工钱里来。温饱没解决,肚子有一票否决权。"

"好,那我就批准你这个组副走马上任,为了咱们的窗帘!"申凌用手中的杯子碰了碰褚强的杯子。

第4章
一道老虎菜

什么时候引爆自杀装置，这是一个问题。每当路过那家狗肉店，看到被燖了毛的小狗悬挂在钩子上，像个撅着屁股的婴孩，他的心就一阵悸痛，催自己赶快下手了断。血色猩红如同旗幡，呼唤他践约。手边还有一些事情没有处理完，有一些事情才刚刚开始。他劝慰自己，死这个大前提既然确定了，早一天死和晚一天死，差别不是很大。人对于自己的死，还是多一点耐心。少安毋躁。

甄选地点，公司的意见是在水晶厅，程远青谢绝了。她担心会让报名者紧张，选了朋友闲置的住宅。

褚强穿一套薄花呢浅灰西装，四处打量。"您说过此人是搞艺术的，我以为会看见牦牛头。"他说。

"这墙上原来真有一个惨白的羚羊角，叫我给收拾到壁柜里面去了。家是放松的地方，有某种程度的乱七八糟显得亲切。"程远青边回答边整理着沙发布垫。

客厅面积不小，地面铺着驼色的地毯，葡萄紫色的沙发摆成"厂"字形，阔大舒适。程远青带来若干个果绿色的布垫，杂乱地铺在上面，显出轻松的惬意。

"朋友一时半会儿不会回国，我在电话里商量过了，她愿意支持公益事业。"程远青说着一抬头看到褚强直冒汗，皱眉道："干吗像个航天飞机似的，全副武装？"

褚强从纸巾筒抽出纸巾擦着汗说："第一次见面嘛，又有性别差异，我想正规些好。"

"换件衣服吧，看你热的。"程远青说。

"程老师，我不热。"褚强说。既来之，则安之，他现在端正思想，尽快以一个主人翁的态度投入工作。

程远青干脆挑明说："除了关心你别捂出痱子，从工作出发，也得要求你换件衣服。太严肃了。"

褚强糊涂了，问："严肃有什么不好吗？"

程远青说："甄选，需要报名者显示出各自的真实状态，越随意越好。你穿得这么正儿八经，她们也会不由自主地紧张起来，对考察不利。"

褚强说："您说的是。可是，我换成什么衣服呢？"

程远青说："穿衬衣就行了。"

褚强把衣服脱去一只袖子，不想，又立刻穿上了，窘迫地说："我衬衣背后有个小洞，聚会的时候，不小心被同学的烟灰烧的。领子袖口都挺好的，名牌，扔了怪可惜的。平时不敢单穿，只把它衬在西服里。谁想今天……"

程远青笑笑说："日后哪个姑娘找了你，是福气。还有半小时，咱们想想法子。"说着，打开了衣橱。柜里并无男装。

"我刚才来的时候，看到门口不远处有一家小店，写着'喋血跳楼昏迷价'，买件T恤装扮起来，您看如何？"褚强说。

程远青颔首。

小铺的芒果绿T恤衫，款式质地都不错，价钱只有立夏时的三分之一，褚强试穿上身，便舍不得脱下，胳膊上搭着西服和衬衣，一溜风往回赶。

"跟您打听个路。东西南北也分不清了。"一位穿着豆沙色三件套装的年轻女子，拦住了褚强。

"我也是路过。"褚强歉然说道。

"现如今，不知路的人比知道路的人多。"女子喃喃道。

芒果绿的T恤衫，将燥热降去很多，心也清爽了，褚强觉得这女子的话，有淡淡的禅意，就说："具体地方我说不上，那边是东。"他指了指城市废气中昏昏欲睡的太阳。

女子嫣然一笑说："我要朝南。"

褚强说："走吧。大方向咱俩一致。"

女子银白的无跟凉鞋，在人行道朱红色的地砖上踢踢踏踏地敲着，细碎无力，搭讪说："早上挺凉的，这会儿热了。"

褚强敷衍道："嗯。"

女子说："你早起穿西服，这会儿又穿得这么单薄，别感冒了。"

褚强觉着再冷淡下去有些不近人情，说："工作需要。"

白鞋女子道："只听说有工作必须穿西服，却不知什么工作是必须穿T恤的。你是干什么的啊？"

褚强不想深聊下去，随口说："我是推销员。"

推销员是属蝌蚪的，无孔不入。大马路上，穿着T恤衫浑浑噩噩，见了有门卫的写字楼，钻到公厕里把化纤西服套上就伺机潜入。

女子道："你推销什么货啊？"

编谎费精神，万一说差了，刚才指路的那点好印象也吹了。褚强说："保密。"

女子来了兴趣："这年头，还有什么东西保密啊？原子弹都让人参观。"

"我推销的玩意儿可比原子弹厉害。"

"到底是什么呀？"女子挑起眉梢追问，眼形如燕尾般秀丽，可惜眼珠网满红丝。

"妇女不宜。"快到了，褚强一语封门。女子姣好的面容和身材，让他不忍太生硬，用一个不高明的趣话作结。

021

那女子突然神秘地嬉笑道:"大哥,我知道你是推销什么的了。"

褚强大惑,连他自己都不知晓的事,这女人凭什么就知道了?反问道:"那你说说我是推销啥的?"

女子凑近说:"推销伟哥的。"

褚强引火烧身,脸腾地红了。

那女子靠得更近了,颤颤巍巍的右胸,有意无意撞着褚强的芒果绿T恤衫的左袖口,"大哥你红什么脸呢!我知道有几个顾客,是常用这玩意儿的。我看你是个老实人,我给你个名片,想做买卖了,就给我打个电话。包你比别人那里赚钱容易。"说着把一张水红色的名片递到了褚强手里。

名片上只印了一个名字:王惠明。没有任何头衔和说明,也没有地址。最下方,是手机号码。

"你是谁呀?"轮到褚强穷追不舍。

"你如果还想见我,就打这个电话,那时候,你就可以知道我是谁了。"白鞋女子突然果决起来,显出不想再谈的意思。身体移开,只把一股浓郁的香气,留在褚强左半边身体所在的空气里。

褚强愣愣地站在人行道上,左肩麻酥酥的,好像被人不由分说打了疫苗,红肿热痛一块儿袭来,左颊也烫得像一块烤白薯。这模样,似乎不宜立即回到甄选现场。褚强大口吞吐着并不新鲜的空气,欲把体内的燥热散发干净。半响,才慢慢走回甄选地点。刚要开门,门打开了。程远青送人出来。那女子细高个,如凋谢的水仙花,黄白杂糅委顿不堪。

她双手握着程远青的手说:"大姐,千万别忘了我!应该的应!"说着眼泪就要掉下来。

褚强未曾想遇到这阵势,瞠目结舌,不知应劝两句还是保持镇静,侧身一旁,拘谨地笑笑。程远青说:"她是应春草。"

褚强进门,见沙发上端坐着一个女人。褚强吃了一惊,把手中的西服挂上衣架,搬了一张椅子,坐在对面。

程远青对沙发上的女子说:"不好意思,让你久等了。"

那女子说:"我还以为自己是第一个呢。"

程远青说:"好吧,咱们正式开始。我叫程远青,他是我的助手,褚强。"

"我叫鹿路。九色鹿的鹿,小路的路。"女子爽快地自我介绍。

褚强第一次参加甄选,又是面对这样一个女人,忍不住再三打量。鹿路忍受不了沉默,开口道:"甄选从哪里开始?"

程远青感到一点小小的意外。通常都是组长提问,这女人反客为主。

没人能察觉到程远青的吃惊。她平和地说:"鹿路,你介绍自己名字的说法挺有趣。"

鹿路说:"我的名字很少见吗?"

程远青说:"你解释自己名字的时候,用字与常人不同。"

褚强除了记住她叫"鹿路"外,干脆忘了她是怎么说的。鹿路苍白的脸庞布满迷惘:"甄选难道从名字开始吗?"

程远青一笑,说:"其实就是聊天,可以从任何话题开始。"

"我的名字怎么啦?"鹿路不解。

"你说九色鹿的鹿,一般人会说梅花鹿的鹿。"程远青说。

"有区别吗?"鹿路纳闷。

"有啊。"程远青声音柔和,语气肯定。

"能告诉我吗?"鹿路被震慑住了,神气渐渐收敛。

"九色鹿比梅花鹿神秘而稀少,它的命运富有悲剧色彩。"程远青说。

褚强看到鹿路打了一个寒战,但脸上依然是不拘小节的笑容。"我从此以后再不说九色鹿了,改说马鹿驯鹿怎么样?"

程远青说:"根子不变,叶子很难变。你说名字的第二个字时,也与众不同。"

鹿路惶然道:"我刚才说什么来着?"

程远青说:"你说'小路'。一般人说'道路'。"

"这有什么不同吗?"鹿路有些恐慌。面前貌似温和的女人,有一股异常之力。她怕她,又被她吸引。博士对自己一无所知,却在极短的时间内，嗖嗖射出几把飞刀，直插心间。

"小路狭窄崎岖。'道路'好听好记，你舍易求难了。"看到鹿路面容转阴，程远青就此打住。"小组完全自愿。不愿意说，没有任何人能强迫你。开关永远在你的手里。"

鹿路问："来的都是乳腺癌患者吗？"

程远青答："除了我和褚强，都是。"

鹿路说："我整不明白，为什么要组织这样一个小组？"

程远青说："回答你的问题之前，我想先问你一个问题。"

鹿路爽快地说："随便问。"

程远青说："你为什么要报名参加这个小组呢？"

鹿路仰脖笑着说："我在报上看到了你的启事，居然有人对得了乳腺癌的女人感兴趣。程远青这个名字，听起来男不男女不女……"鹿路走嘴，赶快停了下来。

程远青大度道："你不是第一个说这话的人，肯定也不会是最后一个。"

鹿路继续说下去："若是男人接电话，我就骂他一顿。敢情你一辈子也不会得这样的病了，所以你就想了解了解，多见识见识。呸，我才不上你的当呢！没想到是个女的接电话。程老师，不是我当面奉承您，您的声音可真好听，让人安神，我一下子就被打动了。我想来看看到底有多少女人和我得了一样的病。"

褚强插嘴问道："你平常是做什么工作的？"

鹿路不满意褚强的口气，拉下脸说："还查户口啊？"

褚强说："我很想知道你具体干哪一行。"

程远青打圆场道："鹿路若是不愿意说，可以不说。"

鹿路愤愤地说："也没什么不可以说的。我在一家物业公司做管理工作。听副组长这口气，倒好像以为我是干什么见不得人的事。"

褚强辩解道："我没那个意思。不过问问而已。你这么一说，我就放心了。"

鹿路一听反倒火了，说："你原来对我有什么不放心的？"

褚强张口结舌。

程远青说:"我却不明白,褚强说了你什么?我记得他只是追问了你的工作单位。"

鹿路说:"这还不够吗?"

程远青坚持道:"我没觉得他特别挑衅啊。尽管我说过,你可以不回答。"

鹿路愣了半天,突然笑起来说:"这倒真是我过敏了。不过,也怪不得我。像我们这些从外地到城里打工的女人,落魄又有点姿色的,总被人朝歪处想。我遇见过几回这事了。窝着火,免不了出口伤人,请多海涵。"说着,鹿路把手伸给褚强,算是和解。

褚强握着鹿路的手,感觉到她每一根手指,都在抖动。

程远青和褚强还未来得及交换意见,又有人敲门了。打开门,见一个五十多岁的女干部模样的人物站在门前。

"请问,程远青博士招募的乳腺癌小组甄选现场,是在这里吗?"她个头不高,身材敦实,用词准确。程远青和褚强除了连连点头,再没什么可说的。

她自我介绍:"我叫岳评,是一所中学的校长。患乳腺癌整四年了,手术后,接受了化疗。现在情况尚好,能够坚持正常工作。就这些,你们还有什么要问的吗?"

程远青褚强面面相觑。中学校长的口吻,让人不由自主地缩小和幼稚了。

"我主持过很多面试,对你们如何进行甄选很感兴趣。介绍一下吧。"

天!这哪是来参加小组的,简直是来审查工作的!程远青就算身经百战,这种开场白,也是头回见识。

她首先需从强加在身的中学生套子里挣脱出来,把套子还给面前这位可敬的校长。

程远青说:"岳评……"

话音还没落地,就被岳评打断了,"就叫我岳校长好了。"

程远青摇了摇头。她精确地控制着头颅摇摆的幅度,如同一片树叶被微风掠过。但她相信面前的这位校长,已经很清楚地感受到了她坚定的拒绝。

"要是不习惯,叫我岳大姐好了。"岳校长适时做出了调整。

褚强张口刚想叫,程远青一摆手,制止了他。说:"岳评女士,您好像不喜欢人家称呼您的名字?"

"没有啊。"岳评一脸无辜。

程远青说:"那好,小组里,大家都直呼你的名字。"

"还是叫大姐顺口些。"岳评顽强地坚持。

程远青不退让,说:"如果您非要当大姐,很遗憾,岳校长,您将不能参加这个小组。"

岳评一看名字被提到如此高度,吃了一惊,她不能因小失大。这种不同凡响的小题大做,让她萌生好奇,神色谦恭起来,不再把面前这两个比她年轻的人,当成实习教师。她说:"当然可以叫我的名字了。住院的时候,叫你名字那是好的,经常只叫床号。"

剩下的问题,一帆风顺。总体来说,岳校长是颇具领导风范的知识女性,给褚强留下了很好的印象。

一天选人若干。傍晚结束工作后,程远青对褚强说:"我请你吃饭。"

褚强说:"程老师,请您给我一点面子,把这个机会给我。"

程远青说:"小褚,别这么骑士了。咱们以后共进晚餐的机会,会多得让你厌烦。今天是正式开始合作的第一天,让我做东。"

走进路边的饭馆,程远青对服务员说:"要雅间。"

穿着中式短袖裤褂的小姐说:"对不起,没有雅间了。我给你们找个安静的地方行吗?"

"不行。"程远青很干脆地拒绝了。

褚强从节约的角度出发,说:"一顿便饭,外边也行。"

程远青说:"对不起褚强,我知道你肚子饿了,可还是要换个馆子。"

终于在一间小屋落座,点了几样普通的菜肴,程远青说:"就这些吧。快点上菜。对了,米饭也一起上。"

小姐出去了,短暂的寂静。

"这一天,有何感想?"程远青问。

"一言难尽,总是一惊一乍的。特别是那个鹿路……"正说到这里,送凉菜的来了,程远青轻敲桌面,止住了褚强的话茬。

程远青说:"今天例外。若是时间来得及,不宜在公共场合讨论小组的事。"

褚强说:"人海茫茫,谁认识谁啊?"

程远青说:"世界越来越小,为了组员的利益,还是谨慎为好。你很难说,刚才送菜的小姐和鹿路就没有千丝万缕的联系。"

褚强兴奋地说:"我有了当地下党的感觉。上不告父母,下不告兄弟姐妹吗?"

程远青说:"虽不敢说那般严格,也要高度小心才是。"

褚强感到左肩头又泛起了如火如荼的热辣感觉,手指下意识地摸摸口袋。纸片上的王惠明,像铁皮扎了他的指甲缝。也许,那只是萍水相逢的做戏?

"我觉得她很神秘。"褚强字斟句酌。他不想骗程远青,但也不打算把和鹿路并肩而行的事说出来。

"每一个到小组来的人,都背负着她的神秘。"程远青不明就里,泛泛地说。

"您会批准鹿路加入吗?"褚强忍不住问。

"她各方面都符合要求,似乎没有什么理由不吸收她。你的意见呢?"程远青说。

"我……我说不上来。"褚强支吾其词。也许,不收此女为上策。可是,他以什么理由拒绝呢?

程远青即便是出色的临床心理学家,也无法参透褚强的心事。

几样家常凉菜已布好,褚强连吃了几口辛辣的"老虎菜",说:"我最大的感受是什么?说出来,程老师您不要笑我。"

程远青看褚强紧张,就把话岔开:"这道菜无非是红辣椒洋葱香菜什么的,和老虎有什么关系呢?"

褚强说:"我也不知道为什么起这么个名字。许是因为太辣了,连老虎也不敢吃。"

程远青说:"没准儿是因为辣到只有老虎才敢吃,才叫这个名字呢!"

两人没油没盐地瞎扯了一会儿,看褚强渐渐放松,程远青说:"褚强,如果我笑话了你,你以后就可以不再同我说真心话。拿不准该不该相信一个人的时候,我的经验是信他一次。"

褚强深深地喝了一口可乐,然后说:"程老师,每当一个报名者走进来的时候,我都在想,她真的是一个乳腺癌患者吗?好像不很像啊!我想象中的乳腺癌患者,血肉模糊腥臭无比,她们同正常人看起来差别不大。"

程远青笑起来,说:"谢谢你如此坦率……"

褚强说:"程老师,先别夸我,等会儿您不骂我就是好的。每个报名者走进来,我都不由自主地看向她的胸部,很遗憾,我经验不足,判断不出她哪一只乳房被切除了。左面吧?不对不对,好像是右面?您说,我是不是很变态?很色情?"

褚强以为程远青会很吃惊,没想到程远青香喷喷地吃着酱猪手说:"这很正常。说明你荷尔蒙分泌正常,正当青年,充满好奇心。我要是个男人,也会这么想。"

褚强如释重负,说:"要不然,我一天都觉得自己要上道德法庭了。"

程远青说:"恭喜你察觉了这一关。你承认它是正常的,它就丧失了魔力;你假装道貌岸然,它就作祟。"

褚强笑道:"我可以练出坐怀不乱的本领了?"

程远青说:"考验实在不小。也许以后更麻烦。我想你能找到进退自如的那个点。"

褚强说:"我把握不住分寸。不知道对她们是怜悯还是同情,也许应该表现得少年老成。"

程远青笑道:"表演一下少年老成是什么样子?"

褚强正襟危坐眉头紧锁,眼角低垂嘴抿成"一"字,手放在裤线两边,握起空心拳。

程远青差点被油炸花生米卡住喉咙,说:"褚强,你如同围棋长考,谁还敢同你谈心里话?我宁愿你表现得性感一点,我估计,组里的成员,对你这个男士的态度,会非常在意。不单看你是副组长,也看你是一个年轻男子。"

褚强哀叹道:"在一群半老徐娘面前表现性感,难死我了……"

程远青说:"性感是个好词。来,吃饭吧。"

| 第 5 章 |
绿色的羊羔皮纸

小组确定了八名组员,加上正副组长,共十人。第一次活动场所,还在甄选地点,约定叫它"别墅"。小组成员遍布全市,那里位置居中,交通方便。

程远青和褚强提前半小时到了别墅,没想到门口已站了一人。苍老如枯树,面部呈现出奇异的莹白色,仿佛一层葱衣。黑色手织围巾,好似荆棘包绕着柴棍般的脖颈。

"安疆,你好。来得真早!"程远青同她打招呼。

"安……疆……您好。"叫着自己姥姥辈人的名字,褚强实在不习惯。有什么办法呢?这是小组的规定。

安疆很恭顺地说:"我怕晚了。我总是这样,干什么都怕晚。"

花岚走在去往别墅的路上。鬼使神差,她第一眼就看到程远青的招募广告,赶快回家打电话。花岚讨厌"甄选"这个词,结果不欢而散。"甄"字让她想起"文化大革命",那时叫"甄别"。再往前数,花岚是从《红楼梦》认识"甄"字的,花岚喜欢贾宝玉,不喜欢甄宝玉,株连此字。

拒绝了甄选,也就拒绝了癌症小组。花岚很快就后悔了,觉得之所以会在浩如烟海的信息里,找到了这一条古怪的启事,一定有某种不可知的力量引导着自己。花岚信命。凡事一到想不通的时候,就把它归结为命运。要不然,为什么别人都没得癌,而她偏偏就得了?

花岚沉不住气了，积聚了足够的力量之后，又给程远青博士打了个电话。花岚对自己的嗓音做了一番技术处理。"我要参加乳癌小组。"花岚说。

"你是谁？"程远青问。

"一个得了乳腺癌的女人。"

"报名的人都要参加甄选，才能确定你是否最终可以加入小组。"程远青说。

"我知道。我同意。"花岚说。

花岚以为天衣无缝，其实，一句"我知道"，就出卖了她。程远青的声音辨析力很好，凡听过一两次电话，就建立了声音档案。程远青想起了那个反复无常的女人，她的拒绝和她的参加一样坚决。甄选的时候，她表现正常，癌症小组就接受了她。

花岚是银行的职工，术后在家静养，成天考虑的就是预后的问题，不知道自己能不能闯过这一关。人都说癌症病人有几道坎，一年一坎，三年一坎，五年一坎。她家里，供有西天如来南海观音，也有张飞关羽和送子娘娘，当然还有基督和圣母。丈夫裴华山曾说过："一个泛神论者。要不要我从网上扒一张麻原札晃给你挂上？"

花岚歇斯底里地哭叫："大难当头，我生死未卜，你还说这种风凉话！"

裴华山说："我看你太紧张，想给你开开心。你一心理佛，众佛保佑你，我也就不在家里老陪着你，哪句话说得不合适，反惹你生气。佛管你的精神，我管你的物质。"说完，穿上荔枝白的衬衣，打上葵花般明亮的黄领带，手上搭着伦敦雾的风衣，出门去也。

裴华山是花岚父亲花教授的学生。堂堂经济学教授姓花，容易让人对他的学问产生疑问。其实，花教授的学养和形象都堪称一流，口碑甚好。裴华山上学的时候，成绩并不突出，临近分配，他想留在北京的愿望，几乎成泡影。他开始追求花岚。也许花教授夫妇把基因优势占尽，留给花岚的是感情极易波动智商却持续中庸的大脑。她没有考上大学，上了一个财会类的大专，毕业后，凭着花教授的背景，供职于一家银行。

以花岚个人的姿色和条件,要找一个硕士把自己嫁出去,并不太容易。当细碎的皱纹在花岚嘴角勾出两道括弧似的浅纹路之时,花教授不得不出马了。女儿没能上大学,已是终身憾事,再找不到一个有相当前程的女婿,一脉书香,岂不在这一代断根!

花教授在学术上是不虚荣的,但在女儿身上,他无法承受周围人的指指点点。女儿没考上大学所受的重创,花教授一想起来跳楼的心都有。当裴华山出于留京的目的,开始追求花岚的时候,花教授夫妇尽管洞若观火,但都不把这层窗户纸挑破。他们相信一手调教出来的女儿,是配得上这个从小地方考来的学子的,相信在漫长的岁月里,女儿会认识到这是一个明智的选择。既然找不到翡翠,可以先找一块璞玉来打磨。花教授自认是识璞的,一个有心计的小伙子将来有不可限量的前途。于是,花教授动用非凡的力量,先将学业平平的裴华山,打造成论文优等的青年学者,然后动用关系,让裴华山进入了一家炙手可热的投资公司。

一场利益的婚姻,彼此都心知肚明。当得失利害达成平衡的时候,婚姻的关系也是稳固的。花岚和裴华山过了几年平淡如水相安无事的日子。

花岚习惯了演戏,裴华山配合着她。在花教授面前,他们相敬如宾。花教授夫妇当然不是好哄骗的,他们看得出小两口并没有一天天地紧密起来,但也看不出明显的分裂迹象。他们就满意了,他们是老年人,老年人的特点之一就是耐性良好,他们相信时间可以改变一切东西。自己能为女儿做到的就是这些了,剩下的只有等待。

等待的重要内容之一,是希望他们有一个孩子。这个冥冥之中的孩子,可能是感到自己将要负载的使命太重大了,有点畏惧,怕不堪重任。先是一而再,再而三地流产,最后干脆拒绝来到这个潜伏地火的家庭。没有孩子应该是一件伤感的事情,令人焦急。但裴华山不伤感,这种不伤感,让花岚感到了真正的危机。

裴华山一步步羽翼丰满。他是一个讲义气的人,从来没有说过埋怨甚至离婚的话。越是这样,花岚越看不透自己的丈夫。她仿佛和一堵墙壁结了婚,除了看到自己的影子,感受到的只是无动于衷。

长期的压抑聚集成了乳房上的一个包块。手术后,当爸爸妈妈一起带着她小时候最爱吃的枇杷,到医院来看她,见了她,又什么都说不出来的时候,她就知道了那肿块的性质非同小可。他们说了些不咸不淡的家常话,嘱咐她好好养病,听医生的话,后来就走了。一步三回头地走了。花岚目送着他们的身影,确信他们不会因为落下了某种东西而返回之后,号啕痛哭。

那一天,裴华山不在,只有裴华山雇请的看护陪在一旁。医生和护士都说,从来没有看到一个病人在知道自己是癌症以后,哭得如此天昏地暗。无论人们怎样劝说,说她的肿瘤并非晚期,手术做得也很成功,要积聚正气,好好调养,花岚一概充耳不闻。她惊天地泣鬼神地哭,把输到体内的液体,包括化疗药物,都变成泪水倾泻出来。泪水先是打湿枕头,而后蔓延到床单,最后浸入了棉被⋯⋯哄骗呵斥也罢,夸奖鼓励也罢,一概无效。护士没办法,只好把成人用的尿不湿像围围巾一般捆住了她的脸。

由于病,裴华山对花岚的温度比以前要暖一些。花岚甚至希望他们的关系,因为灾祸,有一个质的改变。祸福相依,也许这塌天之难,使他们恩爱起来,也说不定啊。

花岚抱着这样的期望,开始了治疗。她的情绪像抽水马桶里的白色浮漂,随着外界的旋钮而波峰浪底地起伏,裴华山的态度就是马桶里的水。花岚重病时,裴华山也还算尽心,后来,化疗进行了几巡,渐渐走入正轨,裴华山就疲沓下来。待到花岚主要是在家休养,裴华山的态度也就退行到和以前差不多了,重新不冷不热的。

保姆照顾一应杂事,花岚百无聊赖。一天,花岚在裴华山的西裤口袋里,发现了一张纸条。上书一串数字,共八位,一个本市的电话号码。花岚觉出那不是裴华山的笔迹,而极有可能是一个女人写的。那种墨绿色的羊羔皮纸,非常别致华丽。

如果仅仅出现一次,花岚可以装傻。她会对自己说,这是裴华山的一个客户留下的,商场上,什么样的人没有呢?要命的是,纸条每隔一段时间就神秘地出现一次，永远是在裴华山的右侧西裤兜里。

花岚可以肯定，纸条不是裴华山装在裤兜里的。裴华山是从小地方来的，格外注意礼节礼仪的自我培训，久而久之，他比很多世家子弟更显得温文尔雅礼数周全。当他穿第一套西服的时候，就恪守绝不在西裤口袋放杂物的习惯。在他嘲笑人的经典词汇里，就有：是不是绅士，看看他的裤兜就明白了。××裤兜鼓鼓囊囊，像塞了一窝癞蛤蟆，天生一个暴发户！

花岚到街上找寻这种纸，店里告诉她，这是特制的进口纸，一般商店根本不进货。高级礼品店里有这种纸。墨绿色的羊羔之皮，可怕而邪恶的号码。

花岚不是一个聪明的女人，但不聪明的女人直觉可能更加发达——有一个神秘的女人，潜伏在裴华山的身边。这个女人不但不想掩饰自己的存在，她还要让花岚知道这个存在。这是一个怎样的女人？她要达到怎样的目的？

花岚生活在惊恐之中，不知道该对什么人说这件事。爸爸妈妈吗？他们把她成功地嫁到了一个她能嫁到的最好的男人，就像一张股票在价位最高的时候，卖了出去。他们什么时候想起来，都充满了预见的快乐和骄傲。花岚不忍破碎他们的幸福。自己从未给他们带来过骄傲，那么自己还有什么权利把他们抚育自己的快乐，再毫不留情地毁掉呢？况且，毁掉之后，她就能有幸福吗？

积攒起来的墨绿色纸条幻化成钩子，将她吊在半空，恍如冰冷的冻肉。是一个什么样的女人，在这些墨绿色的纸上一笔一画地写下这些号码，处心积虑地带在身上，在同裴华山亲密接触之后（花岚不愿想象他们之间究竟发生了怎样的事情，她只愿用"亲密接触"这个词。这是一个含义模糊以至暧昧的词。从冰清玉洁的信纸和信封的接触，到非常色情的想象都可容纳），伺机把纸条塞到了裴华山的裤兜里？

也许，她应该给那个纸条上的号码，打一个电话。那真是非常简单的事情，几个号码一拨，就会极大地向前推进事态的进展。甚至，她可以不说话，在凌晨或是半夜把电话打过去，然后在暗中捕捉那个女人的邪恶气息。

那一组数字，烙在她心尖最细嫩的地方，流血结痂。在一个个清晨或是黄昏，自己再把血痂刮开，品味血腥。她不敢在自己家中打这个电话，断定那个女人一定开通了来电显示的功能，只要她的电话一打过去，那个女人就会狞笑，知道自己得逞了。她设想如果从街头的公用电话亭打过去，那个女人就无法判断。

花岚为自己的这点小聪明而得意。但紧接着的问题就是——电话接通之后怎么办呢？在听完了"喂喂"之后，就一言不发地挂上电话吗？如果那样，那个女人还会想到这个莫名其妙的电话来自哪里吗？如果她误以为那是一个打错了的电话，之后又怎么办呢？花岚也曾特地到宾馆登记过房间，只为借用宾馆的电话。她躺在宾馆的床上，一次又一次地把手伸向电话，然后又一寸寸地缩回来，好像电话是一条蜷曲的毒蛇。最后在付了房费之后悻悻而归。

花岚一筹莫展。何去何从煎熬着她，吃多少补药也无济于事。癌症和纸条，两把交叉的骷髅刀，剔着她的神经。失去了乳房，作为一个女人已经不完整，勇气也随着削去的乳房，被扔进了垃圾桶。后来，她连看那个纸条的气力都没有了，每当它出现，就用一次性的纸抹布像铲起死蟑螂那样把它卷了包，投入马桶。

以苦闷和疑惧作燃料，花岚决定加入乳癌小组。她一路斗争着，一路反悔着，一路向前走着，直到进入别墅。

| 第 6 章 |

这个小组姓癌

组员们围坐在沙发上，素不相识。早来的人坐得比较分散，尽量拉开距离。后来的人只有插坐其中，加上椅子，九人挤成一个长方形的圈子。

褚强看了一下表，还有最后五分钟，还差成慕梅未到。

第一次聚会就可能有人迟到，不是件愉快的事。但是，已比程远青预计的要好。他们是一些什么人？沉疴在身！

"嗨！大家好。马上就要到预定的时间了，还有一个人没有来。大家说，咱们怎么办？"程远青说。

"不等她，时间一到，咱们就开会。"女校长岳评抢先说。

一时静了。大家有点不知所措。本来想组长该有一个挺响亮的开场白，没想到是从迟到开谈。有点滑稽，不伦不类的。

程远青看得分明，但她不理会，保持沉默。沉默内蕴压力，她既然提出了问题，岳评既然提出了一个解决的方案，大家就应该发表个人意见。

"等等吧。都不容易。"安疆老人说。本来以为她戎马一生，对准时准刻有非同小可的热爱。可是，不然。

"我无所谓。怎么都行。等也行，不等也行。随便。"花岚摆弄着自己的红指甲。很长时间没抹新油，残存的红色剥脱着，露出垩白的甲床，好像宫墙遗址。

"目前有三种意见：一种是不等。这比较简单，到时间，我们就开始。

一种是随大流。大流还没有形成，都持这种意见，等于什么也没说。我个人比较倾向于第三种意见——等。这个'等'，不是没完没了，有一个下限。等多久？三分钟，还是五分钟？"

说这话的是一个身穿西服套装的女士，短发齐耳扣住雪白的脖颈，干练洒脱，绝无在座各位的佝偻之态。她叫卜珍琪，是某国家机关副司长。对身份，她声明保密。"没有任何人知道我得了这种病。"她说。

卜珍琪此言一出，鹤立鸡群。鹿路撇嘴道："一个人迟到，至于说得那么严重吗？又不是国务院开会。"

程远青迅速扫视全场，应春草低着头，任杀任剐不开口的模样。程远青只得放她继续安静。周云若嘴唇翕动，默背英语单词。程远青把目光投向褚强，副组长你可要立功啊。

褚强拍马向前，清清嗓子说："咱们对事不对人。我的意见是尽量早点出门，别迟到。非得迟到不可，就先给来个电话，道个歉……"

尽管所有参加小组的人，都明知会有一位男士在座，尽管褚强很明显的寸头（不是男歌手喜爱的马尾巴），性别色彩很鲜明的灰色细格子衬衣（不是红黄杂糅男女均可的中性服装），都使走进别墅的女人，在第一时间察觉到有一位男性在场。他一开口讲话，众组员还是有受惊之感。

门开了，一个身材高挑、胸部夸张的女子走进门来。一袭湖蓝色的中式服装，细密的盘扣直到顾长的颈部，长发飘飘，香气袭人。远看风姿绰约，近了打量，化疗荼毒痕迹明显，皮肤粗糙无光，过度茂盛的头发是假的。

"大家好，我是成慕梅。堵车，第一次就迟到，不好意思。请多多原谅。"说着，鞠了一个长躬，袅袅婷婷地坐下了。

成慕梅像长笛，嗓音有一点沙哑。褚强觉得成慕梅的胸部太张扬了一点（该死！他总是非常在意女人们的胸部），并很快找到了心理学的依据——因为切除引发丧失，所以补偿以致过度。

大家等待小组会正式开场。程远青好像毫无察觉，说："成慕梅，你猜，当你走进来的时候，我们在干什么？"

成慕梅面无表情地说:"猜不出来。"

程远青看着大家:"谁愿意告诉她?"

谁都不挑这个头,气氛微妙起来。也没有什么不可告人的话,但刚才众说纷纭,谁也不知道怎样总结才全面。

程远青说:"成慕梅,我看你现在的心情是有点着急,有点好奇,也有点委屈,觉得迟到也是有客观原因的,道了歉了,干吗揪住不放,不依不饶的……"

成慕梅说:"我还有一点恼。有秘密瞒着我,拿我当外人。"

大伙儿就叫冤枉,说:"我们也都互不认识,只比你早进来几分钟,凉锅冷灶,哪有什么秘密!"成慕梅安下心来,团体初步圆融。程远青却不甘休,说:"成慕梅,我们正在讨论处置你的迟到问题。"

空气凝滞,大家搞不懂组长为什么非要把好不容易建立的和谐氛围一炮轰掉。

程远青装傻:"咦!干吗这么瞪眼看我,好像我撒谎似的。难道我说的不是实话?"

安疆老太太第一个答话:"成慕梅同志,你也不用担心,觉着背后议论了你什么。不过就是说迟到了怎么办。"

成慕梅说:"一个迟到,有什么了不起!我不相信有谁一辈子不曾迟到过。小组算什么?连个民间团体都算不上,刀光剑影的,至于吗?要是坚决不原谅我迟到,我退出!走!"说着,成慕梅站起身来,湖蓝色的裙裤腿,兜起了地毯上的碎毛屑。

沉默不语的应春草暴跳起来,说:"迟到算什么?腐败啊,贪官污吏啊,卖假药的,拐卖小孩的,到处都是。咱们病人聚在一起,不就是为了找点乐子吗?这可倒好,成了找气了。我今儿个虽说没迟到,可我不敢保证永远不迟到。要是下次我迟到了,也来这么一通批,我可受不了。得了,若是这么较真,那我也走。"

形势急转直下,眼看小组还没开个囫囵会,就要树倒猢狲散。褚强急得抓耳挠腮,又不晓得如何帮组长的忙。程远青看着她的组员。她的组员也看着她。

癌症女人，无论老少，都曾在生死线上逛了一遭，内心满是焦躁和疑虑。

程远青避开话锋说："咱们这个小组，不是学习小组，它是心理学辅导小组。世界上第一个具有治疗作用的小组，就是为病人设立的。1905年，在美国麻省民众医院，由内科医生波瑞任组长，一群患有肺结核的门诊病人，组成了世界上第一个心理治疗小组。人是群居动物，小组就是一个微观社会，在开放温暖的环境中，大家共同成长。小组有它特定的纪律和制度，期待大家遵守。大家抱着各式各样的目的而来，但没人打算到这里骗人和被骗。"

大家脸色稍缓，花岚说："那是。人之将死，其言也善。"

鹿路冷笑着说："我不是病人。"

花岚道："这个组姓癌，你不是，混进来干什么？"

鹿路说："我来，是打算学着不当病人。每天对着镜子，一尺长的刀疤，早就让我知道命有多悬了！用不着提醒。"

岳评校长搓着手说："身有病，心不能病。肉里的病，医院里医，到这儿来，医心里的病。"

程远青说："我想知道，在小组里，愿意把自己当成正常人的有几个？把自己当成病人的有几个？"

周云若眼波空蒙，说："我倒是想把自己当正常人，做不到。"

很有几人附和这说法。程远青不与其纠缠，说："做得到做不到是一回事，想不想做是另一回事。起码，肉身继续病着，精神渐渐强健起来。咱们举个手，表个决，看你愿意当个什么人？"

统计的结果是只有花岚一个人愿意别人把自己当病人看，安疆弃权。

又回到迟到的议题上。为了让成慕梅释疑，大家把刚才的讨论又表演了一遍，有了某种小品的意味。有谁哪儿忘了，大家就提醒她说："你刚才是这样说的……"成慕梅看得津津有味，叫道："也没什么好保密的嘛！"

程远青说："很多时候，人们是把简单的事物复杂化了。"

经过这番演练，一是对迟到的强调，到了刻骨铭心的地步。二是彼此间的关系密切了很多，干戈化为玉帛。

大家催程远青："组长，还不正式开始啊！您不发表个演说什么的？"

程远青说："还不能正式开始。大家先来个自我介绍。之后，要签一份合同。"

应春草哆嗦着嘴唇说："妈呀！这么复杂！我就怕签合同。原来那家工厂，就是让我们签了合同，每人发了几万块钱，说是——买断，就把我们打发了。现如今，我一听签合同，手就抖得像摸了电门。"她把自己骨瘦如柴的手举起来，大家不忍多看，把目光移往别处。

花岚说："合同签了又能怎样？我要是硬不来，还能到家押我？"

有人问："先签合同还是先自我介绍？"

程远青说："我先来介绍自己。我今年四十五岁了……"

她刚说到这里，就被卜珍琪打断了，说："每个人都得介绍自己的年纪吗？这可和国际惯例不符。"

鹿路说："我和你做伴，我也不介绍。"

岳评不满了，说："怎么也不按次序来？组长还没说完呢！"

程远青说："组内人人平等，不分长幼尊卑。谁想讲就开口，不必请示。可以打断别人的话，当然也包括打断我的话。我从小生长在中国的某座城市里，后来上了大学，学的是医学。再后来结婚生子，随先生到了美国。先是打工供他读书，挺苦的。后来，他爱上了别人。我们分了手。我开始自己读书，获得心理学博士学位。孩子在美国读书。有什么问题吗？"

花岚问："男孩还是女孩？"

程远青道："嗨，忘了交代。女孩。"

花岚又问："你恨他吗？"

程远青说："谁？"

花岚说："你前夫。"

大家本以为程远青会宽宏大量或是高屋建瓴地说"不恨",这样才与她的学者身份相符,不想,程远青很清晰地说:"恨。"

卜珍琪说:"组长,你的介绍让我挺感动的。我还想多知道你的事。"

大家响应:"是啊是啊。"对于组长,大家不摸底。有一个她自投罗网的机会,干吗不充分利用?

程远青说:"你们还想知道些什么?"

"心情。你此时此刻的心情。"卜珍琪边说边向大家眨眼睛。

"对!"大家半是恶作剧地说。

褚强觉得不恭,刚想伸出援手,程远青早就掐算好了他的脉搏,一个眼神,封住了褚强的上下唇。

"我现在挺自卑的。"程远青真诚地看着大家。

无异在别墅内扔了一枚原子弹。自卑?谁?组长?她说谁呢?她在说她自己!有没有搞错?!

震惊。有头脑灵活思维敏捷的,马上判断程远青在玩花活,一个噱头,故意耸人听闻。

程远青说:"第一点自卑的是,我离婚了。婚姻是女人的第二张皮。在婚姻美满的女人面前,总生出哀伤和低人一头的感觉。第二点自卑的是我已经不年轻了,常常力不从心。除了这两处旧伤以外,今天,坐在你们之中,我又感到了第三点,让我胆怯不安。"程远青轻轻地叹了一口气,好像吐出一个松软但体积庞大的棉花球,不但堵住了程远青的胸口,把大家也壅塞得喘不过气来。

在场的人,若说对程远青的前两点还能体谅理解的话,这第三点,就有点丈二和尚摸不着头脑。大家说:"我们哪点让你自卑了?"

程远青道:"我没得过乳腺癌。"

此语一出,全室皆惊。大家都不知程远青葫芦里卖的什么药,连褚强也觉得程老师怎么啦?玩笑不是这个开法,调侃也不能往伤口上撒盐哪!

大家目光炯炯。某种意义上可说虎视眈眈。程远青走了一着险棋,让自己成为全组的对立面。就算褚强保持脆弱的中立,她现在也是名副其实的孤家寡人了。她的话像一道界桩,把别墅里的人划分成两大阵营——得乳腺癌的,没得乳腺癌的。

一边是所有组员,一边是组长程远青孤身一人。

程远青面色平静。程远青口吻诚恳。并不是她愿意挑起这种对立,而是这种对立一定会来。早来比晚来好。这是一个事实,铁的事实。由一个健康的人,来给一群罹患恶疾濒死之人做组长,这深不见底的鸿沟,你绝对躲不开。尊重和陌生,会使对立隐蔽而悄然,但雪埋死人,变化会让这个死人蠢蠢欲动,在一个意想不到的时刻,猛然坐起来,吐出红舌。程远青蓄意要把这个死人激活,现身光天化日之下,瘴气就提前散了。

卜珍琪说:"组长,您说的是真话吗?"

程远青道:"千真万确。我希望小组的人养成好习惯。你可以不说,但凡开口,就是真话。"

鹿路插言道:"打岔吧?你是全和人,我们呢?不男不女的怪物,残人。只有残人在好人面前自卑,哪有反过来的?!"

程远青瞥见成慕梅脸色非常难看。大家的面容也都冷漠中透着愤懑。

程远青道:"自卑并非和条件成正比。在这个小组里,我是少数,你们是多数,你们知道很多事情,我不知道。你们彼此容易沟通,我却是局外人。如果你们联合起来把我当异己,排斥我,我就融不到群体里。"

花岚说:"我愿要你的自卑,把病过给你。"

安疆宽厚地说:"组长,您别自卑。我们也不自卑。病,也不是罪。"

鹿路更有邪门的,说:"组长,您的自卑有治。"

程远青道:"怎么个治法?"

鹿路说:"别着急。您就等着吧。得病这事,谁也说不准。也许哪天您就得了这病,不就不自卑了吗?"

大家就说:"乌鸦嘴!自己得了病,已是天大的苦事,哪能还巴望着别人也受这种折磨!"

鹿路不服气地说:"少来这一套假仁假义!我就不信,你在苦海中就没想过:为什么天下的人不都得上这种病!你就没咒过让你的仇家或是你的朋友都得一回这病！不是不盼别人好，起码这世上多几个同甘共苦的人！"

大家不说是，也不说不是。只有安疆喃喃地说："我可从来没想过。"

这一程话里，可供讨论的题目太多了。程远青好像面对一个处处滚着岩浆的火山脚脖子，从哪里钻下去，都会诱发猛烈的爆发。

岳评指挥道："组长说完了，该副组长了。然后按照顺序，顺时针转。"她自觉坐上了老三的位置。

褚强刚要张口，程远青双手交叉着向下一按。这是一个有着强烈拒绝意味的手势，空气一下子凝结起来。程远青说："咱们这个小组，不搞排排坐，分果果。谁想好了谁就说。没有什么顺时针逆时针的，顺序在大伙儿心里。"

程远青口气安然，但那个非同小可的动作，令人没齿不忘。岳评不服，心想不按我说的轮值，看谁愿意发言？

她错了。组员在孤独苦闷中自愿而来，骨鲠在喉不得不吐。

"我叫鹿路。九色鹿的鹿，小路的路。我是东北人，到北京来打工。现在一家房地产物业工作。没办法，养活自己呗。完了。行不？"鹿路说完，看着程远青。程远青掉转头，不看鹿路。鹿路的目光就掉在地上，摔碎了。

鹿路又去看褚强。褚强闭上了眼睛。褚强总觉得鹿路嘴后还有一张嘴。

鹿路自我解嘲道："既然说多说少，全由自己，我就说这么多。"

安疆发言："我叫安疆。平安的安，新疆的疆。我这个名字是后改的。是我老伴改的。我们是在新疆结的婚。我在干休所。一个人。"安疆声音很弱，但不含糊。

"那你以前的名字叫什么？"应春草问。她不喜欢自己的名字，觉得一听就像个下岗女工。因此对别人的名字，特别是后改的名字感兴趣。

"这个……不说吧。"安疆拒绝了。

"很小资味！"周云若说。

"小资是什么味？"老人家在干休所孤陋寡闻，对流行词汇一无所知。

"比如叫潇潇或是丽娜什么的。"周云若说。

"云若也算吧。"褚强插话。

周云若很快反击道:"不算。云若有武侠风。"

安疆老太太说:"不是。"

"那你以前究竟叫什么呢?"周云若追问。

"这个……只有政委知道……"安疆为难了。那是她和政委的秘密。

程远青解围道:"名字只是一个符号,不必太在意。"

接下来是花岚自我介绍:"花岚。不是盛满鲜花的花篮,是山底下的风。我在银行工作,成天和钱打交道。过路财神。不过,单位有钱还是好,药费不成问题。"

大家就都投以羡慕的眼色。癌症是个无底洞,很多效益还算不错的单位,刚开始还说:安心养病,尽管治,药费的事不用挂在心上。可面对着汹涌澎湃的药费单子,很快就变了脸,最后不是规定了最高限额,就是拖着不报,闹得大家心中惶惶。

"我这一辈子啊,除了住院交押金,没摸过一万块以上的钱。头一回摸那么多的钱,比摸不着的时候还惨,打小窗口喂进去,那个心疼啊。真想不出天上地下袖筒子鞋坷垃里都是钱,啥滋味?"应春草啧啧说。

花岚有机会谈谈自己的工作,也有成就感。她说:"钱味,难闻得很。一堆钱放在一起,就像破鞋臭袜子脱下又捂了三天。每天数钱,就像清洁工人扫树叶子,没感觉。硬说有什么感觉,那就是,这世上钱再多,不是自己的,干着急也没用。不如不看。"

应春草听得发呆,由衷地说:"过手成千上万钱的人,才说得出这话。"

岳评受了程远青的打击,积极性有所收敛。等到这会儿,说:"我在一所重点中学当校长。我们学校有六十七年的历史了,是一所有光荣传统的学校。现有教职员工×××名,班级×××个,在校学生××××……在历次的评比中,我校一共获得了……"

大家昏昏欲睡。鹿路捅捅岳评说:"校长,这儿不是教育局。"

岳评喜出望外地说:"你怎么知道我是校长?还没介绍到呢。"

鹿路故作诧异:"我好像听您已经说了好几遍了。"

岳评浑然不觉，说："我这个人，最不愿意把职务挂在嘴上了。"

鹿路说："您这么谦虚，难得。我看您就再谦虚一下，给别人也留点空。"

可惜岳校长忍痛割让出的时间，大家不领情，固执地沉默着。褚强说："我讲两句。"

鹿路就带头鼓掌。鼓掌这事，如果没有鼓，一直静着，也就不见怪。一旦有人带头拍出声来，别人不响应，好像不敬似的。散落在沙发上的组员们，稀稀疏疏地拍掌，闹得褚强一个大红脸。

周云若不鼓掌，抢白鹿路说："别人发言你不鼓，为什么单是这人发言，你就鼓？"

鹿路说："谁叫他是副组长来着？我拍他马屁！"

周云若说："不对吧？要说拍马屁，组长的官比副组长大吧？你没鼓掌啊！"

鹿路说："我没鼓掌，组长记恨我也就罢了，关你什么事？我这人，想给谁鼓就给谁鼓，你管不着！"

气氛有些僵了。褚强一见大事不好，纠纷因自己而起，息事宁人的法子就是赶快介绍自己："我叫褚强。男性……"

大家就很夸张地笑起来，褚强得了一个碰头彩。

"好像谁不知道你是男的似的。照你这样介绍，我们每个人都得在自己的话里加上：性别——女。"花岚说。

褚强着急地说："我也自卑。"

花岚说："怪啦！都说女人比男人自卑，你大小伙子一个，自卑什么？"

褚强说："在社会上，女人比男人自卑。可咱这小组，就颠了个个儿。你们都是女性，我是少数派。刚才组长还说她因为不是病人而自卑，那我既不是病人，又不是女人，就更自卑了。"

岳校长道："自卑也不是什么值得夸耀的事，甭争甭抢了。副组长，你接着说。"

褚强说："我插一句。叫我名字，叫小褚，怎么样？"

周云若立刻响应:"小褚,你接着说。"

褚强说:"别人都叫得,就你叫不得。"

周云若说:"为什么?"

褚强说:"你比我小。你得叫我老褚。"

大家说:"管你叫老褚,我们怎么办呢?"

褚强只得说:"小褚就小褚。我是心理学系毕业的,在隽永生物公司综合部任职。现在是程老师的助手。"末了又添了一句:"未婚。"

大家就笑:"补充得好。"

周云若说:"我的也简单。本科和研究生读的都是中文,由于生病,学业还没完成,算留级生。"

现在,没有做自我介绍的只有卜珍琪和成慕梅两个人了。她俩互相看了一眼,成慕梅说:"你先。"

卜珍琪说:"我叫卜珍琪。干部。寡居。"

简单,干脆,有一种拒人千里的决绝。成慕梅干咳了一声,好像对自我介绍很为难。已然是最后了,也无法推托,迟疑着说:"成慕梅。在机关工作。未婚。"

程远青看看表,这个动作具有传染性,大家都不由自主地看了看表,第一次小组活动只剩不多的时间了。程远青说:"中国有句古话,百年修得同船渡。小组就是一艘小小的船,驶向各自心灵的港湾。大家走到一起,是缘分更是福气。现在,大家签署一份契约。"说罢程远青拿出一沓纸,给了身边的成慕梅,示意传给大家。每人分得了一张,忙不迭地看起来。

小组契约

1. 我自愿加入小组,为了自己和同伴的成长。
2. 我力求坦率真诚,与他人分享自己的生命体验。
3. 我将保守小组的秘密。

4. 我遵守小组的纪律和制度。不迟到不早退。如遇疾病或其他特殊情况，事先向组长请假。如果两次无法参加小组的活动，视为退出小组。

5. 在小组的活动过程中，可能会扰动身心，我对此有必要的了解和准备。

签约人：×××

第7章
按下你的指纹

"跟加入地下党似的。"鹿路把签约纸拿在手中,像小蒲扇一样扇着自己的脸庞。纸软,弓成拱桥样,噼里啪啦地响,有些刺耳。

"你参加过地下党吗?"安疆老人平和却很有分量地问。

"没有。我才多大啊,哪能跟您比!"鹿路带着伪装的恭敬和明显的优越。

安疆说:"真正的地下党不留任何纸。"

周云若说:"我不明白。既然请了假,为什么如果两次不来,就不能再参加了呢?谁也不是故意的。"

大家就说:"别那么严格。三次吧?"

程远青说:"小组的活动有很强的连续性。一次不来,就有很多信息不知道。两次不来,就会丧失更多的机会。组员看起来还是那些人,可心灵的步伐不一样,就会出现隔膜,对小组、对自己,都不负责任。所以,以两次为限,不再宽延。"

说完,程远青拿出一个陈旧的铁盒子,圆扁若一只小手鼓,表面印着粗糙的图案,花红柳绿的,已看不清是"百雀灵"还是"万紫千红"。

"这是什么?"周云若很惊奇。

"以前装擦脸油的。现在都用精华素、面霜、晚霜什么的,只有农村才用这玩意儿。"鹿路说。

程远青说:"出个谜大家猜。这里面装的是什么?"

褚强说:"我知道。"

程远青说:"你说吧。"

大家就说:"小褚你不要说。你是副组长,得避嫌。"

褚强说:"那我弃权。"

大家说:"弃权不行,你不能搞特殊化。"

程远青笑道:"其实小褚并不知道这里面是什么。你就最后说吧。好,谁先猜?"

鹿路说:"我猜里面就是普通的擦脸油。故弄玄虚而已。"

程远青说:"里面不是香脂。"

岳评第二个猜,这已是很大的忍耐。"糨糊。"她说,"我小的时候,上手工课,将白面打成糊糊,装在这种小盒里,带到学校去。"

程远青说:"但遗憾地通知你,里面装的不是糨糊。"

应春草猜道:"这里头啊,可能是一只小昆虫,蚂蚁什么的。"

大家说:"怎么想到活物上去了?"

应春草说:"我有过这样的一只小盒子,陪伴了我好多年。我藏过蚂蚁、小蚂蚱什么的。"

程远青说:"这里头的东西没生命。"

应春草说:"我看到盒子盖得很紧,心想里面没法装活的动物啊,否则就憋死了。"

安疆轻声地开口道:"土。"

大家一时没听清楚,追问道:"你说土,什么意思?盒子的式样土,还是另有含义?"

安疆说:"里面装的是土。我十几岁离开家的时候,表姐说你带上一点家乡的土。无论走多远,若是水土不服,捏一撮家乡土,沏水喝了,病就会好。当时,想找个铁盒子,没找到。后来用块家常布包上土。"

大家说:"盒子太小了,若是装土,沏一杯茶就得见底,两杯茶就喝干了。"

安疆说:"我想不出别的东西来。"

程远青说:"有诗意。可里面不是土。"

周云若说:"我能把这个盒子拿在手里吗?"

程远青说:"可以。"

发过言的说:"不公平。我们远远地看了一眼就猜,你却要拿在手里掂,占便宜了。"

周云若反驳道:"谁叫你们不问呢?程老师并没有说不准拿在手里猜啊!"

程远青说:"这个漏洞找得准。"

周云若说:"那您就把这个小铁盒给我吧。"

程远青把铁盒抛起来,在空中划出了一道优美的弧线,周云若灵巧地接到手里。

"这么沉啊!"周云若失声叫道。"我猜是一种金属。哦,我知道了,是钱。"

原来那是一盒子钱!——不对吧?是纸币,不会有这重量;是硬币,盒子不该喑哑无声。周云若察觉到自己的失误,反复察看盒子。有人不乐意了,说:"你看也看了,说也说了。不会干脆把盖子掀开吧?"

周云若悻悻地把盒子交出,说:"不是硬币,就是欧元。要不然,就是金子。"

大家就说:"欧元啥分量,不知道。金子恐怕还要重些。"

程远青点点头,等于宣布了周云若的失算。

现在,只剩下卜珍琪和成慕梅。二人的目光一交汇,成慕梅说:"你先。"

卜珍琪说:"能闻闻吗?"

程远青说:"行。"

卜珍琪把铁盒放在挺秀的鼻梁下方,用颀长的手指扇着气味,耸动精巧的鼻翼,轻轻嗅着。大家也都屏住气,等这位职场中精明的女性发表高见。

"有一种极为独特的香气。和我们通常所闻到的任何一种化妆品都不相同。盒子外表朴素,很有些年头了。当盒子还很新的时候,东西就装到里头了。很可能是洋货,装在纯粹国货的旧铁盒里,是一个伪装。"卜珍琪若有所思地向大家报告。

有人小声说:"卜珍琪你该到公安部门任职。"

程远青说:"已经靠近了答案。不过,它是纯粹国货。"

又是成慕梅垫底了。她兴味索然地看看大家说:"不猜。"

大家说:"都猜了,你为什么不猜?不行不行。"

成慕梅说:"猜不出来。"

大家说:"我们也都没说对啊。你最后一个猜,够占便宜的了。起码你已知道它不是化妆品,不是钱,不是土,不是活物,不是洋货,不是糨糊……"

成慕梅说:"就算知道了不是这几样,也没用。万物海了去了,猜不出来。"

僵持。成慕梅坚持不猜,组里出了一个"特区",程远青有点发愁。

褚强救场说:"我猜,是药。"

一听是药,大家来了精神。齐问:"什么药?"

褚强说:"那还用说,特效药呗。有香气,是国货,说明这是一味祖传中药,很沉,说明装得瓷实,大家都可分到一点。"

别墅内气氛高涨,还有什么比奇异的药材更能让癌症病人兴趣盎然!程远青赶紧泼冷水:"里面的东西和医学无关。"

成慕梅不想在第一天成为众矢之的,就说:"我试试吧。也猜这里藏的是药。"

大家说:"程博士都说过了,不是药。"

成慕梅道:"我这个药,和刚才那个药有所不同。不是治病的药,是致死的药。盒子虽小,若装氰化钾,把咱一干人放倒在这里,绰绰有余;砒霜,效果差点,估计也够了。"

大家毛骨悚然,不由得仔细端详这位最晚抵达的组员。她浓妆艳抹的脸上阴冷淡然。

程远青必须出手,停止这种恐怖的想象,很干脆地说:"你猜得不对。盒子里绝不是毒药,也不是炸药。你这样猜测,使我很难过,也让大家很不安。我想你是在开玩笑,是这样的吧?成慕梅。"眼光中有温和却不容抵挡的压力。

在大家目光的压榨下,成慕梅只好就坡下驴,说:"唔。我开玩笑。"

成慕梅收回了耸人听闻的揣测,大家重又关心盒子悬案。

程远青说:"我先给大家讲一个小故事。"

鹿路说:"我是个急脾气,先打开盒子,再讲故事,好不好?"

大家都说:"好!"

程远青说:"故事听完,就知道盒子里面是什么了。好多年前,当我还是个小姑娘的时候,经常到一个同学家给她补习功课。她脑子有点笨,但人很好,老实本分。她叫千叶……"

千叶的父母都去世了,千叶和奶奶一起过日子。千叶不喜欢读书,千叶说,她才不上大学呢,那得学多少年啊,得付多少学费啊,奶奶等不了那么多年了。千叶说她要早早上个中专,挣钱养活奶奶。千叶的奶奶可不这么想,她一心要让千叶上大学,觉得这才对得起千叶的爸爸妈妈。

奶奶不知道千叶是怎么想的。或者说她就算知道了千叶是怎么想的,她也不理睬,依然坚持自己的想法。千叶的奶奶找到了学校,希望学校派一个学习好的孩子,和千叶一起做作业。

这个活就派到了程远青头上。程远青每天放学以后,到千叶家去。趴在千叶家古老的红木小饭桌上,做功课。每当这时,千叶的奶奶就守在一旁,看着两个孩子一笔一画地写字,是莫大的享受。千叶不会做的功课,就请教程远青。程远青就一遍遍地告诉她。写完最后一个字,奶奶就像神仙似的,变出很多零食。爆米花啦,铁蚕豆啦,还有分成两堆的花生米。

"你们俩谁先挑?"奶奶对着花生米和垂涎欲滴的小姑娘说。

千叶每次都说:"远青你是客,你先挑。"

程远青说:"哪堆都行。我也看不出哪堆更大。"

奶奶就啧啧称赞道:"到底是好学生,就是不一样。一下子就看出来了。是,两堆一般多,都是一百粒。我一个个地数过了。"

也许一百粒花生米是个吉祥物,总之千叶的成绩有了很大的进步,有一次,居然得了生平第一个一百分。老奶奶把程远青叫到身边,说:"孩子,我谢谢你。"

少年程远青说:"老奶奶,这回全班有三十多个一百分呢,老师说题目出得太容易了。"

奶奶说:"奶奶不管这个。奶奶只知道这是千叶的第一个一百分,为了这个,奶奶要赏你。"

少年程远青说:"奶奶是要给我二百粒花生米吗?"

奶奶说:"这回不给你花生米了。花生米吃了就没有了。奶奶这次要给你一个能留存久远的物件。"

奶奶说:"千叶的爷爷早年间在宫里当差。宫里,你知道那是哪儿吗?"

少年程远青说:"我知道,是故宫。"

奶奶说千叶的爷爷从前干过一个特别的差事。宫里头活儿分得很细,看着笔的是一拨人,看着墨的又是一拨人。千叶的爷爷是看印泥的。

"印泥还用看啊?印泥又不会跑。"少年程远青说。

奶奶说,宫里用的印泥是特制的,含有上等朱砂,并加进了玛瑙、珍珠等多种宝物,俗称"八宝印泥"。皇帝的玉玺盖印时,用的就是这种印泥,永不褪色。千叶的爷爷冒着杀头的风险,从宫中偷出了一小坨八宝印泥,藏在家中。

"喏,这就是八宝印泥。我给你装了一小盒。不值钱,可没地儿淘换去。留个念想吧。奶奶看你是个读书人的坯子,读书人喜欢这个。"奶奶说着,把一个装香脂的小盒子递给了少年程远青。

……说到这里,中年程远青把手掌摊开,让那个小盒子如同一只被捕捉的蟋蟀,静静地躺在手心。

"哦……原来这盒子里面藏的是八宝印泥！"众人恍然大悟。

程远青慢慢地把盒子打开，由于年代久远，盒盖压得很紧，开启的时候，颇费了一点气力。

盒盖终于打开了，一股凛洌的芳香之气奔涌出来。不是俗气的茉莉玫瑰之香，也不是甜腻讨好的香草水果之香，更不是类似狐臭和皮革的国际香型，甚至也不是大富大贵的红木檀香之气，而是让人有轻微迷茫的沁人心脾的幽远肃穆之香。

八宝红印泥隆重奢华，有着君临天下的非凡气魄，纯净温润，不掺丝毫杂质，宛如一颗巨大的红珠。

程远青用自己的右手食指，在八宝印泥的中央，先按了一下，然后端端正正地在自己的那一份契约的签名一栏，按了下去。一个清晰宛若梅花花瓣的指纹出现了。

"哦……"大家恍然大悟。褚强最先响应程远青的号召，伸出自己汗毛浓重的手指，也在契约上按了手印。并问："一式两份吗？"

程远青道："对。自己存一份，我这儿留一份。"

有人觉得新奇，有人觉得好玩，有人觉得小题大做，有人觉得故弄玄虚……但一看组长副组长如此认真，加上契约对利益和责任都很公平，况且若真是自己一不留神谈出了隐私，契约也是极好的保护。纷纷伸出手指，在契约上留下了手印。

说来也怪，不管你是坚决还是迟疑地在契约上按了手印，只要自己的食指被这古色古香的八宝印泥所染，就好像被打上了共同的印记，有了重重的承诺。大家看着自己的红手指，孩子似的笑起来。

程远青说："第一次小组活动就到这里。签署了共同的文件，我们成为一个特殊的集体。汽笛已经拉响，我们的小船，能走多远，全靠各位水手的努力了。小组活动就要结束，希望大家用一句话，形容一下今天的感受。正的负的都可以。"

岳评抢先道："我先说。我的感受是：这是一个团结的小组，一个特殊的小组。我从来没有参加过这样的小组。我想谈以下四点看法……"

鹿路突然鼓起掌来，不怀好意的掌声，让岳评只得草草收场。

花岚说："我本来想来看看风头。要是好，就留下。要是不好，下次不来了。"

大家说："这算什么感受啊？况且，你下次还来不来了啊？你没说。"

花岚说："这还听不出来啊？当然是来啊。要是不来，就什么都不说了。"

鹿路说："按说我走南闯北的，见过的世面也不算少了。这种小组，没见过。稀奇。"

大家就问组长说："稀奇，算不算是心情？"

程远青说："你的稀奇是不是惊奇的意思？"

鹿路说："无奇不有的意思。"

程远青说："算。"

鹿路过关，出现了短暂的间歇。程远青说："我希望总乐意在后面发言的组员变变。"

卜珍琪警觉道："你是批评我吗？"

程远青说："建议。"

卜珍琪说："我感觉在这个小组里，今后会发生一些意料不到的事。拭目以待。"

这带有某种巫术预言的话，令人感到轻微的不安。程远青觉得有责任匡正，就说："你的意思是，将有很多事件可能发生，每一个人既是演员，又是观众。"

卜珍琪莞尔一笑道："不完全是这样。您若觉得这样说比较好，我就承认我是这个意思。"

安疆说："我说吧。我会把这些告诉政委。"

大家说："政委是谁？"

安疆说："政委就是政委。"

应春草说："看到大家都有这病，也许是我自私，心情好一些了。"

周云若说："挺累的，好像一天背了三百单词。为什么会有这种感觉？"

055

程远青说:"用心了,就累。"

有好几个人出长气,看来周云若说出了她们的真实感受。

成慕梅这回比较自觉,赶在倒数第二个说了话。"说不上好,也说不上不好。"

褚强说:"我本来以为会碰到一些怪人,现在觉得挺亲切的,不怪。"

大家都很高兴。一位年轻的男士,觉得患了乳腺癌的女人很亲切,这很好。

程远青看着她的组员们。青黄的面色,游弋的眼神,散乱的假发,枯萎的身体……比她领导过的任何小组都更抑郁和孱弱。她要帮助她们流出眼泪并承受眼泪之后的忧愁,要把她们拖回她们想要回避的那些惨痛记忆,那些记忆对于她们是一种罪恶的宝贝。它们是深夜出来作祟的魔鬼,痛苦就是它们潜藏的巢穴。当她们因为太痛苦企图逃走的时候,她要轻轻地但是绝不迟疑地把她们重新投入火焰,让过去化为灰烬,让火苗编织出新的羽毛,助她们飞翔。

任重而道远。

她说:"我的感受是——时间过得真快!乳癌小组的第一次活动到此结束。"

|第 8 章|
夜半铃声

他忍着呛人的狗肉气味（也许在爱好者鼻子里，正是诱人的香气），认真地察看了狗肉店的每一个犄角旮旯，以致让领位小姐怀疑他是微服私访的检疫人员。他挑了一个靠窗的座位，点了和狗肉无关的凉菜还有啤酒。他悠闲地喝着啤酒，认定这个地方非常适宜自戕。墙上没有多余的饰物，只要把桌椅搬开，爆炸之后就不会引发火灾。时间以晚上打烊前为宜，先让店员们退出，才不会伤及无辜。他这样想着，背靠着墙壁，把沉重的扎啤杯子紧靠在胸前，假设那是筒装的爆炸装置，然后一饮而尽。

褚强回到家，后背像被人狂殴一般酸痛。他知道这是在小组活动中，精神高度紧张所致。很想痛痛快快大睡一场，申凌来了。工作和情感，在大脑中分属不同的区域，软塌塌的褚强，转眼又生龙活虎。

褚强说："你怎么来了？"

申凌说："瞧你这口气，好像不稀罕我来似的。那好，我这就走。"

褚强赶紧做了一个老鹰捉小鸡时鸡妈妈的动作，说："我是喜出望外。要是早知道你来，我就把屋里收拾干净。"说着，把泡着袜子的塑料盆，不动声色地用脚踢到床下。

申凌说："我又不是检查卫生的。你甭遮遮掩掩，反正我也不会给你洗。"

褚强嬉皮笑脸道："哪敢有那非分之想呢。主要是怕熏了你。"

申凌说："我不怕熏。就怕你变心。你如今是一枝独秀，扎在女人堆里。"

"那也叫女人？一堆枯枝败叶。"褚强故意贬斥癌症小组，虽于心不忍，但为了爱情，也就让她们牺牲一回。

申凌说："把你们小组活动的事，讲给我听听。"

褚强为难了："程博士不让讲。"

申凌变色说："我重要还是程博士重要？"

褚强知道自己即将步入一个危险的连环陷阱，马上封门道："当然是你重要。咱别说工作了，好不好？"

申凌锲而不舍："把你小组的事抖搂点，也是个乐子。我保证不跟任何人说，咱们俩，谁和谁啊，不就是一个人吗？"

褚强爱听这话，心就软了。他把小组的事当成讨好申凌的机会，星星点点透露若干。不时想到程远青的叮嘱，舌头就抵住了牙床。申凌正听得有趣，哪里容他收兵。他坚持不说，申凌就把好看的小嘴噘成"O"形，说："你爱不爱我？"

褚强赶紧表决心，说爱到地老天荒。申凌抢白他说："你要是爱我，就说下去。"

褚强说："爱你和小组有什么关系啊？"

申凌说："关系大了。爱和所有的东西都有关系。"

恋爱中的女孩，愿意把一丁点儿的小事都和爱联系起来，褚强哭笑不得，禁不住申凌死缠烂打，就把小组的事像挤牙膏一般说着，真真假假，编故事哄申凌。申凌听得还挺上瘾，说："跟这拨人一比，咱实在是太幸福了。嗨！你说，这个小组活动中，会不会死人？"

褚强吓了一大跳，说："你想点好的成不成？我还真没想过谁会死在小组里。"

申凌撇着嘴说："别这么一惊一乍，留神吓着谁！都是癌症病人，死个一个两个的，才合逻辑。猜猜看，你这个组里，谁第一个死？"

年轻的女孩,可能觉得死亡遥不可及,喜欢把它当成一个谜语。"

褚强说:"不知道。"

申凌说:"我知道。"

褚强说:"谁?"

申凌说:"我看那个叫成慕梅的人先死。"

褚强说:"有何根据啊?你也没见过她。她脸色虽说差点,大面上还行。"

申凌说:"直觉。女人的直觉,你不服行吗?"

褚强举手投降说:"我服我服。服到五体投地。"

褚强上班,看到自己办公桌上,放着一个白色信封。褚强任职隽永生物公司综合部,公务函件不少。但这封信有些古怪,收信人的单位地址和姓名一应俱全,寄信人一栏中,却只留下"内详"两字。

说实话,褚强还真没收到过如此神秘的信件。

他饶有兴趣地打开了信封。一张雪白的 A4 纸,上面以 3 号黑体字打印着一行字:

请找到第 1 版第 12 次印刷的《现代汉语词典》,打开第 1253 页。看看第 11 个字……

褚强觉得很有趣。谁在和他开玩笑?看看邮戳,本市寄出的。他有十分把握这是申凌干的。这个小文员,字典、A4 纸和打印机,正是她朝夕相伴的作案工具。故弄玄虚是此人的长项。

不管怎么说,褚强还是要抓紧时间找到那本"现汉",查查是个什么字。不然,下次约会,小姑奶奶问起来,褚强答不出,就要看她的脸色了。

"现汉"本是最常见的工具书,但寻找起来却比想象的困难。褚强楼上楼下穿行,跑出一头汗。有"现汉"的人倒是不少,但这个指定的版本实在是太老。它是 20 世纪 70 年代末期的产物,在电子时代,简直相当于乾隆时期的花瓶。天可怜,褚强最后终于在广告部的一位老编辑那里,找到了这个宝贝。再三道谢之后,褚强夹着来之不易的"现汉",回到自己蚁巢般的办公隔断。

倒要看看申凌搞的什么鬼。褚强翻到第 1253 页,食指捋着向下数,找到了那个字,真是又好气又好笑。这是一个非常普通的字——"小"。"小"什么呢?小张小李小褚小刀会小气鬼小心翼翼小不忍则乱大谋……不知道。褚强苦笑,交了这么一个鬼点子甚多的女朋友,你就得适应她的鬼把戏。目前只有按兵不动,看看后面还有什么花样,申凌是不会虎头蛇尾的。

吕总裁召见褚强。作为低级职员,走进总裁阔大的办公室,褚强既兴奋又紧张。办公室的氛围更加重了褚强的不安。一个成心不让人舒服的地方,光滑的深胡桃木把所有裸露在外的细节都包裹起来,好像一把整装待发的猎枪。

吕克闸在甲板一般辽阔的办公桌后面说:"把癌症小组的进展汇报一下。"

褚强说:"小组在程博士的领导下,已经正式启动。"

吕克闸问:"都是货真价实的癌症病人吗?"

褚强说:"是。"

吕克闸说:"详细讲讲。"

褚强沉吟,总裁不是申凌,不能乱编乱讲,只得说:"程博士不让讲。"

吕克闸说:"好。忠于职守。只是,是程博士发你工资还是我发你工资?"

褚强低头道:"您。"

吕克闸说:"你知道吗,连程博士的工资也要我发。"

褚强见缝插针道:"那您就让程博士给您汇报。"

吕克闸笑了,说:"脑筋急转弯。好吧,关于小组的事,我直接问她。"

但关于程博士的事,我只有问你了。你是公司派出人员。"

褚强想,谈程博士,这倒不违背原则,便把有关信息一一报出。吕克闸不动声色地听完,示意褚强可以离开了。

吕克闸起身,躲到弧形的外飘窗前,看着楼下熙熙攘攘的人群,想着那个在酒吧喝清水的女人。她为自己的婚姻和年纪自卑,原来她玉树临风的镇定之下,也有软肋。

谁没有软肋呢?吕克闸凭着自己艰苦卓绝的奋斗,有了隽永生物公司今天的局面,他没有一个知心朋友,睡梦中永远睁着一只眼睛,和老婆也是同床异梦。和这位心理博士在一起,有一种奇怪的感觉。吕克闸认识无数女人,从铁腕娘子到百媚千娇的小姐,如此特立独行的女人头一回见。她有一种单纯到透明的风度,甚至是傻,居然对着一群社会上的药渣滓,述说自己失败的婚姻。然而她骨子里的强悍、敏锐和原则性,又如同檀香,不动声色地熏染着每一个靠近她的人。

吕克闸看了一下日程表,拨响了程远青的电话。

"程博士,您好。不知道您是否还记得我?我是吕克闸。"总裁彬彬有礼。

程远青有一点意外,很快回答:"当然记得。有什么事吗?"

"我想创造一个让您再次感谢我的机会。"吕克闸说。

程远青不知总裁卖的什么关子,鉴于工作关系,斟酌着说:"感谢您的邀请,只是没时间。小组刚开始活动,有很多准备工作要做。"

吕克闸怎能善罢甘休,说:"你知道,由于历史的原因,我对癌症小组很关心,想听你详细谈谈。"

程远青想到了吕克闸的双亲,动了恻隐之心。她筹划了一下自己的时间,说:"我只有明天下午有点时间。但要一鱼两吃。"

吕克闸来了兴趣,说:"什么叫一鱼两吃?你不是要请客吧?"

程远青说:"时间是一条鱼。一吃就是同你谈天。还有一吃,是想找个地方与小组的人讨论死亡。"

吕克闸倒抽凉气,一个文静的女子,居然组织一帮癌症病人谈死亡,也太嚣张了。他说："死亡不需要讨论。那种感受，刻骨铭心。"

程远青说："如果说世上有什么人应该讨论死亡，我以为癌症病人和他们的家属，首当其冲。"

吕克闸说："听你这样一讲，我倒很想参加讨论。"

程远青断然拒绝："很抱歉，您不是小组成员，不能参加。明天下午两点公墓门口见。"

程远青换了家常的棉花绒布衣裤，踩着软底的布拖鞋，浇了浇叶子有些打蔫的巴西铁，为自己做了简单的饭，又在沙发上躺了一阵，决定洗一个热水澡。

洗手间里装有按摩浴缸。朋友说，远青，在这一点上，你比较腐化。

程远青说："我孤身一人，也无人爱抚，装了按摩机关，代替耳鬓厮磨。"

朋友说："如此说来，有朝一日你结了婚，这个浴缸就可拆除了？"

程远青说："对。那就装一个双人浴缸啦！"

程远青放好水，卧进水中。她感到轻微的压迫感，那是温柔的水聚集在一起的力量。薄荷浴盐倒入水中，软滑的绿色颗粒像幽灵一般在她胸前的水中，划出飘逸降落的轨迹，沿着她还算光滑的皮肤，四处飞舞。随着时间的推移，水珠浸酥了浴盐，浴盐锋利的边缘变得模糊，浮起了绒毛样花纹。每一粒浴盐，都各自为战变成薄荷色的太阳，浅绿的光芒蜿蜒扩散，无数丝线般的羽翼朦胧地飞舞着，把一盆水，染作碧青琥珀，散发清凉气息。

程远青静默地注视着浴盐溶解的过程。也许按照正规的步骤，她该先把浴盐溶解在水中，然后再把身体沉浸。但是，在观察浴盐溶化的过程中，她总能感到一种轻盈的快乐，自己的疲倦，也随着浴盐的消解，渐轻渐淡。

程远青把按摩开关打开，水流汹涌地激荡起来。管道中储留的冷水，让她打了个寒战。芬芳的水，泛起无数珍珠样的气泡，把她包裹起来。

程远青昏昏欲睡，随波逐流。

电话铃响了。她最近买了一个新电话。铃响的同时，一个电子合成的女声，刻板而忠诚地报出一连串阿拉伯数字。

程远青泡得正舒服，合上眼睛，不肯接电话。不是褚强打来的，也不是任何一个程远青的朋友打来的。来电终于哑了。程远青很高兴。可惜，没容她享受五分钟，铃声又顽强地响起来，余音袅袅，还是刚才那个号码。

什么人？什么事？不肯罢休？

程远青琢磨起来。思量的结果还是不理睬。也许只是一个拨错了的电话，别让它毁了自己的惬意。铃声无望地响了很久，沉寂下去。这一次，程远青有些不安。她把身体略微擦了一下，披着浴巾走到卧室，把电话机移到了浴缸旁边。话机像机警的癞蛤蟆，原先鼓噪一片，后来听到了捕捉的脚步声，就再也不响了。当洗发香波盖满程远青脑瓜顶的时候，那个奇怪的电话又响起来了。

真讨厌！程远青用毛巾把湿淋淋的头发包上，抓起电话。

"喂，你好。"程远青关了按摩机关，让水波静下来。

"程博士，你好。"青檀样的男声，空旷深远。

"请问，您是哪位？"

"程博士，你听不出我的声音吗？"对方有些失望。

程远青最不喜欢这种欲盖弥彰的表达方式。她硬邦邦地说："不好意思，听不出来。"

"我是成慕海。"对方不得不自报家门。

"噢。您找我，有什么事吗？"成慕梅出席小组的表现，让程远青有几分吃不准，对成慕海的来电不敢大意。

"程博士，我知道您现在一定是又累又乏，特别想好好休息一下。打扰您，很抱歉。"

也许是成慕海富有魅力的嗓音，也许是他温柔地提到了程远青的累和乏，或者是等了这么半天，若是三言两语地就放下了电话，程远青也觉得对不起自己里里外外这一番折腾，态度略显热情地说："不客气。

你说好了。"

成慕海说:"小组会开得怎样?"

程远青反问道:"你为什么对这件事如此感兴趣?"

成慕海说:"因为是我动员妹妹参加小组的,怕她受委屈。"

程远青说:"那你该去问你妹妹,而不是问我。"

成慕海说:"我问了她。正因为问了她,我有些不安,才来问您。"

程远青说:"成慕梅说了什么?"

成慕海说:"所有的。"

程远青一惊:"什么叫——所有的?"

成慕海说:"就是小组活动过程中发生的所有事情。包括,你指责她总是最后一个发言。"

程远青愣住了。她举着话筒,半天不知道说什么好。在她担当组长的所有小组当中,还没出现过内奸。惊讶使她忘记避开发丝淌下来的泡沫,眼珠被腌得如同泡菜。程远青焦躁地说:"既然是所有的,那你妹妹一定同你说了纪律——小组的活动是完全保密的。"

成慕海轻笑着说:"当然,说了。这么重要的话,她怎能不同我说呢?"

程远青愤怒道:"那她岂不是明知故犯?!"

成慕海说:"程博士,我听出您生慕梅的气了。她是一个循规蹈矩的人,因此她很孤独。我是她的孪生哥哥,我不知道您对孪生子有没有研究?"

程远青强忍住火气和眼珠的涩痛,说:"有一点。不多。"

成慕海说:"孪生子之间有一种感应。即使成慕梅不说,我对她的精神和感觉,也都会有反应。这是天意,没有办法的事情。"

程远青说:"你的意思是,你就这样成为我的小组的一个旁听生了吗?"

成慕海说:"我以下所说,均是慕梅的意见,若有不恭之处,请您谅解。小组是从社会上招募的乌合之众,而乌合之众的特点,就是集体的智商低于个体的智商……"

程远青虽再三告诫自己要沉住气,但还是忍不住打断道:"请你不要出口伤人!"

成慕海说:"程博士,您别动气。慕梅她就是这样说的。小组组员,文化出身身份教养……一切方面,都鱼龙混杂泥沙俱下,不具备可比性。"

程远青恼火地说:"这叫异质性小组,正是在这些不同层面人群的碰撞之中,成长的变化才奇妙地出现了。她懂不懂?!"

成慕海用很好听的男低音说:"她不懂。一般人都不懂,博士。"

这话让程远青清醒了一点,说:"成先生,下次聚会的时候,我可能会就此做些说明。"

成慕海说:"我现在有一个顾虑。讲多了,您红颜一怒,把我妹妹开除了,我还是不讲的好。"

程远青冷笑道:"你就是只字不讲,我也已有足够的理由开除成慕梅。"

成慕海说:"程博士,我猜您不会。"

程远青杏眼圆睁,这样就使更多的洗发液顺着眼角细碎的皱纹,淹没了眼珠。她刚想说出几句掷地有声的话,没想到成慕海突然柔声道:"程博士,我等一会儿再把电话打给您。"

程远青不知何意,想早早作结,便说:"有什么你就说完吧。"

成慕海说:"我猜您正在洗头。肥皂水流到眼睛里的滋味很不好受,快把头发擦干吧。"

还没等程远青醒过味来,对方已把电话挂了。

程远青愣怔了片刻,心想简直遇到了魔鬼!他怎么知道的?程远青顾不上细想,先把自己的眼睛从水深火热中救出来。

成慕海的耐性足够好,当程远青自己里里外外收拾干爽之后,他的电话才来。

"程博士,刚才很对不起。"成慕海的声音带着关怀。

面对问候,程远青不好意思太冷淡,便说:"没关系。只是,你怎么知道我在洗头?"

成慕海说:"这要感谢您配备了质地优良的电话。听筒在您耳边摩擦,我听到细碎的泡沫破裂的声音。"

程远青失声道:"这么灵敏啊!"一边暗自嘀咕,也许成慕海还猜到了她在浴缸中,不过留了面子不曾说破。

成慕海误会了,说:"我的感官就是要比一般人灵敏。也许因为双胞胎的关系,总有双份的力量。慕梅告诉我小组的情况,是生理决定的,和道德纪律无关。和您的御用八宝印泥也无关。"

不提还好,一提小组活动的细节,程远青又震怒难耐。她说:"你凭什么说我不敢开除你妹妹?这是我的权力!泄密者被剔除,别说双胞胎,就是三胞胎四胞胎,也一样得打道回府。"

成慕海不急不躁,说:"正因为了解您,信任您,我才把真相告诉您。您崇尚真话,我追随您。对一个说了真话的人,以这种方式惩罚他的诚实,程博士,这不好吧?不合适吧?您要讲诚信,不能出尔反尔。"

程远青气得肝痛,但不得不承认这家伙攻伐有度,让人难以作答。成慕海继续说:"如果开除了慕梅,您如何回答小组成员的疑问?当然您可以嫁祸于人,说是成慕梅自动退出,但这就违背了您说真话的原则。您也不能选择沉默,因为组员需要您的解释。如果您以真情相告,小组内必生惶恐。内情已然泄露,人人都要揣测成慕梅的哥哥究竟是个怎样的人……所以,不能开除慕梅,这不是我恳求您,是为了小组的最高利益,您必得投鼠忌器。"

程远青气得肝颤,说:"成慕海,你想操纵我,对你妹妹的泄密无动于衷,容忍你的冷眼旁观。"

成慕海说:"程博士,您不要生那么大的气。我很尊敬您的,您这样说,让我心中很不安。我哪有能力操纵您,您高估我了。即使真出现了您说的这种情况,也绝非我的本意。我只是想告诉您,因为我和妹妹血脉相连,我得知了小组的某些事情,这个事实,已不可更改。我只有发誓,永不泄密。"

程远青说:"你如此关注小组,到底想干什么?"

成慕海说:"为了妹妹的性命。我提醒您兼听则明,偏听则暗。您刚才说我是冷眼旁观,我觉得冤枉。给您改一个字,我不是冷眼,是热眼旁观。"

程远青大惑不解道:"成慕海先生,以我多年研究心理学的经验,我想不通你对小组为什么这样感兴趣。"

成慕海说:"程博士,我猜您的头发湿漉漉地披在肩上,一定很不舒服,快去吹干吧。关于我的问题说来话长,以后再聊。祝您晚安。"说完,利利索索收线了。

程远青怔怔地望着一池碧水,心想,本想除累解乏,求个好觉,现在恐怕一夜无眠了。

第9章
墓地游戏

公墓门口，一身雪白运动服的吕克闸和程远青打招呼："你好啊！哪儿不成，为什么要到坟场呢？"微笑着迎上来。

"这儿清静。"程远青回报以淡淡的一笑。老板要应付，小组的活动场所也要落实，把这两者结合在一处，有点滑稽。

城里人满为患，只有墓园保持着孤寂的凄冷。早就不让土葬了，墓穴最少也有半个世纪以上的历史，石刻斑驳。已是秋天，百花凋残，只有松柏和耐寒的树木，还点缀着苍绿或是枯黄的颜色，在蓝天的辉映之下，有一种剪纸样的脆弱感。从稀疏的林叶间透下的阳光，晒在身上，温暖得令人感动。略带青蒿气味的空气，充填进被都市汽油废气腌渍的肺脏，让人只想悠长地呼吸，不想说任何话。

程远青看到吕克闸双肘抱肩，说："很抱歉和你在这里见面。"

吕克闸哑着嗓子说："没什么，我觉得很好。别开生面。"

程远青说："可是你的姿势出卖了你，在身体语言的字典里，它表示的是拒绝。"

"是吗？"吕克闸颇感诧异，下意识地把双肘松开。但是，很快，好像被旋风包裹着，又把肩部抱起来。他是个聪明人，略一思忖，释然道："父母逝去后，我是第一次到墓园，不愿沉浸到往事中。"

程远青说："触动了你的隐痛，请原谅。"

吕克闸说:"没什么。我总是要面对这个地方。这是人生的归宿。"

两人默默前行。从远处看,墓地草木聚集,很多地方似乎是不能进人的。当你真正靠过去,才看到树干和树叶渐渐分开,好像少女纷披长发之下掩盖的面庞。地面的汉白玉墓座已然残缺,刚放置好的时候,想必是洁白的新鲜的,一如那刚刚诞生的死亡。如今,死亡已苍老,汉白玉上覆盖着暗绿的苔藓,孤寂而沉着。在这旧宫似的汉白玉之下,骨架飘散了热度,肌肤化成粉色尘埃,血液干涸为蚂蚁的触须,经脉酥碎得像粉丝。死亡就这样变得平凡了。

程远青抚摸着树叶,仿佛在和无数逝去的人握手。过往的生命,已进入了树林的年轮。树叶的纹路就是那些人的掌纹。走到一块略微空旷的地方,程远青四处打量,用脚尖踢踢碎石,看地面是否平坦。

吕克闸不解道:"您要在这里安营扎寨?"

"做游戏。"程远青说。

吕克闸吓得一个趔趄。"在坟场做游戏?我的博士!您不是在林间中了蛊吧?那是一些什么人?癌症女人!您把小组活动选在这儿,人家来不来,我不敢说,也许您有魅力有魔法,能让她们来。您还要在墓穴旁边做游戏,博士,会把狐狸精招来的。"

程远青说:"您说得很对,癌症病人必须面对死亡,不管他们是愿意还是不愿意。那是强行送达的请柬,晚宴就要开始。在墓地进行一次小组活动,是既定方针。具体步骤,我要万无一失。"

吕克闸说:"我首先想到准备一辆救护车。谁要是现场休克,马上送急救中心。"

程远青说:"不用那么隆重,急救药品我会备一些。其实,最危险的地方,常常是最安全的。"

吕克闸不解道:"此话怎讲?"

程远青看着一丛萧索的野草说:"死亡通常可以分为两种,突然的死亡和缓慢的死亡。"

吕克闸一点就透,说:"癌症是一种缓慢的死亡。"

069

程远青说:"癌症比心肌梗死脑溢血要仁慈得多。癌症病人通常有足够的时间来思索死亡,他们对这件事的了解,比我们想象的要深广得多。"

吕克闸说:"不会痛哭流涕?不会捶胸顿足?不会怨气冲天?不会咬牙切齿?"

程远青从地上捡起一朵枯萎的小花,花瓣脆得像半只昆虫翅膀。说:"都会。吕总裁,你挺了解情况。"

吕克闸垂下头说:"这一切我都经历过。"

程远青说:"这是每个人的必修课。"

吕克闸说:"既然躲不过,就早点开始。套用一句高尔基的格言:让暴风雨来得更猛烈些吧!"

程远青嗔怪道:"太猛烈了不行。要和风细雨,润物无声。"

吕克闸叹口气说:"隔行如隔山。我第一次觉得自己这么无知。"

程远青说:"心理学是一门非常年轻的学问。说来伤感,人们对外太空的了解,比对自己的内心多得多。人一得了癌症,好像上了死亡传送带,被打入黑洞。癌症是荒火,掠过之处,幻想成灰,欢乐失色,礼物破碎,成绩无光,信心瓦解,残留下来的只是恐惧和绝望的黑石头。其实死亡是宁静和安详的,我们不过是地球上的暂住者,死亡是我们成长的最后阶段。"

吕克闸若有所思,看着这些话落在阳光照射的枯叶之中,被它们吸附得无影无踪。

两人漫步着,饶有兴趣地观察着一个个墓碑。吕克闸说:"起码在这里,你会感觉死亡是不可避免的。你看那个墓碑上记载的人身世显赫,这个人呢,一生平平。到头来,都是一抔黄土掩埋。"

程远青说:"人的生存就是一个向着死亡的存在。墓地是明证,比什么都有说服力。"

吕克闸若有所思地说:"哪次开公司中层会议,我把大家请到这里来。"

程远青笑道："估计那是你发不出年终红包，又要大家同仇敌忾奋战的时候，就要到这里来了。"

吕克闸说："你这样一讲，只怕我是没有机会到这里来开会了。言归正传，需要我帮什么忙？"

程远青看似闲溜达，其实已把小组活动的地点踩好。她说："吕老板要帮我三个忙。"

吕克闸说："只要用钱办得到，三十个也不在话下。"

程远青说："第一个，我需要在未来一月之内的天气预报，力求精确。"

吕克闸说："稀奇。你是要出海捕鱼还是旅游探险？"

程远青说："我要预定一个小组活动日期，天气晴好，无风无雨。因为是露天活动，组员们身体欠佳，所以温度要不冷不热。"

吕克闸说："这个不难。说第二个吧。"

"需要十几把椅子摆在林间的空地上。"

吕克闸说："质地尺寸？真皮的还是布艺的？"

程远青笑道："最普通的木椅子就成。最好能有个布垫，别让组员受凉。毕竟在户外。"

吕克闸说："这太简单了。"

程远青说："这第三个，有点难度。此区域百米之内，届时能保持安静，无人打扰。"

吕克闸说："这最易办到。无非和管理者打个招呼，塞点小钱，让他们劝说偶尔来扫墓的人，绕道而行。"

程远青说："吕老板，我代表所有的组员谢谢你。"

吕克闸说："我接受你的谢意，只是这称呼要改改。"

程远青莫名其妙地说："改成什么？"

吕克闸说："改成吕秘书。"

程远青大笑道："主动请缨，这会儿反倒闹情绪了。"

吕克闸说："不是闹情绪，是要报酬。"

程远青说："那你就自支自领吧。"

吕克闸说:"我帮了你三个忙,你要帮一个忙作为报酬。"

程远青说:"我不一定还报得起。可以试一试。"

吕克闸说:"我的忙很简单,只是想知道你将在这里干什么。比如,你要玩什么游戏?"看到程远青张口结舌,吕克闸说:"你别做出江姐的样子。我不参加你的小组,也不逼迫你说出活动详情,只是单纯的好奇。也不知你用了什么手腕,我的下属褚强居然宁死不说内幕,这倒让我更生纳闷。"

程远青像个孩子似的得意起来,为着褚强的忠诚。她说:"你是想让我把这次小组活动内容告诉你。因为小组尚未活动,所以也不算泄密。"

吕克闸说:"做生意讲究礼尚往来。如果你这次回绝,以后吕秘书就怠工了。"

程远青知道这半是玩笑,但所有的玩笑都有真意编织其中。程远青说:"好吧。那我就考考你。你及格了,我就把小组预案告诉你。如果冥顽未开,恕我不谈。"

吕克闸觉得很好玩,说:"我智商一百四十呢。"于是,程远青在前面走,吕克闸在后面跟,步履匆匆,好像两个寻找先人遗骨的后人。

回到刚才那块空旷的场地,程远青说:"十把椅子运到了,你怎么摆放?"

吕克闸环视四周,说:"这难不住我。摆成一个椭圆形。"

程远青说:"为什么是椭圆形?"

吕克闸说:"我的会议室席位就是椭圆形的。"

程远青说:"错了,总裁。我不管您的会议室如何摆放,小组的座位必须是一个尽可能周正的圆形。"

吕克闸说:"我知道你说的那个游戏是什么了。丢手绢。所以要尽可能的圆。"

程远青说:"圆是为了所有的人都看到别人的眼睛。每个人就像一枚银戒,连起来就是银链。如果不圆,风可以从那里吹进,内气可以从那里泄走,凝聚力就散了。"

吕克闸拍拍额头，说："程博士，你是一宗浪费罪的主谋。"

程远青讶然道："从何谈起？"

吕克闸说："我要把隽永生物公司的会议桌改成正圆形，你说这不是浪费吗？"

程远青说："那我就不说了。要不，岂不罪上加罪？"

吕克闸只好恳求道："我赦免您了。您说下去。"

程远青说："我会先让组员在墓地散步。"

吕克闸说："就像咱们这样？"

程远青说："不能两个人一起走，要独处。不得说笑。"

吕克闸说："孤苦伶仃地一个人在墓地走，那可够疹人的。也许会碰见磷火。"

程远青正色道："现代人独处的时间太少了，无时无刻不是在人海包围之中，但死亡会单独会见你。对于癌症病人来说，必得练就从容面对死亡的本领。"

吕克闸说："我明白了，这是预演人生的最后一幕。你就不怕震耳欲聋的哭声，袭扰这里安睡的灵魂？"

程远青说："我希望这里安睡的灵魂，把一种对于死亡的达观传达给我的组员。你不觉得连这里的空气，都对心神有一种安抚作用吗？"

吕克闸说："匪夷所思。接下来呢？"

程远青说："我会让大家畅谈体会。死亡虽是孤独的，但当你确知有人和你一样恐惧和哀伤之时，力量也随之崛起。"

吕克闸半信半疑，说："真是这样吗？"

程远青说："这是有科学依据的。当一个人知道自己要死的时候，一般要经历惊愕、否认、愤怒到接纳这样几个阶段，有同伴和没有同伴大不一样。"

吕克闸说："好吧，就算你的组员大彻大悟，然后干什么呢？"

程远青说："我会让组员们一、二报数。"

吕克闸说："怎么又改兵营了？"

程远青说："组员结为对子，报一号的人，可以运用任何动作，描绘心中的想法。类似现代舞，没有固定的脚本，全看你自己的临场发挥。报二号的人，当回影子，一号做什么，你就做什么。简而言之，就是亦步亦趋。"

吕克闸说："这倒有趣。您把小组变成了舞蹈训练班。可我要是不会跳舞呢？"

程远青说："像您这样调皮捣蛋的组员少。"

吕克闸说："如果我参加小组，我就会这样。实事求是嘛！"

程远青说："您真不会跳舞吗？这样的老板不多。"

吕克闸说："我会慢走。"

程远青说："那您就慢走吧。您的二号追随您。"

两个人说着，渐渐从墓园的深处走出。

"在您的游戏里，可以打人吗？"吕克闸问。

"原则上是可以的。但您要注意啊，您的影子模仿您的一切行动和力度，如果您打了他，他会原样奉还。"

"可以一动不动像冻僵的毒蛇一样吗？"吕克闸沉浸在意象中，感觉十分有趣。

"行啊。但是，在这一切背后都有原因，当游戏结束之后，你需体察自己内心的呼唤。"程远青说。"你为什么要打人？为什么要做毒蛇？"

吕克闸一惊，这个女人已经在不知不觉当中，像剔骨刀一样，把刀尖楔进了自己的要害。刀锋太凌厉了，你甚至都还未觉到痛，就看到了血。吕克闸赶快把自己包扎起来，说："好了，程博士，不敢过多刺探小组的秘密，我猜您一定早烦了吧？"

程远青知道吕克闸已觉不安，就此打住。

两个人便专心看风景。午后的太阳光，给晦暗的墓园带来了生机。程远青俯下身，看着每一株青草每一朵小花，如同探望自己的亲人。在墓碑潮湿的阴影里，蜗牛铺出银色的带子，蝴蝶的翅膀像平衡木冠军一张一合，亮蓝色皮肤的金龟子愤怒地飞走了，只剩下它片刻前的恋人——一颗饱满的紫红果实,气得半只脸白了起来。一朵有着锯齿样边缘的野菊花,无拘无束地微笑着,一如换牙的女孩儿。

程远青不由得赞叹:"多美丽啊!"

吕克闸看看表,恋恋不舍地说:"真糟糕,我还有一个会。"

快走到墓园门口,吕克闸突然问道:"程博士,要是我和您玩这个一号二号的游戏,您觉得怎么样?"

程远青一愣,说:"游戏不是人人都可以玩的。"

吕克闸锲而不舍:"可以假设嘛!从宏观意义上说,人生也是大游戏。"

程远青不得不表态道:"您想让我当您的影子?知道这个游戏的规则吗?继续玩下去,位置互换,一号将成为影子。"

语带双关。不管吕克闸从哪个层面理解,信息都很清晰。

吕克闸说:"开个玩笑,一号要是拥抱二号,作为规则,二号也要拥抱一号啊。"

程远青说:"谢谢您的提醒。我在这个游戏中,要加一个补充规定,双方可以厮打,但不能拥抱。"

吕克闸说:"一般的人和心理学家谈恋爱,是不是很难?"

程远青说:"基本是的。"

| 第 10 章 |
天堂里的政委

安疆听到医生说她乳房上的包块很可能是恶性时,由衷地微笑。医生使劲揉眼皮,掉了好几根睫毛。

欣喜从胸前升起,流向全身。感谢这个肿物,像一只可爱的手榴弹,可以粉碎她的生命。她不敢自杀,自杀是自绝于人民的说法,镂刻在心。对啦!这肯定是政委的安排。政委是很讲策略的人,办事周到,滴水不漏。

医生义正词严地说:"必须立即手术。"宣布这种决定的时候,口气总是充满自豪。安疆没有慌乱和哀求,平静地说:"我要和家里人商量一下。"

医生说:"要快。每一分钟,肿瘤细胞都在一个变两个,两个变四个,四个变无数……"

安疆不为医生的算术所动,说:"一有了消息我就告诉你。你可千万别着急啊。"

老太太说完,扔下怅然若失的医生,款款离开了医院。医生对护士说:"病人叫我不要着急,行医以来第一例。"

第二天,安疆没有来。第三天,也没有来。一个星期之后,安疆来了。医生说:"商量了?"

老太太说:"商量了。"

医生用笔尖戳着登记表:"马上动手术吧。"

老太太说:"不。他说让我吃半年的中药。"

医生火了，说："他是谁？怎么这么糊涂！这是能等的事吗？"

老太太说："你怎能说他糊涂？他是政委！"

医生说："政委有什么了不起的？毛主席得了病，还得听医生的呢！他是哪儿的政委？"

老太太说："我老伴。"

医生扑哧笑出来，虽说面对这样严重的病人是不适合笑的，但医生要是一辈子只在能笑的场合笑，他就要闷死了。医生说："请你们家的政委来一趟，我同他谈。让他下午来。"

老太太说："政委下午来不了。"

医生说："那就明天上午吧。你叫政委早点来啊，晚了有会诊。"

老太太说："明天政委也来不了。"

医生火了："那你说什么时间能来？"

老太太说："政委什么时候也没法来。"

医生冷笑着一字一顿地说："为——什——么？"

老太太两字一顿地回答："政委——已经——死了。"

医生脸上的冷笑蔓延成了后颈窝的冷汗。不是政委的死讯，医生不怕死人。医生怕活人——面前这个被癌症舔在舌尖的老太太，口唇微微上翘，仪态祥和从容。

要不是在系统检查里，确认老太太没有任何精神疾病，也没患著名的阿尔兹海默症——也就是老年性痴呆，医生真要立即送她到精神病院。

错愕之后，医生恢复了镇定，和蔼可亲地说："老人家，您是说，您的丈夫已经去世了？"

"是。六年前。"老太太口齿清晰。

"那么，您说和家人商量手术，是和儿女商量吗？"医生问。

"我和政委结婚几十年，什么都好，就是没有儿女。"安疆表示遗憾。

"那和谁商量？"医生的话语变得短促。

"就是和政委商量。你没听清楚啊？"安疆怪起医生。

医生的态度超凡脱俗地好起来："政委已经去世六年，您如何与他商量？"

"这很容易。临睡前，要用热水泡脚。把要问政委的事，在嘴里多念叨几遍，接着就睡。半夜中，政委会来，一二三四条地把他的指示告诉我。政委忙。那边的交通可能比这边还不方便，就要等。所以上回我告诉你不要急。"安疆微笑着讲完这些话，眨着略微有些白内障的眼珠，天真地看着医生。

医生赶紧给自己找了一把椅子，怕摔上一跤。"怎么办呢？"医生喘着粗气说，好像刚从冰河中被人救出。

"什么怎么办？"老人吃惊地说，"政委都指示了，就那样办呗！"

医院按照安疆留下的地址，与组织联系。干休所一听到这等消息，那还了得，赶紧做工作，但安疆就是不答应手术。

"您不能讳疾忌医。"干休所的木所长说。他亲手操持了政委的后事，自认为对老太太有一定的影响力和感染力，讲起话来，底气较足。

"我没啊。查了，治着呢。中药，一大包。有蝎子和蜈蚣，都是毒虫。以毒攻毒，也许奏效。"老人家一边给所长沏茶，一边打开中药包。药包上印着"××药堂龙肝凤髓益寿延年"字样。看来治病一事并无敷衍。

木所长是一个坚定的国粹拥戴者，对寒光闪闪的外科，有着本能的恐惧。那不是把人当成人，而是把人当成柴火。既然老太太执意不肯，就尊重她的意愿吧。谁说中医不治病？偏方治大病呢！

病变发展。安疆不慌张，她明白了，政委想念她，先从半边身体开始，最后完整地将她带走。她等着政委来接她，但这并不妨碍她按时按顿地吃中药，这也是政委的明确指示。在以往的岁月里，政委有过很多指示。指示的时候，政委并不像小学的算术老师一样，给你掰开揉碎地讲清楚为什么。政委不习惯告诉你为什么，政委只需要你按照他的指示办。

木所长晚上对老婆说："你见过这样的女人吗？"

木老婆是个年轻美丽的女人，说："你得救她！"

木所长说："我怎么救她？威胁利诱软硬兼施，不管用。现在，吓唬她的那些话，都变成真的了。"

木老婆说："救一个女人比追一个女人还困难吗？"

木所长说："什么一个女人两个女人的？哪来这么多的女人！"

木老婆说："哼！当年为了把我追到手，你用了多少阴谋诡计！江郎才尽了。"

木所长说："嗨，我还真没把安老太太当成女人。"

木老婆说："再老的女人也是女人。"

木所长说："我没有看错你。善良啊！"

木老婆说："别那么上纲上线。我是兔死狐悲。我太依赖你了。看到安老太太这样，不由得想到自己。女人比男人活得长，这不是好事。你跟安的老伴儿熟吗？"

木所长说："这问题暴露出你不了解我。我知道每一个离休老干部视力零点几有没有痔疮……"

老中医李畏三坐堂的小小诊室如同一个真丝蚕茧，白布隔开了药堂的人群。身着便装的木所长说："给我挂一个李大夫的号。"

"十天以后再来吧。"小姐回答。

"十天？太长了吧。要是急症，还用上你们这儿吗？直接送火葬场了。"木所长没好气。木所长穿军装的时候，就不能用这种口吻讲话了。老百姓的衣服，可以让木所长更放松，更淋漓尽致地展示他的才华。

小姐说："李大夫一天只看五个病人，你知道不知道啊？"

"不知道。"木所长老老实实地回答。

"不知道就打听打听。十天后也只剩最后一个号了，要不要？"小姐不耐烦了。

"要。我要。"木所长赶紧掏钱挂号。

挂完号之后，木所长就琢磨怎样趁着挂号小姐不注意，一头溜进李畏三的诊室。

"我说你别鬼鬼祟祟的。回家等着吧。"小姐说。

"小姐，你能不能美言几句，请他老人家辛苦一点，提前给我看看？"木所长拿出当年追老婆的小心劲儿，赔着笑脸说。

"你知道李大夫多大岁数了？前清时代的人了，还坐堂看病，别不知足！"小姐头也不抬地说。

木所长只有丢掉幻想准备强攻，双眼盯着白布门帘。许久，一个佝偻着身子的老汉走出来，抱孩子的妇女走了进去。

"这是几号？"木所长问。

"走的是1号。进去的是2号，我是5号。你是几号？"旁边的老奶奶搭了腔。

"我是看热闹的。"木所长说。他闭上眼睛，不再看诊室的门帘。坚信老奶奶进场的声响足以把所有人惊动。

老奶奶终于进去了，木所长也从假寐中清醒。

"你怎么还不走啊！"挂号小姐视他为肉中刺。

"小姐，我今天一定要看上病。你拦不住我。"木所长斩钉截铁地说。

挂号小姐向后退了退说："我这就上厕所。"

临近中午时分，药堂显得有些空空荡荡。空气中弥漫着人造牛黄的气味，催人警醒。

老太太出来了，颤颤巍巍地捧着药方。木所长一个箭步冲进了诊室。

李畏三疲倦了，微阖双目正在养神。长长的胡须被木所长搅动的气流拂起，粘在墨笔上，银丝变成铅丝。

"你是何人？"李畏三缓缓睁开眼说。

"我是病人。"木所长说。

"我看你没有病。"李畏三说。

"我是替别人看病的。"木所长说。

"我看病必得病人亲诊。如果行动不便，以前，我可以到家中出诊。现在，我老了，走不动了，就不看了。除非瘟疫流行，我绝不多看一个。"李畏三说。

"我知道。"木所长说。

"知道了，还等在这里，闯进我的诊室，这不是自讨没趣吗？"李畏三淡然中有严厉。

木所长觉得李畏三如同敌军的老司令。"你此刻在害着一条命。"索性单刀直入。

"小伙子,你一介武夫,说话不可太放肆。我可曾害了谁的命?"李畏三优哉游哉地问。

"你怎么知道我是武夫?"木所长惊讶于李畏三的神机妙算。

"你身手利落,怀揣重要物件。小伙子,那不会是一把手枪吧?"老人用他的手指敲打着桌面,古老的雕花木桌和苍然的老骨头,碰撞出铿锵之声。

木所长想,这个老头是个老妖怪!他敬畏有加地把口袋中的东西双手呈了上去。

老人接过去,一张军队的介绍信。细细看了看,拱手抱拳道:"原来你还是所长。有失远迎。"

木所长说:"干休所的所长,如同敬老院院长。我有一个请求,要您全力帮忙。事情的成败,就在您这一举。"

李畏三说:"言重了。我没有那么大的本事。生平只做一件事,号脉诊病,开方抓药。治好了病人无数,治死的病人也无数。"

木所长说:"我所有一离休老干部的遗孀,名叫安疆,可在您这里看过病?"

李畏三对整理方剂的助手说:"给这位所长查查看。"

助手翻看了记录说:"有。安疆是乳癌。左胸肿若鸽卵,紫色堆凸。此乃忧思内敛,淤血凝滞,毒邪客乳,气血两伤。您开的方剂是……"

"你需要这个方子的话,可以抄给你。"李畏三说。

"我不要这个方子。谢谢。"木所长把头转向助手,"您能暂时离开一会儿吗?我和李老有几句话要讲。"

助手看着李畏三。老大夫捋捋胡须说:"去吧。你也辛苦了一上午了,就让这位军官同我说说体己话。"

助手退了出去。"病人是乳癌中晚期。医院想安排她尽快手术。"木所长单刀直入。

"安疆第一次就诊的时候，说不愿意手术。有的中医一听病人要手术，就火冒三丈。医者仁术，只要对病家有好处，都可以做。外科并不是西医专长，华佗刮骨疗毒，你说是中医还是西医？"

木所长频频点头，清清喉咙说："您老说得对。如果这是安疆的想法，我们就尊重。可是，这不是。"

李大夫扬了扬他的长寿眉，说："那女人低眉顺目，十分善良，所言句句不虚，依我之经验，并不觉有诈。你这样说她，有何根据呢？"

木所长说："她之所以来看您，因为她做了一个梦，是她逝去的丈夫要她来看您。来的动机，是她丈夫，而不是她自己。如果梦中她丈夫说不看中医了，那她马上就不吃药了。"

李畏三不为所动地说："日有所思，夜有所梦。人之常情。"

木所长不退让："人之常情可以理解。但一个大活人的一举一动，全由一个死去的人主宰着，这是否合乎情理？"

李畏三说："军官，你的意思，要我转手西医？"

木所长掏出医院的报告单说："现在手术还不算晚。再等下去，就不敢说了。"

"你打算让我怎么办呢？"李畏三反问。

"您可否……"木所长把自己的想法抖搂出来。

李畏三听完，说："小伙子，我李畏三畏天地畏鬼神畏大人畏祖宗，可是不畏权不畏势且不会撒谎。"

木所长说："这和权势无关，也不是撒谎，只和一个风烛残年的老人的性命有关。您刚才说了，医者仁术，求您答应我。我不喜欢冷清，喜欢热闹。能让老人家多活一天是一天。人丁兴旺，我干得也起劲。"

李畏三站起来拱手道："少壮军人，我明白了，尽力协佐就是。但此话两说，若是那老妇人固执己见，也只好顺其自然。"

木所长长出一口气，把手中的挂号条放在李畏三的桌上。李畏三见了，说："拿去退了吧。"

木所长说："费了您这么多精神，哪能不付诊费？"

李畏三说:"我这回,不是做医,而是做巫。不能收你的诊费。"

安疆在一周后,找到了医院的外科医生。"手术吧。"她说。依旧平平淡淡,好像在说:"我要脚气药膏。"

医生说:"想通了?"

老人说:"什么都没想。"

医生按照自己的思路说下去,"没想就通了,那好啊。我们动刀的人,怕就怕心里想了好多,压力特大的病人。"

安疆说:"我没压力。有政委呢!"

医生又沁出薄薄的冷汗。以为老太太洗心革面了,没想到转了一圈还在原地。罢罢,我是外科医生,又不是神经科医生,动完刀子,把烂菜花一样的坏乳房割下,这一站就完成了。至于那个沉睡在地下的政委,愿他平安吧!

木所长在安疆老人的手术单上签了字。病灶不算小,手术也不很顺利,淋巴也有转移。医生是尽力而为,已经有了死马当活马医的味道。按说像这样的病人,术后的情形不会很乐观,但安疆是一个例外。她神色安详,泰然处之,积极配合治疗。术后的化疗中,更是高风亮节,不哭不叫,照单全收,绝无一般人的焦躁抱怨。

术后出院,病人回到家。木所长为安疆安排了保姆。过了一段时间,老人的身体渐渐恢复,三年以后,居然不再需要人服侍,一切都自力更生。在旁人的眼里,这几乎是一个奇迹。

安疆的情绪一直非常稳定,既不乐观到瞒天过海的地步,也不危言耸听把复发的可能性渲染到草木皆兵。每一个接触到老人的人,都会被她的安详和冷静所震撼。

安疆抚摸着自己的左胸,那里因为失去了乳房的保护和铺垫,皮肤紧紧地贴在骨头上,心脏下垂的尖端,好像一只衰老的欲见天日的田鼠,不停地从胸膛向外拱动着累累的疤痕。

"您最近感觉怎么样?"木所长在干休所的小花坛边上碰上安疆。

"还好。有政委和我在一起，什么都好。他让我先一个人过着，等时候到了，他就会来接我走。"安疆说。已经九年了，她不再随口提到政委，岁月让政委变得更加神圣。只有在最亲近和最可信任的人面前，她才会说起政委。

木所长点点头。他已经不再年轻了。虽然他工作很出色，但是军队是一个武装集团，像他这样的工作岗位，就是边缘部分了。他很想能驰骋疆场真刀真枪地演练带兵，可惜他在这里干得越出色，就越失去了离开这里的可能。不是每个人都能和老年人搞好关系，就像不是每个人都能当好幼儿园的保育员。有过一两次风传所长可能调动，虽然是平调，但到了更广阔的水域里，所长就有了飞跃的可能性。离休的老干部们有很多耳目，任何风吹草动，哪怕他们不想知道，也会源源不断地传来。传闻所长要走，老干部们动用自己的影响力，扼杀了他仕途转折的萌芽。不是不喜欢所长，正相反，他们太喜欢所长了。他们知道要在军队里找到这样婆婆妈妈的干部太不容易，他们不愿失去他。如果换来一位新的所长，需要多久的时间，他才能知晓这里每一位老人的沧桑？从哪一年入伍到有几个瘊子，这是一个宏大的工程。木所长天造地设，不能放过他！

木所长开始挺伤感的。后来，算了一笔账。干休所里，有二十五位团职干部，四十位师职干部，十七位军职干部，三位兵团级别的干部……统辖着这样一批人马，仅次于军区的首长了。

对于安疆，他格外有一份关切。木老婆觉得自己是拯救安疆的幕后英雄。英雄的特点就是每做一件事都很负责任。

"老太太活得还不错。今天，我在小菜摊上看到她和小贩讨价还价。老人凡有精力讨价还价，就说明她活得兴致勃勃。"木所长的老婆说。

木所长说："可是，她还是口不离政委，这事不寻常。"

"老太太把政委当成她的神了。当就当呗。人信点什么，总比什么都不信要好。"老婆很哲学地说。

过了几天，老婆突然很神秘地把一张报纸放到了木所长面前。"看！"她说。

"看什么？"木所长胆战心惊。老婆经常把丝绸展销或是羊绒展销的广告拿给他看，他就呼吸急促胸口憋闷。

木所长说："字可真小。我得拿老花镜去。"

老婆说："至于吗？"

木所长说："那你告诉我得了，省得我手忙脚乱。"

老婆说："不成。你自力更生。我看你知不知道我想的是什么。"

木所长闷着头找了半天。

老婆说："找不到吧？"

木所长说："找到了。"

老婆说："干吗不说话？想什么呢？"

木所长说："前几年我在报纸上看到李畏三的讣告了。一个好老头儿，可惜了。"

老婆说："本来我还想，你是真猜着了还是假装的？你这么一说，我知道你还行。"

木所长说："不行了。用过的饵，不能用第二回。再说，李畏三不在了。"

老婆说："这和李畏三没多大关系。李畏三就是活着，你也不能打他的主意了。"

木所长说："不用李畏三，用谁？用你？"

老婆惊喜地说："嗨！你真和我想到一块儿了！咱想法儿把她送去吧。"

木所长说："安老太太现在活得挺好的。"

老婆说："男人都死了九年了，那个女人还每时每刻都以为他活着，这是什么日子？我一想到这种煎熬，浑身的汗毛都立起来了。我看见她，觉得她像个孤魂野鬼。像现在这样活着，生不如死。你救过她一次，救人救到底。"

木所长说："老婆，这回我不能帮你了。"

老婆说："谁要你帮忙了？这件事，我一个人能行。"

第 11 章
苦涩的青苹果

王惠明回到度鸟别墅。度鸟别墅警卫森严,派发了专门的证件。在这份证件之上,王惠明叫王惠明。王惠明还有很多证件,王惠明喜欢根据不同的情况,使用不同的名字,相应找到一份新感觉。鹿路虽是个新名字,复活的却是十年前一个快嘴的得理不饶人的中学生的感觉。当然,那时她不叫鹿路。但叫不叫鹿路,又有什么关系呢?

度鸟别墅是 20 世纪 80 年代兴起第一次别墅热的时候,在近郊盖起的花园洋房。当时,买者都是暴富起来的商人和海外华人。对土地的利用,也还没有吝啬到后来锱铢必较的地步。宽阔的林带如今已可将每座洋房的秘密,遮挡得风雨不漏。

王惠明走到一栋爬满了凌霄花的小楼前。秋天了,盛夏时骄傲的金花,干枯成脆弱的标本,被秋风揉成碎片,飘零一地。楼房的门窗都紧闭着,挂着墨绿色窗帘。如果不经意,会以为是主人远游的空房。

王惠明掏出钥匙,打开门。吴妈揉着眼圈迎过来说:"怎么才回来?姊妹们都在睡觉,你可好,大清早就跑得没了影。下午要是不把觉补回来,晚上哪来精神?"

吴妈话说得热络,脂粉之下却是职业的笑容。王惠明不耐烦地说:"打你的盹去吧,老猫!管那么多干什么!我什么时候没精神过?"

吴妈不说什么了。吴妈是这里的下人,王惠明是这里的领导。王惠明之上还有更高的领导——如果在这个行业里,也可以用"领导"这个词的话。

王惠明是个孤儿,是被干妈抚养大的。王惠明非常佩服自己的干妈。她佩服干妈最直接的原因,就是因为干妈和自己毫无关系。她的父亲是一个修铁路的人,长得矮小猥琐。王惠明不佩服自己的父亲,也不佩服自己的亲生母亲,甚至,她还恨他们。王惠明只爱戴干妈,干妈给了她一切。干妈完全有理由让她饿死病死包括意外伤亡,总之以任何一种原因为借口,让她非常自然地消失,谁都不会发现异常。但是,干妈没有。

王惠明的父亲和干妈是原配夫妻。他们生了四个儿子,这四个儿子的生日都在某个月份,相差不过一两天,每个中间相隔了两年。那时候,父亲在外面修铁路,每两年回来一次。儿子们是在相同的季节出生,这说明干妈是一个生殖力很强的女人。父亲总是在某个日子回到乡下的家,那个日子就是春节。

父亲在外修铁路的时候,是个不安分的男人。他没有英俊的仪表,可他握有在那个时代很珍贵的粮票和油票。当然,他还有工资,虽然不多,但诱惑铁路沿线贫苦的女人已然足够。不过,父亲保持着基本的判断能力,他认为钱要留给自己的原配以及原配生的孩子,但从牙缝里抠出的东西,就有理由自由支配。这个道理,是很能站住脚的。一个人节俭了自己的食欲,去资助自己的性欲,可以得到理解。王惠明的生母是一个寡妇,一个身体很不好的寡妇。父亲勾引了这个寡妇,用的代价是一块腊肉和一碗胡麻油。铁路向前延伸,父亲把寡妇忘了。欢庆铁路全线修通的庆功会开完后,寡妇找到了喝得醉醺醺的父亲。寡妇穿着宽大的棉袄,僻静处,寡妇从棉袄的怀中,托出王惠明并把王惠明还给父亲的时候,父亲在一刹那发生了某种错觉,以为那块腊肉又回来了,差点想说这肉你为什么不吃了,补补身体。当他看到了腊肉上的眼睛和嘴巴的时候,他的酒醒了三分之二。他说,这是什么?

寡妇说,女儿,你的。

父亲说,我没有……女儿。我……有了四个儿子。

寡妇说，你以前是没有……女儿，现在……有了。

父亲连连后退，说，我不要女儿。你赶快走吧。春节就要到了，我要回家看我的老婆和我的儿子。

寡妇说，我马上就要走了。我不愿带着女儿走。她好看着呢！说到这里，就微笑了起来。她怀抱中的小婴儿，也笑了起来。

父亲被这两副笑容吓坏了。他说，你要我怎么样？

寡妇说，带她回你家。

父亲说，你叫我怎么说？

寡妇说，你怎么说都可以。最不济，她就是一死。都一样。

寡妇说完，就把"腊肉"放下了。掩好她的衣襟，头也不回地走了。后来，听人说，她痨病吐血，一吐一碗，很快就死了。

父亲抱起了王惠明。当然父亲不会知道她以后叫王惠明，父亲管她叫小五。从父亲管她叫小五起，父亲就把她认下了。父亲对别人说，小五是他在雪堆里捡到的。所有的人都相信了这个话，因为那时候沿着铁路，有很多私生子降生。

父亲是个懦弱老实的人。他很想扔掉小五，可是他不敢。他怕遭报应，因为小五身上有他的血脉，扔了小五，就等于把他自己的一个脚掌扔了（小五只有他脚掌长短）；小五要是被狼吃了（随着铁路开通，狼已经很少了，但谁也不敢说绝对没有），就等于自己的腿肚子（小五只有那么厚薄）进了狼的大肠。所以王惠明应该感谢迷信，要是父亲不迷信，王惠明就成了狼的一部分。

父亲把王惠明带回了工棚。工友们都说，老王，你太傻。你就是想要个孩子，也该捡个小茶壶。

父亲说，我们家连我有五把茶壶了。我想要个茶碗。

工友们说，茶碗也挑大点的。路旁林子里，尽是茶碗，大姑娘生的，哭声赛过火车。

父亲说，我就愿要这个小不点的茶碗。

父亲用米汤和胡麻油喂养小五，当他把骨瘦如柴的小五交到干妈手里的时候，干妈正奶着小四。

干妈看了一眼小五，就知道了一切。干妈说，你的。

干妈不是疑问，而是很肯定。如果干妈用的是疑问句，父亲就把他坐火车时想出的所有谎话，一股脑儿地端出来。可是，干妈没有疑问。干妈所做的第一件事，就是把乳头从小四的嘴里拽出来，放进了小五的嘴里。

小五的第一个反应是把乳头吐出。小五根本就不知道乳汁的味道，小五的肠胃已经被胡麻油浸得透明。后来干妈以她非凡的智慧解决了这个难题——她把乳汁挤在兰花碗里，她在乳汁里掺上了胡麻油。小五对这种混合饲料依旧很不习惯，但生命的本能战胜了味觉，况且还有胡麻油熟悉的味道在诱惑着她。随着小五的吞咽开始，小四只好从此远离妈妈的怀抱。

这一个春节父亲没有播种。父亲的身体已经不行了，那个寡妇把结核传给了父亲。父亲返回工地之后，突发肺炎，死在了那里。于是在同一天，小五和她的四个哥哥成了没有父亲的孩子。

小五至今无法想象干妈是怎样把五个孩子抚养成人，而且还让她读了高中。干妈从来没有让小五管她叫过妈妈，干妈一直坚持让小五管她叫干妈。小五说，我想和哥哥们一样。干妈说，那不能。你如果叫我妈，他们就和你争吃争穿，我也拦不住他们。你和他们叫得不一样，你就是我们家的客。

于是小五在家中吃白粥的时候，总能得到几根咸萝卜条。在缴学费的时候，总能得到钢镚儿。

干妈从来没有隐藏过小五的身世。干妈不是因为没有闺女才对小五好的，干妈说过，小五如果是小茶壶，干妈也一样。干妈甚至也不是因为父亲的原因才对小五好，干妈对父亲有很多犀利的批评，一针见血。

干妈只是觉得小五是个客。一个不请自来的客人。干妈是个好客的人，干妈铭记古训，哪怕自己家没吃的，也不能让客人饿着肚子。干妈不能让小五混淆了这个界限，如果混淆了，干妈就没有办法养活小五了。

对于小五的生母，干妈很少发表意见。干妈没有恨也没有爱，因为干妈不认识她。干妈对于自己没有亲身相处过的人和事，从来不发表言论。唯一的例外是干妈有时候看着小五，会说，她是个俊女人。

小五不希望自己俊，不希望自己像生母，而希望自己像干妈。干妈是个粗嘴大唇五大三粗的女人，小五后来以粗嘴大唇五大三粗为女子审美的最高境界。小五后来知道了自己的窈窕和清秀，是骄傲的资本。可小五在心底不以为然，觉得那是傻瓜男人的标准。真正的美人是干妈那样的。

小五记住了干妈的乳房。那是她的干粮袋子，鼓胀坚挺。在她童年的记忆里，乳房是一个有着很多小格子的碗柜。吮吸母奶的时候，她会感到它的内部有很多间小房子。每间小房子里面都存着盛满乳汁的罐子。当一个罐子被吸干的时候，它就变成了空壳，无论你怎样用力，乳汁的溪流也不会增粗，只会无可救药地干枯下去，可以听到有节奏的砰砰声。小五开始一直不知道那是什么声音，后来当她成为王惠明之后，有一天突然明白，她早年间在干妈胸前吸不到乳汁时听到的那个声音，是干妈心脏的音响。本来每一个婴儿都懂得这个道理的，因为他们在母亲的腹中怀胎九月，听惯了这个免费的音响。但对于小五，它是陌生的，所以她不懂。没有乳汁的乳房，所有的血管都因为努力和羞愧而怒张，婴儿听到的就是母亲的心跳。王惠明通过自身的努力，知道当乳汁细弱下来的时候，只要用更大的力气，新一股强劲的乳汁就会喷涌而出，好像一个高压水管被拔去了龙头。

干妈对四个哥哥的要求是——只要不被送进监狱，就算对得起你们爹了。从这个意义上讲，干妈是称职而且出色地完成了任务。四个哥哥都安分守己，虽然家道贫寒，让他们吃了不少的苦，没有读过多少书，但他们勤劳而本分，到了结婚的年纪，也都有人来提亲。干妈对这一点甚为自豪，这说明她和她的儿子在这一带是有口碑的。

对待小五，干妈就是另外的政策了。小五是干妈家的特区。小五很聪明，干妈说，一窝的孩子和另一窝就是不一样，不服不行。干妈说这话的时候，没有一点见外的意思，干妈是实事求是的。干妈说孩子也像木料，有的适宜做条凳，有的适宜做炕桌，有的就适宜做案板，千刀万斧剁不烂。

干妈，你说我能做啥？小五问。

你上学。你细皮嫩肉的，上了学，嫁个好人家。干妈深思熟虑地说。

小五说，我不愿上学。

干妈说，你不愿上学，你愿不愿吃饱饭？穿花衣服？那就得上学。

要说吃饱饭，当然愿意啦！但还不是最愿意的。最愿意的是穿花衣服。上面四个哥哥，干妈就是再向着小五，也没有钱给她买花衣服，只有穿哥哥们的剩衣服。

小五穿得最多的是三哥的衣服。三哥是四个哥哥里长得最英俊的一个。按说小五该穿老四的衣服，但是穷人家的衣服质量不好，从老大穿起，到了老三的时候，已腐朽不堪。这样身为老三，就成了两个极端。一则是他穿得最烂，布料经过老大和老二两个男孩子的荼毒，补丁相摞看不出本色。一则是他偶尔会穿到崭新的衣服，因为把衣服添给他，下面还有两个小的等着，一箭三雕。这样的衣服，通常三哥会穿得格外仔细。下雨的时候，别人都是赶快把衣服顶在头顶避雨，唯有三哥是赶快把衣服脱下，夹在腋下，以保护衣服。有一次深秋，突然下起冰雹，三哥回到家里，头上鼓起几个红蓝筋包，连一向不娇惯儿子的干妈都失声叫起来，说，我的小祖宗，你就不怕雹子从天灵盖落到你的屁股眼里！衣裳呢？怎不护着点头？！

三哥笑嘻嘻地从裤裆里摸出自己的上衣，说，我把它藏起来了。新布叫雹子一砸，布丝就断了。

后来那件衣服从三哥的位置，直接传给了小五。原因是老四的身高突飞猛进，和老三丧失了梯度。小五穿着三哥的衣服，就有了奇妙的感觉。觉得那衣服有三哥的温度和味道。

小五直到上了初中，才穿上了真正属于自己的花衣。那不是因为干妈有了本事，是因为大哥二哥都能挣钱养家了。但大家都不知道，小五因为从此不能穿三哥的衣服，而在被窝中痛哭。

小五依旧不愿上学。她是家中的宠儿，可她不是学校的宠儿。学校展示的那个天地，和她在家中的感受格格不入。所有的孩子都想上大学，小五不想上。小五只想有一天嫁给三哥。这个可怕的想法被干妈看穿，干妈说，小五，你不要一天到晚腻着你三哥。他是你哥。

小五说，我知道我不是你生的。

干妈说，你还小，知道的不全。男的也管生孩子的事，你和他是一个爸。

小五说，谁能证明啊？我和他就不是一个爸！

干妈听了大惊失色。干妈从来没有想到这一点，干妈奇怪小五小小的年纪，怎么就这么眼毒！

干妈说，那可是你亲妈说的！

关于小五的身世，包括细节，干妈都对小五说过。这个家庭里的每一个人都知道这个秘密。小五反复思量过自己的由来，小五提出了疑点。这个疑点首先是建立在一个怀春的少女，想嫁给自己的哥哥的前提之下。充裕的想象力，使她大胆无羁。

干妈哑口无言。干妈从来没有想到这种可能。干妈于是检讨，当时的坚信不疑，其实没有多少依据。

干妈相信那个死鬼男人没说瞎话，他不是不打算说瞎话，而是在干妈的智慧和贤惠面前没有机会。就算男人一口咬定这是从苜蓿地里捡来的孩子，依了干妈的仁慈心性，也会叫她"小五"，也会把她抚养成人。小五说自己的亲妈，极有可能是个说瞎话的女人。她和小五的父亲有关系，她和别的男人也有这种关系；生下了孩子，她无法确认到底是谁的孩子，或者她虽能确定是谁的孩子，但她没办法将孩子托付给那个男人。在所有与她有关系的男人当中，她一定将他们排了队，仔细地深入地比较过。一个得了致死疾病的女人，面对她嗷嗷待哺的孩子，她的脑子一定万分好使，最后她挑中了小五的父亲。小五的父亲是一个老实人，只有这样一个人，才有可能把她的女儿认下来养下去。于是，她就编造了一个谎言。实际上，小五和这个家庭一点关系也没有，她和三哥是完全可以结婚的。

干妈在小五的推理面前，大惊失色。干妈不是一个蠢女人，但干妈就是每天晚上不睡觉，想上一百年，也不会设计出如此完整的阴谋。在这一瞬，干妈几乎相信了小五和自己家的血脉毫无关系。她悲观地想到了自己的孩子，没有一个有这样的心计。她太了解那个死鬼丈夫了，以他的能耐，能有如此聪明的后人吗？不能！干妈此时突发奇想，断定小五的生父一定是个技术员（她认识的人里，这是最高级别的知识分子）。单凭那个农村寡妇，再有姿色，也不能达到这样的理论水平。干妈想到这里，就对自己家的小五子肃然起敬了。

干妈对小五肃然起敬的后果是更加敦促小五上学。至于小五提出的嫁给三哥的提议，干妈来了一个釜底抽薪。干妈对三哥说，以后离小五远些。

三哥不懂，说，远些是咋回事？

干妈说，就是别单跟她在一块儿。

三哥说，为啥？她不是我妹？

干妈说，她是你妹。可她说她想给你当媳妇。

三哥说，这能成？她糊涂了？

干妈说，她不糊涂，她比谁都精。无论从她还是从你的角度来说，这门亲事都不能成。乱了章法。细枝末节我也不跟你多说了，只问你一句话，你要不要这个媳妇？

三哥说，这是哪儿的事？我咋能娶了我妹子？我不要。

干妈满意地说，有你小子这句话就成了。无论她说什么，哪怕抹脖子上吊吞砒霜吃耗子药，你咬住了不答应，就有救。

三哥说，救谁？

干妈说，救她。

三哥想了想说，也救我。

假如干妈不是这样一个手起刀落的利索女人，假如干妈拖泥带水给了小五一个缓冲的工夫，很难说小五不把三哥媚倒。但是，干妈以她大智若愚的手法，把三哥和小五的恋情扼杀在萌芽中。

从此以后，三哥和小五形同路人。三哥在一家屠宰场工作，三哥的每一根头发丝里都染有猪苦胆的味道。三哥对小五的温情脉脉一概视而不见，三哥甚至自作自贱，把自己推向鲁莽和粗鄙。

那时候小五的乳房开始发育。它们像一对青杏镶嵌在小五瘦骨嶙峋的前胸。萌起的乳头每天都愤怒地呲着，弄得小五只有佝偻着背，让摩擦的痛感稍有舒缓。半夜里，小五抚摸着自己的乳核想，三哥你为什么不要我？你是不是觉得我还不是一个成熟女人？小五就忍着疼痛，拼命揪扯自己的胸部，想让它更快长高。

不知是这种自我按摩的效力还是不可阻挡的青春，小五的乳房飞快发育，很快就由青杏长成青槟子，然后是青苹果。小五成了这一带最美丽的女孩，尽管她的学习一塌糊涂。

小五在等着自己慢慢长大。小五知道她有办法捉到三哥的心，只是要给她足够的时间。小五不忙，小五知道三哥对她的冷淡，正说明了三哥放不下她。要不然，为什么其他的几个哥哥都很自然，唯独这个哥哥总是一脸冰霜。装出来的没事就是有事。小五每天晚上抚摸着自己的乳房入睡，把自己的手想象成三哥的手。小五在这样的想象中觉出快意，早上起来容光焕发。

小五读高中的时候，三哥病了。三哥在杀猪的时候，感染了一种罕见的病毒。先是红疹和抽搐，后是高烧。高烧之后突然就一滴尿都没有了，医生宣布肾功能衰竭。那些天，全家人像渴望甘霖一样地盼望三哥有尿，可三哥的肾赤地千里。

医生决定透析，这是很糜的治疗。在有限的次数之后，屠宰场不再支付透析费用。厂方说，杀二百头猪的工钱，才能换他一泡尿。是他的腰子重要还是大伙儿的粥碗重要？

家里和厂方抗争，说这是工伤啊！厂方说，为什么别人都没事，他就有事？你家人的尿泡天生就弱。硬说是工伤，连以前出过的药费，都得让你家给吐出来。

家中所有的钱都用来给三哥买尿了。刚开始的时候,大家都满怀信心。透析的原理非常简单,没有任何医学基础的人一看也能明白。它是一张大滤纸,把充满了尿的血液从这边透到那边,尿渗出去,血就干净了。透析过后的第一天,特别是头几个小时,人跟没病一样,你不能不对透析充满了感激之情,不能不惊叹透析具有起死回生的效力。但是,人体的废物很快积聚起来,人就开始萎靡,好像被火熏烤的葱管,疲软下去。这样形容也不准确,疲软的是精神,肉身硬肿,皮肤污浊透亮。这个时候,就要赶快开始下一次的透析了。透析就像一条追在身后的狼狗,你烦它,可你万万不能赶它走。它走了,你就没命了。狼狗疯狂地吞噬着干妈四处哀求凑出的钱,看守着三哥的小命。

透析的管子,该一次一换。没钱,改成了两次甚至三次四次一换。透析室医生一看推了三哥去,就不给好脸,说,感染了,死了人,算谁的呀?

即使是这样,家里再也拿不出钱来给三哥透析,三哥命若弦丝。

小五想不到还没等到她长大,三哥就老了。三哥不但老了,三哥还这么快就要死了。小五坐在三哥的床前,干妈已不再防着小五,别的哥哥也都退出去了。不是特意安排一个说话的机会,是再没有人能从容面对日益走向死亡的三哥。钱榨干了大家的耐心和勇气,面对只是徒增伤感,能溜的就全溜了。

小五捧着三哥的手。小五以为三哥的手是干枯和冰冷的,其实不然。三哥的手粘腻肿胀。小五说,三哥,我要救你。

三哥说,小五,心意我领了。

小五说,你不知道我的心。

三哥说,知道不知道现在都没有什么说头了。

小五逼视着三哥说,三哥,你爱不爱我?

三哥说,爱。我爱你……

一阵幸福的晕眩,以至小五没听清后面的话,三哥接着说……爱妈,爱哥弟兄……

有三哥这一句话就够了。小五说，三哥，你等着。

三哥不知道小五让他等什么，血液毒素积聚，三哥思维已很迟钝。小五看出三哥不明白，小五想，三哥，你很快就会明白。

小五走出病房。小五不需要三哥再表其他的态了，一句话已胜过万语千言。小五很想把三哥的手在自己胸前放一放，就像梦中无数次出现的那样。但是，小五不敢。小五很害羞，梦中的勇气烟消云散。小五觉得现在求三哥做这件事，有点不人道。况且，病房内的人太多，有些男人不怀好意地看着她，使她不敢久留。

小五找到三哥的主治医生，说，我哥哥还能活多久？新来的年轻医生花了好半天时间，才搞清面前如花似玉的少女，是那个濒死的肾功能衰竭病人的妹妹。美貌在很多地方都是有效的通行证，医生格外好脾气地回答，这个很难说。如果停止透析，也许一个月之后，也许一个星期之后。

小五说，如果一直透析呢？

医生说，如果用最精确的透析液，器具全部一次性，避免感染，再加上周密的观察，那么，可能活很多年。发达国家，病人一边透析一边上班，有些干脆自己家里就有透析仪，周末晚上透一次，可保一个星期。只是……

小五打断了医生的话，说，只是需要很多钱，对吗？

医生说，对。

小五说，我会有很多钱的。

医生很吃惊，面前这个小姑娘说的是"我"，而不是我们。他见过除了这个小姑娘以外所有的"我们"，那些个"我们"是绝不会有很多钱的。

小五说，医生，我求你一件事。在我没拿到很多钱之前，让我哥哥活着。我很快就会有钱的。很快。

医生没有答应她，这是职业习惯。但医生记住了小五的话，也许小五一往无前的眼神,打动了他。

第二天早上,小五带着家中仅剩的几百块钱,失踪了。哥哥们说这不是雪上加霜吗?老三彻底没救了。干妈不让大家说小五的坏话。干妈说,有这几百块也救不了老三的命。不如让小五寻一条活路去吧。她本来就不是咱家的人,干吗要拖住她?

小五走了。小五要挣出一大笔钱,给三哥治病。小五从一开始就下了卖身的决心。在所有的旧戏文里,穷家女子走投无路时只有卖身。小五并不觉得卖身是奇耻大辱,她觉得像杜十娘、李香君什么的,要是不卖身,肯定得不到传世的资格。

只是,如何卖身,并且能卖出一大笔钱?小五还是处女,小五本来想把自己的处女之身为三哥存着,但为了救三哥,只有先将这个身子卖了。小五不知到哪里去卖,想象中是大城市卖的价高些。

小五偷了家里的钱,她知道干妈不会说这是偷,但小五坚持认为这是偷。她需要盘缠,她不能扒车,她要用合法的手段,尽快地到达繁华都市,尽快把自己高价售出。这些都容不得耽搁。

小五还在票证贩子那里,买了若干张证件。本来她想只买一张的,票贩子说批发优惠。她把假证按顺序排好,如同一打饼干。她把自己认为最不好听的名字排在前面,记得是叫李桂花。

第12章
乳房在哭泣

　　李桂花一路照章买票到了京城。李桂花让自己吃得饱饱的，买了地摊上的化妆品，她要打磨抛光。李桂花在住所上委屈自己，找了间地下室，和几个倒卖毛线的女人挤在一起。李桂花东游西逛，到处是朗朗乾坤正人君子，李桂花急得夜夜垂泪。她的钱不多了，再徒然耗下去，不要说给三哥治病了，连自己的饭食也没了着落。小五不怕挨饿，但小五怕把自己饿瘦了，影响了价钱。

　　卖自己是很难的。后来，李桂花终于找到了一个有希望的市场，那就是街头的舞池。在幽暗的立交桥洞下，有一些痴迷男女，搂抱着走着笨拙的舞步。李桂花是个聪明的女子，窈窕的身材和对音乐有着异乎寻常的感应，她学会了那些并不复杂的走动，尤其是被北京舞迷引为自豪的"平四"，很快弓马纯熟。她向每一个约她跳舞的男人发出笨拙的挑逗，吓得若干人落荒而走。要知道，在这种场所出没的男人，多是民工和下岗工人中的不安分者，和打工妹耳鬓厮磨可以，一到来真格的，想起瘪钱包，身体的某个部位也就瘪了下去。

　　李桂花急死了。好在功夫不负有心人，她不入流的挑逗，终于有了回报。一个穿件污黄的写着草书"舞"字背心的老男人，和她疯狂地跳了"平四"之后，汗流浃背地把她带回了自己的住所。

　　我老婆出差了。今晚你就放心地睡在这里吧。那个男人说。在一间昏黄的平房里，他冲了一碗黑芝麻糊给李桂花。

李桂花喝着黑芝麻糊，紧张而失望地打量着这间平房。用了许久的电子管灯，两端发黑，如同一根霉坏的山药。她对即将到来的事件有些紧张，最主要的是这个房间的主人太穷困潦倒了。可是，她不能退却，她需要完成此事。她要把自己成功地卖出去，这是一个仪式。

当她还没有想好是先说价钱还是后说价钱之时，那个老男人已经扑上来。在整个过程中，李桂花一直坚忍地鼓励自己——坚持就是胜利。疼痛和羞辱都被买卖开张的喜悦冲淡，她甚至想到这个人在这间昏暗的房子的某一个角落，也许藏有金条。雨过天晴之后，那个人很不满意地说，想不到你还是个黄花闺女。

黄花有什么不好吗？黄花是多要钱的。李桂花说。身体的破损和彻骨的疼痛有一种奇怪的力量，让李桂花勇敢和放肆起来。刚才不知如何说出口的话，如今已变得这样容易。

你还要钱啊？那个男人大吃一惊。

白来啊？李桂花像母豹一样坐起来，看到乳房上有清楚的齿痕。

我最讨厌跟处女干这个事了。一点乐趣也没有，白当挖掘工。你还算不错，没哭，也没叫唤。要钱没有，想嫁给我，更没门！男人说着，把干瘦的屁股撅到一边，倒头就睡。

李桂花怒了，掐着他的大腿说，我告诉你老婆。

老男人说，告吧告吧，我老婆早就知道我是这么块料。只要不给钱，她不管。

李桂花走投无路地说，那我就上公安局告你。

老男人说，告我什么？强奸啊？谁信呢！这两天舞场上，谁不知道有个乡下妞想男人想疯了，见人就往上贴。别人都不搭理你，还就我这个人，心软，帮你解解痒。我这是助人为乐！你怎能恩将仇报呢？

李桂花放声痛哭。

老男人被哭得睡不着觉，说我的小姑奶奶，刚才流那么多血你都没哭，这会儿你哭个什么劲！就为点钱，至于吗？你就是干这行的，今天遇上我，算你倒霉。卖冰棍还兴赶上停电，你说是不是？东西在你身上，我又没弄坏螺丝锁扣什么的，来日方长啊！说着，他用污浊的枕巾替李桂花擦了擦眼泪，还有嘴边的黑芝麻糊。

赤裸着身子的李桂花披散着头发哭喊着说，没有什么来日方长！我三哥他就要死了！

老男人一愣。说，闹半天，你是真有隐情啊！我这人就喜欢听故事，说来听听。

在李桂花断断续续的哭声中，背后写着"舞"字的老男人听懂了她的故事。当然，李桂花没说她和三哥的关系，她说三哥是自己的亲哥。

老男人说，看你哭得梨花带雨的，怪可怜人的。我就再干你一次。

李桂花大怒道，你白占了我一次便宜还不够，上一次算老娘瞎了眼，这一次，门儿也没有！

老男人说，上一次我占你的便宜不假，但这一次，我可是要诚心教你。我这么大岁数了，打连发也是辛苦的事。要是你不配合，累得我热气换冷气，我还不教你了！

李桂花愤愤地说，你教我什么？

老男人说，你要干的这一行，也跟跳舞似的，有诀窍。高手的价码和雏儿是不一样的。我这人没别的本事，就是好钻研这个。遇到我，是你的福气。好了，我叫你怎样，你就怎样。不许拧着劲，这是个力气活儿！

老男人说完再次进入。这一次，李桂花感到了撕心裂肺的疼痛。在震惊中麻木的神经，恢复了灵敏的知觉，那裂隙好像不在方寸之间，而是刺穿了所有的脏器和整个灵魂。李桂花如行尸走肉，任凭老男人折磨。不，她比行尸走肉要凄惨得多，行尸走肉是没有感觉的，但老男人要求她的配合，不停地辗转腾挪……

当李桂花重新站起来的时候，李桂花觉得自己已经一万岁了。小五死了，永远地死了。一个名叫李桂花的女人活着，穿着小五的身体，一个千疮百孔的身体。

老男人说，我真是赔了血本了。谁让我这个人心好呢！

李桂花缓缓地说，谢谢你。

老男人说，不用谢。以后若是遇到了我，要免费。

李桂花说，那是当然。

老男人说，我看你这样知书达理，就介绍你一单生意。我的这个朋友，有钱。如果你把他伺候好了，我估计你一次得的钱，够让你三哥尿十回尿。

李桂花拿着半袋黑芝麻糊走出了那间小平房。她的双腿之间好像夹着一把熊熊燃烧的松明，灼痛难熬。她蓬头散发，扶着墙壁慢慢行走。在一个公共厕所里，凑着冷水龙头，把黑芝麻糊的小包装袋打开，全都倒进自己的喉咙，然后才有力气进到半截木板隔断的蹲坑上。她用了吃奶的力气，才把小便解出来。滚烫的尿液如同盐酸淌过，疼得她龇牙咧嘴。她看到尿液中夹杂着鲜红的丝带般的血液，如同小蛇，从她的身体里爬出，坠进黑暗污臭的粪坑。她痛得几乎昏过去，可是她没有昏过去。一个如此年轻的生命，哪能那么容易就昏过去！她没那份幸运，公共厕所积重难返的氨气，振聋发聩，在短暂的昏眩之后，她异乎寻常地清醒了。解完手，李桂花又走到水龙头，这一次，是洗脸洗头，收拾清爽。她把厕所当成美容院，把自己粉饰一新。当她从厕所走出来的时候，一个新人诞生了。

那个老男人的哥们儿很满意，他给的钱，真的救了三哥的命。从此，干妈家每隔两个月，就会准时收到小五寄来的钱。小五从不留地址，钱从不落空。

透析得以继续，三哥的生命就这样被保存下来，三哥每周都要接受透析，三哥逐渐适应了这种以医疗器械代替生理本能的生活，三哥过起了平静的生活。三哥再也不用去杀猪，不再被风吹日晒，也不必再起五更睡半夜，三哥的头发里再没有了猪胆汁的苦气……

干妈不想要小五的钱。干妈凭一个女人的直觉，知道这钱不是好来的。但干妈不愿深想，深想下去，是对自己一手抚养大的孩子的不敬，干妈也承担不起这份沉重。干妈好多次想对老三说，咱不透析了，行不？但干妈一看到老三凝固的目光，干妈就什么都说不出来了。小五不说，干妈不说，三哥不说，所有的人都不说。三哥是个沉默寡言的人，以前就很难猜出三哥在想什么，大病之后，就更没人知道三哥想什么了。剩下的弟兄囊中羞涩，面对三哥的期待，心中有愧。小五的钱，解了大家的围，小五的仗义衬出了众人的无力，只有不说，谁都不说，才是报答。每隔一段时间飞来的钱，成了这个家庭的秘密。人们小心翼翼地保守着这个秘密，秘密维系着家族的运转，表面上却水波不兴。

小五的买卖一旦打开，业务量突飞猛进。小五从一开始就绝不打算做普通的"鸡"，立志做一个名妓。只有名妓才可能有百宝箱，才可以彻底拯救三哥，给三哥换肾。才可以"从良"——嫁给三哥。小五细细研究了古代那些著名的妓女，个个是色艺俱佳。小五开始研究做名妓的技术。以前，有青楼老鸨代代相传，现在需自学成才。老男人所教的简略几招，充其量只是"初段"选手。小五知道要拉住客人，让客人肯出大价钱，必须有绝活。客人是小五最好的老师，小五和他们细致地研究各种感受，并乐于试验。客人们有着千丝万缕的联系，小五声名远播，价码也水涨船高。小五并不滥接客，那对身体影响太大。小五很谨慎，懂得要细水长流。小五聚敛财富的主要手段是以一当十，提高单位面积产量。小五很仔细地选择委身的对象，对每一个顾客都很投入。让客人觉得物有所值，才会源源不断进账。她的目标很明确，要挣钱，资本只有自己的身体，要爱护资源。

小五知道古代青楼女子，除了天生丽质以外，还要精通琴棋书画，会玩一手或笙或箫或阮或筝，能作诗会对对子，善解人意……小五来了个古为今用。当然了，她不会作诗不会对对子，但现在的男人们也一同衰落，不会这些雅活了。她学会了一语双关的幽默和笑话，当然基本上都带"色"，但不那么低俗和明目张胆，透着一点点的聪明。她学会了按摩和用个保健的小锤子，胡乱在客人身上敲敲打打就说是通经活络。她有很多闺阁游戏，可令一些孤陋寡闻的家伙惊为天人。

随着阅历的增加，她能在一分钟内判断出对方有没有钱，肯付出多少钱。对于吝啬的男人，无论多么英俊潇洒，她从不动心。她也不会对任何人动真情。有若干个男人在一夜欢娱之后，萌生出要包她的意思，小五都拒绝了。属于一个男人，无论那个男人在短期内能给她多少钱，终有枯竭的一天。男人一旦把女人攥在手心里了，他会为她吃醋，但不会为了她无限投入。小五喜欢结识新的男人。有钱的男人，在她眼中，如同一枚枚刚采摘的橘子，可以榨出充沛的新鲜果汁。榨过了，就要扔掉，不能总当标本保存着。

刚开始由于经验不够丰富，小五得了几次性病。好在那个时候，中国的艾滋病还没有大规模蔓延，不过是淋病和尖锐湿疣一类的普通病症。大众媒体上把这些病宣传得很可怕，其实人类早在半个世纪前就征服了它们。只要你具备基本知识，它们就温柔懦弱。街头的小广告，说什么"一针见效"，虽说滥夸海口，但只要诊断明确，一针大有好转是可能的。

小五知道那些最著名的药店里治疗性病的柜台在哪里。走进药店透明的像玻璃鱼缸一样的铺面，通常是在一楼非常便利的地方，摆放着全是进口说明的一排排药品。精致小巧的瓶子，让人一看就很疼爱。店员通常是一位面无表情的老者。他很平静，饱经沧桑的脸上看不出喜怒哀乐。但又绝不是冷若冰霜的，有一种平和的谦恭若隐若现。他微微前躬的身体表达着"我随时为您排忧解难"的信息，但他疏淡的表情说明他是矜持和缺少好奇心的。总之，这个店员的形象很重要，他要使前来购买此类药物的人有足够的信任感，才能在这里付出一大笔钱，把涉及隐私的药物买走。

小五买了很多医书，把性病研究得很透彻。小五会给自己诊断性病，并迅速开始治疗。她很小心地保护自己，但百密一疏的时候还是有，她会在第一时间感受到自己被病菌侵袭了。她会赶快用自备的一次性注射器把治疗性病的药品打进肌肉。小五很感谢科学，层出不穷的新药物真是具有改天换地的力量，让她们这一行受益匪浅。往往是半夜里还痒痛不堪，到了黎明已水波不兴。小五购买了最高级的安全套，当然这笔费用她要打入成本。一般来说，客人不愿使用安全套，但小五巧舌如簧。小五说这不是为了她自己的安全，她一个苦命女子，命是不值钱的，客人们的命才值钱，他们前程远大日后享受的机会还多着呢，不要因小失大。况且这种进口的高级安全套，对人一点妨碍也没有，或许还有刺激作用。花言巧语之下，客人们通常都会接受。

通过实践，小五发现，由于若干年的封闭，其实中国的男人是很孤陋寡闻的。因此，要哄得他们高兴，并不是一件太难的事情。小五渐渐老练，成了一名技术高超的性产业工人。

只有一点令小五摸不着头脑。她的乳房再也不肯长大，总是保持着青苹果模样，坚硬如卵石。她的各部分机体在频繁的性刺激之下，烂熟如桃，但乳房固执地坚守少女时代的状态。有的客人喜欢这种童真样式，但更多的客人不喜欢。他们想看到一个放浪形骸饱含水分的女人，但小五幼稚的前胸会突然启动他们沉沦的良知，让他们一下子想起自己的初恋甚至女儿。

小五意识到乳房成为自己发展的瓶颈，决定改造它们。小五去了正规的整形医院，要求做丰乳手术。医生详细地同小五探讨了她期望达到的尺寸，根据小五的体型计算出丰乳图形，并在计算机上模拟出相应的影像。小五只看了一眼就说，太小了。医生修改了尺径，小五说，还是小。医生严肃地说，这是能够完成的最大尺径，根据她的身体状况，最多只能注入这么多硅胶。

小五离开了那家医院。小五认为，人嘛，要么是原装的，天生什么样就是什么样。如果兴师动众全新打造，就一定要追求完美。既然花了钱，受了罪，就要可心。在她的心目中，最美的女人是干妈，干妈丰乳肥臀。

小五在街上漫无目的地走着，看到了一家美容院的招牌。小五走进去，说，你们最大能做出多大的乳房？

接待她的女士说，你想要多大的乳房，我们就给你做出多大的乳房。不够大，不要钱。

小五比画了一下，说，要这么大。

女士咬牙切齿地说，成！

小五留了个心眼，说这么大的乳房，要打进很多硅胶，是不是有危险？

女士说，是有危险。所以，我们不给你用硅胶，我们只给鼻子用硅胶。硅胶很贵，我们用盐水。

小五吓了一跳，说，盐水？那不成了腌咸菜？

女士说，这你就有所不知了。用盐水，是当今世界上的最新潮流。又安全又简便又没有副作用。我们并不是把盐水简单地注射进去，而是要有一些包裹的囊……美容师是有洋文凭的，手艺很好。找他做手术的人预约到了五个月以后，算你运气好，今天有一个约好的顾客临时不来了，空了一张台子。你要不要做？要做就赶快进去，要不然我就打电话叫别的病人来了。

这番话说得小五热血偾张。她在别的事上都很谨慎，唯独到了自己的乳房，就情迷意乱。一头进了美容室的里间，一间阴暗的北房。

据说有洋文凭的美容师切开了她的乳房，裹进一些盐水囊。

小五起身后第一个感觉是胸前沉重了许多。小五欣喜地看着自己在镜子里的新形象，知道为手术花费的钱是鲜酵母，很快会衔着更多的钱飞回来。

美中不足的是发酵得太夸张了，好像两只酸奶罐子。美容师解释，过一段盐水会有所吸收。新打造的乳房就像刚买的白棉布，下了水，尺寸会缩的。

小五也不好多说，确实是按她的意思度身而作，不能退货。小五人气攀升，前来的男人都有喜爱丰乳的癖好，骨子里是没长大的男婴。

小五的乳房渐渐地在圈子里有了小名声。那种充满了水泡的乳房，抚摸和蹂躏起来，感觉很是怪异，前来寻欢的男人们爱不释手。小五把所得的钱，一部分寄给干妈，一部分留了起来。她迅速地衰老，好像还不曾年轻就饱经沧桑。小五要为自己留个后手，她不可能总是如日中天，卖笑女子的职业生涯极其短暂。

小五从来没有回过干妈家，也不给家中写信。寄钱的时候，总是用电汇。电汇单上，只要你不要求，邮局就不显示寄款人地址。每次打电话的时候，干妈都抽噎着问，我的小五子啊，你何时回来？小五都会在结束通话之前，假装随口问道，三哥怎么样了？干妈也好像才想起来似的说，你三哥呀，他挺好的。每礼拜两次按时透析，人也比以前有精神了些，脸色也不那么黑了。

肾功能衰竭的人，脸色会有一种奇怪的黧黑。小五是从有关的书上知道这回事的，却无法想象白皙的三哥怎能变黑。小五离家的时候，由于肾衰的时间还短，三哥肿，但是，不黑。小五一想到面色晦暗的三哥就心如刀绞，小五想只有一个办法，就是以后给三哥做肾移植，不单把三哥的病根拔掉，而且让三哥同以前一样英俊。

肾移植需要很多的钱。小五卖命地挣钱。所有的淫荡都因有了这样远大的目标而变得辉煌。小五学会了卖笑，伪装处女和伪装高潮，小五能让客人们慕名而来，掏光了口袋里的钱，还恋恋不舍。小五为自己租了很体面的房子，过起了带点小资味的城市女人生活。

虽然小五严格选择客人，但有时也会因对方报出的价格太诱人而接待粗鲁的客人。小五通常采用的手段是陪着他们先喝一通烈酒。再骁勇的男人也敌不过酒精的作用，当醉眼矇眬之时，一触即发，卖笑女子就可偷工减料，以逸待劳。小五会装疯卖傻，会五花八门的酒令，会甜言蜜语，会卖弄风骚……总之，小五会用种种手段保护自己，绝不死扛着，让自己筋疲力尽。

那个客人好像刚从猿猴进化过来，浑身多毛充满山洞的气味。小五从一开始就打了个冷颤，觉得不祥。果然，小五劝酒，他说不喝。小五说这么棒的男人，怎么不喝酒？多毛的男人说，喝了酒，就饶过了你，我怎会那么傻？

于是，小五知道自己遇到行家里手了。小五的胸中就涌起了一股悲壮，小五不知道壮士慷慨赴死是怎样的英烈，但把它缩小万分之一，可能就是自己的心态了。小五咬紧牙关，忍受着无休止的折磨，那个男人的手，好似隆隆的坦克，从一双乳房上碾过来碾过去，想夷为平地。

小五感觉水囊好像老鼠，在她胸前滚动，大手继续施压，软肋挤住了心房，呼吸受到强烈压抑。

小五坚持忍着，不出一丝声音。如果想早些结束苦难，就要像烈火焚身的勇士一样，咬紧嘴唇。任何声音都会刺激这个魔鬼，让他感觉别致有趣，变本加厉。只有暗无天日的沉默，才能早点救赎。

　　莽汉的手在小五的乳房上横冲直撞。乳头由最初的兴奋坚挺变成疼痛的怒张，乳晕颗粒凸起犹如清晨的草莓，乳房增大仿佛随时要爆炸的圆形手雷。就在男人之手一个极其猛烈的揉搓之后，小五突然感到左胸坠落，随着锥心的刺痛，奇异的空虚感油然而生，左半个肢体痛楚麻木，左脚尖痉挛抽动。小五一下惊坐而起，惊惧席卷身心，一道宽约二寸的撕裂感，从她的左肩直劈到了左胯。淋漓的冷汗使她完全忘记了身上还匍匐着一个贪婪的男人。

　　男人被掀翻在地，鼻青脸肿。他从情欲的高峰被打入谷底，恼羞成怒。多毛的手指疯狂揪住小五的头发，怒骂道，臭婊子，装什么金枝玉叶啊，居然不让碰……

　　小五的头发被高高揪起，赤裸的胸部格外高耸，男人穷凶极恶的表情僵在那里，变成惊骇莫名的恐怖。小五是从那个男人的眼神中，发现事态非同小可。小五低下头，于是看到从左胸下方，有一道深深的裂隙。不是皮开肉绽的破损，如果是那样，还不至于让人胆战心惊。在表皮完整之下，错裂出一道峡谷。小五的左乳房到左大腿根，如同被南京大屠杀时日本军曹斜劈了一刀，瓣成毫不相干的两瓣。

　　一堆膨起的圆包，约有数个乒乓球大小，堆在小五左腹之下。她战战兢兢用手捅了一下，包是软的，有波动，还有……跳动。小五悲惨地发现圆囊波动的频率和心跳一致。

　　"你把我的心给揪下来了！"小五歇斯底里进叫，凌厉凄楚。

　　嫖客也大吃一惊。因为灯光的作用，他看到小五的身体一分为二，如同一根被剁开的白蜡木。他看过很多女人的身体，稚嫩的苍老的，但没有看到过如此诡异的分裂。他听到了小五的嚎叫，正是这母狼似的叫声让他平静下来。这个女人还能有这么大力气叫唤，这就好，没什么大不了的事。

他说，叫什么叫！你的心真要掉下来了，你还有力气叫！

说着，他伸出手指，掐住小五大腿根处的鼓包。小五乖乖地让他掐，毕竟这个人告诉她，她的心还在。如果心不在了，她就不能活了，再也见不到三哥了。

男人狞笑着说，白玩你，免单！

小五说，你伤了我！你要赔我！

男人掐着水包说，这就是你的奶子！你用假奶子骗我，你还想要钱！

小五这才知道，原来是假乳中的水包，在剧烈的揉搓之下剥脱，从乳头处直线向下坠落，如同一把剔肉的重锤，撕开了皮肤和肌肉之间的筋膜，直捣腿根。

小五满眼泪水，忍受着那个男人残暴的折磨。眼睁睁地看着自己腹壁的鸿沟，渐渐地被皮下出血所填平，直到成为一道紫色的棱起。

清晨，那男人未给一分钱，扬长而去。小五弓身如同老妪，找到了美容院。美容院的小姐，一反当时邀她手术的热情，冷脸说，你赶快走，别堵在这儿，败坏我们的名声。我们管不着！

小五很生气，说，手术是你们做的，怎么就不管了！你们草菅人命！

美容院说，是我们做的不假，可你过了保修期！知不知道？你使用过度！别人的水囊怎么都好好的，你的就掉到了裤裆里？你以为是篮球呢！

小五一下被噎住，知道在这里找不到理了。小五取出积蓄，进了正规的医院。医生为她止血消炎，住院之后，把乳房中充填的劣质异物取出。当需要家属进行手术签字的时候，小五说，我自己签。医生说，那不行，这是我们的制度。小五说，我是孤儿。医生说，那就让你单位的领导签。小五说，我没有单位。

医生就很特别地看看小五。小五迎着他的目光，对看着。过了一会儿，医生首先把目光收回了。总之，你找个人签吧。医生走了。

小五就把三哥的名字签上了。小五签这个名字的时候，眼泪止不住地往下掉。小五不是伤心，小五是感动。小五觉得三哥就在自己身边，是小五最亲最亲的亲人。

小五很快进行了手术。手术把乳房中乱七八糟的水囊取出，小五期望自己恢复原样。小五不敢回家的一个原因，就是她意识到自己的乳房太夸张了。这种不适当的丰满很容易让人产生不好的联想，小五希望自己在三哥眼中冰清玉洁。现在，一切将重新开始。

小五从手术中醒来的时候，医生等候在她的身边。当你的情况好一些的时候，我有话要同你说。医生说。医生说完了这句话就走了。于是小五知道，医生等在这里，就是为了要同她说这句话。

这句话是为了要说另外的一句话。什么话如此重要？小五有些疑惧。但是麻醉后的晕眩让她无法清醒地思维，只得昏昏睡去。

当她完全清醒以后，医生说，你在住院记录上，亲人联系一栏所填都是假的。

小五点点头。

医生说，有一些问题，我们必须同你的家人谈谈。

小五说，我就是我的家人。有什么问题，你尽管谈。

医生说，不行。

小五说，如果不行，你就不要谈了。

医生急了，说，我要谈的话，等不得。

小五说，那就说好了。

于是医生就站在那里，边想边很吃力地说，我们在为你进行乳房手术的时候，发现了一个包块。

小五说，你的意思是说手术不彻底？

医生说，手术很彻底，我们把那个包块切除了。

小五说，那就谢谢你们了。

医生说，不要谢，我的话还没有讲完。那个包块的病理检验结果出来了，性质不太好。

医生说到这里，很小心地看着小五。小五极端的冷静，仿佛在听别人的故事。小五说，性质不太好是什么意思？

医生说，你还要我说得更明白，是吗？

小五说，是。因为我根本就不明白。

医生说，好吧。那我就说了。它是恶性的。

医生本来以为小五会大惊失色，没想到小五说，这不是真的。

医生说，我没有必要骗你。这是非常严肃非常严重的事情。如果你的亲人在场，也许我们当时就会决定为你做乳房切除手术。现在，我们已经损失了极其宝贵的时间。时间是输不起的。你知道吗？

小五说，你们一定是搞错了。我这么年轻，我怎么会有这种毛病。

医生说，年龄不是保护伞。我要说的就是这些了。你还有什么不明白的吗？如果你感到很痛苦，告诉护士，我为你开了镇静剂。

小五说，我都明白了。医生走了。小五按了床头的呼叫铃。小五服下了护士为她拿来的药物，然后美美地睡了一个好觉。小五从来没有睡过如此香甜的觉，简直是死了一个世纪。当她醒来以后，她对护士说，你把医生叫来吧。

医生来了。医生说，你有什么事？

小五说，我同意手术。

医生说，你的家人来了吗？

小五说，她明天会来。

医生就不再说什么。

小五找了个一块儿卖笑的女子，打电话说，明天你来看我。那个女子说，我有客人。小五说，你最贵的价码是多少？那个女子说，比你少，可是比别人要多。小五说，那你今后就是最多的了。我付你双倍的钱。你要来给我签字。你是我姐姐。

那天晚上，小五抚摸着自己的乳房。她的饱受苦难的乳房啊！它还没来得及让三哥亲手抚摸，它们除了被侮辱和被损害，从来没有得到呵护和温柔。还没有一个婴儿如花瓣般的小嘴亲吻过樱桃般的乳头，它还没有喷射过一滴洁白的乳浆。它只是被填进污浊的盐水，被兽性地蹂躏。它愤怒了，它要反抗。它反抗的方式是那样的奇特——它长出了一个瘤子，它要和这个瘤子玉石俱焚。现在，它要解脱了。它的苦难就要到头了。这一切就要消失了，它原先高耸的地方，将是一道可怖的疤痕。这还绝不是全部。如果命运的魔爪还不放过小五，那么被切除的就不单是乳房，还有她的生命。她很想给朋友写一张纸条：你到医院来，带上一把刀。如果你不愿带刀，你就带上一根绳子。如果你连绳子也不愿意带，你就带上一只优质的长筒丝袜。那个到处流浪的三毛，就是用丝袜把自己送到另一个世界的。可惜的是，她连一个可以这样托付的朋友都没有！

小五以为自己想到这些会哭，可是小五几次摸摸眼眶，干涸得如同撒哈拉大沙漠。小五在这凄惨的时刻，想到了三哥。小五想，当三哥肾功能衰竭的时候，三哥掉泪了吗？三哥没有，那么她也不掉泪。小五这样想了以后，很快睡着了。

第 13 章
白云之舞

需要立个遗嘱,伪造一个死亡的原因。人们对于自杀者最大的好奇是"为什么?"既然你的死就是为了掩盖这个为什么,你就要成功地提供一个"为什么",以回答那些关爱或是憎恶你的人们,以便让你真正的目的逃之夭夭。他这样想着,在不知不觉当中,就把对死亡方式的策动转变成了对死亡的伪装。

伪装死因是艰苦卓绝的工程。你必须策划得滴水不漏,你死后让千百双眼睛看不出破绽。如果你做不到位,叫人看穿了谜底,就前功尽弃,你算是白死了。在这种压力下,他设想了种种可能,每种都是系统工程。你要假装破产,要有一系列的财务报表支持。你假装受骗,就得有杰出的骗子出没左右。你假装失恋,就得有一个狠毒的女人陪伴身边。

这可不是顷刻间呼风唤雨能来的。

在极端的辛苦之后,他突然想到,如果不死,这一切就迎刃而解。这个念头第一次冒出来的时候,他被自己的失信吓了一跳。说得好好的,为什么就不死了呢?这不是背信弃义出尔反尔吗?他听到狗肉店里的小狗大狗们狂吠起来。被剥了皮的狗还能叫吗?无边的猩红又包围过来。

枯燥的文员生涯,百无聊赖。申凌是最底下的那级台阶,谁都有权指使她。她要恭顺地对每一个人微笑着说"是",整日套装在身,无论脚多么痛，也要挺拔轻快地在办公室里一路小跑。书包里永备一双新丝袜，袜子出现小洞，第一时间跑进洗手间，金鸡独立着更换。唯一快乐的源泉，就是对照着别人的不幸，发掘自己的幸福。

"嗨！你的小组，又有什么新进展？"申凌撒娇似的问道。

褚强两难。刚开始是戏说小组，以博申凌一笑。古代有用烽火社稷博女子一笑的，褚强聊聊天让女朋友高兴，有什么不可？茫茫人海，谁能认出她们是谁？但随着小组的深入，褚强再不敢把组员们的情况和盘端出，便采用浪漫主义的手法，大胆地加以虚构。既然申凌第一次就断定成慕梅快死了，褚强便顺藤摸瓜，为成慕梅编造出一系列悲欢离合病入膏肓的故事，以满足申凌的窥探欲。

小组进行了若干回活动，虽时有突破，但大家的基本心态仍是"犹抱琵琶半遮面"，好像做小本买卖的，你看看我，我看看你。你说几分，我就说几分。你若是不说，我也不说。人们是靠自己的秘密活在世上的，要是都说了，人们还有什么？

褚强对程远青说："程老师，您要是不怕受到重大打击，我就把迄今为止参加小组的真实感受告诉您。我觉得大家都在外围绕圈子，没有实质性的交锋。三锥子扎不出个血来。"

程远青笑道："都是癌症病人，要是扎锥子放血，就得报病危！"

程远青委婉地提醒褚强不要操之过急。毕竟，这不是普通的成长或是发展小组，而是一群濒临死亡的人的特殊团体。

最让褚强不安心的是鹿路这个人，苦于没有证据，褚强也无法多说。"就当是童言无忌。"

程远青："需要有一个活动，让大家同仇敌忾。"

褚强说："您设计到墓园面对死亡的活动，是个好机会。"

程远青说："时机早了点，酒还没有酿好。下次小组活动，你带一条花围巾来。鲜艳些，最好是真丝的。"

褚强觉得有趣，说："干吗？"

程远青就把想法同褚强谈了。

褚强电话告知申凌，约会临时取消，主要是为了小组，要备课。还有一个说不出口的原因，一见了面，申凌就要听小组的故事，褚强深感创造力枯竭，难以为继。"求借一样东西。"临收线时，褚强说。

"什么东西？"见不了面，申凌满心不悦。

"一条花丝巾，要漂亮的。"

申凌大惊，说："褚强，你好狠！居然还要拿我的东西去讨好新人！"

褚强说："说到哪里去了！是小组活动的道具，你可千万别忘了，下次见面时一定带着！"

申凌啧啧道："呀，真看不出你对这帮老娘们的事还挺上心的。"

一向对女友言听计从的褚强，低声反驳道："干吗这么说人？你也是女同志，有点同情心吗？"

"我既然没同情心，你就别理我好了！我同情她们，谁同情我！"申凌说着把电话摔了。平常，褚强会赶紧把电话回过去，一个劲儿地赔不是，可今天没这心思。

这次小组活动的地点，选在医院的诊室里。按说诊室不能当会场，程远青亲自出马和院方联系，希望得到支持，除了借用地方，绝不动设备。其实诊室除了桌子板凳之外，就是诊床和看片灯，也没什么贵重东西。院方答应了。

诊室面积有限，座位不能围成优雅的圆形，因地制宜把凳子约略摆成多边形。程远青道："走进医院来进行小组活动，感觉如何？"

一向很沉默的成慕梅第一个发了言，说："我最讨厌医院了。这是一切灾难的策源地。"

虽然成慕梅不招人喜欢，但她低沉而愤怒的话，说出了大家的心声。众人不由自主地点头。

程远青："我也很不情愿到医院来。我选了这地点，有人骂我吧？"

有人说："哪能呢！医院是什么地方？闲人免进的地方。选择此处，您必有深意。"

岳评说："咱们不是闲人啊。无事不登三宝殿。"

大家频频点头。是啊，医院如今成了她们生命中最重要的场所，灾难开始的地方，生命的终结也在这白色之地。为什么要到这里来呢？看着组长，她应该给大家一个解释。

程远青含笑道："我们先来做一个游戏。"

大家就很夸张地响应。不仅是游戏有松解人紧张的神经之效力，更重要的是，在医院这个不苟言笑充满权威的地方，能做游戏，让病人们有一种报复的快意和恶作剧的创造感。

程远青更正道："说是做游戏，有点不大准确。更正一下，咱们是做角色扮演的小话剧。"

周云若以前在学校演过戏，急着问道："脚本在哪里？谁是导演？谁是主角？"神情已暴露出想当主角的野心。

程远青微笑道："别急！别急！人人有份。男主角已经有了，就是褚强。"

褚强很绅士地站起来，向几个方向弯腰，口中念念有词道："承蒙信任。"让人忍俊不禁。大家说："别这么假模假式的吧！只有你一个男人，当然男主角非你莫属了。"

成慕梅冷着脸说："女的就不能演男的了吗？"

大家的好兴致没被打断，接着嚷嚷："女主角呢？"

程远青说："人人都有机会。"

应春草小心翼翼地问："不管长相身材什么的？"

程远青笑说："不管。内部游戏，谁先报名，女一号就是谁的。"

安疆问："岁数呢？"

程远青说："也不管。老少咸宜。"

大家都笑，成慕梅不笑，卜珍琪也不笑。成慕梅不笑，是因为总阴阳怪气不合群。卜珍琪不笑，是她吃不准要干什么。长期的机关工作，养成了她绝不轻易表态的习惯。

周云若抢先说："我第一个报名。"

大家见周云若自告奋勇，就鼓掌。看见周云若和褚强站在圈子中间，觉得俊男靓女的,挺般配。

程远青说:"我是导演,就叫我程导好了。"

大家说:"你要是姓周就有点意思了。"

别看程远青聪明,一时竟也没醒过神来,问:"姓周又怎样?"

大家就拍着手笑,说:"就是周导——洲际导弹啊!"

程远青敲敲脑瓜说:"那就要武器核查了。"

一阵哄笑,把白色压抑冲淡许多。褚强和周云若说:"程导,您给说说戏。"

程远青像模像样指手画脚地说:"剧情很简单。褚强,你就假装是病人,女病人,刚患了乳腺癌。还不知道,只是怀疑。你来看病。接待你的医生,由周云若扮演。至于剧情,你们自由发挥吧。总之,褚强是一无所知的病人。周云若你按照你所知道的医生来演。"

大家静下来,挤了许多人而显得拥挤的诊室鸦雀无声。

褚强忐忑不安地坐着,把特意买的真丝花围巾裹在头上(跟申凌关系尚未修复,无法借用,只好现买了一条),还真有那么点妩媚之态。褚强突然想起什么,问:"程导,我多大岁数?"

程远青环顾大家,问褚强:"为什么想起想这么个问题?"

褚强说:"这的确是个问题。岁数大和岁数小的女人,想的不一样。岁数大,主要考虑的是生命安全。岁数小的女人,可能会更多地考虑性征的问题。"

褚强的话音还没落,岳评说:"呸呸!大男子主义!得了癌症,无论对年轻的还是年纪大的女人来说,摆在第一位的,都是性命攸关。相当于一个人落在水里,你说他是先逃命呢,还是先顾衣裳?性征虽然非常重要,但和生命比起来,毕竟是第二位的。"

褚强不服气,说:"那我问问周云若,当你知道自己患了癌症之后,有没有为自己即将失去如此美好的性征而非常伤心?"

问题极具杀伤力。大家都洗耳恭听美丽年轻的周云若如何作答。

周云若说:"说真话还是说假话?"

褚强说:"当然是真话。"

大家说:"真话假话都想听听。"

周云若说:"那么,是先讲真话还是先讲假话?"

大家说:"先讲假话吧。要是把真话先说了,就没有兴趣听假话了。"

周云若说:"好。我就先讲假话。听好了,我开始说了。"

周云若坐在椅子上,侧面对着大家,她秀丽的长发如溪水般流畅而下,"第一个念头是我还这么年轻,我还有很多要做的事,死亡原来是遥遥无期的,没想到猛然拉近。我要赶走它。不惜一切代价赶走它!医生说,要切除我的乳房,还要进行大剂量的化疗,所有的头发都会脱光……我一点都没有迟疑,对我来讲,乳房再重要再美丽,它也只是一个局部。为了全体的利益,我要在所不惜。就这样,我义无反顾地上了手术台……"

这个过程,人人都已走过,不堪回首。现在,听如此年轻的一个姑娘,用平静的声音叙述出来,其中所蕴含的震慑,仍惊心动魄。最可怕的是她们在感动之余,记起了这番铿锵之言,居然是——假话!

大家脸上的表情僵滞着,感动的泪花未及旋出,就被疑惑的焦灼烤干。

周云若不愧是个优秀的演员坯子,很快控制住了情绪,对大家说:"下面,我将表演真话。听好啊。"

周云若说:"从我知道得了乳腺癌的那一刻起,我就觉得自己不是个女孩了。我变成了不男不女的怪物。我身体的制高点,我的骄傲,我的爱情和没来得及享受的幸福,都将随着咔嚓一刀,变成可怕的深渊。我想,女人之所以称之为女人,是因为她无比美妙的曲线和这个曲线的功能,它不仅是外在的,更是内在的。当它被损毁之后,我的尊严和勇气,也一起被埋葬了。"

周云若说到这里,两条溪流沿着她清瘦的面颊淌下,鹅黄色高领衬衫的某些局部,变成深色的斑点。

程远青不得不惊叹小组的神秘和不可捉摸。计划再好,人是活的。组长只能随着大家情绪的起伏快速调整。就像高超的冲浪选手,他没有也不可能有任何计划的。一切都在追逐浪花中完成和精彩。程远青给了褚强一个眼色,褚强就披着他的花头巾,无声无息地从圈子中央退出。只剩下周云若一个人坐在圈子中间,凄迷而惘然。

程远青说:"周云若,你看一看周围。"

周云若仿佛幼童,顺从地张望。她看到很多婆婆的泪眼,很是惊奇。真实往往是残酷而偏颇的,眼泪鼓舞了她。如同一枚花蕊,向花瓣敞开了心扉,花瓣回报它芬芳。这些话很懦弱,不符合癌症病人在公开场合的形象。她预备着受到批评以致批判的。在所有鼓励癌症病人康复的书中,都把形体上的缺失,列在无足轻重的地位。

活检确诊之后,周云若的第一个难题是对不对父母说。远在寂寞小镇的父母,是她最亲近的人。思考的结果是——不说。她要求医生保守秘密,除了学校领导之外,一概不传。消息封锁好之后,她要做的第二件事,就是找到了男友。

她对追求了自己很久的男友说,我要和你睡觉。男友吓了一大跳。他们相好了很长时间,在饭厅吃饭的时候,都是你喂我一口,我喂你一口,惹得很多人羡慕或悻然。周云若常和男友在公园里亲密,她不找僻静的地方,专找公园要道拥吻。太清静的地方,她害怕,怕男友控制不住自己,越过雷池。她是一边深吻,一边四处张望。男友有些不解,说多幸福,为什么不好好享受?周云若说,我看有没有人在看我们。男友说,你管他们呢,现在是二人世界。如果你特怕人看,咱们到草丛那边。

周云若说,想得美!我才不跟你到草丛。

男友说,怕我使坏?不会的。你不愿意时,我不会巧取豪夺。

周云若说,你不懂我。我是看人们看我们的表情。

男友说,真讨厌!好像没看过大片。

周云若说,我喜欢他们的眼神。看的人越多,我越来情绪。

男友说,你不因爱我才和我拥抱,是为了让别人看。

周云若不服气地反驳,这就是爱情的观赏性。

男友也不跟她废话了,观赏就观赏吧。众目睽睽之下的拥抱和接吻,的确更能让男友忘乎所以。

在等待手术的日子里,周云若对男友说,我要让你看看"白云"。

周云若一方面大胆无羁,经常和男友在光天化日之下吻抱;另一方面,她又是非常保守的女孩,不越雷池一步,至今还是货真价实的处女。激动时,周云若把男友的手的活动范围,明确地限制在腰部以上。此区域内,最美好的风景就是周云若高高耸起的乳房,像进口的葡萄柚。男友抚摸,感到它们并不像看上去那样瓷实,而是充满了云朵般的虚无和弹性。男友简直被"白云"迷住了,说,我身上任何一块肌肉和组织,都没有让我有如此奇怪和舒服的感觉。

无论男友怎样软硬兼施,周云若就是不让他再向下走一步。那个学历史的好男孩,很长时间内满足于望梅止渴。后来得寸进尺,强烈要求一窥"白云"。男友说,黑暗中已经多次接触,很希望能在阳光下一睹真颜。要不然,无论对我还是对它们,都是遗憾。

周云若说,等着吧。会有那一天。

男友眼巴巴地问,哪一天?

周云若说,洞房花烛夜。

男友就拼命揉搓自己的头发,让激情平息。

当周云若提出和男友上床睡觉的要求之后,男友吓了一跳说:云若,你是不是遭人强暴了?

周云若说,呸,不要脸!我做好人好事,你却说这种恐怖的话!

男友说,我猜,必有一个如同八国联军那样的入侵,才使你这个稳定的封建社会发生巨变。如果你惨遭不幸,我为你复仇!

周云若顾不上感动,她已被自己的厄运压得喘不过气来,可她不能吐露真情。

患病的乳房,外表依然可爱,不久却将从枝头坠落,万劫不复。它脱离了身体,从此不知漂流到何方。也许蠕满蛆虫,也许干枯成朽叶。周云若最担忧的还不是自己的病况。她很年轻,还不知死亡为何物,她不相信年轻的胴体会腐烂成泥浆，死亡是不足惧的，它遥远而不真实。最可怖的是人们快意的笑脸，周云若残忍地嘲笑过别人，她惧怕报复。周云若是从小地方来的美女，这两个因素使她在长时间内喜爱嘲笑别人。一个女孩对自己容貌的基本评价，将强烈地影响她一生的走向。恐惧甚至压倒了她对疾病的忧虑。她以为最好的方法就是把真情掩盖，瞒天过海。

周云若要和这不公平的命运抗争，要给"白云"一个栖息的归宿！她爱惜自己，爱惜身体的每一个零件。为了这个美丽的局部，她不惜牺牲一次全体。况且这个男子，是她完整身体的见证者，在她最妩媚最晶莹的时候。过了这个时刻，她就是残缺和血污的，是破旧和凌乱的了！

要给男友一个合乎情理的解释。周云若说："我要动一个小手术。虽说小，但它会破坏乳房的美丽。我希望能在这以前，把一个完整的我呈现给你。这就是实情。"

男友把周云若揽在怀里，泪水坠落下来。周云若的手被男友的泪水砸痛。

那一天，周云若穿着素白丝裙，没到脚踝，飘逸如仙。腰间扎的是天青色绸带编起的带子，那是她自己编的，用了整整七个晚自习。那一晚他们喝了很多酒。以周云若当时的身体状况，是不宜喝酒的，但她一醉方休。深红色的葡萄酒像陈旧的水晶，仿佛深闺里的倦猫，慵懒而温暖。他们的第一次进行得很神圣，有一种祭坛的味道。男友对周云若的乳房小心翼翼，一再地问哪一侧有病变。周云若闭目不语。冰炭相煎，心冷如雪。深醉之后，如火如荼，再后就是一床殷红。他突然很怕，有一种世界末日来临的崩溃感。周云若说，你要是不相信，就再仔细看看吧。你要是珍重，那就谢谢了，你是人证它是物证。你要是怕担什么责任，权当自己色盲好了。

周云若完成了作为一个完整女人的仪式，周云若恋恋不舍。她捧着男友的脸说，请记住我。记住我的一切。以后的我就不是现在的我了。你看到的是绝版……

男友还太年轻,剧烈的运动消耗了他的体力,没有为性爱后的爱抚和窃窃私语留出足够的精神,他有一声没一声地应答着,很快就沉入深深的睡眠。

他们住的是男友一位亲戚的房间,那亲戚到西藏支边,要三年后才回来。周云若环顾四周,凄冷一笑。她要记住这个地方,包括窗台上的假花。这里见证了她的初夜,也见证了她的完整。如果她不死,如果她还有心情,她会来凭吊。她会站在远远的地方,向这间屋子的烟囱致意。

周云若悄悄起身,已经是凌晨了。周云若约好了要在今天住进医院,身边这个此刻和她有着最亲密关系的男子仍在熟睡。她要孤身一人神不知鬼不觉地走向未知。

男友醒来之后,看到字条上写着:"如果你爱我,就千万别找我。如果你找到我,我不认识你。"

周云若现在常常使用"完整"这个字眼。对一般人来说,完整是不成问题的。完整是一种多么可贵的和平状态。一个国家不完整了,那就叫殖民地。一个人不完整了,那就叫残疾。一个女人不完整了,那就是劣等品。

手术很成功,发现得比较及时,周云若很年轻。年轻的机体抵抗力强,修复的力量很旺盛。手术之后很短的时间,周云若就可落地行走,肩部和手臂的水肿也都较轻。

化疗之后,周云若一头油黑的长发,在一周内脱光,露出白生生的头皮,摸上去好像煮软了的乒乓球,富有一种可怕的弹性。同病室的病友,都在为周云若惋惜,怕她禁不住这恐怖的一击。很多女人,在手术之时,尚属坚强;当秀发如腐草般慢慢脱落,只剩下锃亮的秃顶的时候,最残忍的心理刑罚才刚刚开始。

很多病人寻死觅活,失去了一个乳房,已经不是女人;现在又失去了头发,连男人也不是了。丧失了头发保温功能的脑壳,清醒到痛楚。头发的重量,已被每个人纳入了大脑的重量,此刻一旦消失,脑子就被挖空了一部分,周云若简直觉得自己傻了一般。当人们静观秃头美女,预备着她号啕痛哭甚至奔向窗口企图一跃的时候,周云若挣扎着爬起来,打开了自己的小提包,从中拿出一顶假发。她像经营山西刀削面的老师傅那样,用一块毛巾抹净了灰青色的头皮,把假发戴到了自己的头上。

假发做得很精细,柔曼飘逸,最时髦的"碎披"发型,需理发师一根一根地将头发从内向外切削而成。前额一缕黑发被挑染成琥珀红色,斜洒眉间,风流俏皮。周云若因饱受折磨而骨感分明的脸庞,现出陡峭的病态之美。

这姑娘,看着不言不语的,可真有心眼。来前就把假发备好了。临床的一位得了肺癌的老奶奶不住地夸奖。

周云若淡淡一笑,不做解释。她历来精打细算,是个"还价大王",但买这顶昂贵假发,一分钱也没有还。假发下的脑袋,值这个钱;还价了,就委屈了自己。身体稍有恢复,周云若就辞了学校找来的护工,四处活动。癌症是不能轻言治愈的,只有缓解。癌症统计五年生存率,十年生存率,但是不统计治愈率。癌症是慢性病,癌细胞并没有离开你,它和你难舍难分。它同你达成了暂时的平衡。它在暗中休养生息,以求反戈一击。

周云若一边牙齿打着颤,一边嚼着干吃面,顽强地把所有能找到的有关乳腺癌的书,都看过了。知道的愈多,她就愈离群索居。

休学一年后,周云若恢复学业,成绩比以前还好了。知道底细的教授劝她不要如此搏命,周云若总是淡淡一笑,说我会保重自己,谢谢老师。如果有了病,又没有钱,那才真是悲上加苦,只有拿下高学历,才能找到高收入的工作。

由于这种说不出口的残缺,周云若觉得自己低人一头。自卑的表现就是周云若高傲冷漠,斩山筑城,断谷起障,把自己全面封闭起来。男友在她住院后四处寻找,想不通一夜柔情蜜意之后,怎么就人间蒸发了?因为不在一所大学,他打探不到实质性的结果。周云若出院很久,男友有一次碰上了她。男友的指甲直抠进她的肉里,说,你到哪里去了?找得我上天入地!周云若说,我不认识你。男友说,你一走了之就能一笔勾销吗?你欠我一个理由!

周云若看到男友比以前瘦削了，心中发痛。她知道自己绝不能回头，那段生活已经死了，让一个死尸复活多么可怕！她绝不能让这个人看到她残缺的身体，不能！她决绝地说："我什么都不欠你。连理由也早就给了你。你放开我！如果你再纠缠，我就报警！"

男友被她吓呆，放开了她，不是怕她报警，是明白眼前的这个决绝的女生已不是他的恋人。

周云若回去之后痛哭不止，无论流多少眼泪，她都不用手去擦。这种哭泣的方法，是她摸索了很久之后才找出来的，宣泄郁闷，不伤眼睛。无论你夜里哭多久，早上用冷盐水敷敷眼皮，照样一个清晨美人。

周云若又是毫不讨价还价地购买了假乳，像将军跨上战马一样，把假乳佩好。从外表看，她婀娜多姿曲线优美。周云若终日埋头读书，心无旁骛。一天，她听到有人背后议论她是否性冷淡的时候，周云若恼了。她希望术业专攻，日后，倘病魔放她一马，假以时日，成为一名杰出的学者。这条路太冷寂了，每当病情出现反复征兆，又要到医院化疗，周云若残存的自信就荡然无存，怀疑起自己全部生命的价值，包括这样的苦读苦修。她想到，自己很可能就这样不明不白地死掉了。所谓不明不白，是她至死都不能将真相示人。

周云若情绪极端低落，一个名叫蒲的男生开始追求她。周云若那种从骨子里向外渗透的冷漠吸引了他。人总是会为一些自己所不具备的特质所吸引，蒲就是这样一个阳光男孩。刚开始，周云若对蒲和对其他人一样，冷拒于千里之外。但这种冷拒，更激起了蒲的热情。蒲见过冷拒的女孩，但那多是一种姿态，如同扇子扑动微风，是为了让火焰燃烧得更持久更猛烈。蒲以为凭着自己不懈的努力，微风会转化成热风。没想到，周云若的拒绝，是真正凛冽的寒风。但寒风可以扑灭炉子里的火，却不能扑灭旷野中的火，蒲就处于这种激动当中。为了矫正蒲的偏颇，让自己耳根清净，周云若除了自己的病，什么都说了。我出身贫寒，我失过身，我常常有一死百了的念头……说出这些话，如释重负，觉得自己很丑陋。但丑陋的周云若似乎更具魅力，蒲从一往无前干脆变成神魂颠倒。周云若很清醒，蒲可以接受一个贫寒的妻子，一个失过身的女孩，一个忧郁而凄楚的女生，但蒲不会接受一个罹患癌症的女子，一个丧失了乳房的女人。周云若发现自己玩着一个危险的游戏。和蒲的交往，使她有了自信——那就是——即使在这种极为可怕的病中，她依然充满魅力。这种脆弱的自信，只有在同蒲的缠绵当中才会产生，一旦分离，那一切又成虚幻。奇特的爱恋，使周云若活力迸发并感到人生是有希望的，于是她会热衷于与蒲约会。但她绝不允许蒲碰撞自己的胸部，宛若中世纪的贞女，冰清玉洁。

在某种程度上，她在引诱蒲。她感觉到自己的卑鄙，她是把蒲当成一剂药——精神的荷尔蒙。当她由蒲的热切和激动中，确认了自己的存在价值之后，她就断然冷淡蒲。她准确掌控着爱情游戏的节奏，把健康男子当成月亮，以映照自己的女性引力。然而，无论周云若怎样操纵，情感自有水滴石穿的韧性。终于，无论周云若怎样婉拒，蒲都寻求躯体进一步的接触。周云若明白是离开的时候了。关于分离，周云若已颇有经验，知道怎样才能行云流水般结束。一切都是和初恋男友的重演，只是蒲看不到周云若的乳房和身体。当失魂落魄的蒲找到周云若的时候，周云若云淡风轻地告诉他，一切都结束了。

周云若在歇息了一段时间之后，又开始寻找新的男友。然后再把他抛弃。俗话说事不过三，事情一旦超过三次，就变成了惯性。

切除了一侧乳房的周云若，已经变成了情场高手。她不是为了玩弄男性，只是为自己的绝望寻求解脱。一旦这种确认完成，她就停止进一步的情感汇入。如果对方穷追不舍，周云若就快刀斩乱麻，扬长而去。没有人怀疑周云若的真情，她烈火般投入。周云若从未贪图过钱财，在所有的交往中，都是 AA 制。周云若不淫荡，简直是守身如玉。周云若不风骚，完全凭着自己不凡的谈吐和高雅的仪表，加之那种奇异的哀伤和洞察世事的清明，吸引了一位又一位男友。每每把对方拖到"性"的深潭边，便把他们残忍地留在那里，自己踩着青苔全身而退。周云若沉湎其中，几近炉火纯青。有限青春无限经验，不为钱财，只为精神不寂宽。如果不是在报纸上看到了乳腺癌小组的招募启事，周云若就会一直游戏下去，直到病魔将她收了去或是某天倦了，金盆洗手放弃这种玩法。她很希望和同病相怜的人有一个交流，推荐自己的生活方式。那就是——精神的性欲有一种黑暗而神奇的力量，它可以帮助你战胜癌症。

| 第 14 章 |
我得了乳腺癌

周云若讲完了。

大家不知说什么好,第一个反应还是感动。凡是真实的东西,都有一种令人咬牙切齿的感动在里面。

褚强吓得不轻。天啊,这个看起来清纯无邪矿泉水般透彻的姑娘,居然九曲回廊,好一个冷血杀手。这是今天她自己招了,要不然下一个殉难者还不定是谁呢。

一向断后的成慕梅抢先发了言。她说:"周云若,我挺佩服你的勇气,敢把自己的故事讲出来。这里面有很多肮脏的东西,请你原谅,没有批评的意思。真到了我们这一步,就无所谓肮脏还是干净了。我能理解你为什么要一吐真情——你太孤独了。孤独可以让人变态。"

程远青很高兴成慕梅发言。小组里,一个人的沉默,会引发多种猜想。当然了,若是那个人天性不爱说话,神情表示和大家心心相印,倒也不必太在意。成慕梅显然不是这样的。她貌似无动于衷,其实字字入耳。

卜珍琪紧接着说:"周云若,我能想象到你的痛苦和发泄的手段,但是,这是否太消极了?一个人的价值,并不是一个器官可以决定的。你失去了这个器官,可是你没有失去自己的人格。你在骄傲和自卑的两极滑来滑去,这就决定了你对男人的态度也是忽冷忽热。不知你想过没有,那些被你抛弃了的男孩,他们会怎样想?你耍弄了他们。从这个意义上讲,你把自己的生命变成了一种报复的手段。医生辛辛苦苦地把你的生命抢救过来,你却用它伤害了别人。"

这是一个质问。

程远青面临着一个难题。周云若说的是真心话,卜珍琪说的也是真心话。燧石对燧石,打出了火花。今天是一个很有意义的突破,沉闷的空气被撕破了一个口子。在这一点上,程远青感谢周云若,她把自己鲜血淋淋地剖开了。在她自己那一方面,有她骨鲠在喉不得不吐的情势,但对整个小组,这也是一个极好的契机。

程远青轻声道:"我有点紧张。"

声音不高,大家的注意力却高度聚拢。印象中,博士组长无所不能,她居然不知所措?殊不知以退为进,是一个好办法。当领导者显示出真实的谦逊,部下就要赤膊上阵了。

鹿路出来救驾:"是不是怕吵起来?"

程远青老老实实作答:"是啊。你们不一般。"

没想到这话把卜珍琪惹火了。她说:"癌症怎么啦?不就是一种慢性病吗?和胃溃疡、高血压一样,有什么了不起的?癌症死人,心脏病就不死人啦?嗓子里卡根鱼刺还死人呢!有什么不可以争论的?要是这么一点风雨都经受不了,那还真是和死了差不多。"一瞬间卜珍琪卸下了佩戴着的领导面具,显出锋芒。

程远青暗笑,这正是她所需要的答案,说:"我想做个小小的统计。在座各位,是愿意别人把你们当成病人,还是当成正常人?愿意被当成正常人的,请举手……"

程远青的话音未落,组员们的臂膀就举起来了。从骨瘦如柴的安疆,到冷漠淡然的成慕梅,从嘻嘻哈哈的鹿路,到胆小畏葸的应春草,所有的臂膀都举起来了。

在这个刹那,感动如钱塘江秋天满月时分的潮头,扑上了程远青的眼帘。真的,她们之中的每一个人的身体,都是不正常的。可她们渴望做一个正常人,这发自内心的渴望,让乌合之众的乳癌小组,趋向一统而刚强。

大家异口同声道:"不管我们身体上有什么样的病,是轻是重,我们都要做精神上的正常人。"这些得过乳腺癌的女人面面相觑,有了一个约定。

她们的血液沸腾起来,即使她们的血要比健康人少,比健康人稀薄,依然缓缓地沸腾了。

周云若说:"今天真好。真话就像一块大石头,压得我喘不过气来。现在,扔到大家的怀里,我可以轻松地走了。求你们了,也讲真话吧。"她诚恳坦率地看着大家。

她穿着一条今年最流行的低腰牛仔裤,上面是雪纺的藕荷色上衣,外罩宝石蓝短风衣。岳评本来是很看不惯低腰裤的,觉得成何体统。引诱人朝着肚脐的上方或是下方联想,都是罪过。但此时,这个古板的校长说:"我有个女儿和你一般大。她也得了重病,我一直很不理解她。今天,听你这样讲,我想到很多……"岳评突然就哭起来了。半老妇人的哭声是嘶哑和污浊的,非常悲哀。

大家一时慌乱,弄不清此刻该关注谁。那厢周云若焦急地等着大家的真话,这边坚强的岳校长水漫金山。程远青也一时无措,陷入困顿。表面上看,周云若还算平静,她内心袒露,正期待进一步开放。岳评可算方兴未艾,一把鼻涕一把泪,花容惨淡(如果这么大年纪的女人还可以用花容这个词的话),局面看起来更吃紧。

程远青一如瞬息万变的战场指挥员,判断着情况。周云若紧闭心扉漫长岁月之后,把门敞开了一条缝。表面上好像满不在乎,实际上,心细如发,极为在意众人的反应。卜珍琪发表了尖锐的意见,她内心如何应对,也是未知之数。大家允诺的坦诚相见,还未付诸实施。此刻中断讨论,在周云若心中将留下怎样潜在的挨伤?她当众揭开创口,如今,血泊尚未凝结,人们却蜂拥着围拢另外的人了,这被人遗忘和忽略的荒寒,可能覆盖她整个人生。也许她从此收起她的心,就像农妇收藏起她唯一的嫁衣。

岳评呢，大大咧咧的女人，却哭得这般伤感，完全出脱了她平日领导的角色，必有重大隐情。那是什么？大家饱含悲怀。

何去何从？小组之手，揭开内心魔瓶的封纸，往事的妖烟蒸腾而出。组长你何去何从？

这一回，程远青连征求大家的意见也不可能了。如起纷争，也不能搞少数服从多数。面对着活生生的人，不可有些微差池。此刻只能集中，不能民主。

她坐到岳评身边，掏出纸巾说："岳校长，我知道你非常难过，大家都看着你呢。"

岳评接过纸巾，擦擦红肿的眼睛，朦朦胧胧地看了大家一眼，困难地点头。香水纸巾裹着涕泪，很快浸透了。很难说清点头的具体含义，是同意自己情绪非常难过，还是说看到了大家的眼神？不管是何含义，岳评的情绪和惨痛的内心，有了短暂的间离。

程远青说："我猜一定是周云若的故事打动了你，你想起了一段伤感无比的往事……"

岳评听到这里，大嘴一咧，又要哭出声来。程远青赶紧闸住她说："这痛苦很深，很痛，不是一时半会儿说得清的。"

岳评把头点得如同鸡啄米，红着眼圈刚要说什么，程远青打断了她的呜咽，说："岳评，我想如果有一个专门的时间，大家一道听你的故事，好吗？"

程远青代大家签出了一张情感和时间的支票。岳评很希望淋漓尽致地一路哭下去，但残存的理智提醒她，眼前的确不是一泻千里的好时机。她点了点头。

整个过程中，岳评几乎没有讲话，只有几次点头。程远青读懂了她点头的含义，小组的两难困境得到缓解。

程远青赶紧又回到这厢，问："周云若，你还愿意大家就你的问题展开讨论吗？"

周云若长久以来，被"爱"煎熬得头重脚轻，仿佛癌症转移到了大脑。她时刻需要证明自己是可爱的。情人节的时候，有人买三百元一枝的"蓝色妖姬"玫瑰送她，这算不算是爱？不知道。接吻到喘不过气来，一方感冒，另一个第二天早上也狂打喷嚏，这算不算是爱？依然不知道。周云若甚至像007一样，关注测谎仪的国产化进程，虽然这对她的爱情测试绝无实质性的帮助。她抚摸着残缺的身体，知道他们爱的是一个幻影，而不是真实的自己。那么，真实的自己是不是可爱呢？

她渴望答案。

安疆说："孩子，你可爱。那些话吓着我了，你说出来，就证明你不愿意那样做，这就可爱。我这一辈子过得很平淡，但我有一个优点，就是不说假话。所以，孩子，信我的话，你是可爱的。"

安疆的身体在急剧恶化，走向垂危。垂危在某些人的想象里，好像是一眨眼的工夫，但在癌症病人那里，是缓慢而坚定的不可逆转的滑脱。她们都熟悉它，在无数病友的身上碰到过它，现在，它毫不客气地居住在安疆身上了。她们都认出了它。人之将死，其言也善。纵使是再多疑的人，也不能怀疑安疆的诚恳。

周云若看着安疆。她知道她说的是心里话，她相信她。但她固执地认为，一个快要死去的人，就像过了期的请柬，即使是真的，又有多少实用的价值！

周云若乖巧地说："奶奶，您多保重自己的身体。我记住您的话了。"

安疆只是一粒小小的萤火虫。无论从光芒还是从温度上，距离驱除周云若的心灵之冰，都太过微弱了。这是周云若的心灵蹦极，从高处坠下，无所依傍。

程远青说："周云若，我有一个小小的建议，不知你愿不愿意试试。"

周云若极快地回答："真的？程老师，我愿意一试。"

程远青说："周云若，你走到每一个组员面前，对她说，我得了乳腺癌。希望大家把自己听到这句话后的真实感受告诉周云若，行吗？"

大家说："做得到。"

周云若忸怩地说："我的事，还有必要再说吗？"

程远青斩钉截铁地说:"有。"

见周云若迟疑,大家说:"人还是这些人,事还是这些事,再说一遍嘛!有什么难的!"

周云若迟疑着。大家不解。但程远青深知,这很难。抽象的肯定具体的否定,是很多谬误的藏身之所。

无望的等待,很长很长。周云若迟迟没有任何动作,但内心翻江倒海。除了医生之外,她还没有亲口对一个人说过自己疾病的名字。即使是对着医生,她也总是说:"我的那个病……"此刻张口,对她是莫大的挑战。

她张望四周,从哪个人开始呢?她磨磨蹭蹭地走到安疆面前,看着老人历经沧桑如风干咸菜一般苍黑的脸庞,说:"安奶奶,我告诉您一件事……我……得了一个病……"

安疆看着她,竭尽全力地点头,她要驰援这个年轻的女孩。

周云若卡在那里了。她说不出自己的病名。她不敢说出它。她对它是那样熟悉,她的生活因为它,发生了翻云覆雨的变化。她从来没在人前称呼过它,陌生得如同非洲一个小村庄的名字。

程远青殷殷地看着周云若,很想帮助她。可此刻最好的帮助就是一言不发地等待。如果不能在等待中重生,就只有在等待中沉没。

周云若紧紧地咬着嘴唇,她原本就贫血的嘴唇,由于牙齿切压,显出弥漫的苍白和局部的紫癜。她很想退缩,为什么要在众人面前呼唤那个魔鬼?她的身体向后倾倒,好像濒临深渊。近在咫尺的安疆比别人更早地发现了周云若的企图,她不顾一切地扑上去,抱住周云若。老人太瘦了,当她凸起的肋条敲在周云若时髦服装的扣子上,人们听到了金属的响声。"孩子,说吧。我在听。"她用手抚摸着周云若,她的皮肤因为这种抚摸竖起了一些褶皱,就像拉长的太妃奶糖,久久不肯平复。

周云若来不及思索,就在安疆的怀抱中开口:"有人得了乳腺癌……"

大家明显地松了一口气,周云若终于说了。一个进步。可是不彻底。程远青紧问:"这人是谁?"

周云若非常不情愿地说："我。"

程远青说："那就请你把刚才的话重复一遍。不要说有一个人，用第一人称。"

周云若说："我得了乳腺癌……"此语一出，她漆黑的眉眼流出了澄清的泪水。想象中，她以为该落下红宝石一样的血珠。

安疆紧紧地抱住她说："孩子，你命好苦！"

大家的眼泪就一起流下来，想起了自己的病和孤单恐惧，连褚强的眼眶都潮得能养金鱼了。只有程远青不哭，不是她不哀伤，她有比哭泣更重要的使命。她走到安疆和周云若面前说："周云若，请你把这句话再说一遍。"

周云若为难地说："还要说啊？非要说啊，程老师？"

程远青不容置疑地说："是。"

周云若就一字一顿地说："我，周，云，若，得了乳腺癌。"她的声音比刚才要稍微亮一些，这句话的完成并不像她想象的那样艰难。泪水涌流得更畅快了。

安疆说："我也得了。孩子，咱们都是一样的。你别哭了，你一哭，我心里更难过了……要不，你还是哭吧，哭一哭或许会好受一点……你得了病，这不是你的错，你挺勇敢的，是个好孩子。"

周云若栖息在安疆的怀抱里，泪水交流。母亲都不曾知道这个大秘密。周云若真想永远匍匐在这个细弱但是温暖的怀抱中。程远青打断了她的享受。"接着干什么？"

周云若喃喃地重复着："不知道。程老师，告诉我。"

程远青拍拍周云若说："想想看。"

周云若冰雪聪明，稍加思索，说："我要走过去和每一个人说一遍。"

周云若很舍不得地钻出了安疆的怀抱，走到应春草面前。"我得了乳腺癌……"周云若想起了什么，就又重复道："周云若得了乳腺癌。"

应春草，这个一贯细声细气的女人，突然大声回复："周云若，你得了病，这一点也不影响你的可爱。再说，不可爱又有什么？别人爱不爱的，管它呢。只要咱自己觉得可爱就够了。大妹子！"

周云若也同样抱住了应春草。很瘦的女人，抱在一起，好像两只折叠的纸扇。要是以前，周云若会看不起应春草的，但身体和身体的接触，使周云若感到了一种温热的关爱。她有点内疚，觉得以前太小看这个女人了。

周云若第三个走向卜珍琪。卜珍琪有一种拒人于千里之外的内在的傲气，依周云若长期小人物生涯锻炼出的敏感，她知道卜珍琪潜藏的淡漠。今天的周云若豁出去了，组长允诺她在反复陈述之后，情绪会有改变。周云若择人的顺序，除安疆之外，她是先难后易。如果应春草拒绝了她，如果卜珍琪拒绝了她，那么，纵使程远青说破大天，周云若也不玩下去了。

卜珍琪很专注地听完了周云若的癌症告白，把自己的脸颊贴到了周云若的脸上，两个人都有泪水，双方先感到冰凉，然后才是泪水之下的温热皮肤。卜珍琪凑在周云若的耳边说："你很勇敢。你很可爱。我要向你学习。"

周云若现在很感奋，情绪起了根本性的变化。一个她敬而远之的女人，能够这样评价自己，周云若非常高兴。肌肤相亲，谎言没有滋生的空隙。重病之人，直觉发达，你不可能骗她。

周云若快步走到了鹿路面前，对鹿路说："我，也就是周云若，得了乳腺癌。请问，你得知这个消息之后，怎样看我呢？"

鹿路说："嗨！我以前怎么看你，我现在还怎么看你。提倡减肥，你歪打正着。"

花岚没见过这阵势，比周云若还紧张。见了周云若，抢先说道："就别说那句话了。怪吓人的。你真的很可爱。我要是个男人，我会爱你的。就是知道你得了乳腺癌，我也会爱你。"

周云若回头看看程远青。程远青说："还是要说。"

周云若就有些开玩笑地向花岚鞠了一躬，说："兹有乳腺癌患者周云若小姐，向您报到。"花岚哭笑不得地说："好了，好了。吓死人了。好像我是马克思似的。"

倒数第二家是成慕梅。按说成慕梅是很压抑的人，极少讲话，让人感到不好亲近，但周云若还是把她排在了褚强之前。不管怎么说，毕竟还是女性，周云若走近她，成慕梅蓦地站起来，动作很大，掠起一阵风。周云若依样画葫芦，说："周云若是个乳腺癌患者……"因为已经说了若干遍，悲凉也就化为惯性，甚至有了某种不以为然的调侃意味。周云若很喜欢这种新生的轻松心境，她说此话有点上瘾了，说完之后，就像鱼鹰叨鱼似的张开双臂，预备拥抱，并倾听成慕梅的回答。

成慕梅很诚恳地说："你不但在女人的眼里是可爱的，在男人的眼里也是可爱的。你用不着悲观。女人不是因为乳房才可爱，是因为勇敢才可爱！"

讲得可真好！周云若的眼圈又湿了，今天反复流泪，这一次，如果把她的眼泪收集了去化验，其成分和以前几次一定不同。这一次，是快乐的眼泪。

最后的宣言和拥抱，留给了褚强。褚强一直在等着这个时机，当这个时机真的到来的时候，褚强甚至比周云若还要激动。褚强这是第一次走进了乳腺癌组员的内心，他惊恐悲哀又充满了不可言说的好奇和敬重。周云若大大方方地说："褚强，你是我们小组唯一的男性。我对男性一直抱有很高的警惕，今天让你把我的秘密都听了去。我很想听听你的真话。别担心我，如果说这种真话我在一个小时之前，还听不得，我没有那个力量，但我想，我现在有了。我已能正视我的苦难。现在，我正式向你宣布——周云若，是一个乳腺癌患者。你对此有何感想？"

褚强说："如果我说真话，请你不要生气。"

周云若说："我不生气。"

褚强说："我的真话就是，我以前就喜欢你；听了你的故事，见证了你的勇敢，我更喜欢你了。如果不是我有了女朋友，我会追求你。"

周云若调皮地说："我知道你是在开玩笑，我喜欢这个玩笑。谢谢你了。毕竟，你是第一个知道了我的真相之后还跟我开玩笑的男孩。"

周云若最后走到程远青面前，说："程老师，对您还需要说吗？"

程远青说:"对不起,我要纠正一下你的说法。不是我需不需要你说,而是你自己需不需要对我说。"

周云若有些不解地问:"这有什么不同吗?"

程远青说:"你不觉得有所不同吗?一个是我要你说,一个是你自己要说。毕竟,这个世界上,没有人能要求你一定要把自己的病情公布于众。从你的感觉来说,究竟是哪一种情形较好,选择完全在你。"

周云若想了一下,走到程远青面前说:"我要告诉您,我,周云若,是一个乳腺癌患者。可这没有什么太大的改变,我还是我。我不会被一个小小的肿瘤所击垮,虽然,它也许能要了我的命,但这依然不能改变我藐视它的态度。"说完之后,她和程远青久久地拥抱。大家也拥上来,抱在一起。

她们生命的一部分交融在一起,互相支援和补充。人们无法拒绝一个生命对另一个生命的浸润,当这种浸润柔细无声长久浸淫的时候,奇迹就会渐渐出现。

要说周云若从程远青那里得到助力是比较容易理解的,但程远青却要实实在在地承认,她也从周云若和整个小组那里得到了强有力的启示。柔弱而残缺的生命,当她呈现出所有虫眼和芽苞的时候,她所具有的韧性,折射出立体的复杂光芒。真正的悲悯是那样辽阔,仿佛垂颈冥思的天鹅。

| 第 15 章 |

心中的蟒蛇

事情在不知不觉中变化。以往,无论他何时何地经过狗肉馆子,总会看到一片猩红。不知从哪一天开始,那猩红渐渐地淡了下去,犹如被太阳曝晒过的红领巾。

小组活动归来,岳评失魂落魄,忠厚的满各苗吓了一跳。自打老妻一意孤行深入乳癌小组腹地之后,满各苗一想起来,手心就湿。

他递过一杯茉莉香片,说:"快喝了吧,上好的,今天我专门给你买的。润润喉咙。"

岳评连喝了几大口。满各苗说:"叫人认出来了?以后咱不去了不就得了。"

岳评否认:"没。"

"那这是咋啦?和谁怄气了?跟我说说,我给你开开心。"满各苗哄老妻。

"和你没关系。"岳评愣怔着说,神游于另一世界。

满各苗不放心,说:"早上走时还好好的,现在就这样了,一定和那个古怪的小组有瓜葛。"

岳评不耐烦道:"对啦,是有关。我乐意。"

满各苗说:"听我一句劝,老婆子,见好就收吧。行不行?"

"不行！"岳评不含糊。"我才弄出点头绪，哪能半途而废？"

满各苗不言声了。他哪能说过老婆？一辈子都是这样，翻不过身来了。认命吧。

褚强又在一堆往来公函中，发现了那个惨白的信封——上写"本市××路××号隽永生物公司综合部褚强先生收"。和上次一样，在信封的下端写着"内详"。褚强这才想起，已将申凌冷落了一段时日，未及联络，看来申凌熬不住了，又写信来提示。最近除了小组工作之外，主要是公司今年的生化拳头产品——鸢尾素，已到了临床应用的白热化阶段，褚强负责宣传和广告事务，杂事繁多。褚强不敢怠慢，把白信封撕开，看看申凌的新动向。

偌大一张 A4 纸，还是只有一行乌黑的字。

请找到第 1 版第 12 次印刷的《现代汉语词典》，打开第 1268 页。看看第 3 个字……

褚强放下手边诸事，去找公司负责文案策划的一位退休老编辑，上次就是在他那里找到的那本"现汉"。不想老编辑出去了。褚强本想赶紧忙活别的事，又一想，还是早点结案好。要不然，一下忘了，下回见面，申凌又说拿她不够珍重。想到申凌，褚强有了主意，何必舍近求远呢。

拨通电话，申凌娇滴滴的声音传来："您好。这里是……"褚强赶紧打断道："是我。别那么公事公办的，你就用平常的语气跟我说话吧。"

申凌小声说："是你呀。主管刚好不在，有什么事，你快说。"

褚强说："查找怪费劲的，干脆问问你，这 1268 页第 3 个字究竟是个什么字，你告诉我得了，省得捉迷藏，大家都忙。"

申凌摸不着头脑，说："褚强，你说什么呢？"

褚强说："就别装糊涂啦，'现汉'啊。"

申凌装得还挺像，说："'现汉'是谁？我只知道秦汉。"

褚强说:"还林青霞呢。"

申凌来了兴趣,说:"他们死灰复燃了?小报上没见登啊,你从哪儿知道的?"

褚强心一沉,不敢掉以轻心,严肃地说道:"你写的信,你还不知道?"

申凌说:"谁写信了?褚强你昏了头吧?我可没写信给你。"

褚强说:"申凌,差不多就行了,见好就收。别和我逗了。忙着呢。"

申凌急了:"听不懂你说什么!反正我没给你写信,不定是谁写的信呢!你可要给我说清楚。你……"可能是主管回来了,申凌话没说完,就把电话挂了。

褚强一时发傻。申凌这个女孩,爱吃醋,小心眼儿,鬼机灵,毛病不少,但不说瞎话,有什么都露在外头,让人一目了然。看来,这封奇怪的信,真不是她的作品。褚强打了个激灵。

不管怎么说,先把第 2 封信的字查出来。

褚强马上再去找老编辑,那人还没回来。褚强着急,就给老编辑留了一个条子,上书:"我有要事,急需'现汉'。同我联系,用完璧还。"用便利贴粘在老编辑的电脑上。回来工作,筹划应用鸢尾素的大型义诊预案,心不在焉。还好,老编辑很快回来了,抱着那本"现汉"来找褚强。

褚强忙不迭地说:"不好意思,劳您大驾,您还亲自给我送上来了……"

老编辑很和善地说:"就先放你这里吧,也许你还有得用。"

褚强一边致谢,一边想:但愿水落石出。

"不用急的,慢慢看。我还有一本新'现汉',这是老本子了,跟随我多年。你别丢了就成。"老编辑走了,褚强俯在桌上,急不可待地翻到 1268 页,查到了第 3 个字,把它写在纸上。

"心"。

他把第 1 封信和第 2 封信摆在一起,两个大字赫然在目:"小心。"

褚强背后黏潮。"小心"什么?有人在向他发出警报,提醒他危险临近。谁如此密切地关注他?公司里的同事?以前的朋友?恶作剧的玩笑，还是真有危机？写信人是男是女？是老是少？他在何方？

褚强拿起信封细细查看。纯白的西式信封，极其简洁，任何一家超市都可买到。邮票也是最普通的民居那种，本市邮寄，没有留下任何蛛丝马迹。

A4纸，看起来质量不错，是"金旗舰"牌的。字是黑体，三号。不是激光打印，是喷墨打印出来的。但这能说明什么呢？褚强敢说，在周围一平方公里的范围内，起码有几千台喷墨打印机和几万箱金旗舰A4纸潜藏着。

褚强甚至拿起A4纸闻了闻，除了纯木浆的淡香和漂白剂若隐若现的味道外，没有额外的香气或是恶浊之气。

褚强找了个新公文袋，仔细地把这两封信放了进去。他判断寄信人不会善罢甘休，还会有新的信寄来，和"小心"组成一个句子。褚强想，自己没得罪过黑道上的人啊，是个守法公民。申凌也不会结交某个情魔，要找他决斗。褚强决定暂时和谁都不说，这很可能是个低劣的玩笑，办公室是寂寞的沙漠。

想不出开这玩笑的动机是什么。他有一个预感，那个打印信的人，已经不年轻了。年轻人，谁还用第1版"现汉"。一个中年人的玩笑。

| 第 16 章 |

种子蛰伏

通过几次活动，特别是墓园之行，对死亡的正视和探讨，彼此深入内心，水波不兴的卜珍琪感觉有什么危险在靠近。她有些生气，却说不清是生谁的气。是生自己的气吧？没有人逼她参加乳癌小组。

卜珍琪内心很孤独，和大多数人逃避孤独不同，她喜爱孤独，有意营造孤独。从幼儿园开始，卜珍琪就把自己和别的小朋友区分开来。最早做这种区分的不是她，是幼儿园的阿姨。

她生于江南小城。父亲是小城的主政者之一。地方太小了，在有限的范围之内，父亲已是高官，卜珍琪也就有了"公主"的美称。有一种娃娃脸的女孩，幼时非常漂亮，长大了却姿色平平。卜珍琪就属于这一类。

军长的孩子可以因为身在总参谋部而觉得父亲的职务太低，科长的孩子可以因在边地而趾高气扬。卜珍琪小时候听过的童话中，国王是最大的官了，她觉得自己就是国王的女儿，被很多人夸赞。人们常常以为孩子在很长时间内，听不懂大人的话，其实，大谬不然。

卜珍琪的母亲是市剧团团长。她以前是演员，爱演戏不爱当官。丈夫成了市长，她就不能演戏，只能当团长了。她不肯放弃对演戏的钟爱，时刻做好上台的准备。为了保持身材，不曾哺乳，卜珍琪是喝奶粉长大的，那时候，还不知道鲜奶比奶粉好，以为越是工业化的东西，越显出高贵。卜珍琪从小被送到幼儿园，全托的幼儿园是贵族的象征。幼儿园给孩子们规定了太多的睡觉时间，阿姨们嫌孩子们顽皮烦人，总是早早地把他们赶到床上。

后来一定发生了某些事情，可卜珍琪不记得了。真的，不是忘了，是一段空白。每当试图回忆的时候，头脑中就有霹雳和辐射性的火光出现，双眼后方爆发剧烈的疼痛，任何思绪都淹没在滔滔黑水之中。她当时只有五岁，孩童的记忆自有不可理喻的法则。前半部分每一个细节都那样清晰，后半部分却像曝光的胶卷一片灰翳。

妈妈自那个晚上再也没有回家，爸爸把卜珍琪送回幼儿园，也不再接她。紧接着爆发了"文化大革命"，爸爸的名字被人用浓墨写在马路上，任凭车碾马踏，还有无数的唾沫和鞋印。

妈妈在运动中自杀，爸爸经历了可怕的批斗，被两派造反派当成人质，你抢我夺，很长一段时间下落不明。卜珍琪从公主变成小妖。幼儿园也解散了。牛鬼蛇神的狗崽子还有什么资格养尊处优。园长——一个在延安保育院工作过的老阿姨，收留了卜珍琪。她认定孩子无罪。老园长谁都不怕，造反派逼急了，她就说，我当初在延安的时候，给现今××领导的孩子擦过屁股！此话一出，具有莫大的杀伤力，谁也不敢得罪有擦屁股功绩的老人。风向常变，前几天老人夸口的某位头面人物，下一次就沦为名字倒刷在墙上的小丑。造反派以为老园长风光不再，再次兴师问罪，老园长又隆重地推出新的风云人物——俺也曾为××的孩子擦过屁股！谁也不知道老园长当年在延安到底擦过多少尊贵的屁股，而这些屁股又牵连着怎样的椅子。无人敢查证，此类事情，只好信其有，不敢信其无。

在这柄保护伞下，卜珍琪得以度过相对平安的岁月。小姑娘什么都听老园长的，只是坚持自己擦屁股，哪怕得了红白痢疾，裤子都提不起来的时候，也不让老园长动手。小丫头在那个时候，就想到自己有一天出人头地，不能留下话柄。

卜珍琪在苦难中学会了生存的伎俩，从公主到妖孽的坠落中，领略了世态炎凉。十岁的时候，像六十岁那样苍老。卜珍琪为自己立下志向，这一辈子要做个大官。让和她打过交道的人,许多年后还会以她为荣。

父亲被释放的时候,卜珍琪到监狱接他。两个人都很吃惊,爸爸看到的是一个少年老成的矜持少女,女儿看到的是一位面无表情的老人,风流倜傥的爸爸已经往生。

父亲可以官复原职,卜珍琪的精神却永不会回到从前。所受的顿挫化入年轮,凝结在那里,无论何时切开思维的脉络,都会看到那一圈逼仄的痕迹。

卜珍琪和父亲没有多少话说,虽然他是她唯一的亲人。他们从不谈论母亲,卜珍琪曾希望把缺失的记忆补上,但父亲避之唯恐不及。父亲不谈,必有不谈的苦衷,母亲已死,就不要让父亲再痛一次吧。于是,父女俩相对的时候,都做出快乐的样子。

"文化大革命"结束,大学重新招生。和那些"文化大革命"前的老高中生相比,今天学军明天学农没上过多少文化课的卜珍琪,虽然年纪轻轻,却并不占优势。竞争空前惨烈,榜发下来了,卜珍琪差两分落榜。晚年的父亲有一种宿命的悲观,卜珍琪倒比较平静,反正来日方长,年纪还小,经得起失败。卜珍琪准备来年再战,一月后,来了一封补充招生的通知。国家急需人才,常规录取之后,号召各校深挖潜力,扩大招生。新生入学之后,一些大学又报上来扩招名额。京城名校的经济系大专部录取了卜珍琪。对于一心想读文史哲大本的卜珍琪来说,兴趣不大,决定放弃,明年再考。

父亲拿着通知书看了很久,好像那是一部世界名著。

"去。"父亲说。长期监禁的后遗症之一,就是父亲极为吝啬言语。

"我不喜欢这个专业,也不喜欢大专。"卜珍琪回答。

"这所大学名声很好。"父亲声音不大,却很有分量。

"可是,不喜欢……"卜珍琪还想重申对专业和学历的不满。

"大学是标志。5年10年以后,人们不会记得你的专业,却会记住你的大学。"父亲说。

以卜珍琪的阅历,尚无法想象若干年后人们对某大学的评价,将如何影响她人生的走势。但卜珍琪敬畏父亲，对他的意见不能等闲视之。

"大专是台阶，还能读本科。如果明年再考，你不一定能考入这座学府。盯着一碗蜂蜜，不如赶快喝口糖水。政策这个东西，有变数。"父亲难得地讲了这么多话。

"对这专业实在不感冒。"卜珍琪进行着最后的抵抗。

"天生就知道适合什么专业的人，很少。你说的喜欢不喜欢，可能只是凭着对商场和会计的一知半解，算不得数。一个国家，政治安定之后，很快就会转入经济建设。先去学吧，之后再说喜欢不喜欢。改行，来得及。"父亲微微合上了眼睛。可以理解为他困倦了，也可以理解为所有的话都说完了。他不会改变意见，听不听在你了。

卜珍琪遵从了父亲的意见。对于专业，克服了最初的反感，也能慢慢深入下去。举凡真正的学问，定有它迷人的地方。卜珍琪一心想读本科，需要有出类拔萃的成绩作为自己的资本。后来的发展，证实了父亲的远见卓识，"变数"是一个多么伟大的东西。百废待兴的国度，几年时间沧海桑田。数理化不时兴了，文史哲不时兴了，经济学炙手可热。卜珍琪大专毕业时，已不需挖空心思报本科，校方名额多多，保送成绩优秀者直升续读。卜珍琪不感谢命运，只感谢父亲。到本科毕业的时候，分配去向主要在国家机关，是镶了金边的不锈钢饭碗。

卜珍琪拿不定主意，是趁大好形势，分到有背景的机构，从此过丰衣足食安定团结的日子，还是继续苦读，甚至出外留学？卜珍琪只有请示父亲。

父亲在江南小城，又找了续弦夫人。卜珍琪对继母充满了感激，这样才使她远走高飞之时，少了愧疚。父亲沉吟良久，比那一回卜珍琪报考大学还要长久。父亲说："要我帮你拿主意，就要对我说实话。"

卜珍琪说："爸，我要是对您都不说实话了，我还能相信谁？"

父亲说："我问你，这辈子想当什么样的人？"

卜珍琪说："我还以为您要提什么呢，原来是老掉牙的问题。我提非常具体的问题，可您问我非常抽象的问题。"

父亲说:"所有具体问题,都由抽象问题管着呢。孩子,说吧,你想当一个什么样的人?"

卜珍琪一下子恍惚起来,回到好多年前,那时她是一个需要别人帮着擦屁股的小姑娘。她为自己的一生定下了一个目标。她要成为一个名人,一个大大的名人。一个让喜欢她的人,一提起她的名字就自豪;一个让仇恨她的人,一提起她的名字就恐惧的人……种子蛰伏在那里,从没见过阳光,却不曾有丝毫倦意。

这能和父亲说吗?卜珍琪迟疑了。

父亲说:"珍琪,如果你实在不愿意说,不勉强。何去何从,不必征询我的意见。"

外松内紧的政策很具杀伤力。卜珍琪实话实说:"爸,我想当一个有名的人。"

父亲难得地笑起来,说:"大名还是小名?"

卜珍琪说:"起码要有小名。最好是大名。"

父亲说:"小名有多大?"

卜珍琪说:"比如全校的人都知道我。"

父亲说:"那你现在就有小名了。"

卜珍琪说:"我不满足。"

父亲说:"大名有多大?"

卜珍琪不由自主地看了看继母在哪里,厨房传来筷子碰到碗沿清脆的击打声,卜珍琪说:"有几百万人知道我。"

卜珍琪是鼓足了勇气说这番话的,她相信经历过苦难的父亲不会笑话她,没想到父亲还是轻声笑了起来。卜珍琪说:"您觉得想得太大了?"

父亲说:"你想得太小了。有几百万人知道你,很快就会有几千万人知道你。几百万不是一个数量级。一百是个数量级。一个老农民,充其量一生就在这个级别上。一百之上,就是一万。这也是个约数。爸爸就属于这个级别。"

卜珍琪说:"爸爸,起码有十万人知道您。"

父亲说："珍琪你不用鼓励我。爸爸不在乎这个了。你有让成千上万的人知道你的决心，这很好。只是，这要吃很多的苦。"

卜珍琪悄声说："我知道。"

父亲说："决心不会更改了？"

卜珍琪说："爸爸，你这是什么意思？"

父亲说："定了，就要把一生押上去，不能后退。后退了，所有的苦就白吃了。"

卜珍琪说："这份决心在您住监牢的时候就定下来了。"

一提到那段时光，父亲有些恍惚。他不愿在这个问题上耽搁，说："务虚就到这儿，开始务实。要出名，你就要读研究生。要在国内读，不到国外去。国外读书，回来后会在很长一段时间内不被重用。你再怎么赤胆忠心也不行，这就是国情。中国人，最讲究同窗之谊。这就是无形的资源。"

卜珍琪恨继母，她恰在此时进屋，宣布饭好了，请大家入席。父亲站起身来，向卜珍琪眨眨眼睛。这个调皮的动作，在父亲的一生中从来没有做过。卜珍琪突然有了一种不祥的感觉。父亲这一天说的话比以往任何时候都多，卜珍琪感谢父亲，但卜珍琪隐隐感到不安。

趁着继母到厨房里端另外一盘菜，父亲小声对卜珍琪说："闺女，以后找女婿，也要服从你的人生大目标。"

记忆中，这是父亲留给卜珍琪的最后一句话。父亲在三个月后脑溢血突发辞世，卜珍琪从学校赶回家，看到的只是父亲在水晶棺里化妆过的遗容。卜珍琪可以肯定，在"找女婿"这句话后，父亲还说过很多话，但卜珍琪不记得了。于是，这句话就成了父亲的临终遗言。

可惜了，父亲。一生窝在那样一个小小的城市，正值壮年，却遭遇"文化大革命"。牢狱之灾和妻子的惨死，使父亲卓越的政治才能未及盛开就凋零了。父亲的远见卓识偶尔一露峥嵘，就在卜珍琪人生道路的设计上。随着时间的推移，卜珍琪越来越觉察出父亲的英明。卜珍琪读完硕士，国家核心机构向她招手，吸收她参与经济政策的调研和制定。

出国，读博士，还是从小职员开始工作？

"我想当一个有名的人。"卜珍琪听到自己的声音。

她的眼里蓄满了泪水。父亲在天国慈祥地看着自己。她多么巴望父亲再次举重若轻地为她指点迷津。但是，父亲无言。现在，卜珍琪要当自己的父亲了。

"我要走为官之路。我要升至高位。我要做一个有影响的政治家。"她听到自己坚定地对父亲说。

父亲眼睑垂下。父亲惊讶的时候，不愿让别人发现，就会垂下眼睑。父亲的眼睑就成了悬挂的包袱皮。你看不到惊讶，但惊讶已然存在。

父亲伸出一个手指，竖在自己的嘴唇处。父亲说："孩子，记住，这是你一生中第一次说这个话，也是最后一次说这个话。你可以牢牢记着你的理想，但是你不可以说，永远不可以说。政治是不可以说的，说出来就不是政治了。"

卜珍琪对想象中的父亲说："我记住了。我永不会说。"

父亲说："你想过没有，你是一个女人。"

卜珍琪说："我知道我是一个女人。"

父亲说："知道和想过是两回事。如果你没有想过，你还算什么政治家？"

卜珍琪说："政治并不是拼刺刀。它和体力没有太多的关系，主要靠智力。"

父亲说："不错。政治是不分男女的，但是，政治家是分的。"

卜珍琪坚定地说："我知道。可是，我还是要做一名政治家。"

讨论进行到这里，父亲的形象突然模糊。父亲到底是同意还是不同意她的选择呢？卜珍琪不知道。

卜珍琪习惯了同父亲对话，慢慢梳理清楚自己的头绪。那些念头，盘旋在她的内心，晃动着，难以固定。对话把飞翔的蝴蝶捕捉，针将蝴蝶留在纸板上，反复研究。

目标确立之后，卜珍琪精神抖擞。有方向和没方向是不一样的。同是到广州，有些人是边走边唱，也许先往山海关方向走一程，太冷了，然后才南下。到了郑州，又忽然拐向乌鲁木齐。卜珍琪不是这种类型，到了国家机关，从小职员做起。

部里的人自我感觉很好，执掌重要物资的生产大权，有着舍我其谁的骄傲。上班第一天，在先于知道食堂之前，被告知了开水房的位置。作为一个年轻的女硕士，卜珍琪对此没有丝毫的怨言和意外，她知道自己今后所打的每一壶水，都有价值。

卜珍琪杂务做得不错，但也仅仅是不错而已。她会把暖瓶灌满水，但她不会把暖瓶上天长日久积攒下的泥垢擦洗干净。虽然对于她勤劳的手指来说，这微不足道。她是有洁癖的人，要在视线所及的范畴内，保持几把水瓶的肮脏，她付出的忍耐力，绝对大于把暖瓶擦干净的劳动量。出于长远考虑，她不能让人们把自己定位于一个勤快的小姑娘。

司长是一位不苟言笑的长者。据说早年间留过苏，和上面有千丝万缕的关系。司长分配卜珍琪负责整理编发资料。这项工作，要说简单，可以不费任何脑子，把下面报上来的资料整理出若干，集合成册，签发到打字室，就成了一期内部资料。部里文山会海，资料犹如雪崩，根本无人细读。卜珍琪决定咫尺兴波，把具有潜在动向的资料整理出来，画龙点睛。第一个步骤是埋首资料，古今中外统统阅览。

在很短的时间内，卜珍琪对部里的主要产品Z物资，从储量到矿山到工厂，从Z物资的历史沿革到当前国际市场的价格走势，都了然于胸。

"你把这些了解得这么透，干啥？想当部长秘书？"同她一起分来的女硕士小孔说。

"当部长的秘书，倒不必懂得这些。他只要知道谁懂就行了。"卜珍琪说。

小孔说："既然知道得门儿清，还秉烛苦读干什么？"

卜珍琪一笑，不作声了。有些话，和最好的朋友也不能说。如果能说，答案是——做秘书当然用不着研究这些，但做部长，就需要了。

从小小文员，到部里的最高长官，这个目标，卜珍琪没有同任何人讲过。即使有一天，她真的当上了部长，也绝不会说。

卜珍琪跑步上班。目不斜视，弹性极好的腰肢在拥挤的马路上坚定向前，显出与众不同的气概。部里班车到达时，西装革履的人们款款而下，会看到一个鬓发粘在脸边的女子，意气风发地走进大楼。她的朝气令沉闷的机关气象为之一新。

卜珍琪埋头文案，外语精通，她所编撰的有关内部参考资料，渐渐成为在决策会议上被引用最多的文本。

司长有意锻炼她，说："纸上得来终觉浅。你得到生产第一线去。"

卜珍琪说："手头的工作呢？"

司长说："交给小孔。"

卜珍琪说："什么时候下去？"

司长说："有两个时间表。我马上也要下去，大江南北转个遍，你可以跟我一起走，我在这个圈子里几十年了，老马了……"司长话说到这里，停顿下来。

卜珍琪知道自己应该适时接话，填补起这充满爱护的空白。可是，她顽强地沉默着，直到司长很自然地接着说："第二个选择是你自己走。我下去，粮草未动，底下就有了防范。你目标小，轻车简从。但人生地不熟，又是女孩子，我有些不放心……"

卜珍琪心中一热，几乎想起了父亲。她说："司长，我想锻炼一下自己。"

她没说自己的打算但其意自明。

司长给了她一张纸，上书很多企业一二把手的名单。司长说："在下面遇到了困难，就找他们。当然，找我也行。"司长同时写下了他家的电话号码。

卜珍琪把蒸蒸日上的为领导提供内部参考资料的工作交给小孔，孤身上路。她级别低，不能坐飞机，到遥远的青海新疆，也只有坐火车。她以单位的名义拍发的请人接站的电报，被置之不理，电话里人家答应得信誓旦旦，实际上不了了之。下了火车，无人理睬，拎着行囊，和收购羊皮的商贩一起搭乘长途汽车,赶往大山深处的厂区。企业的人很会看人下菜碟,见她一个人行不久的小女子,断定和上层也搭不上话,很是怠慢。她想了解的情况,无人汇报;她要见的人,常被推脱。甚至连她居住的招待所,也是最差的房间。厕所漏水,阴暗潮湿,她只好天天把被子搭在室外的铁丝上晾晒。一次下矿井忘了收回被子,赶上暴雨,待她赶回,被子已成水帘。

那一夜,卜珍琪找到招待所的服务员,要求换一床被子。服务员是个山里妹子,声小如蚊,说她没有被子。被子都归所长一个人管,所长把钥匙带回家了。

卜珍琪裹着大衣挨过一晚,早上,在街头小店吃碗米粉,就挤进班车到厂区考察。别看她在机关的时候不愿坐班车,出差在外,专爱在班车上听工人们聊天。

底下厂矿的领导,忽视了这个初出茅庐的小姑娘。他们以为她不过是个下来镀金的娇小姐,过不了几天苦日子,就乖乖地打道回府了。他们没把她放在眼里,这倒给了她极大的便利。她坐着罐笼上下矿井,在工人食堂吃饭。工人们口无遮拦,有什么尽管放炮。卜珍琪获得了极为宝贵的第一手材料。

卜珍琪离去时,既没有告别晚宴,也没有土特产馈赠;有一两次,连她走时的火车票都没有着落。虽然早就让接待部门预订了火车票,临到取票的时候,却被突然告知她订的卧铺票没了,要走,只有站票。

计划早安排好了,刻不容缓。卜珍琪站着乘车,南方的火车比北方的更脏,没过脚面的甘蔗渣子,类似圈肥味道。脚面肿了,皮肤从鞋帮鼓出来,好像两只碗糕。卜珍琪看看四周昏睡的人,伤感起来——她这是为了什么?

只是一瞬间的质疑,她就坚定下来。

|第17章|
台阶向上

卜珍琪凄风苦雨地回到部里,黑了瘦了皮肤粗糙了……内心的嬗变更深广。

司长说:"小卜,泥牛入海无消息啊。我估计你在大西南,给那里的老总打电话,可人家说,根本就不知你到了那里。好像我是个官僚,连下属在什么地方也闹不清楚。"

卜珍琪在困窘之中,不止一次掏出司长给她的"红名单",这是救生符。只要拨通一个电话,舒适的房间有了,周到的接待有了,稳妥的车票有了,不消说还有丰富的土特产和谦和的笑脸;当然了,还有精心策划的汇报和美化过的参观。卜珍琪咬着牙把写有关系网的纸条放在衬衣的最内层口袋里。她本想把它撕了,以表自己破釜沉舟背水一战的决心,但她马上笑话自己的幼稚。出门在外,什么事都可能发生,她犯不上和自己较劲。纸条保留在身,并不妨碍不用它。

卜珍琪单枪匹马完成了对企业的全面考察,她术业专攻,有很好的学术背景,又有全局鸟瞰的优势,再加上对历史资料的占有和对国际局势的研究,诸多因素交织在一起,道行已渐趋超拔。

面对司长的友好探询,她非常谦恭,说:"怕给您添太多的麻烦。我一直以为最困难的还在后面,没想到跌跌撞撞就一路过来了。能有一些收获,主要靠的是您的指导和关怀。"

年轻人知道自己有几斤几两，这就好。司长说："下去跑，最大的收获是什么？"

卜珍琪看到了一个个真实的企业，其中隐含着巨大的机遇和危机。但话不能这么说，只能说："最大的收获是认识到自己太幼稚了。走出去，才知国家之大，事业艰难。"

有人应对困难局面的法门是沉默，可惜机关里知晓这一诀窍的人太多，沉默不是金，变成了负数。卜珍琪的方法是答非所问。每个人都有答非所问的时候，人们常常忽略并原谅了这背后的谋略。

司长喜欢年轻人的谦虚，说："跑一跑，受益无穷。"

卜珍琪很有分寸地点点头。在机关工作，要学会恰到好处地点头，既不是颔首含胸诣媚夸张，也不是浮光掠影点到为止。你要轻微的但是毫不含糊地让你的下颔笔直地向下敲击，如同一只无形的手击打键盘。

司长对卜珍琪的好感增加，说："小卜，你觉得我对你怎么样？"

这是个私人化的问题，卜珍琪略一思索，说："司长，我觉得您对我挺严格的。"

无懈可击的回答。

"是吗？我怎么没发现？"司长笑眯眯地说。司长一般是不笑的，但他笑起来的时候，卜珍琪感到陌生。

"那就是司长把严格当成常态了。"卜珍琪说。

司长意外。这个看起来温顺的女孩身上，像海星射出橙色锋芒。机关工作，你可以什么都明白，但你不能说。

司长用右手的中指，点了点桌子。它的幅度是如此之小，连一根针都不会拂动，但它还是如胶条一样让卜珍琪封了嘴。

"孩子。"司长说。

卜珍琪很吃惊。

"听到我叫你孩子，你吓了一跳。"司长难得地露出了笑容。

"是。"卜珍琪简短地回答。

"没什么奇怪的。我的儿子比你还大一岁。我记得你的出生年月。

有件事，想同你商量。"

说完之后，他看着卜珍琪，半是威严半是慈爱。卜珍琪再善于察言观色，也不知司长下文指向，不由得纳闷。

司长好像下了很大的决心，说："小卜，我想把你介绍给我的儿子。"

就算卜珍琪比一般女孩子有心机，也想不到司长在正式工作谈话之中，掺进如此要命的问题。

卜珍琪不想探讨个人的婚姻问题，尤其是不想和上司的儿子联姻。

卜珍琪说："司长，您不是开玩笑吧？"

司长说："不开玩笑。"

卜珍琪说："我不会做饭啊。"

司长笑着说："我们家有人做饭。"

卜珍琪说："司长，我得考虑一下。"说着，她就站起身，明确地表示出要走。司长也不拦她，说："好吧。你什么时候考虑好了，就同我说一声。"

卜珍琪就走了。那一天，她把自己搞得非常忙碌。一方面她很长时间不在办公室，积下一些事务必须处理，另一方面是她需要一个安静的场所，用足够的时间思索。

晚上，回到蜗居的宿舍，卜珍琪又习惯性地扮演起双重角色。

父亲说："上司看得起你，好事。"

卜珍琪说："不好。"

父亲说："男大当婚女大当嫁。有人看上你，怎么不好？"

卜珍琪说："我还怕没人看上吗？等到我想出嫁，想找谁都可以。"

父亲说："这么自信？别成了老姑娘。"

卜珍琪说："爸，别担心了。"

父亲说："可这个小伙子的具体情况，咱还一点都不知道呢！"

卜珍琪说："我特意没问。"

父亲说："要是一个好小伙呢？"

卜珍琪说："那我也不考虑。"

父亲说："绝对了吧？"

卜珍琪说："我是故意不问具体情况的。什么都不知道，拒绝时伤害最小。"

父亲说："你已经决定了？"

卜珍琪说："是的。不管是潘安，还是阿斗，都不同意。"

父亲说："不留一点余地？"

卜珍琪说："我嫁了他的儿子，司长为了自己的名声，很可能将我调离。我前途受阻。"

父亲说："对一个女孩子来说，找个好丈夫，也许比自己有个好发展更重要。要三思而后行。"

卜珍琪说："我是四思五思甚至更多思过了。什么样的丈夫，都不如自我发展更重要。"

谈话到此结束。

上班，司长刚刚沏好浓浓的乌龙茶，卜珍琪敲门求见。"小卜，重要吗？"虽然和蔼，但强调了"重要"二字。

"重要。"卜珍琪很坚定地回答。

"别超过十分钟。"司长网开一面，示意卜珍琪坐在沙发上。卜珍琪坚持不坐，说："我郑重考虑了。我配不上您的儿子。请原谅。"

司长说："配得上！我说配得上就配得上！具体情况是这样的……"

司长说到这里，停下了嘴唇的嚅动。他美丽的女下属，倒退着走出了他的办公室。姿势绝对恭敬，脚步非常坚定。

卜珍琪后来无意中见到了司长的儿子，一表人才，任一家证券公司的部门经理。卜珍琪不后悔。他家需要的肯定是一个有学历有相貌拿得出手的贤妻良母，卜珍琪做得到这一切，但她志不在此。

不管卜珍琪心底如何风生水起，表面上却宁静淡雅，颇符合女干部形象，但机关很少提拔青年女性。没结婚的女职员，是一支不稳定的股票，你不能投资。能力平平的小孔嫁了秘书，先被提拔了副处。

卜珍琪耐心地准备着。如跑龙套的演员，要苦苦用功，日复一日地

153

把根本不属于你的那份台词,背个滚瓜烂熟,要等到主角生病的那一天。

部长召开"神仙会",商定大计。这种会,说好了不打棍子,不戴帽子,集思广益。原定司长参加会议,没想到老母病逝,他赶回家乡奔丧。

"神仙会"上,部长发现司长缺席,说,让副司长来。秘书找到司里,只有卜珍琪一个人在。秘书问:"副司长在哪里?"

正在伏案写材料的卜珍琪说:"在悉尼。"

秘书说:"哪位处长在家?"

卜珍琪说:"都不在家。"

秘书急了,说:"那你跟我走一趟吧。"

卜珍琪说:"到哪里去?"

秘书说:"神仙会。"

卜珍琪说:"我不够格。"

秘书说:"部长今天较真,你们司看来一定得有人参加会议,我先吹个风,等我通知。"秘书说完,赶紧小跑回九楼。

部长问:"他们司的人呢?"

秘书小心地说:"司长老母去世,副司长在国外,几个处长分别参加各种会议去了……"

"他们司里还有什么人?"部长紧接着问。

"有一名普通干部……"秘书小心翼翼地说。

"叫他来。没有嘴巴还有耳朵,回去传达。"部长指示。

秘书退出,电话里只说了一句:"马上来。"卜珍琪深深吸了一口气。她已利用短暂间歇,温习一遍。重要资料如同游牧的战马,听到号角,飞快集结。

卜珍琪不慌不忙地等着电梯。电梯繁忙,有时半天等不到,从四楼到九楼,通常部长召唤,哪怕是年近花甲的司长,也都爬楼而上。卜珍琪才不爬楼呢,气喘吁吁披头散发的,影响形象。

卜珍琪走进会议室,各路神仙正鏖战不已。部长面具一样的脸庞深不可测。卜珍琪一进入机关,就得到教诲:不要主动同部领导讲话,除非是领导问你。卜珍琪相信部长不认识自己，依照秘书目光所示，落座后排沙发。

雄浑的灰色真皮沙发几乎把人淹没，卜珍琪挣扎着坐正，直背挺胸。

"神仙会"的主题是制定行业明年的增长指标。卜珍琪把脑子洗得如同一匹白练，一字不落地记忆着。不明内情的人，以为那些增长数字非常庄严，窥到高层决策过程，卜珍琪才知道其中充满斤斤计较，计划就是妥协的产物。

先把大盘子定下来，再——切割，分派到各个具体单位。连续若干年爬坡，企业疲惫不堪。没有大的投入和休养生息，再提高一个百分点，都很吃力。但是，部长骑虎难下，每年均以两位数的速率增长，口碑甚好。如果能继续保持高速率增长，就在全国人民面前立了一大功。如果不能高速率增长，以前的努力就会在其他战线的捷报面前，被人遗忘。

整体上，都同意继续保持两位数的增长，一落实，就互相推诿。这个英雄逞不得，只能以邻为壑。会议陷入僵局，爆发了争吵，"神仙会"成了"妖魔鬼怪会"。部长没有说话。或者说，他只在开头部分说了很少的话，就把发言权交给了众人。在整个会场上，比部长说话还少的是卜珍琪，至今为止，她一句话也没有说。

卜珍琪清晰地感到了部长在伤心，本能地意识到了这是一个命运的岔路口。卜珍琪听到一个声音说："我前些日子跑了很多厂矿，有一点不成熟的意见，不知能否讲？"

这是谁？这么大胆？竟然还是一个女人。卜珍琪在充满敬佩的同时，简直有些嫉妒了。她可真勇敢，要知道，在这个会场上，女性极少，基本都是搞技术工作的，只在必要的时刻提供有关数据，并不参与重要决策。

卜珍琪下意识地张望四周，想看到这位令人尊敬的女性。她无比惊奇地发现这个声音居然是自己发出的，不禁骇然。她这才晓得，人的本能所具有的能量，居然可以在理智严密设防的同时，来个腾挪大法，一意孤行。

大家不知斗胆发言的女职员为何方神仙，就看着部长。部长此时不开心，下属们虽然心知肚明，可拒不合作。官场进退有度，就是拍马屁，也要有分寸。当官是个职业，不是一天两天的勾当，不能一时心血来潮，押上长远利益。

　　部长希望打破僵局，哪怕离题万里也好，要让死水震荡。部长颔首道："讲。"

　　卜珍琪说："谢谢部长给我机会，我的主要意见是——明年的生产指标，不是增产两位数，是减产两位数。"

　　石破天惊。就是在部会议室扔一颗飞毛腿导弹，效应也不过如此了。"神仙"们的身体不由自主地绷紧，一时间，看起来好像长高了一寸。秘书干脆做好了把卜珍琪轰出去的准备。

　　部长很温和地说："噢，振聋发聩啊。细谈，别怕他们。"部长说着，用一根手指圈了周围虎视眈眈的下属，其中也包括秘书。大家就都尴尬地笑了。部长接着说："也别怕我。"

　　卜珍琪如今真是谁也不怕了。到了这个时候，唯有不怕才是生路。她说："我们部，是Z物资的权威生产机构。计划经济下，操控天下。矿产的特殊性，在于并不是生产出多少，就消耗掉多少，跟棉花绿豆不一样。它耐储存体积小，类似黄金，成了某种财富的象征。国际上任何风吹草动，都会影响Z的价格。黄金买卖，很少自用，更多为了储备。考虑世界市场这个大盘子，最理想的状态是，我们的Z减产，但Z价格提高。从长远来看，Z埋在我国地底下，我们不挖，它也逃不了。我们少挖，就保护了我们的资源。如果我们一味提高Z产量，使国际市场造成过剩，自己和自己恶性竞争，消耗我国Z资源，两败俱伤。依我收集的资料，每当我们提高产量的时候，世界Z价就下滑；反之，价格就上升，具体的数字是……"卜珍琪红唇翻飞，数字叮当落地，令人应接不暇。

　　钢筋铁骨的数字，雄辩地支撑着论点的大厦。卜珍琪脑海如同镜子，想到哪里，记忆的反光就照到哪里，以为已经忘怀的数据，神奇地凸现。

　　部长听得很仔细。观点很朴素，朴素到即使不用那么多的数字装饰，它也具有非凡的生命力。自从部长走入这座大楼，他从来没听过这样的观点。这是禁区，如同皇帝的新衣。今天，禁区被一个年轻的女干部打开了，她说，我们不必增产，我们减产。但是只要计划得当，我们依然能挣到足够的利润。

卜珍琪说完了。用干燥的舌尖舔着发木的双唇，有点奇怪怎么这么快就把所有的话倾泻而出。她惊奇地发现自己喜欢这种类乎失控的紧张，仿佛高空跃下，最初一片空白，之后就是飞腾的失重，惊险而刺激。

部长沉吟着，大家连同卜珍琪在内，都以为他会有一个旗帜鲜明的表态，不料部长却说："刚才谈到哪里了？"

不得要领的题目。久经考验的属下们立刻明白了部长的意思。"刚才"——指的是卜珍琪发言以前的时间，也就是说，部长根本就不把卜珍琪的发言当作一个正式的东西，根本就不打算就她的意见展开任何讨论。她的发言犹如一只苍蝇飞过（当然了，在卫生状况良好的大厦中，根本没有苍蝇），不必把苍蝇打死，假装没看见就是了。

属下们继续分摊两位数的增长指标。由于那只苍蝇，属下们感觉到了部长的难处，紧张的气氛有所缓和，大家比卜珍琪发言之前融洽了不少。几轮艰难的讨价还价之后，两位数成功地得到了落实。

卜珍琪傻眼了，当她怅然若失地走出部长会议室，简直觉得这是一场闹剧。她满腔热情的发言，如同一个连臭味都没有的蔫儿屁，除了制造者知道曾经有过怎样的蠕动和释放，其余的人似乎连味儿都没闻到。

事情就这样过去了。那天，司里本来就没有什么人，卜珍琪不说，谁都不知道。之后，也没有人提起。司长奔丧回来了，心境抑郁。某一天，司长召见卜珍琪。拒婚之后，除了必不可少的工作上的交代，司长单独和卜珍琪的对谈很有限。

司长说："小卜，你参加过一次神仙会？"

卜珍琪详尽作答。

司长说："你在会上放了一炮，后来几位领导见到我都说，你司里的小女子胆大包天啊，是不是你老兄暗中授意？借童言无忌，好达到你的目的？"

卜珍琪没想到那天看起来毫无反响的发言，会有这样的后作用，忙说："我是心血来潮，不知怎样才能挽回对您的影响，要不要我去解释一下？"

司长说："这种事，总是越描越黑的，由它去吧。我回来后，部长找我，也谈到了你那天的发言……"

卜珍琪说："司长，以后我会三思而行。"

司长说："小卜，不要忙着做检查。部长大大地表扬了你，还说这是我培养的结果。当然了，我不能贪天之功，据为己有。你是自发生长起来的。"

卜珍琪看看司长的脸色，不是开玩笑，字斟句酌地说："您这么说，让我又意外又高兴。"

司长说："你有了一个好序曲，现在，谈点具体的事务吧。部长要我好好用你，要提拔你。"

卜珍琪这一次知道自己应该显出惊奇。

司长接着说下去："消息不该事先透给你，有纪律管着。但我希望听听你的意见。你愿意留在我这个司，还是到其他部门？"

卜珍琪迅速判断。看来提拔一事板上钉钉，具体安排，还没有最后定下来。司长提前告知，除了上司对下属的关照之外，是否对提亲一事还不死心？继续留下，关系就会比较微妙。再有，在本司提拔，老同志是看着你长大的，在他们眼里，"小卜"永远是"小卜"，假若到了另外一个空间，就是从处长起步了。这样一想，卜珍琪充满感情地说："司长，自我来到司里以来，您对我无微不至的关怀，还有……爱护……我都心里有数，非常感谢。如果说我那天参加会议，能发表一点初生牛犊不怕虎的意见，和您的指导密不可分。我很想一直在您的身边工作，也想了解更多部门的工作情况，心里很矛盾……"

卜珍琪把决定权交给了司长。道高一尺魔高一丈，司长坚决要留她，她也没办法。退一万步讲，司长根本不征求她的意见，又能怎样？最重要的是升迁，至于在谁手下升迁，则是第二位的。从一般职员升到处级，乃一大关卡，特别对于女干部来说，机不可失，时不再来。不能因小失大。

卜珍琪心思绵密，不愿从命。司长想，还是顺其自然吧，说："我知道了你的志向，我会帮助你。但是，你知道，干部部门自有他们的考虑，旁人无法干预。我尽力而为。"

司长一席话，于情于理，无懈可击。卜珍琪钦佩感动之余甚至在想，老子英雄儿好汉，此人的儿子也许真是栋梁之材？马上又自我批判，一个女人，绝不能把命运寄托在别人身上。

和司长的谈话在和谐的气氛中结束。剩下的就是心无旁骛的等待。卜珍琪几成惊弓之鸟，晚上经常做噩梦，好像有很多小人在破坏捣乱。其实，白天她理智分析时，觉得提职一事基本应该是确凿的。不仅因为这是部长的钦点，而且卜珍琪学历年龄能力都在遴选范畴之内，她又并无仇家，现在只是时间的问题。

终于等到了。在一大张纸的任免通知里，卜珍琪看到了自己的名字，任生产计划司综合处副处长。这个结果因为期盼得太久，居然全无想象中的欢乐，只有任重道远的惆怅。

综合处处长简直就是个大管理员。发洗澡票，领圆珠笔芯，打印文件，安排休假，看望病号……杂事多得很，就是和业务不沾边。卜珍琪走马上任，开局要和全司的人搞好关系。她很快找到了一个与人为善的小窍门，这就是文具发放。别的综合处长，都在节约办公用品上大做文章，勤俭持家守土有责。卜珍琪不。搞文字的人，都对文具有特殊喜好，再者，出差开会，文具的档次，在某种程度上提示着身份和背景。卜珍琪大手大脚，办公经费花得一干二净不说，连卖报纸的收入，也用来给大家买高档文具了。派克笔、真皮文件包，连橡皮都用法国原装的。这招虽小，颇得人心，卜珍琪很快和大家融洽起来。综合处长，不学无术也完全干得下来，属于管家婆那个档次。优势是和各个部门都熟。卜珍琪细细分析，决定要把优势使透，深入到各项工作中去，礼贤下士虚心讨教。她蓄势待发，预备向更高的台阶迈进。

两年后，卜珍琪调任另一个司的处长，熟悉了管理业务，在这座中央指挥机构的大楼里,卜珍琪已驾轻就熟。下一个目标是进入更高一级的领导班子,但是她遇到了阻碍。

卜珍琪为人方正,举止端庄。卜珍琪了解下情,专业精通,学识甚佳。卜珍琪对官场游戏规则谙熟于心,起承转合弓马娴熟。卜珍琪懂得必要的妥协和退让,也能随大流睁一只眼闭一只眼得过且过……卜珍琪觉得自己就是为官场天造地设的尤物,可她不知为什么就迟迟不能升任副司。在每一次民意测评中,她作为后备干部都名列前茅,可命运的绣球就是和她无缘。一肚子的雄才大略,却没有人识货。后来,在一次办公会议上,百无聊赖的她突然有了一个惊人的发现,那就是会场上的女性非常少,除了秘书和端茶倒水的服务员之外,清一色都是男人。她从心底升腾起恐慌,好像是置身于孤寂的野外,被野兽围困。她明白这和性别无关,也和恐惧无关。所有的男人都正襟危坐仪表堂堂,讨论的问题和性别没有一点关系,但卜珍琪驱逐不开自己顽固不化的惊惧。晚上,她在宿舍里看电视,突然骇然莫名。屏幕上,是无尽的会议和谈判场景,出现的人物中,都是男性占了绝大多数份额,全球皆然。

那一晚,卜珍琪用遥控器把所有频道点遍之后,关闭了电视。之后,她把电灯也关闭了,一个人躺在床上,习惯中的和父亲的对话又开始了。

她对父亲说:"爸,我很沮丧。想不通他们为什么不提拔我。我觉得自己可以胜任更高一级的领导职务。"

父亲说:"哦,孩子,你这是在要官啊。"

卜珍琪说:"要官又怎么样?在国外,还争当总统呢。这岂不是要最大的官吗?"

父亲说:"这里有原则的区别,你不要混淆。你要学会等待。"

卜珍琪说:"我已经等待了很多年。我做了所有的准备。我不知还要等多久。我发现在优秀之外,另有一个砝码——我是女人。"

父亲说:"珍琪,我不知道跟你说什么好。"

卜珍琪说:"父亲,你什么都不用说了。我已经知道了我要干什么。我不会改变我的初衷,即使它比我想象的更漫长。"

卜珍琪如此这般说完之后，还没数到一百就睡着了。第二天早上，她轻轻松松跑步上班去。在忙完手边的工作之后，她推开机关人事处沉重的门，说："我要开封介绍信。"

"开什么信啊？"吕处长圆脸盘，面善且喜欢多管闲事。

"婚姻介绍信。"卜珍琪平和地说。

"恭喜啊。你要结婚了？"吕处长说。

"不是我要结婚，是我要征婚。"卜珍琪继续保持着柔和的语调。

"呦，咱们可应该是肥水不流外人田啊。别上什么婚姻介绍所了，我这里有一个现成的好小伙子……"

卜珍琪微笑不语。

卜珍琪找到一家正规的婚姻介绍所，呈上有关证件。接待她的是位老大爷，想象中似乎该是媒婆。老大爷说："有点奇怪是不是？想想看，月下老人是男的还是女的？是老的还是少的？"

卜珍琪虽说经过风雨见过世面，孤身闯进婚介所还是头一遭，不禁惴惴地说："我没来过这种机构。"

"说机构不敢当，就是穿针引线。这个世上，有好多好小伙，也有好多好丫头，别在意啊，不是戏文里给小姐端茶倒水的那种丫头，我把姑娘都叫丫头。"

卜珍琪连连点头，表示同意自己加入丫头行列。

"丫头，我看你这条件挺不错的，在我们这儿，算是特等品了。你想找个什么样的，别害臊，尽管和大爷讲，实不相瞒，我这岁数估计和你家老人差不多，有什么要求，说。说得越详细越好。大爷给你留个心眼，有好小伙先尽着你挑。"

卜珍琪不由得笑起来，说："大爷，您这儿还兴走后门啊？"

大爷说："我这不是走后门。条件相差太多的，见也是白见。把谁介绍给谁，先得我这里看得上眼。我这儿可不搞腐败。"

卜珍琪听了大乐，喜欢这里乱糟糟不伦不类的气氛。她说："我想要找个军人。"

"大兵？"老人十分惊讶。

"是。"卜珍琪确认。

"军人也有不少，就是愿意跟他们的丫头不多。别看现在尉官校官威风凛凛的，到时候一转业，从哪儿来到哪儿去，就不是咱京都的人了，谁干呢！我给你找个老家既是咱京都的，又在咱京都当兵的，来个双保险。这样的人，有是有，少。十天半月的也碰不上一个，我给您惦记着这事……"

老大爷很快发现卜珍琪心不在焉。"怎么，不合你的意？"

卜珍琪说："不合。"

"哪儿不合？"老人家问。

"第一，我不要京都有家的。除此之外，全中国哪个省市自治区都行。第二点，我不要在京都当兵的。除此之外，也是哪个省市自治区都可。这第三点，选择的兵种是海军第一，空军第二，陆军第三……"

"我们有横向的联合网，听明白您的意思了，外地老家外地工作，海、空、陆的顺序。好，这就抓紧和部队鹊桥联系。"老人向卜珍琪交代一应事项，不再称呼她"丫头"，改称"您"。

卜珍琪回到单位，在电梯里碰到吕处长，面对着她喷薄欲出的问话，卜珍琪早早地眼看着脚下写着"星期×"的地毯，封了她的嘴。

大约一个月之后，婚姻介绍所来了电话，让她去看资料。卜珍琪在一本厚厚的资料册里，看到了一位威武的海军军官的照片。他叫文滔，是舰长，在北海舰队工作。有过婚史，妻子因车祸去世。有个八岁的女孩，随姥姥在南方生活。

看到卜珍琪半天不言语，老大爷说："我看还般配。只是他二婚，您头婚。"

卜珍琪说："这不要紧。"

老大爷说："这就对了。依我在这里工作的经验，凡是不在乎这个的，成功率就高，后头的运气就好。太在乎的，当时说起来好听，往后好不好，还真说不准。"

卜珍琪说:"大爷,劳您费心了。如果文滔先生也同意与我交往的话,我希望早点见个面,大家心里就都有数了。"

老大爷连连点头说:"是这么个理。好,我这就去张罗。因为按照咱这儿的规矩,是先问女方,等这头看好了,咱们就往下进行。"

到了正式会面的那一天,卜珍琪穿上平日的职业装出发了。

婚介所的老大爷听了卜珍琪所选的见面地点,假牙差点没掉下来:"选哪儿不行,偏选那儿!电影院咖啡馆,实在不成百货公司门脸都行,怎么能上道观?"

卜珍琪说:"就这么定了吧。地点我选,时间他选。"

老大爷说:"那么复杂干啥?您还不一股脑儿都定了,我也好通知对方。"

卜珍琪说:"还是让文滔定吧。这样公平。"

文滔定下的时间很有特色——上午十点十分。

见面很顺利,大家都是一眼就把对方认出来了。这是一个好兆头。只是文滔的个子要比卜珍琪想象中的矮一些。卜珍琪很直率地把自己的观感告诉他。

文滔平静地接受了这个锋芒毕露的问题,说:"舰艇上的铺位长度有规定。一线官兵,个子都不太高,要不然,睡不下。"

卜珍琪笑了,说:"恕我孤陋寡闻。"

道观幽静,芭蕉和竹子,这类南方植物,居然在这里长得很茂盛。他们沿着芭蕉叶纷披的幽静石径漫步。文滔说:"我很想问你一个问题,你的条件挺好,为什么要找一个外地的军人,还要首选海军?"

卜珍琪说:"因为我爱吃鱼!"

文滔说:"这个理由不充分。你可以找个开海鲜店的老板。"

卜珍琪说:"可是我还喜欢勇敢的人。"

文滔说:"你有点说服我了。可还不彻底。你可以去找渔民。"

卜珍琪说:"渔民没有光荣的履历和冒险精神。"

文滔说:"你这样说,我就放心了。咱们志同道合。"

卜珍琪说:"从此我叫你船长。"

船长和卜珍琪的谈话进行得风趣而富有成效。两人的年纪都不小了,又都是非常务实的人,没有花前月下,没有甜言蜜语,彼此都相信自己的直觉,满意对方的人品。那一天,谈得很投机。文滔是在京城的院校进修,几乎是出于开玩笑碰运气的动机,在一家婚介所登了记,没想到就遇到了卜珍琪,心里惊叹天下真有这样的奇女子,不但不怕两地分居,更是痴迷大海。因为他学习即将结束,很快就要返回舰艇,因此很希望约会频密。卜珍琪说:"两地书不错。"

自然要谈到孩子,这是文滔的心病。他知道卜珍琪是第一次婚姻,一定想要自己的孩子。他说:"这是一个问题。"

卜珍琪说:"这不是问题。我不要孩子。"

文滔大惊,说:"我不希望你做出这么大的牺牲。"

卜珍琪说:"那你也做出相应的牺牲,咱们俩就扯平了。"

文滔说:"我不明白你的意思。"

卜珍琪说:"我不想做亲娘,也不想做后娘。"

文滔大惊说:"我更不明白你的意思了。你知道,我是有一个女儿的。"

卜珍琪说:"我知道你有一个女儿,但你想,我连自己的孩子都不愿要,我还能给别的孩子做一个好继母吗?我做不到。我的意思不是说不认你女儿,只是我不能亲自负起抚育她的责任。"

文滔沉默了许久。这是一个与众不同的女子,如同深海的红珊瑚。表面上静止不动,其实潜伏水中,已经生活了很多年。她非常聪慧,知识广博,有时很通达,有时又非常锐利。这和他的前妻非常不同,那是一个粘在他身上的女人。这种截然不同的风格,使舰长惊奇和着迷。如果女儿和卜珍琪同时站在身旁,也许他会选择女儿的。由于妻子的惨死,他觉得自己对女儿负有天大的责任。但是,此时女儿不在。正当壮年的舰长,面对着一个有学识有魅力的京都女子,无论从吸引力还是自尊心的角度出发,文滔都不会退让。再说,女儿在她外婆那儿,生活得也很好。除了将来上大学,估计不会到京都来。

文滔在回到舰艇的第二天早上，就写来了信。当印有部队番号的信件由收发室隆重送到卜珍琪手里时，立即引起了强烈的注意。机关里的注意是不动声色但却影响深远的，很快，人们都知道待字闺中的卜珍琪处长，有了一位军旅恋人。一个有身份的未嫁女子，就像一块未开凿的璞玉，基本上无法准确估计她的价值，就连最有经验的行家老手也有看走眼的时候。卜珍琪找了一位死了老婆的舰长，算是等而下之的选择了。恨她的人有几分解气，喜欢她的人有几分遗憾。

卜珍琪我行我素。她准时给船长写信，既不缠绵也不冷淡，不温不火地推进着和船长的关系。一年以后，船长另一个假期来临的时候，卜珍琪去了军港，在那里举行了海上婚礼。结了婚的卜珍琪运气不错，正巧机关分房，她以已婚的处级干部的身份，分到一套三室一厅的房子。虽说朝向和楼层都不好，又是最小的一套，但卜珍琪知足。现在，她感到原先高度聚焦于她私生活的目光已经降温，由于她找了一个终年漂泊在海上的人，又是二婚，又有孩子，又在远方……这些显然负面的条件，让人们对她的敌意缓解了很多，甚至滋生起淡淡的同情。在下一轮的干部提拔中，卜珍琪如愿以偿，进入了副司的行列。

船长在得知妻子升迁的消息之后，有一点不安。卜珍琪对他说："你是不是觉得我的职位比你高了？"

船长说："我当上副师长，才能与你平起平坐。"

卜珍琪说："到那个时候，也许我就当上部长了。"

船长说："那我就要当个兵团级了，这如何赶得上你？"

卜珍琪说："你是赶不上我的。不要赶了。"

船长说："那你会不会看不上我了？"

卜珍琪说："我看得上你。这就是我珍惜你的原因。"

船长说："我不明白。"

卜珍琪说："不明白就算了。夫妻间搞得那么明白，累不累啊。我不生孩子就是怕耽误了这一切。"

船长听明白了卜珍琪对他的承诺，也就不再深究。嫁做军人妇的卜珍琪,出落得越发精明强干。她工作泼辣风起云涌,少了顾虑之后,处事更加圆熟。一个大姑娘和一个小媳妇的区别,不但在偏僻的山村很明显,在国家机关这样庄严的场合,也依然非常分明。军人在女性择偶的排行榜上,早已由若干年前的首选,滑落到半山腰以下的位置了,但在正统的观念中,人们对敢于嫁给军人的女性,还是会报以尊敬。卜珍琪私下被女人们怜悯但是被男人们敬佩。卜珍琪的民意指数因她的婚姻而直线上升。

卜珍琪同船长风平浪静地过了几年。他们始终没有孩子,这使人们好奇又不便打听。卜珍琪在适宜的时间很大方地告诉大家,说船长以前有孩子,这说明船长是正常的。我不正常吧?卜珍琪用的是疑问句,这说明她也不肯定,但是提出了这个假设。

女人们也不再反感卜珍琪了。她连女人最基本的功能都可能是欠缺的,这就使得任何一个平庸的女人都可以居高临下地悲悯卜珍琪了。于是,卜珍琪在机关里的人缘好,在跨世纪干部的测评中,得到了令人瞠目的高分。

卜珍琪的进一步提拔,遭遇到了众多阻抗,人们没法接受三十多岁的女性跻身于正司级别。卜珍琪在升迁的道路上关山重重,且这一次,她无咒可念了。遇到的不是某个人,而是透明玻璃天花板。和父亲对话也不灵了,父亲沉默不语。父亲能说的唯一一句话是:"让你本身更强。"

卜珍琪开始攻读在职的博士。这在机关里又引起了小小的轰动。你要是不停地学习,在某种程度上就招供了你的野心。一个女人,读到大学毕业,应付日常工作和嫁人,已绰绰有余。如果你要读硕士,那么如果不是太丑,就是性冷淡。如果你要还不悬崖勒马,居然要读什么博士,那么基本上就只有一个解释了,你不是心理残疾,就是一个野心家。卜珍琪为自己做了铺垫,人们对于丧失生育能力的女性,有足够的宽容和理解。于是,卜珍琪完成课程,突击英语,写出了精彩的论文,在耗时弥久之后,拿到了博士学位。

按说心里应该很高兴,可是,没有。卜珍琪生自己的气,为什么自己就不能高兴起来？连一小会儿无忧无虑的状态也不能达到？

卜珍琪不喜欢这样。她很想改变，她的目标太高远了，远到她自己无法企及的高度。她无奈，但她无以逃脱。

日子就这样缓缓地流逝着。她一直当着副职，副职和正职虽然只是一小步，但对有些人来说，就是终生屏障。在卜珍琪几乎绝望的时候，发生了一件事——船长在一次执行任务的时候，潜艇出现技术故障，因公殉职。部队来人，很委婉地告知船长出了一点小意外，受伤住院了，希望卜珍琪到部队看望，卜珍琪清晰地意识到——船长出事了，这事不是小事，船长已经不在了……卜珍琪不原谅自己在得知船长遇难时的淡然。那时噩耗还未曾确认，人之常情是不愿往最坏的方面想。但她可以欺骗别人，不能欺骗自己。她知道在内心深处，她从来没有爱过船长。船长是一个好人，她对船长也尽到了为妻的职责，但是，她爱的男人始终只有父亲。

卜珍琪到了部队，连船长的遗体也没有看到。船长留在大海深处，被授予很高的荣誉。那些日子，卜珍琪像一具游走的蜡人，听命于部队的安排，服从所有的程序。船长被追认为烈士，一个人一旦成了烈士，连他的遗属的表现，都不能随心所欲。卜珍琪懂得这些，卜珍琪以对船长最大的爱意，履行了她应有的形象。卜珍琪把所有的抚恤金都留给了船长的女儿，那女孩从此和卜珍琪再无往来。卜珍琪孤身一人回到了京都，在机关大楼里，获得了从未有过的关爱和友情。卜珍琪知道这是她的不幸带来的副产品。失去了丈夫的卜珍琪重新潜回到自己宁静的生活，她的社会公众形象却在不断攀升，先是被评为全国三八红旗手，之后又成为五一劳动奖章获得者……由于她英雄的丈夫和寡居，一股脑儿地塞给了她。卜珍琪安静地等待着。终于，她几乎在同时，等到了两个消息。一是风传她将要提升正司职，一是在例行的体检中，查出乳房有不明肿物，要求复查。卜珍琪没有到合同医院，而是去了另外的医院。一系列的检查，最后做了局部切片。当卜珍琪看到检验报告的那一瞬，天旋地转……

她欲哭无泪，不知道能和谁说说心里话。她不愿让任何人知道她的困境，但悲哀又是如此深重而宽广。父亲缄默不语，船长安息在珊瑚礁。她何去何从？孑然一身，只知道不能独自吞下悲哀。悲哀入肠，化作剧毒，能把肝胆击穿，她一生的规划就都毁了。她要借助外力，粉碎了悲哀和混乱，自己才有一线生机。她找到了心理小组，可是心理小组真的能帮助她吗？

第18章
熟悉的陌生人

隽永生物公司的老总吕克闸，最近颇烦。公司拳头产品鸢尾素的审批，遇到了障碍。原本是想取得卫生部颁发的"药准字"批号，这样就可以堂而皇之地进入全国所有的正规药店。没想到上面卡得很严，客也请了，红包也送了，还把有关领导的子女，神不知鬼不觉地送到澳大利亚读书了，一应开销均由隽永生物公司承担……总之，百般伎俩都使尽，批号就是下不来。那人还算有良心，对吕克闸说："我受人之托，不能忠人其事，孩子的学费，我退给你。没有美元，给你人民币行不行？"

吕克闸非常恼火，就算他在金钱上不失，可他失去了时间。全国保健药品市场有几千种汤汤水水在拼杀，病家的脑袋和胃都容量有限，能记住的就那么几种品名。胜者通吃，谁早一步占领了市场先机，谁就能抱个大金娃娃。

生气的话不敢说，那钱也不要了，人在江湖，谁知以后还有什么交道要打，为别人留个面子，为自己留条后路。

吕克闸着手办"药健字"批号，不想由于政策变化，"药健字"停止审批，他想要让"鸢尾素"有一个名分，必得把它升级为B字头的"药准字"批号。得！转了一个凄惨的大圈子，依然回到了原来的出发点。

吕克闸百折不挠。东方不亮西方亮，黑了南方有北方。他毅然放弃了"药"字头的金字招牌，寻求省级"食健字"批号。

鸢尾素好比巨贾之子，藏在后院，除了父母，他的武艺胆识，别人都不知晓。父母先是想给他捐个从一品的顶戴花翎，以期有朝一日成了驸马也不一定。不想机关算尽，不果。只得降格以求，捐个三品吧，不料朝廷又改了章程，把三品这一档次取消了。巨贾火了，干脆一落千丈，给儿子买个七品芝麻官了事。

外省的"食健字"批号，操作起来很容易，鸢尾素拿到了批文，可以批量生产了。但这"食健字"，不但进不了医院，连药房也只敢羞羞答答地卖。从批号上说，它是食品而不是药品。

这就是要害所在。要把一种食品说得有治疗效果，就像要把窝头说成能治癌症的灵丹妙药，这其中的机关要多深有多深，吕克闸殚精竭虑。

这一天，吕克闸回到自家别墅，老婆和两个孩子围上来。有钱的好处之一是能够多生孩子，吕克闸为老婆买了个外国国籍，就有了两个儿子。

老婆很贤惠，把吕克闸服侍着躺下。吕克闸说："老婆，和你商量个事。"

老婆说："你不用和我商量。只要你想好了，告诉我就是了。"

吕克闸说："过去多少年来，你都是这样说。可这一次，必得你同意了，我才敢做。我要大大地对不起你一次了。"

老婆把绫罗睡衣裹得如同闪亮的蟒皮，说："你既然想到了这些，还要同我说，可见你的心有多铁了。下了这么大的决心，就更不用商量了。"

吕克闸说："我要和你离婚。"

老婆说："这又何苦！你可以在外面包二奶，你可以玩小姐，我都不会说一句二话。你什么都可以干，还有什么不满足？不是我在乎这个名分，只想为孩子保一个家。"

老婆说得入情入理，吕克闸更觉自己非得快刀斩乱麻，否则愧疚会坏了大事。吕克闸把世上的事，做了最简单的分类——大事或是小事。儿女情长是小事，要为建功立业的大事让路。

吕克闸说："我没有包二奶，也没有玩小姐。你不需要名分，可我需要。把你不要的东西借我一用，就成全了我。至于孩子，当他们将来成了亿万富翁之子的时候，就能理解我了。具体手续，我会找律师和你办。在金钱方面，你将得到一大笔补偿。"吕克闸说完，就走出去，留下妻子垂泪到天明。

申凌约了褚强，在动物园会面。褚强在电话里说："在哪里不行啊，偏在动物园？又不是小孩子！"

申凌说："人家烦了嘛，要看猴子嘛！"

褚强遵命，在猴山旁见了面，天气凉了，猴子都不爱活动，蔫了吧唧的，有的得了癣病，叫人看了自己身上也怪痒痒的。

"给你。"申凌说着，从小包里拽出一团五彩缤纷的物件，迎风一抖，把猴王都惊动了，咻咻吐着白气，朝这边龇牙咧嘴。

"什么秘密武器？"褚强仔细端详。

"你要的丝巾啊！忘了？我可记忆犹新。你说好不好看？"申凌把丝巾展开，绚烂的郁金香，熠熠生辉。

"真好看。我怎么从来没看你围过？"褚强说。

"女为悦己者容。"申凌绷起小脸。

"什么意思？我还不够爱你吗？"褚强沮丧。

申凌达到了目的，很高兴地说："革命尚未成功，同志仍需努力。"

褚强说："我现在对女人的心理多了些了解。你这是欲擒故纵。"

申凌说："我正要问你，小组的事怎么样了？"

褚强说："挺好。"

申凌说："具体点。"

褚强说："没法更具体了。小组活动的时候，你一句我一句的，好像没啥特别，变化就在不知不觉中发生了。我还真没法跟你学说。"

申凌说："那个叫成慕梅的，怎么样了？"

褚强记起以前编的故事，支支吾吾地说："她呀，阴阳怪气的，总是同大家隔着张皮。"

申凌说："她快死了吗？"

褚强说："别咒人家啊！你也太爱打听事了。这和你有什么关系啊！"

申凌说："和你有关系的事，就和我有关系。要是没关系，你跟我要花头巾干什么？你怎么不管它要去！"说着，手一指。褚强顺着红红的指甲看过去，看到了猴王的红屁股。

"得了，我不要还不行！"褚强没经验，情急之中，以为这样说了会缓和矛盾，不想申凌恼了，说："好你个褚强，说要的是你，说不要的也是你！算我瞎了眼，热脸贴个冷屁股！"说完，一溜烟跑下猴山，剩下褚强孤零零地看着老猴给小猴捉虱子。

吕克闸查到了确切的天气预报，找了一个极好的天气，安排心理小组在墓地讨论死亡。下次活动又回到一家肿瘤医院。

癌是足部有着柔软肉垫的食人兽，凶狠残暴，走起来却是无声无息的，它循序渐进，从容潜入，相当长时间内不动声色。晚期需天翻地覆抢救的属极个别，所以肿瘤医院的急诊室，是一个相对寂寞的地方。

在医生诊室坐下，程远青说："今天咱们小组的活动，有新组员参加，不知大家欢不欢迎？"

众人听了，就有些吃惊。小组活动了多次，从未有外人参加。出于对程远青的尊敬，大家口头上不好表示反对，便敷衍地说："欢迎欢迎。"口气里没多少热情。

大家四处张望，并没有什么新人出现。又一想，组长做事周密，没征得大家应允，不会贸然把人领进来的。没想到程远青走向里屋。

内侧有一扇小门，程远青拖出一张白木靠背的椅子，摆在屋当中，又从皮包里翻出一件白大衣，披在椅背上，细心扣好扣子，袖子在胸前对搭。恍然是个医生坐在那里，双手抱肘。

"好了，开始活动。过去一周，大家有什么特别的事情要报告？"程远青说。

程远青的开场白后，通常要冷一会儿场。在城市，一周时间，足以把某人忘掉或是重新认识一百个人了。数月之前，彼此还是路人，现在，大家把小组当成家。有什么快乐事，拿出来分享，有哀伤的事，也念叨念叨。

今天，有点特别。椅子在中央，耀眼的白色，不怒而威，从每一条布丝溅射出威慑力，让人觉得压抑。

程远青说："连一件好说的事都没有吗？"

岳评开口道："程老师，求您一事。好吗？"

程远青说："不要用'求'这个字。只要能办得到，当然可以。"

岳评说："求您把椅子搬走，起码把衣服拿走。闹心。"

马上有人附和："对，对。怪吓人的。"

程远青好像恍然大悟，说："原来大家叫这把椅子吓住了。谁还有这种想法？"

所有的人都举起了手，包括褚强。程远青说："大家都是病人，医生是盟军，为什么不喜欢他们？"

白大衣上烦琐的肩带和腰线，显示出主人在医疗界级别之高。

寂静。癌症病人和医生的关系，是一个深不可测的黑洞，甚至比与死亡的黑洞还要神秘。

褚强年轻，面对这种充满了内在张力的沉默如坐针毡。实在忍不住了，冲将出来，打破沉默。"在我的记忆中，白大衣是和屁股上的针眼联系在一起的。我妈说，打针一点都不疼，我就信了她。人生第一次被人欺骗，我想就发生在医院，骗人的人是我亲爱的妈妈，帮凶就是医生。打针很疼，这疼不仅是在屁股上，而且是在心里。我妈妈和那个穿白大衣的人，合伙骗了我。我一看到这件白大衣，以前的记忆就像海带泡在水里，湿淋淋的。我不喜欢这把椅子。"

褚强锐利的喉结上下浮动。

程远青说："你很恨骗你的人。"

褚强迟疑了一下，回答："恨。"

程远青说："那么，褚强，请你告诉所有在场的人们，你恨的人是谁？"

褚强吭吭哧哧地说："我恨的人是我M……"褚强本来想说，我恨的人是我妈,但妈的第一个辅音"M"都发出来了,又被他活活地吞了下去。是的,他怎么能恨自己的妈妈呢?他不能!他不敢!于是褚强转而答道:"我恨的是我……马医生。"

程远青说:"椅子上就坐着你童年时遇到的那位马医生,现在,你有什么话说?"

褚强就慢慢地走到屋子中央,对着披着白大衣的椅子说:"医生,你不该骗一个孩子。也许你是好意,但肉长在我身上,针扎在我身上!我相信了你,可一分钟以后,谎言就被揭穿了。我感到了深深的疼痛。以为一点都不疼,疼痛却来得格外惨烈。我对人的信任被疼痛粉碎了。你是我精神疼痛的制造者!我恨你!"

褚强说到这里,揪住了椅子上白大衣的袖子,狠命地摇动着。组员们紧张地看着他,不知接下来会发生什么事情。有人想上前帮助褚强,被程远青用眼光制止住了。

褚强摇晃了一阵白大衣,情绪渐渐地平复下来。程远青说:"褚强,你刚才回到了你的童年。那个时候你多大?"

褚强说:"三岁。"

程远青说:"你代替三岁的褚强把他压抑了二十多年的话讲出来了。你现在感觉如何?"

褚强说:"好像记忆洗了一个澡,灰尘抖落了,精神爽快了。真的,很舒服的。"

大家就半信半疑,不过褚强的面庞的确露出了轻松的笑容,不由不信这一番宣泄确有功效。程远青说:"褚强,你能告诉我们,你现在看到这件白大衣的感觉,和刚才有什么不同吗?"

褚强说:"真奇怪。我刚才一点都不想看见它。你可以说是怕,也可以说是讨厌,或者说是腻烦。总之,全是坏印象。现在,它只是一件医生的工作服,如此而已。"

褚强开了一个很好的头,但接下来依旧冷场,沉默压着众人。

安疆颤颤巍巍地说:"如果将椅子比作医生,我想说,我不想见到你了。"

安疆回到自己的座位上，大家都向她点点头，千言万语尽在不言之中了。程远青说："为什么要把一个虚拟的医生请进小组？因为在治疗癌症的经历中，医生和我们的关系，甚至比亲人和我们的关系更密切。"

岳评走到"医生"跟前说："按说，我该感谢你，你给大家治病。可是，我想说，我恨你！"眼睛鼓起仿佛发威的河马。

此语一出，满场皆惊。恨医生？你！竟敢……

岳评说："病人和医生，力量对比太悬殊了。得了癌症的病人，把医生看成再造父母！可医生对病人，喜欢的是病，不是人。我女儿住院的时候，刚开始，医生护士天天围着她转，为什么呢？因为她得的是一种罕见的病，诊断不清楚，就像谁出了一个谜语。早上五点钟来抽血，满满五大管子！每一滴血，是她的，也是我的！有一天，我说，就不能省着点用吗？连地下水都要节约呢，这是什么？是血！医生说，不天天抽，我们哪能知道病的动态变化呢！我来了气，说你们诊断不出来，血快要抽光了。医生护士有个本事，就是你说你的，他不理你，逼得你自己没羞没臊地低下头来。检查花了十几万，我们病家出钱，让医生练手艺。后来，诊断出来了，是癌症，消化道完全阻塞了，吃什么都吐。医生和我们商量，说是把肚子打开，要是有希望，就尽量做手术；要是没希望，就原样缝起来。手术那天，我和女婿站着等在手术室外头，大脑一片空白。只记得医生交代了一句话，要是一个小时之内完成了手术，那就说明没治，怎么打开怎么合起来。要是手术时间长，就说明还有希望。我念念叨叨只一句话，老天啊，让我晚一点看到她从手术室里推出来。不知过了多长时间，手术室的门开了，一个车推了出来。同时做着几台手术，家属呼啦围了过去。我死死坐在长条凳子上没动，我知道这不是我女儿，时间太短了，女儿怎么能这么快就出来呢。没想到女婿围着手术车，眼泪滚滚而下。我眼前一黑，马上就要昏过去。要不是想到我晕倒了，女婿就得两头忙活，我就死过去了。昏过去是一种解脱啊。我曾把希望寄托在医生身上，那一刻，我知道完了，全完了！医生只是把我女

175

儿像豆腐一样光洁的皮肤划开,像打开一个包袱皮,看了看里面的东西,就把包袱又照原样捆起来了。我走到手术车前,看到了女儿,她面色如土,游丝样的一口气,简直就是死人。我其实从那一刻,就知道自己永远地失去了女儿。那以后,医生对女儿的态度,就来了个一百八十度的大转弯。以前她是个灯谜,他们围着她,抢着破这个谜。用她的血写自己的论文。把她的肚子打开,谜底摆在那儿,一看,恍然大悟,女儿的价值也就丧失了。他们说,你女儿现在的治疗方针就是姑息对症。我是个当老师的,我知道姑息就是无原则的宽容。字典上是这样写的。宽容谁?宽容病魔。姑息养奸啊!在医生眼里,病无法治了,对这个人也就大撒把了。从那以后,凡是来查房的医生,总是匆匆而过,我女儿已经不值得看一眼了。她提前死在医生的眼眶里了。我追到医生办公室,对医生说,我女儿昨晚上没睡好觉,有什么办法吗?医生埋头写病历,头也不抬地说,这种病晚期都这样。实在睡不着,找护士要点安眠药。安眠药对肝有破坏,自己看着办吧。该说的都跟你们说了,剩下的主意就得你们拿了。医生是干吗的?是治病的,更是陪着病人往前走的人。病不治了,关怀总要有吧,爱心总要有吧,人道主义总要有吧,让人觉得世界值得留恋的这份情义总要有吧?起码有相当一部分医生不把病人当人。我女儿在医学上的价值没有了,但她作为人的价值上还有很多啊,也许她一辈子最大的价值就要在这种时刻表现出来。她生命快要结束的最后那段日子,我哀痛无比……医生早就放弃了她……"岳评一泻千里,这种经验对每一个癌症患者都不陌生,大家变得郁闷而愤怒。

应春草说:"医生是慈悲的事业,是救人命的积德事。往不好里说,医生是个行当,靠这个养家糊口挣钱过日子,没有什么了不起的,和街头修鞋剃头的没太大差别。要是一定要找点差别,那就是应该说话更和气,笑脸更多些,手艺更好些。谁叫你收人家那么多钱呢!医院也是做买卖的,你卖的是药和技术,卖给谁?不就是卖给每位得病的人吗?我得病也这么长时间了,把家里的钱都送到医院去了,医院就像个老虎嘴,把血汗钱都吞肚里了,连个饱嗝都不带打的。我不知道别人,反正谁家里要是摊上个癌症病人，那算是亲手挖了一个无底洞，金山银山，也架不住一日一日地漏。听说谁癌症活过了多少年，大家都忙着祝贺他，我就在心里想，他家可拖累垮了。不用上他家参观，我能猜出，癌症像江洋大盗，把他家里劫得一无所有……"

大家不停地点头。癌症是个富贵病，没有成千上万的钱顶着，治不起啊。

应春草接着说："算这笔乱账，大家都是一肚子苦经，我也就不念了，咱还说这大夫。我气不过的就是医生和病人，到底是谁养活谁？"

大伙儿说："还真没想过这事。"

应春草冷笑道："我这人水平不高，可记得说起革命道理，马克思一个大贡献就是搞清了谁养活谁的事。为什么这个大是大非的问题，在病人和医生当中就谁都不提了呢？"

大家回答："明摆着的事。是病人养活了医生，养活了医院！"

应春草说："这就是硬道理了。医生护士是雇工，别看病得东倒西歪，可只要还有一口气，病人就是主人，就不能受人欺负。在医院里，到处是医生护士欺负病人，他们用你的钱，从来不算计，大把大把地花，你还不能问个为什么！他们把病人当成试验品，你被人当成统计数字里的一个分母，你还以为他们是救你一命的活菩萨呢！给你一沓子化验单，全是外国字，那是用了你的血，用了你的钱，用了你的工夫查出的你的身体的秘密，可是没有人给你讲一讲。用钱买了一本天书。卫星能上天，就这几个洋码子翻译不成中文？成心啊！故意弄你个丈二和尚摸不着头脑，才显出他们高贵，有学问，能拿捏你，叫你好服他！多么歹毒！这还不算，你要是拿着化验单想找谁问问吧，那你就算是自取其辱吧。脖子昂得像个刚下过蛋的母鹅的大夫护士，脸上白板一张，好像看病的人都曾挖过他家祖坟似的！我敢说，每个得病的人跟大夫说话都得察言观色。给大夫送礼，你敢不送？小命在人家手心里捏着呢！有没有好大夫？有。我也遇到过。可是少啊，越来越少了，比清官还少。要说腐败，我看医院是第一个腐败的老窝。看病用得了那么多钱吗？那是乘人之危喝人血吃人肉的勾当。可是你心知肚明的,眼看着是火坑,你也得往里跳。要说不平等,这就是最大的不平等!要是出了医疗事故,你瞧他们官官相护的那个劲儿吧。我住院的时候,听他们互相说起坏话来,那叫一个狠;可真要出了事,那就团结一心枪口对外了。不是他们人品突然好了,是为自己留着后路。他们互相掐,掐出骨头汁来都行,要是说病人想讨个公道,那他们立刻结成死党,专门跟病人作对了。我要不是看着我孩子的分上,不想她小小年纪就成了没娘的孤儿,我这病就不治了。别的不图,我就不让医生护士再盘剥我,我就让他们挣不成这个钱。我真想大吼一声:病友们,豁出来,不治了!饿死这帮披着白皮的狼!治怎么样?不治又怎么样?还不就是一个等死吗?我不怕!"

应春草说得唾沫星子溅出了一米多远,面色潮红两眼放光,好似进入迷狂之态。大家听着解气,也有点不知所措。毕竟,广大的医生护士还是好同志居多,这样一竹篙打翻一船人,太伤众了。

褚强小声对程远青说:"程老师,我看应春草有点过于激动了,我是不是扶她到别处歇息一下?"

程远青轻轻摆了摆手。她有点犹豫,话语中的偏颇是显而易见的,但这毕竟是一种残酷的真实。无数怀着善良愿望和美好期待的病人,在受到了长久的冷漠和歧视之后,滋生出怨恨。应春草吐出苦水,这是大好事。纠正她的过分,还有时间。为什么医生可以任意地呵斥病人,但病人才说了这样一点实情,褚强——甚至包括她自己,就感到刺耳,坐不住了?这不正说明,病人,特别是癌症病人这一弱势群体,所遭遇的颓势是多么深重吗?

程远青看看大家说:"摆个医生模型在这里,希望大家把心里话对医生说。如果在共同战斗亲密无间的关系里,充满了谎言和怨恨,还有言不由衷的感谢,不仅是虚伪,更是非常悲惨。"

鹿路说:"要说感激医生,每个人都说过太多了。不用教,舌头一翻就出来了。都是真心吗?起码有一半是吓出来的。世上有谁能逼着人说他的好话?只有医生!他能让你一肚子泪,脸上还挂着讨好的笑。咱们这种妇女病，男女有别。有些医生，好像你一得了这病，你就不是女人了，没了廉耻，对什么都不在乎了……"

大家都深有同感。乳房病了，你必得暴露自己。赤身裸体在素不相识的男人面前，尊严和羞涩被击得粉碎。

花岚说："我碰上医学院学生实习。教授说，这是不典型的肿瘤，你们都过来摸摸，体会一下手感。不管技术怎么进步，有了红外线，有了钼靶，手感还是第一重要的。好医生一双手能赛过 X 光和 CT。开始。我当时躺在诊床上，露着胸。那帮学生跟苍蝇似的过来，呼啦这么一围，我立马就看不到天花板了。老教授的手法不错，摸得挺准，那些学生就差得太远了，手劲又重，指甲上还带着倒刺，摸得我先麻后痛。我知道医生不是流氓，摸的时间再长，也是医学需要，可我实在忍不住了，说，大夫，我要回家。教授说，你等着吧。自己的小命捏在人家手里，不得不低头啊。有个学生使蛮劲摸，简直要把那个肿瘤从肋骨上抠出来。我的眼泪滴下来，躺着，泪水一串串地流到耳朵眼里，耳朵眼灌满了，就流到脖子和后背的洼洼里。我快昏过去了，乳房不再属于我，而是属于教授和他的教学。它已成了一个烂菠萝。我反倒死了心，它是块臭肉，该喂豺狗该喂秃鹫该喂毒蛇该喂王八蛋……那天在诊床上受的折磨，让我一想起来，就觉得活着太没意思了。医生对病人缺少起码的尊重和感激，你听到过一个医生对病人说过感激的话吗？说我感谢你让我练了手，让我增长了知识。虽然你死了，可你把经验教训留给了我，让我发表了论文，评了职称，涨了工资，娶了老婆，出了国，得了奖金，住了好房子，开了好汽车……所以，你是我的衣食父母，我感激你，我一辈子记住你的大恩大德！我是没听见过。不是向医生算总账，是医生中有几个人明白这个事理？如果连这么简单这么显而易见的事情都不明白，那他就成不了一个好医生，病人也就永没有出头之日！"

花岚一口气说下来，大家听得荡气回肠。

程远青说："我很感动，不！光用感动这个词，还远远不够。我觉得这是病人对医疗界的一篇檄文。这是天理！是正义！谁还要说？"

也许世上从没有人这样号召过病人们起来，控诉医疗的罪恶。大家争先恐后地发言。

卜珍琪说："大家讲了很多，我就不再重复。得了病，人就特别敏感。医生对我说，你怕什么？就说是癌症吧，也是癌症里面最轻的一种！我气得不行。这叫什么话？乳腺癌就不是癌症了吗？给我确诊的专家，手艺很好。我用手艺这个词，因为他每逢周六，就飞到天南地北，给疑难杂症患者做手术，当然主要是乳腺癌患者。由于他专攻此术，熟能生巧，简直就是乳房克星。他对别人讲过，单是他亲手割下的乳房，就能砌起一道墙。我不知道这是一堵什么样的墙，是一家农户院子的围墙，还是万里长城？总之，他口气大得很。我是朋友托朋友，给了很大的面子，才找到他看病。他真是惜字如金啊。看了我的X光片子，他又伸手到我的衬衣里，不由分说地摸起来，根本不管旁边站着多少人，是男人还是女人。摸了几把之后，他说，恶性的。我说，您这么肯定？他说，如果不相信，就不用找我。

"走出门，朋友说，你知不知道你得的是什么病啊？我说，我又不聋，他那么幸灾乐祸地大声宣布，我能听不见吗？朋友说，那你还敢得罪他？他是你的生命线，你懂不懂？我说，我信不过他！看不起他！原来以为有了病不要紧，我们还有医生。可我看了这样的医生之后，我丧失了对医院的信任，我变成了讳疾忌医的鸵鸟。"

真过瘾啊！这些卑微的残缺不全的躯体，在医生的圣殿里，肆意倾倒他们对医学权威的指责。在这种报复性的批判中，她们感到了病人的尊严与权利。

应春草喜欢大家重视她，说："得病这些年，我吃最普通的药。一来贵药我吃不起，省着钱好供闺女读大学。二来是我信不过那些好药。我家邻居有个孩子，医学院毕了业，当了几天大夫，就应聘成了医药代表，眼看着就发起来了。自己汽车洋房不说，连他姥姥手上都戴了四五个金镏子，个个像海螺那么大。这行当太养人了。人家说这孩子卖的是治癌药，你还不和他拉呱拉呱。我没那个经济实力，人家就是药价打到一折，也吃不起啊。没等我把求人的话说出口,他姥姥就得了癌症。那么胖的一个老太太,没几天就抽成牛皮纸了,天天吃外孙搞来的进口药,三个月都没熬到头,就听蛐蛐叫去了。小时候,老师常叫我们写理想,那时候的理想多美啊,科学家女拖拉机手什么的,听着光荣,也能得个好分数。我现在的理想特具体,特简单,就是活过一千天。为了这个目标,我尝试一切省钱或是不花钱的疗法,比如参加心理小组……"

应春草讲完了,很真挚。真挚是有杀伤力的,也许不完美,也许不正确,却自有刺入人心的尖利。

成慕梅躲不过去了,清清嗓子说:"对着一件白衣服,说什么?作为病人,我们和医生有许许多多的故事,我不想说。我只想问大家几个小知识。可以吗?"

成慕梅留着披肩的长发,身穿中式对襟花衣,琵琶扣小立领,脸上打着厚厚的粉底。螺丝转儿一样的鬈发,随着她说话左右摇荡。也许扣戴假发时过于匆忙,也许头套太松,总之她本身细脆而黄弱的发丝,从油黑的假发间隙支出来,有几分怪异。

大家表示愿意猜测和回答她的问题。

成慕梅说:"知道比尔·克林顿的妈妈是怎么死的吗?"

大家互相看看,说:"不知道。只知道莱温斯基。"

成慕梅狭长的面庞毫无笑容,冷峻地说:"那好,既然不知道,我就告诉你们——比尔·克林顿他妈是得乳腺癌死的。"

诊室内的温度陡然下降了好几度。成慕梅不理睬大家的懊丧,说:"我再问大家一个问题,知道比尔·盖茨的妈妈是怎么死的吗?"

有了上面那个不怀好意的问题,大家就谨慎多了,没有人再开玩笑,只是有人小声嘟囔着:"比尔·盖茨他妈死了呀?他看起来蛮年轻的嘛!他妈的岁数也不太大吧?"

有人叹息:"嗨!黄泉路上无老少。要说她也死了,那真是够亏的了,儿子是世界首富,自己还没得济呢,就一命归西了,冤不冤啊!"

成慕梅不管大家议论纷纷,径直说下去:"告诉你们吧,比尔·盖茨他妈，也是得乳腺癌死的。"

大家的脸就冷下来，对成慕梅下面的问题，兴趣索然。成慕梅执意要说："你们知道李宗仁的夫人郭德洁女士是得什么病去世的吗？"

没人答话。这一次不是不知道答案，对于几十年前这位很有名望的女人的逝去，年龄大些的人们还是留有印象的，只是面对阴阳怪气的成慕梅，没人愿意回答这个问题。周云若年轻，只知李宗仁，而不知他夫人，就问："他夫人漂亮吗？得了什么病？"

成慕梅冷冰冰地说："漂亮不漂亮我不知道，得的病是乳腺癌。"

空气很压抑。当然了，这都是事实，但在这种时候，说这些事实，什么意思？大家搞不明白，程远青也不明白。且看成慕梅继续表演。她既然不厌其烦地从国内外的知名人士说起，终有图穷匕首见的时刻。

成慕梅又说："知道法拉齐是得什么病死的吗？"

有人问："法拉齐是谁？"

成慕梅说："是个有名的女记者，采访过世界上很多著名的国家首脑。"

大家说："我们不知道这个人，可我们知道她一定是得乳腺癌死的。"

成慕梅的脸上露出不怀好意的笑容说："真是有进步。你们说对了，法拉齐得的也是乳腺癌。"

岳评的情绪已稳定，愤愤道："成慕梅，你这算怎么回事？把古今中外的乳腺癌名人都拾掇出来，成心给大伙儿添堵啊？不用你提醒，人人都知道自己得的是什么病。"

成慕梅不理睬岳评，自顾自地说下去："有个女人，叫程姜氏，你们知道是谁吗？"

这一回，大家都不耐烦地说："我们不知道程姜氏是谁，也没有兴趣知道她是谁。"

成慕梅有一个特点，就是我行我素。她根本就不在乎别人的反感，还是按照自己的既定句式说下去。她说："程姜氏是我奶奶。"

大家反倒有些不好意思，安静下来，听成慕梅下面还要说些什么。成慕梅换上一脸忧戚说："我奶奶程姜氏，是一个非常善良的老人，从我记事起,她的乳房上就生了一个疮。我父亲说,妈,给您瞧瞧大夫吧!我奶奶说,不过是奶疮,有什么看的?破费不起!用花椒水洗洗就好了。奶奶用各种水冲洗她的疮口,那像鲤鱼嘴一样的大洞,能把一大碗花椒水吸干。那时我小,奶奶也不避我,我能听到花椒水咕咚咕咚灌下去的声音。我问奶奶,疼吗?奶奶说,有我孙女儿的这句话,再大的疼也不算疼了。花椒水没管事,奶奶的乳房烂通了,水从这边倒进去,从后背流出来。奶奶就用布条探进洞里,从另一头把布条揪出来,然后像拉大锯一样拉扯布条,直到白色的布条变成紫褐色。不知道这种恶治的办法在医学上有什么根据,奶奶居然坚持了多年,比咱们现在用的各种疗法加起来的疗效,也差不到哪儿去。最后,奶奶终于坚持不住了。疮口里流不出血,掉出来的是黑脓和腐肉。奶奶不再让任何人看她换药,怕我们会吐,奶奶也不再用布条,改用竹签从疮口向外剔蛆虫。后来,奶奶死了,奶奶是被烂死的。奶奶最后只让我妈服侍她,连我爸也不让看。奶奶说我爸吃她奶长大,怕他看了恶心。奶奶错了。她哪能吓着我呢?我一天也不能忘记她的样子。她那么慈爱,那么坚强。所以,当我患病以后,医生问我有没有家族史的时候,我马上说,有!我奶奶就有乳腺癌。在那一刻,我终于觉得和我亲爱的奶奶又在一起了……"

成慕梅这一番痛说家史,大家听得唏嘘不止。成慕梅说完了,脸上又露出习惯的淡漠神色,说:"我还想请大家告诉我,克林顿他妈、比尔·盖茨他妈、郭德洁女士还有法拉齐还有我奶奶程姜氏,她们都有什么共同点?"

这叫啥问题?她们之间的共同点真叫人费了斟酌。无论怎么拉扯,程姜氏也没法和美国总统世界首富之类瓜葛起来吧?成慕梅别是病火攻心,糊涂了吧?大家这样想着,一言不发。

成慕梅穷追不舍:"能找出来吗?"

大家敷衍她说:"找不出来。"

成慕梅说:"我找出来了。不保守地告知大家,这个共同点就是——她们都是女的。"

大伙儿想，这个成慕梅，精神上没有什么毛病吧？

程远青也在琢磨：这是什么意思呢？成慕梅看来很动感情，这些看似毫无联系的例子里面，有什么内在的联系呢？她征询成慕梅的意见，"我看你谈到奶奶很激动。我能体会到你对奶奶深厚的感情。也谢谢你告知我们诸多资料。现在，你还有什么要说的？"

成慕梅失望了，微言大义没有人能体会到。她懒散地说："没什么了。别以为多此一举，乳腺癌不是专利。"

大家就很宽容地笑笑，心想真是个孝顺孩子，谈起奶奶使她情迷意乱。

看成慕梅情愿收兵，程远青就说："咱们今天能够在医生的殿堂里，大讲他们的劣迹，很不容易。"

大家你看看我，我看看你，好像是打了胜仗的士兵在交换战利品。程远青说："刚才大家发言的时候，我想，要是录了音，拿给医生们听，他们一定要怒火冲天委屈万分。听了你们的发言，我有很多感触。在医生和病人的关系中，病人是多么的无助啊。我觉得你们能够勇敢地表达对控制着自己生命的医生的真实看法，你们说出了无数病人敢怒不敢言的心里话。医生的功劳人人看得到，可医生的怯懦和无能，医生的卑下和猥琐，医生的丑陋和狭隘，医生的冷漠和残酷，却是很多人，特别是他们自己所不知道的。你们代表无数的病人说出来的话，具有不可估量的意义。让医生们大吃一惊吧！被他们看成不堪一击可怜和可悲的癌症病人，其实有着毫不逊色的智慧。让我们为自己鼓鼓掌！"

掌声响起来。由于乳腺癌手术后淋巴循环恢复不良，由于肌力的减退，对于普通人轻松平常的鼓掌，对于她们来说，并不是一件轻快的事情。一般来说，乳腺癌病人是不鼓掌的，即使是在那些必不可少要鼓掌的场合，她们也只是点到为止，做出鼓掌的姿态，而实际上不拍出声音的。在这间小小的医生的诊室里，响起了癌症病人对医生声讨的掌声。她们嘉许自己的勇气，欢畅地表达自己的好恶。

程远青说："在本次活动结束的时候，大家对椅子上的医生，还有什么话要说？"

应春草说:"我想打它一拳。"

程远青说:"行。"

懦弱的应春草就走到椅子上的白大衣前,回头看了一眼程远青,好像孩子要吃一块糖,最后征得母亲的允许。程远青非常肯定地点了一下头。应春草粉拳紧握,嘭地打在椅子上白大衣的胸口。手指由于重力的撞击,颜色陡变。指甲依旧保持苍白,手指的关节处红肿起来,好像被滚油烫了。

椅子上的白大衣,由于左衣襟被戳得向椅背的缝隙处缩了进去,不可一世的傲慢姿态,变成了佝偻着身子不停咳嗽的老迈之相。

程远青抚摸着应春草的手指说:"疼吗?"

应春草含着眼泪说:"疼。可是心里的疼,比以前轻了。"

程远青说:"你还想打它吗?"

应春草说:"想。"

程远青说:"那你就还可以打,直到你的心彻底不疼了为止。只是你不要伤了你的手。如果你顾不上你的手,你就裹上一条毛巾。"说着,程远青把自己的手绢拿出来,递给应春草。

应春草接过手绢,抚摸着,抚摸着,她不是用它包在手上,而是捂在了眼睛上。过了好一会儿,才把手绢从眼皮上拿开,应春草说:"程老师,我不打了。我的气消了。我知道您的苦心了。"

程远青走过去,把扭歪了的医生制服重新摆好,恢复了白大衣的威严仪表。程远青说:"大家对医生的怨恨,自有道理,但它只是问题的一个方面。在和疾病的斗争中,医生始终是病人的盟友。我们是把自己最宝贵的生命,交到医生的手里了。所以,我们理所应当对医生有至高无上的要求。我提议,在活动结尾,让我们向医生鞠躬,表达我们的信任和期望,表达我们的批评和监督,也表达我们对生命的珍惜和渴望!"

程远青说完,率先走到医生的白大衣面前,深深地鞠了一躬。组员们一言不发地依次走到白大衣面前,鞠躬和凝视。成慕梅始终没有弯腰也没有鞠躬,固执地保持着昂首挺立的姿态。

第19章
向北再向西

活动地点是岳校长所在的学校安排的。靠近黑板的半截教室腾空了,摆了一圈椅子。

一向退居人后的安疆先开了口:"对不起大家,我心里实在憋得慌,就抢这个先了……"说到这里,老人不安地看着大家,好像在乞求原谅。

程远青说:"安疆,你不是抢先,是带了一个好头。你看,大家都特别注意地在听你讲呢!"

安疆充满感激地看着大家,说:"扫大家的兴了,上个星期,我觉着憋闷,就到医院里复查,结果有多处骨转移,还有胸水……已经到了晚期。医生让我住院,我没住,只把胸水抽了抽,喘气好点了。这些年,我一直在和癌症做着斗争,这不单是我自己的想法,更是政委的想法……"

会场一片冷寂。大家对安疆报以深深的同情,不免有兔死狐悲之感。莫测的病魔,潜伏在幽暗的角落,不知在什么时候就会猛扑上来,咬得你鲜血淋漓。简单的问候和宽慰,都无济于事。重病人经过那种潦草的关切之后,更会陷入深深的孤独之中。

安疆平素低调,但死亡的威胁可以大幅度地改变一个人。安疆说:"我快死了,很想能在死之前,把心里话找个人说说。这些年,我最主要的事就是治病。这不是我要治病,是政委让我治病。政委走了以后,我很想跟他一道走。后来,政委给大夫托梦,说他要我治病,我这才去做手术。我等着,结果等到了所长的老婆,说政委又给她托梦了,要我到这个小组来。这是政委的决定,政委的决定总是有道理的……"

鹿路说:"安疆,你张口闭口政委,政委到底是谁啊?"

老人说:"政委就是政委啊!"

大家就面面相觑。程远青出马道:"安疆,我知道你现在心里有好多话要说,你和政委的故事,能讲得详细些吗?"

程远青的话像一剂镇静剂,让安疆的情绪稳定下来,她又恢复了平时安静温顺的样子,说:"讲讲我和政委吧。"

安疆原来不叫安疆,政委帮安疆改掉了以前的名字。安疆父亲做过旧时代的官吏,安疆出生之后,父亲再也不回家,在外娶了一个又一个小老婆,不给她们一分钱。母亲为了安疆能有一个官宦人家小姐的名分,一直要装得好像安疆的父亲无处不在。抗战胜利之后,父亲作为伪官吏在外地被镇压,姨太太们作鸟兽散,母亲成了货真价实的反动遗属。奇怪的是,母亲对命运并无怨言,当她背上插着"×××的妖婆"被游街示众的时候,甚至还有某种程度的宽慰。别人都不懂母亲的心,但小小的安疆懂。母亲终于名正言顺地和父亲的名字站在了一起,母亲感谢抗战胜利。即使她最后贫困交加而死,也不怨恨父亲。安疆流浪到省城,找到一位远房表姐。表姐把安疆当成使唤丫头,安疆也秉承了母亲的无怨无悔。表姐家有满满几大橱柜书籍,表姐让安疆干很多活,但表姐不干涉安疆晚上读书。安疆原本只读了小学,书填充了她的头脑。后来省城解放了,安疆在早市买菜的时候,听说边疆部队到江南招女兵,招的是有初中文化的未婚女子,出身不限。安疆掐着一捆油菜对表姐说,我要当兵。表姐不希望免费保姆远走高飞,表姐说,以你这样的出身,还想当兵啊?安疆说,人家说了,出身不限。表姐,还有这事?做梦吧。表姐嘴上这样说着,心里还是嘀咕,找到了招兵的单位,问了个清楚。表姐世故,听了官方的介绍,又到市井中做了调查,在此基础上,又充分地发挥了想象。这一切完成之后，表姐对刚刚解下围裙的安疆说，安疆（那个时候她还不叫安疆，但安疆不肯讲她当年的名字，只能这样称呼了），你知道那些人把女兵招去干什么？安疆说，我打听了，说是当文化教员或是接线员，如果看你有前途，也许就让你当医生。表姐说，想得美！我打探清楚了，招女学生去，是为了给红军当老婆！

那时候，共产党的军队已经不叫红军了，可是表姐坚持叫红军。安疆大惊，她不想给什么人当老婆。如果不当兵，情愿一辈子在表姐家当保姆，守着书橱过一生。为了避免重蹈母亲的命运，她决意不嫁人。安疆连连摇头说，不会的！

表姐冷笑道，这你就不懂了。红军骑马挎枪打天下，现在还打着光棍，得给红军找个家乡的小媳妇。你就谢谢表姐吧，要不是我，谁能把这其中的蹊跷闹明白！

表姐以为安疆的当兵热情灰飞烟灭，其实安疆是表面安静骨子里非常执着的人。安疆第二天找到了招兵小组，安疆问，我想当兵，你们要不要？招兵人说，我们不要。安疆说，为什么？我是女学生。我会写字，不信，我写给你们看。我还会加减乘除，不信，我算给你们看。招兵小组很和气地说，不是为了别的，只是你太小了。安疆一下子就想到了表姐的话，安疆脱口而出说，人家说你们来招人是为了给红军当老婆。招兵的人紧张起来，说，这是谁说的？安疆说，满大街的人都在说。招兵的人说，这是破坏革命的行为。

那时候，革命至高无上，破坏革命，这还了得！安疆吓得嘴巴如同抹了胶，再也不敢说什么，倒是征兵人看着于心不忍，说：小同志，你不要轻信谣言，我们是革命的部队，不是军阀的部队，怎么会有那样的做法？安疆说，我相信你们，我愿意跟你们走。我要当兵。招兵的人和颜悦色地说，小妹妹，你的个子太矮了，年龄也太小了，等你长几年，再到革命部队锻炼吧。革命的大门永远是敞开的。说完，招兵的人就转身同人高马大的妹子们谈招兵的事了。

安疆知道了革命部队不是来招老婆的，这很合她的心意。她太矮了，年纪太小了,想不出办法让自己在几天内长高和变大,安疆不知所措。表姐是一只蛰伏的蜘蛛,任何风吹草动都会牵引她爬出来查看猎物,她看出安疆神色有异,追问不止。安疆就把一切同表姐讲了。

表姐知道安疆去意已定。表姐原来想的是如何留住安疆,一旦发现留不住了,就想着如何让安疆走好。安疆走到哪里对自家更有好处呢?如果安疆真的成了革命军人,如果真的嫁了革命老干部,安疆就是一把红伞,能罩住自己全家。如果把安疆强留在自家,短时间内留得住,长了也留不住。一筐水果,当然要在价钱最高的时候抛出,过了时辰,就成了甩货。

表姐对安疆说,你愿意当兵吗?安疆说,我想当护士。安疆不好意思说自己的理想是当个大夫,怕表姐笑话。安疆以为护士是大夫的小苗。

表姐没工夫细细体察安疆的心思,表姐说,就是给人当老婆也乐意吗?表姐要砸牢靠,要是安疆不乐意,以后就是当了官太太,也不会照料自家。安疆反驳说,人家不是招老婆的,你这样说,就是破坏革命。

表姐吓了一跳,心想这还没当上官太太呢,怎么就这么护着军队呢?表姐说,好了,好了,表姐觉悟低,以后还要靠你多帮助。

安疆对表姐的态度变化有些吃惊。表姐对她一向颐指气使,今天怎么这样客气了?安疆立刻想到和招兵有关。原来当兵有这么大的魔力,安疆就更坚定了当兵的决心。

表姐叹了一口气说,安疆,我不拦你了。你在这世界上的亲人,表姐我要算唯一的。有几句话,不得不说。这第一件,你万不可说出真实的家庭成分。

安疆不解道,招兵的说了,出身不限。

表姐说,是,他们说了出身不限。可这共产党是穷人的党,红军是穷人的军队,他们总会向着原来那一拨人。听我一句话,说你是我的亲妹妹,咱们生长在小职员家庭。

安疆觉得多此一举,但她不愿忤逆了表姐。表姐看安疆点了头,接着说,出身改过来了,还有你的文化。人家点了名说要女学生,你行吗?

安疆扭扭捏捏地说,表姐,我看了好多的书,我想语文是行的,算术不行。

表姐说,中学,算术就叫代数了。你不行,我也没办法,算术不是一天两天能补上来的,只有凭运气了。安疆说,我有什么运气呢？表姐说,你爹你妈都撒手不管你的事了,你还有什么运气呢？碰到我,就是你的运气。你吃在我这儿,穿在我这儿,还在我这儿上了不花钱的学。有一天时来运转,可不要忘了表姐!

安疆虽说不喜欢表姐的为人,听她这样一说,想到身世飘零,世界之大,只有表姐家的房檐为自己遮风挡雨,于是动情地说道,表姐,一辈子我都忘不了你!

表姐得到了明确的承诺,开始认真地为安疆谋划。招兵期限是一个月,如今过了大半个月,依安疆的心愿,恨不能马上到招兵处应募。表姐说,急什么？你在家老老实实地做饭洗衣,这件事有我呢。你万不可自己去。

安疆不得不承认,已经闯过招兵处了。表姐把两道蛾眉拧成了毛毛虫,说,你见的那个征兵人,什么模样？安疆说,头顶有点秃,胡子有点大。表姐说,好吧。这次,我让你去你才能去。

表姐麻将也不打了,早出晚归,谁也不知道她干什么去了。几天之后,她说,你把这些题背下来。安疆一看,都是些革命术语。表姐说,这就是他们出的考题。你要是答不出,别说当兵了,就是给革命扫地革命都不要你。

表姐又拿出数学题,说是会让你当场演算。

题目都是表姐尾随着那些考过打道回府的学生们讨来的。

花了我不少钱呢! 表姐说。表姐说的不是实话,她只花了很少的钱,大多数人都是无偿地告知表姐的。

安疆开始了疯狂的背诵。征兵只剩最后两天了。表姐对安疆说,下午送你去当红军。安疆惊讶了,为什么是下午？上午不更好？表姐说,下午好。下午头顶秃了一半的人不在。表姐说完,拿出一套姜黄色丝绸旗袍,对安疆说,穿上。旗袍抖擞着光芒,让安疆觉得是一条有鳞的金鱼。表姐拉过安疆的手说,你还愣着干什么?这是我从旧衣店特地为你买的!安疆穿上旗袍,被表姐拉到镜子前,年久的镜子脱了水银,安疆看到自己影影绰绰好像年画上的女人。表姐说,嗨!人要衣装马要鞍,现在谁还敢说你小呢!安疆从惊讶中醒过神来,这才发现旗袍的神奇之处——腰卡得极细,犹如一只螳螂,但是在旗袍的胸部装了特殊的衬垫,在安疆平坦的胸壁造出了两座山峰。安疆几乎不敢正视镜中的这个女人,那不是她,是一个妖精。怎么样怎么样……表姐不住地重复着这句话,欣赏山河再造的本领。安疆规规矩矩地站着,一动不动。如果她贸然行走,会摔一个大马趴,把旗袍从开衩处撕到胳肢窝。

表姐一不做,二不休,拿出一双高底木屐。安疆颤巍巍地踩上去后,如同站在两只小板凳上。一个钟头内,你想当红军,就穿着它们好好走。不想当红军了,就到厨房择菜去。表姐说完就去算她的麻将账。

安疆像踩高跷一样地走着。每当走到镜子旁边的时候,她就不由自主地侧过身去,看镜子里那个成熟的女人。她不认识她,可她热爱她,指望她。镜里的女人长身玉立胸脯高挺,弱不禁风又气焰嚣张。

一个钟头后,安疆走得很熟练了。表姐回来说,看不出,你还真是个小姐命。走吧,也许能当太太。

安疆不喜表姐的胡说八道,但不敢得罪表姐。表姐拿出自己的脂粉,为安疆拾掇了一番。当表姐牵着安疆走出巷子,幸好没有遇到人。要是有人看到了,会吓得不轻。

招兵的地方,是一所旧式庭院,安疆一扭一拐地走到那里,脚脖子都拧酸了。半路上,表姐看她走得辛苦,想叫一辆黄包车。表姐不想让她侍弄的庄稼还没挥镰,就被风雨毁得惨不忍睹。但一向温顺的安疆反驳道,要是红军看到我是坐黄包车来的,还会要我吗?表姐就和安疆一道走。安疆说,我一个人进去吗?表姐说,我又不当红军。安疆说,我有点怕。表姐说,你又不是没有进去过。上次不怕,这次熟门熟路的你反倒怕?安疆说,上次随便来看看的。这一次,打定了主意要当红军,怕他们不要。

西下的阳光如舞台上的追光，射到招兵人的房间里，地面像铺了金砖。身穿姜黄色旗袍的安疆袅袅婷婷地扭进来。单薄，但有一种野菊花般的灿烂。招兵人眼前一亮。来应征的姑娘，以为人民军队崇尚朴素，往素淡打扮，全不知表姐给安疆选定的这套行头，令安疆有个良好的开局。

秃头不在，征兵人是一位西北大汉。问安疆，你的名字？安疆答了。又问：你的出身？安疆把表姐为她搞到的政府证明递了过去（不知表姐用了什么手段，把安疆定成了贫民出身），大汉看了很中意。

军大汉问了一些对革命的认识，安疆很快回答了。军大汉当然能听出是依样画葫芦背的，但刚刚解放不久，能背到这个程度，亦属对革命有认识。军大汉又让安疆在纸上写一些字，这难不住她。

本来大汉想出几道数学难题，看看面前的秀丽女子内蕴如何，见安疆字迹娴熟，打消了再试的念头。毕竟是让他来招妙龄未婚女子，不是来招会计的。

面试进行到这会儿，基本上算是结束了。军大汉仿佛无意中问道，你对革命老干部是怎么看的？安疆愣了一下，在表姐为她准备的题目中，没有这道考题，一时有些慌乱。不过，她很快答道，我向他们学习。

安疆这样回答，并不是安疆的狡猾。安疆单纯，不知说什么好，就把自己心里冒出的第一句话说出来。没想到这就是这道题的标准答案。大汉装作无意问出的这道题，如果你回答得不妥帖，比如有的女生问道，你说的这老干部有多老啊？完了，无论这女子如何咬牙跺脚要当兵，招兵人也会把她的表格放入另册。

你可以回去了。军大汉很和气地说。安疆不知道这和气后面的意思是什么。共产党对老百姓说话都是很和气的。安疆就问军大汉说，我能当兵吗？军大汉说，过几天来看榜。

安疆很伤心，以为这是一句敷衍的话。军大汉没有让她做数学题，一定是觉得她不堪造就，根本没心思再考她了。安疆很灰心地走出招兵处的屋子。屋宇建在高台之上，有长而陡的台阶，安疆用脚心吸住木屐，走得很小心。

迎面碰上那个秃了半截头发的军人，三阶一步如同猎豹般蹿了上来。他戴着军帽，安疆看不到他的头顶。相逢的时候，他很着意地看了她一眼，安疆有些害怕，他似乎认出了她。安疆转念一想，反正也当不上兵了，认不认出无所谓了。

表姐着急地问，怎么样？安疆说，不知道。表姐说，那就好。安疆垂头丧气地说，有什么好？表姐说，他也没说你不行，是吧？这么多天，你以为我在这里玩吗？我是上等的探子。如果你不成，红军会考到一半就格外好脾气地对你说，小妹妹，你回家继续学习吧，建设祖国需要很多有文化的人。他对你说这话了吗？安疆说，没。表姐说，那就有希望。以前有很多对不起你的地方，你忘了吧，表姐不是故意的。你一定要把表姐为你做的这些好事记得，表姐是用了心的……安疆听着，一言不发。她被面试耗竭了精气神，剩下的力气只够吸住厚厚的木屐回家。

发榜那天，安疆不敢去看。表姐看完榜，对安疆说，你以后成了革命太太，不要忘了这是你的家！安疆一时间没听清这是什么意思，愣在那里。表姐说，快收拾东西吧，军令如山。明天就发军衣，后天就走了。

安疆傻站着，手上沾满了油菜根的黄泥。第二天早上穿什么衣服到招兵处，安疆和表姐好一番争执。安疆再也不肯穿如同舞女的旗袍和高高的木屐，要穿自己的月白裤褂。表姐说，你以为板上钉钉了？你连他们的一根绿布丝还没穿上呢！为什么能收你当兵，这套衣服立了大功！你要是不穿，等着吧，怎么去的就怎么回来！

安疆不敢犟嘴，只好穿上旗袍。

招兵处热闹非凡，佳丽云集，蔚为壮观。妙龄女子凑在一起的景象，令人感动。她们那么年轻，蒸发着如麝似兰的气息。表姐牵着安疆，走到报到的地方。我叫安疆。安疆怯生生地报出自己的名字，秃发军人比对花名册发放军装。他抬头仔细打量，安疆觉得他认出了自己。秃发军人深不见底的目光，好似一把尺子，横竖比量着安疆。

安疆困窘地站着，不知所措。秃发军人说，小妹妹，我看你穿2号的军装正好，声音很温和。表姐说，2号是多少号啊？秃发军人说，2号就是2号，是部队的服装编号。每人先发一套，以后还会发更多的衣服。表姐说，一共有几个号啊？秃发军人说，有5个号。表姐说，哪个大哪个小啊？安疆有点不好意思了，问这么细干什么？后面还有好多人等着领衣服呢！秃发军人和蔼地说，1号最大，5号最小。安疆以为表姐这次该满足了，没想到表姐又问，被子分号吗？如果分，我们不要2号，要1号的被子。安疆抻抻表姐的衣襟，表姐不管安疆的示意，瞪着眼，要求一个回答。秃发军人笑了，说，被子是不分号的，一样大。

安疆领了军装，对表姐说，回去吧。她有些伤感，表姐是她唯一的亲人。表姐说，忙了这么久，今天倒是最不忙的。我总要看看你穿上军装的样子。再说，你换下的这套衣服，我还要拿到旧货行，赔上几个钱，还能退回去呢！

更衣室里，到处都是女孩子，半遮半掩地换衣服，后来的只好站在地当央。光滑的脊背和臂腿抖动着，如同挖出一池塘七仰八叉的莲藕。大胆的女孩，穿一条花内裤，跑跑颠颠地展示着自己。随着一件件自带衣物脱下，草绿军装包裹了女孩们年轻的身体。

军装是一种很抬举人的服饰，尽管它粗糙和千篇一律，但妙龄女郎套上军装，就形成了巨大的反差。婀娜和威武融合在一起，让人遐想。只有安疆惨。脱掉姜黄色的旗袍和厚底的木屐，她原形毕露。2号军装的下摆几乎到了膝盖，她细长的脖颈在环状的领子里孑然而立。裤腿拖地，罩在新发的胶鞋外面，鼓胀如象腿。安疆知道表姐还在外面焦急地等着，要把旗袍带走，可她无法出去。磨蹭到最后，蹲下来，把裤腿挽了一道又一道，踝上好像套着两个绿色的藤圈，这才勉强走出来。

安疆踮起脚尖看到表姐，把衣服团往表姐怀里一塞，说，我要站队去了。表姐在她身后不住地说，我是你的亲人……

安疆穿着邋邋遢遢的大裤子挤到队伍中时，被秃发军人一眼捕到。记忆中根本不曾收过这样的残次品。只是现在人太多了，围观者成分复杂，暂且按下。

女兵们挤得铁紧，好像稍有懈怠，就会被重新打回老百姓行列。晚到的安疆就成了局外人，无论她想从谁的身边插进队伍，相邻的两个人就把身体粘在一起，将她排斥在外。安疆就只有站在最后一排队伍的最侧面了。

秃发军人拢好队形，说，换了衣服，你们就成了半个兵了。为什么说你们是半个兵呢？老百姓见了你们，会说，这是个当兵的。可你们内里还不是兵，兵不是换一套衣服就能当上的。从现在开始，你们要慢慢地成长为真正的战士。同志们，有没有决心？

女兵们回答，有！声音尖细，但是不齐。围观的人就笑，通常听到军人的喊声都是气壮山河的。秃发军人转过身，笑眯眯地说，乡亲们，从现在开始，我们就进入正式的军事训练了。请大家回吧。今天，人民军队从你们手里接走这些女娃，将来再回来的时候，她们就是顶呱呱的钢铁战士了！说完，他很有力度地挥挥手，可以说是坚定的承诺，也可以说是不容置疑的驱赶……

安疆听得入神，觉得字字都是新大门的钥匙，单从门缝里透出的这点金光已让她眼花缭乱。解散后，秃发军人走过来说，叫什么名字？

安疆回答了自己的名字。秃发军人在花名册上见到过这个名字，可他不记得这个人。必是经他人之手选定的兵。秃发军人说，你跟我来一下。到了征兵的屋子，军大汉在那里。秃发军人说，队长，你把安疆的征兵表拿出来，我看一下。

军大汉把征兵表找出来，递给秃发军人。政委，给您。军大汉说。

安疆知道了秃发军人叫政委。

政委拿起安疆的表格，只看了一眼，就放下了。那时的表格十分简单，再说政委天天看表格，政委对表格如同对指纹一般熟悉。政委对军大汉说，是你征的兵。

我？正在一旁忙着的军大汉停了手，说，我没收地。他说这话的时候，甚至都没再用余光扫一眼。安疆几乎想说就是你，但安疆没说。安疆觉得不能恩将仇报。

政委笑着说，你的字。军大汉就拿过表，考古似的看，然后说，怪了，还真是我。他拼命回忆。好军人有过人的记忆力，他看看安疆说，你……你是不是穿了一身黄旗袍？安疆战战兢兢地回答，是……

军大汉的气就不打一处来，说，政委，这可怪不得我。那天她起码比今天高出两寸，身板也厚实得多。谁知她在里头都装了点啥？我早就说不适合干这活，非派我来。看看，出娄子了吧？以后，干脆派女的来，里里外外察看。咱隔山买牛，还能不走眼！

大汉说到这里，回头看看安疆，没好气地说，这妮子，别掺假啊，闹得我也受挂累。

安疆低着头，管你说什么，既然来了，就不走了。

政委说，小妹妹，不管是谁的过，你不符合当兵的条件。你太小了，吃不了那个苦。已经发给你的军装，我们不要了，送给你做个纪念。政委说到这里，就把桌上安疆的那张表格对折了起来，安疆很清楚，要不是看着她在场，政委会把那张表格撕碎。

安疆说，政委，赶我走？

政委说，不是赶你，是你不符合当兵的条件。

安疆说，如果那样，我就死在征兵的院子外面。

安疆说这话的时候，并不咬牙切齿，而是平平淡淡。正因为平平淡淡，政委不敢等闲视之。政委说，一个革命军人，除了上战场，不能随便说死。

安疆平日木讷，此刻话茬接得很快，说，我要是革命军人，我就不死。我要是老百姓，我就死。安疆用下巴颏点点窗外的女兵，说，她们做得到的，我都做得到。

政委若有所思道，她们做得到的，你都做得到？怕未必啊。

安疆不服气地说，革命部队是要搬山还是要填河？是要上天屠龙还是下海捉鳖？只要别人做得到，我也一定做得到。

在一旁久未搭茬儿的军大汉不耐烦地说，搬山填河哪用得着女人？老爷们干什么？叫你走你就快走，你要再赖下去，我就叫地方政府来领你。

安疆破釜沉舟般的说,你们走到哪儿,我就跟到哪儿,我本来就是你们征来的兵,你们撵不走我。

政委对军大汉说,请神容易送神难。想她一个小姑娘家,街坊四邻都知道她来当兵了,现在又灰溜溜地回去了,叫她如何做人?部队第一次在这里征兵,要注意影响。一个人事小,破坏了部队的声誉你我担当不起。她刚才以死示威,我们不可全信也不可不信。若是你我大队人马前脚走了,后脚就出了命案,你觉得利弊如何?

政委说这些话的时候,安疆就在一旁。安疆纵是不想听,也声声句句落在耳朵眼里。安疆觉得自己如同没有性命的死物,被人议论。

军大汉听了政委的话,实不甘心。可是政委的军阶高,讲得入情入理。军大汉恨恨地说,按您的意见办吧。我现在只想早早回到部队,骑上菊花青在草原上撒欢!

安疆留在了军队。第二天,女兵们离开城市,开到附近乡村。她们将进行短暂集训,然后远行。安疆恢复了安静的天性,所有的公差勤务她都抢先。内心里,她知道自己这个兵当得实在不易,以死要挟才留了下来。若有任何一点落在人后,就随时有向后转的可能。她抽空把军裤窝了边,看起来已不像最初那样邋遢。她把军装胸前的口袋塞满东西,甚至填过树叶,给单薄的身板增加厚度。

女兵们情绪并不太好。抱怨被子太薄,水土不服拉稀跑肚,驻地的女厕所太少解手要排队,营地里没有绳子,内衣内裤无处晾晒,经常吃面食腰杆子泛酸……要是依队长的脾气,半夜拉出去急行军,多搞几次紧急集合什么毛病都没有了。政委连连说,你以为她们是谁?是骑兵团还是炮兵旅?同志,要不要我提醒你,她们是革命的宝贝!

队长只好忍气吞声地为宝贝们服务,当然,只要一有机会,比如进行新兵训练,队长就要不失时机地把宝贝们纳入真正的革命军人序列。让她们跨正步,让她们匍匐前进,把她们仅有的一套军装搞得其脏无比。大家要求赶快再发一套军装,这次,安疆要了一套最小号的,才比较合身。

短训以后,女兵们乘坐军列,奔赴大西北。安疆头一次听说军列的时候，很兴奋。想象中，那是如同鲲鹏一般风驰电掣的怪兽。到了军列上一看，闷罐子车皮里潮湿阴暗，充满了尿臊气，好像养过一群发情的毛驴。地上有暗褐色的稻草，本意也许为防寒，其实反成了寒冷的象征。

我们就一直坐着这车到部队吗？女兵们很有些惊恐地问。

想得美！能一直坐着这样的车，就离共产主义不远了。不要问那么多，打听得太详细，就是刺探军事情报。队长说。

安疆把被子在稻草上铺开，冷和脏，都安然接受。训练步入正轨，她吃苦耐劳乐于助人，在容貌和身材上的缺憾，渐渐被忽略。她要证明给队长和政委看，自己是个好兵。

军列很沉得住气，一动不动地在一个小站上待了整整一天。女兵们很快就闻不到车内的臊气了。天昏地暗之时，军列突然开动，猛烈的惯性让女孩子们东倒西歪，之后一片欢叫。

列车先是向北，然后向西再向西。军列的速度很不稳定，有时快得不可思议，有时一停就是半天。吃饭也很没规律，到了兵站，从狭小的车门送上几筐馒头，大家狼吞虎咽，再没了往日的淑女风度。菜是大青萝卜，咸得人恨不得呕血。白天还比较容易度过，在某个小站上停留的时候，可以下车洗洗脸，走动一下，土地已由略带红色的南方土壤变成苍黄一片。晚上是漫长和枯寂的，女兵们躺在地上，小声谈论童年的往事。挨在安疆旁边的是个名叫应眉的女孩，长得非常漂亮。即使在黑暗中，安疆也能看到她长长的睫毛和漆黑的眸子。

应眉读过真正的高中，是女兵中的高级知识分子。应眉很喜欢这个手脚勤快的小妹妹，每逢到了小站抢刷牙水的时候，温良的应眉总是无可奈何地站在蜂拥的人群外面，一脸苦笑。安疆一人拿着两个茶缸，如同抡着两板斧，冲着进去，挤着出来，从此应眉不但能刷上牙，而且还能用安疆节约下的半杯水，在如花的容颜上洒几点露珠。每天除了政治学习和集体活动以外，应眉常和安疆坐在铺位上聊天。

夜深了。应眉附在安疆的耳边说，你知道目的地是哪里吗？

安疆也用极小的声音说，不知道。火车停了就知道了。

应眉说，火车停了，还要坐汽车。

安疆吃了一惊，说，你怎么知道的？

应眉说，我是偶尔听队长和班长聊天的时候说的。

安疆说，真希望到了地方之后，咱俩能分到一起。比如我当话务员，你也当。我当护士，你也当，对了，你的学问比我大，你应该当医生的……

正说到这里，班长大声斥责道，谁个不睡说个没完？闭嘴！

安疆和应眉就把头埋进被子里，假装睡得很熟，但马上又把头钻了出来。褥草的味道实在难闻。

终于，到了。当女孩子们的双脚重新站在土地上，确知自己从闷罐子里彻底解放的时候，禁不住热泪盈眶。那种有节奏的摇晃感在三天后还死死地攫住她们。

安疆听不懂周围人的语言，这里是铁路的尽头，距离家乡已有几千里。稍事休整之后，女兵们又继续向西。这次，改乘大卡车。在战争中缴获的美制卡车，性能还不错。安疆和应眉幸运地分在一辆车上，并排坐在自己的背包上，那是她们温柔的座椅。几乎没有路，或者说地上原来是有路的，被连年的战火和无数兵马碾过，也就没有了路。每天早上在兵站吃一顿饱饭之后，就上路了。女兵们紧紧挤在一起，如果从天上俯瞰这支队伍，完全分辨不出这些军人的性别。她们戴着严严实实的军帽，头发塞进帽子，脸上敷着厚厚的黄尘，牙缝里都填满沙子。

有人在半夜哭泣，安疆一声不吭。艰苦已经大大超出了她的想象，自由和平等的快乐充满胸膛。在路上颠簸了一个月，到了最终目的地。大漠蓝天，雪峰壁立，军人在这里平息叛乱，屯垦戍边。安疆惊奇地发现，这里的杨树要比内地高大，这里的柳叶要比家乡肥厚。连空气都陌生了。家乡的空气软糯，是向下滑溜和圆润的；这里的空气粗糙，是向上飞扬和带有毛刺的，经过喉咙时会剌破嗓子。

原以为到达目的地，会有强训练，没想到先改善生活，后理论学习。经过旅途劳顿萎靡多时的女兵，如同蔫菜泡在清泉中。特别是应眉，蒙尘的细瓶器洗去烟尘，焕然一新，美艳照人。

把女兵们成功从家乡带到部队，干部们以为自己可以打道回府了。上级领导说，你还要在这个岗位上继续工作，只有你们最熟悉这些女兵。政委知道接下来的任务十分艰巨，还是服从了。队长梗着脖子说，给我个处分吧！我背着处分走。上级考虑队长以往战绩，破天荒同意了他抗旨不遵，让他回战斗部队了。

临走的时候，队长说，老伙计，我跳出苦海了。听我一句话，拼着直落三级，也还是离开这是非之地。

政委安静地回答，你喝多了，回去休息吧。

政委担起双重担子，第一件事是给上级领导打报告，要求特批一批大米。吃米饭的日子，柔弱的女兵好似女匪。吃饱之后，下田种菜。

在劳动和学习革命知识之外，是唱歌跳舞。大家手拉手围成内外两个圈，随着乐曲反向跑动，圈子旋转不停……乐曲突然停止，大家原地停住，两圈人结成一对对舞伴，翩翩起舞。

乐曲激烈火爆，节奏快如旋风，再温良的人，也只好随着队伍狂奔。高速运动，对青春勃发的女子，有明显的煽动作用。只要跑上这么一阵，什么羞涩啊拘谨啊，都烟消云散，嘻嘻哈哈你拥我抱，彼此在身体的撞击中感受蓬勃的生命力。

安疆腿脚灵活，舞却跳得不好，乐感不灵，跑起来跌跌撞撞。安疆用功，没事就练。

队里要和友邻部队组织舞会，大家喜气洋洋，提前把军装洗了，在枕头下压出两道裤缝。讲究的还用军用水壶灌上热水，把衣领烫得熨帖些。联欢的日子到了，女兵们早早吃了晚饭，把操场泼上薄薄一层水，待水汽浸入地下，平整洁净如金黄的地板。

女兵们双手扶膝，端坐在小板凳上，等着天色渐黑。

友邻部队来了。一队人马，岁数都不小了，脸上神气惊人地相似，不怒自威。左右都是矫健的小伙子，那是警卫员。

面容沧桑的首长在里面围个小圈子，兴致挺高。政委组织相应数目的女兵，围成外圈。乐曲响起，两个圈子奔跑起来，像正在磨合的齿轮。

乐曲停下之后，里圈的首长和外圈的女兵正好结成一个个对子，跳起舞来。首长们的舞姿悬殊很大，有的真像那么一回事，有的简直是齐步加正步。好在女兵们经过学习，知道首长们出生入死，舞跳得不好，也是最可爱的人。玲珑小脚被踩得肿了起来，脸上依旧笑盈盈的。

剩下的女兵唱歌鼓掌，安疆就属这一拨。看到应眉被一个高大的军人揽住走动，像押一个俘虏。

音乐终了，政委宣布队伍解散，稍事休息。首长们被各自的警卫员照顾着，喝水或是抽烟。跳了一曲的女兵们，脸蛋红扑扑的，兴奋中夹杂着娇羞。应眉大口喘气，好像刚刚在深水中扎了个猛子。安疆说，你被一个大高个搂得太紧……应眉说，那是副军长。安疆说，真的吗？应眉说，他亲口说的。安疆说，我没看到他和你说话啊？应眉说，死丫头，你盯着我们？安疆委屈地说，怎么是"我们"？我没盯他，我盯着你啊。

话还没说完，政委集结新的队伍。这一次，凡是上次跳过舞的女兵不再入选，换上一批新人。安疆再一次坐冷板凳，呆呆地看别人起舞。好在这一次有应眉陪伴，可以把悄悄话说下去。

没有电，只有几盏大瓦斯灯照明，但每个年轻姑娘的脸，都是极好的反光镜。灯光打到她们脸上，她们就用十倍的亮泽把灯光反射回去，边疆漆黑的夜空中，有了来自大地的点点光斑，如同无数星辰坠落旷野。

安疆问应眉，今晚上这是怎么回事啊？那些人来干什么？

应眉说，你不知道我也不知道。

安疆说，我以为你会知道的。

应眉说，凭什么呀，你这么想？

安疆说，就凭你比我们读的书都多呀。

应眉沉吟着说，书上没讲过这个。

舞场经踩踏蹄搓，地面水分已蒸发殆尽，每一步跑动，都搅起沙烟。

副军长下场，找到政委说，这拨不是刚才那拨女娃了。

政委说，换了一部分人。

副军长说，换回来。

政委一下子没听明白，反问道，把什么换回来？

副军长很简短地说，女娃。

政委在舞曲半截叫停，让第一次组队的女兵们再次上场。应眉走了，安疆第三次留在场外。

到了互相找舞伴的时刻，安疆看到副军长推开了正好跑到他跟前的女兵，四处张望。安疆再愚钝，此刻也猜到了副军长在寻找什么。安疆简化了对他的称呼，下意识地想到以后可能会常常提起他。副军长用侦察过无数敌情的目光飞快扫描，走到正和另一位首长跳舞的应眉面前。那位首长看到副军长之后，就把扶着应眉腰肢的手松开，举到右眉梢，行了一个军礼。他可能是师长吧？安疆想。师长离开了，寂寞地走到一旁，点燃了烟。副军长和应眉跳起舞来，旋转着，从舞场中心向边缘漂移，很快安疆就看不到他们了。

安疆终于意识到了自己永远的劣势。她不漂亮，没有高挑的身材，平凡甚至是丑陋的。

舞会后，应眉总是很忙，或者说，应眉不忙，可总是处在待命状态。副军长有空，会派警卫员和雪白的战马，来接应眉。应眉不能和大家一道去菜地劳动，她不能满面尘土一身粪肥气味去见副军长。应眉也不能和大家一道吃饭，副军长只有在吃饭的时间才有闲暇，很愿意请应眉吃饭，让炊事员炒应眉最爱吃的豆豉腊肉。副军长一定要应眉吃很多，如果应眉吃得不够多，副军长就不高兴。应眉饭量小，如果在女兵训练队吃饱了，到了副军长那里，就吃不下多少饭了。

没有人来接安疆谈心。安疆很自卑，觉得那些被请去谈心的人，比自己要革命得多。后来，舞会也很少开了，大多数女兵都被人接去谈心了。

安疆和应眉的谈话，也越来越隔膜了。应眉和副军长谈话的时间，要比和安疆谈话的时间多多了。应眉说，安疆，我把你的事跟他讲了。

安疆装作不懂，说，他是谁？

应眉说，你知道你还问。咱们俩好不容易才找到一个说话的机会，你要是这样，我就不和你说了。

安疆慌了，说，我有什么事？我怎么自己都不知道？

应眉说，我知道你的心。咱们坐过一个闷罐火车，又坐过一个汽车大厢顶。我不愿自己走了，留你在这里……

安疆抓住应眉的手心说，你要到哪里去？我不让你去！

应眉说，我就要到副军长那里去了。我走这条路，你也要走这条路。我已和副军长说了，叫他找一个好军人，职务高一些……

安疆到了这时，才明白了谈心的核心内容。她原本抓着应眉的手指，这会儿握住了应眉的手腕，说，应眉，你不是还要做医生吗？你怎么还没看过一个病人，就先成了人家的老婆！应眉，你别骑他的白马，你别吃他的豆豉腊肉……

应眉说，安疆，我一直把你当成小妹妹，现在才知道你该是我的姐姐。

应眉是队里第一个出嫁的女兵，副军长派人把应眉和她简单的行李一起拉走。应眉泪水涟涟，说训练队就是她的娘家。班长提出是不是给应眉开个欢送会，政委说不必。班长说，大家在一起这么长时间，还是很有感情的。再说，应眉嫁给了副军长，这是队里的光荣，又不是嫁给了国民党。队里不开，班里也要开。

政委严肃地说，队里坚决不开。班里也不能开。这是纪律。

班长不服地说，关心爱护革命同志，还有错吗？我不懂。

政委并不说明理由，神情坚定。他半秃的头顶几乎全秃了，面色晦暗，胡子茂盛，好像打更的老人。

安疆没有送应眉任何结婚的礼物，一是女兵几乎没有属于自己的私产，物品全是发的，凡是安疆有的，应眉都有。二是安疆可惜应眉，还什么都没有学，什么都没有干呢！安疆故意躲着应眉，让应眉找不到和她告别的机会。等到应眉惆怅地走了，夜里安疆大哭一场。安疆在被子里面哭，眼泪把被头浸透了，感觉很渴，从通铺上悄悄坐起，走出宿舍门，想到炊事班找点水喝。走到空旷的院子里，也许夜色清凉，安疆突然不那么急切地想喝水了，在院子里一个人走来走去。

午夜的戈壁风，以它不变的刚硬，戳着安疆的皮肤，刺入她的骨骼。

安疆感到从未有过的孤独。她听到了很轻很轻的脚步声,走到她身边,吹气如兰。她想这是应眉,应眉从副军长身边跑回来了,看望自己的老朋友,找回自己的医生梦。

她猛回头,看到了政委。

政委说,安疆你为什么不睡?

安疆很失望。她不想碰到任何人,但她碰到了她最不希望碰到的人。尤其令安疆奇怪的是,政委为什么会吹气如兰?后来她知道了,政委正用一种名叫"留兰香"的牙膏刷着牙,看到一个身影在院中彷徨,顾不得吐出牙膏沫,白着嘴唇过来了。

安疆说,我要喝水。

政委说,你在这里站半天了,并没有喝水。

安疆说,又不渴了。

政委说,回去睡吧。

安疆说,我睡不着。

政委说,和应眉有关吧?

安疆不答话,几乎要哭出来。

政委说,这才刚刚开始。

安疆听不懂,说,什么刚刚开始?

政委说,分别。

安疆说,谁和谁分?

政委叹了一口气说,所有的人。

安疆说,我要当护士,当得上吗?

政委说,那是以后的事。现在去喝水,然后睡觉。

政委保留着各种各样的纸笺,那是首长们要在何时何地见到某女兵的便条。有些写在正规的信笺上,更多的是写在日历甚至香烟纸反面,政委一律妥为保存。

劳动的担子越来越重。庄稼菜苗一起种下,你不能让田地荒芜。留下来的女兵本来就不漂亮,繁重的劳动更让她们黧黑而瘦削。

有一些女兵坚决不从，通常是她们遭遇的首长太年迈，或是丑陋粗鲁。女兵们会哭哭啼啼，严重的甚至寻死觅活。政委出面，首先和首长沟通，政委会说，首长，还有很多很好的女孩子，您要不要再参加一次舞会？……通常被拒绝的首长条件不是很好，女兵伤了他的自尊心，不接受换人的建议。组织要求政委这边做工作。政委说，他可以服从，但不能催。附带条件是在他的工作没有做通之前，请首长不要再来训练队。如果不能依他，就请组织另派高人。组织当然知道，在军区所属范畴之内，再找这样一个政策水平高、谙熟女兵心思的干部，难于上青天。

政委受命回到训练队，基本上不理睬那个拒绝首长的女兵。政委会指派那个女兵所在的班，承受非常艰苦的体力劳动。连续半月之后，那女兵面容粗糙体力衰减。政委按兵不动，让该班放假。女兵们洗洗涮涮，在安睡和洁净之后，顾影自怜，感到年轻生命的躁动。休息之后，政委会安排该班重新开始劳动，但让那个拒绝了首长的女兵继续休息。那个寂寞的女孩子，只有成天躺着睡觉，或是无聊地在院子里游荡。别的女兵都被繁重的劳动累得意兴阑珊，无人陪她聊天。只有这时，政委才会把那女兵叫到自己的办公室，隔着简陋的桌子和她谈话。

政委说，最近过得怎么样？

女兵说，还好吧。

政委会很直接地问道，累得够呛，想家。对吧？

女兵低头不语，那神情分明在说——对。

政委接着说，你知道我找你来干什么吗？

女兵说，不知道。

政委说，你拒绝了首长，首长找到了组织，组织找到了我。就是这么回事。

女兵小声说，我是来革命的，不是来嫁人的。

政委说，是啊。你是我接的兵，我知道你革命意志坚决。可是，革命是什么，革命就是由一个一个人组成的。首长就是非常具体的革命的一部分。你不能口头上说热爱革命，却不能付诸实际行动。你就是一个口头革命派，一个假革命派。

女兵很害怕，不知道不想嫁一个老头，怎么就成了革命的敌人。她急急地分辩道，我不是不爱革命，我只是不喜欢他。

政委和颜悦色地说，不喜欢他哪一条？

女兵沉吟一下，说，不喜欢他抽旱烟。

政委说，等革命大功告成之后，他就会抽纸烟。谁不知道纸烟比旱烟好啊？

女兵说，我想找个不抽烟的男人。

政委说，不抽烟的男人世上有没有呢？有。可有出息的男人差不多都是抽烟的。

女兵又说，他还不爱洗衣服。

政委说，有了老婆之后，他就爱洗衣服了。

女兵又说，他没文化。

政委严肃起来，说，他没文化，这不假。可这不是他的错。最早的没文化，是地主资本家害的，他没钱学文化。后来的没文化，是为革命忙的，这是他的光荣。你有文化，可你不能因此看不起没文化的人。你刚刚参加革命，就看不起为了革命流过汗洒过血的人，对头吗？

女兵就低下了头。关于革命的道理，她说不过政委。女兵并不轻易改变自己的主张，她说，不是主张婚姻自由吗？不喜欢他，为什么一定要我嫁？

政委不急也不恼地说，对啊对啊，婚姻自由，没有人逼你。你不干，这些天，首长并没有来找你。这就是尊重了你的意见。我和你谈，并不是要强迫你，你是我接来的兵，我见过你的家人，受过他们的嘱托。说句不好听的话，在某种程度上，我就是你的娘家人。男大当婚女大当嫁，你总不能一辈子不嫁人吧？

女兵说，我想再等几年。

政委说，你可以等，就在这戈壁滩上种菜种粮，几年后，革命的粮仓里有你打下的粮食，圈里有你养的肥猪，你就是革命的功臣了。

政委说得很平和，没有一点威胁的意思，可女兵想起了这些日子的辛劳，她下意识地抚摸着自己的手指肚，那里结满了茧子。政委说，几年以后，你还得嫁人。那时候，首长们都成了家，当然，你可以找不是首长的人，比如班长……

女兵抱住了自己的头。她知道政委说的句句都是实话。政委安静地等着，政委一点都不着急，政委知道若是在这样的谈话之后，女兵依旧不肯，那他只有收兵。女兵抬起头，政委看到了一张满是泪水的年轻的脸。那个女兵一字一顿地说，我要是就不嫁，我要是跑，我要是不当女兵了呢？

政委和颜悦色地说，你干吗咬牙切齿？一件好事，不要想歪了。

女兵说，我要是至死不嫁，你有什么办法呢？

政委说，我一点办法也没有。我只是想在你死之前，对你说，这不值得。你我所处的戈壁滩，根本就跑不出去。退一万步讲，你就是从戈壁滩跑出去了，你坐得上汽车吗？你坐得上火车吗？一个逃兵，什么证件也没有。就算你有天大的本事，两条腿走回了家乡，父老乡亲问你在部队混出了什么名堂，你怎么回答？你可以说，你不回家。可你不回家，你又到哪里去呢？共产党的天下，一个从革命队伍跑出去的人，有什么前景呢？

女兵被政委的苦口婆心感动，迟疑了半天，终于把秘密说出，我在家有一个恋人。他说好了要等我回去。

政委点点头，表示对此深深的理解。但政委毫不留情地说，我没有恋人，没有经验。我说的可能是外行话，供你参考。恋爱是两个人的事，不是一个人的事。你们虽然讲好了他等你，你到了这里，可曾收到过他的信？

女兵茫然地摇头。

她不知道，她永远不会知道。女兵们收到的所有家信，都被政委检查过。如果他认为有女兵不宜接收的内容，他会存档。

政委说，好了，你可以回去了。跟你们班长说，明天你休息。

政委还对班长说，你要不间断地注意她的情绪。她睡觉，你不能睡觉，她上厕所，你也要上厕所。不能出任何问题。

班长连连点头，知道这其中的分量。女兵一夜酣睡之后，找到政委说，你跟首长讲吧，我愿意嫁他。日子由他定，越快越好。

政委点点头。政委的脸上既看不出欣喜，也看不出轻松。政委又在思谋新的工作了。

由于政委杰出的工作，训练队兵员迅速减少，再也没有举办舞会的任务了。队里好像被采摘过后的果园，树影稀疏。政委一如既往地照看女兵，无论出操的人如何零落，口令总是坚定嘹亮，训导总是切中要害，一丝不苟。

组织上征询政委的意见，剩余的女兵如何安排。政委说，不妨挑选一些功勋卓著的战斗英雄来和女兵们联欢。

和战斗英雄的联欢，是女兵训练队最后的盛典。战斗英雄们对这次会面极为重视，穿着崭新的军装，胸前悬挂着熠熠生辉的奖章。联欢会基本程式同前，只是气氛更加亲切。女兵们满面红光，觉得和英雄在一起比和首长相处，更富传奇。联欢会结束之后，政委开始了繁忙的工作。英雄比首长更直截了当，首长还会挑拣身材长相文化脾性等等，英雄们欣喜而务实。在首长那里受冷落的因素，在英雄这里反倒成了强项。首长喜欢文化程度高的女兵，英雄们不在乎文化程度的高低，在某种程度上，更喜欢文化程度不高的女兵，自己文化欠缺的自卑心理得到了安慰。首长们喜欢身材苗条面容白皙的女兵，英雄们更看重膀大腰圆肤色黧黑，认为更能吃苦过日子。总之，标准的穿插，使政委的设想收到空前完满的效果。

英雄中有几位略有残疾，怕心高气傲的女兵们觉得把瘸子拐子都找来了，是个冒犯。没想到女兵们对有残疾的英雄们，没有一丝嫌弃，婚姻很快就敲定，女兵们勇往直前，为自己的献身而感动。

女兵训练队好似一个新娘训练队，政委对英雄们也很负责，热情绝不比为首长们服务时稍有减弱。由于他对英雄们的敬意，把工作做得更扎实细致。

　　政委把女兵们送上奔往远方的马车。天昏地暗的忙碌过后，政委打量着女兵训练队的营地。这里，房屋依旧，菜地依旧，操场依旧，甚至女兵们用来晾晒衣物的细绳也依旧，只是女兵们消失了。当政委想起她们的时候，浮动在脑海里的是"消失"这个词。没有一个女兵自杀或逃亡，具体数目上，所有的女兵都在。但是，政委清清楚楚地知道，那些满怀革命热情、单纯活泼的女兵们是永远地不存在了。有的成为了首长的夫人，以后有不同凡响的命运；有的嫁给了战斗英雄，岁月将洗净光环，等待她们的是琐碎的劳作和奉献。政委浮想联翩，想象中，政委拍拍自己的肩膀，给了自己一个评价——你干得不错。

|第20章|
婚礼，还是军礼

政委在空荡荡的营区中惬意地走着，在菜畦角落里，看到一个小小的身躯。

这是安疆。眼看着一个又一个的女伴走了，安疆如化石遗留在冷寂的营房。部队派来的班长们，返回各单位了。连炊事班也已解散，只留下几名炊事员为留守人员开伙。

政委站在原地没有动，他把安疆给忘了。政委很少忘记什么事，这一阵实在是太忙了。铁打的营盘流水的兵，该结束的都结束了，但还有一个人没结束。这就是安疆。

安疆是这批兵里条件最差的女孩子，她何去何从？

政委可以向上级打报告，要求能接纳女兵的单位，给一个名额，让安疆去报到。但一个女兵的去向，不是军机大事，没有人急如星火地办，谁知何日能批。训练队就要撤销，在编人员都将回原单位，安疆到哪里去呢？

政委对安疆说，大家都走了，你在想什么？

安疆像游魂似的重复了一遍政委的话，大家都走了，你在想什么？

虽然是简单的重复，但在政委耳朵里听来，是嘲讽和诘问。政委说，我正在考虑你的去向。你不能怨别人。革命部队自由恋爱，我不能指挥首长，也不能指挥英雄。

安疆说，你能指挥我。

政委说，我马上连你也不能指挥了。建制即将撤销。我不再是你的政委，你也不再是我的士兵。

安疆说，是你把我从老家接出来的，你不能不管我了。

政委纠正她说，不是我把你接出来。要是依我的意思，你就应该待在老家。随便找个什么事做做，找个什么人嫁了，平平安安过一辈子。

安疆的眼泪流了下来，说，政委，我要跟你走。

政委说，我要回战斗部队。

安疆说，那么多女兵也都去了战斗部队。

政委说，她们不是去杀敌，是做了首长夫人！

安疆小声嘟囔着，我也能做夫人啊。

政委思忖了片刻。他从未考虑过自己的终身大事，革命尚未成功，同志仍须努力。从女兵入伍的甄选，到耳鬓厮磨的集训，到为他人做嫁衣裳的操劳，政委两袖清风纤尘不染。

政委不相信爱情，政委只相信革命。不过，政委很快地调整了自己的思维，形势走到了这一步，为了革命的利益，他需要做个决断。安疆没有安置好，他作为女兵训练队的队长兼政委，具有不可推卸的责任。他要给安疆一个去处。当然了，最主要的出发点是他不愿上级为一个孤独的女兵花费脑筋，给组织添乱。政委通盘考虑之后，对安疆说，我对你有一个想法。

安疆泪眼婆娑，用力点头。

政委语调平淡地说，不知你想过没有，我也是首长，级别允许娶你的。我要向上级打一个报告，批准了，我们就结婚。不是我近水楼台先得月，是你实在没有人要了。剩你一个人，别给组织上添乱。

政委本不想伤了安疆的心，可政委没办法。政委觉得实事求是，是对安疆的最好交代。

安疆默默地听着，蕴蓄已久的泪水一线落下。政委抹去她的泪水，说，你哭什么？你要是不愿意，我就不打这个报告了。

安疆就给政委敬了一个军礼。安疆的军礼极其标准,政委下意识地还了一个军礼。他们的恋爱就在这两个军礼的致敬过程中,从开端迅速深入。报告递上去了。在等待批复的日子里,政委恪守军纪,与安疆没有任何形式的亲昵。政委在没有得到组织认可之前,不会越雷池一步。安疆在那些日子焦灼不安,她既怕组织上不批政委的报告,自己将流离失所(其实不至于),又怕一旦组织上批准了政委的报告,自己将如何面对政委。

日子缓缓地过去,谁都看不出来政委与安疆之间有何异常。其实安疆躲着政委。装作什么事也不曾发生?安疆做不到。对政委格外亲近?安疆也做不到。双方都在想,此时走得太近乎了,一旦组织上不批准报告,可怎么办呢?政委远远走来,安疆就有意拐弯或者干脆蹲下系鞋带。这当然很拙劣,幸好谁也不注意这个沉默寡言的女兵。

那一天,政委到处找安疆。政委向每一个碰到的人问安疆在哪里。政委终于在羊圈找到了安疆,安疆正在把几只小羊赶进栅栏。宰羊都拣膘肥体壮的下手,体弱的反倒活到最后。

政委对安疆说,今天就把这几只羊杀了。

安疆惊恐地护住小羊说,它们还没长大。

政委说,等不及它们长大了,训练队就要解散,会餐。

安疆不甘心地说,我要是跟大家说,不会这个餐了,这几只小羊是不是就能保住性命?

政委说,就算大家都同意你的意见,还是要杀羊。今晚是我们的婚礼。

政委说着,拿出了上级组织的批复件。安疆愣在那里,木鸡一般。政委走过来,拉住了安疆的手。在这之前,政委也和安疆握过手,那时安疆感到政委的手像冰冷的石板。这一次,是和一只烙铁接触,安疆被烫伤了。

见安疆非常紧张,政委就抽出了自己的手,说,安疆,你准备一下。

安疆惘然地说,我准备什么?

政委笑了,说,其实你什么都不用准备,杂事他们去办。训练队明天正式解散。

政委走了。安疆抱住咩咩叫的小羊,泪水涌流。小羊舔着安疆的眼泪,那些眼泪很咸很咸,小羊缺盐。

留守人员都知道了婚礼和解散的事情,大家忙着,没有人和安疆说话。也许,他们不知同这个即将成为政委夫人的女人说什么好。安疆就很闲散,烧了一锅水,把自己浑身上下洗了一遍。在戈壁滩上,烧水洗澡是很奢侈的事情。安疆不知别的新娘在出嫁前要做些什么,她抚摸着自己的身体,有一种告别的惋惜。她想到了表姐的话,第一次对表姐有了深深的想念。表姐是个聪明女人,她料到了这一切。可是,即使表姐在身边,她又有什么法子呢?安疆是自愿的,安疆没有受到任何强迫。她如愿以偿,又怅然若失。

安疆细细擦拭着自己的每一寸肌肤,好像那是一棵从泥土中剜起的白菜。安疆把自己清洗干净,连耳朵眼都掏了掏。在军队里是没有挖耳勺的,安疆就用一根小小的红柳棍代替。

晚上到了。戈壁滩上的夜空有一种宝蓝色的神秘。星星好像奶牛凸起的乳头,把灿烂的星光注入大地。留守人员在大块羊肉的激发下,说了很多祝福的话。安疆知道,无论政委和谁结婚,他们都会这样说。

人们散去之后,政委在前面齐步走,安疆在后面跟。她跟得并不紧,但步伐不由得和政委一致。政委个儿高,步幅也宽,安疆跟得很吃力,可是安疆不敢和政委步伐不一致。地上有很多坑洼,政委巧妙地避开了这些障碍,走得很平稳。若安疆另辟一径,走不了多远,就会绊倒在地。

进了洞房。洞房就是政委的宿舍,在政委原本的木床边,支起了两个木凳,木凳上搘了一块木板,新床就大功告成。这张床,比普通的单人床宽,比双人床要窄很多。政委说,委屈你了。明天就要走了,将就一下吧。等到了新的单位,我向组织上要求一张大床。

安疆小声说,组织上也不开木器店,什么都管啊?

政委说,咱们是组织的人,当然组织要管的。睡觉吧。

政委说着,就把油灯吹熄。屋子变得像野外一样漆黑。安疆局促地站在地当央，不知下一步该干什么，等待政委指示。

政委温和地说，上床吧。

政委说完这句话，自己却并不上床，只是站在地上，等着安疆先上床。安疆说，政委，还是你先上床吧。

政委说，今天，你不许叫我政委。

安疆大惊，说，我不叫你政委，我叫你什么？

政委说，你叫我的名字好了。我叫吕之材。

安疆小声嘟囔了一声政委的名字，说，我叫不出你的名字。

政委说，一回生二回熟，多叫几次你就习惯了。

安疆听话，就试了试。不行。她无法把眼前熟悉的政委和一个平凡的名字联系起来。安疆不愿让政委不高兴，一遍遍地练习着，刚刚有了点眉目，政委却等不及了。政委说，安疆，你上床。

这一次，政委用的不再是商量的口气，用了命令的口气。安疆不习惯商量，安疆习惯命令。安疆就迅速上了床。

安疆虽然上了床，但全副戎装，一副枕戈待命的模样。政委知道商量下去是没有前途的，就继续命令道，你把衣服脱了。

安疆依旧乖乖地服从了命令。在这一瞬，她并没有意识到她是政委的法定妻子，只承认自己是一个优秀的士兵。当她发觉衣不蔽体，躺在一张吱吱作响的木板上的时候，她看到政委也把自己剥得像个婴儿。

安疆很惊异。虽然土屋里极黑，但她依然看得到政委变成了她完全不认识的模样，她无法掩饰自己的惊讶，失声叫道，政委你要干什么？

政委不答话，政委按照自己的既定方针办理。床铺很窄，安疆被逼得直往墙角躲去。政委说，你我是夫妻了，你躲得了今天，躲得了明天，躲得了一辈子吗？

安疆听了，就不再躲藏，战战兢兢地在床上放平了身子。她的右半边身子靠着墙，左半边身子靠着政委。政委的身体火炭样发烫，把安疆的半边身体也烤着炙热起来。但墙壁很凉，到了夜深人静的时候，更凉得刺骨。安疆就这样半边凉半边热着，完成了一个转折。

政委说，你干吗这么看着我，你不痛快吗？

安疆说，我是来革命的，我不是来干这事的。

政委说，革命和这事并不冲突啊。革命者也是人。你不和我干这事，你就得和别人干这事。

安疆说，我和别人也不干这事。

政委断然说，那不可能，不符合辩证法。

安疆忍不住连声叫，政委你轻一点，政委！

安疆就在对政委一声声的呼唤中，和政委成就了夫妻。劳累过后的政委很快就睡着了。安疆在黑暗中支起胳膊抬着头，看着政委。政委睡得很熟。安疆明白自己的命运和政委紧紧地联系在一起了，于是她的右半个身子也渐渐地暖和起来。

安疆婚后和政委一起到了后勤部。政委还是干他的老本行，训练部队。部队总是有很多人需要轮训，政委是个好角色。安疆对政委说，我要到卫生队当个护士。政委说，不是谁想当护士就能当护士的，要护士学校毕业才行。安疆不服气地说，不就是把针管往病人屁股上戳吗？我下得了手。政委说，你下得了手，我还拉不下脸。现在，你不是单独的身份了，你是我的家属。

安疆说，家属又怎么样？政委说，家属就是你的一举一动，人家必定和我联系起来。卫生队是个敏感地方，好多首长家属都没去成。你去了，对我是什么影响？

安疆说，政委，那您说我到哪里去呢？

政委和安疆还没走近，就闻到刺鼻的味道。干燥的气候通常把一切气味都晒得寡淡了，可见这地方非同小可。

安疆看到了猪。很多头猪。这是部队的猪场。当地民众不养猪，部队要自力更生解决吃肉问题。猪场颇具规模，饲养员却成问题。一心想打仗的小伙子，没耐心照顾猪群，不时地让一些猪死掉，然后打牙祭。政委主动向领导请求，派安疆到猪场。安疆在身体上和政委结为一体之后，尽量在思想上也和政委融合。对于一些女人来说，身体的界限一旦被打破，她们同时也放弃了思想的完整。安疆接受了政委的安排。

安疆把每一只猪都当成了自己的孩子。知道养猪不单是为自己，也是为戍边的将士，更重要的是为了政委。她现在是政委的一部分了。她要给政委的脸上争光。安疆爱清洁，把每一头猪都冲洗得猪毛蓬松猪眼明亮。人们对于猪的第一要求是猪要足够的肥，至于猪干净还是不干净，那是非常次要的问题。被安疆冲刷一新的猪，更显出了瘦弱。粮食很紧张，猪只能吃野菜。至于吃哪一种野菜，才能更上膘，没人知道。安疆成了野菜迷，灰灰菜把安疆的嘴唇染成绿色，苦麻的根须把安疆的牙齿镀上蓝光。有几次安疆剧烈呕吐，政委以为安疆怀孕了，十分欣喜，其实不过是野菜中毒。

猪吃了安疆采摘的野菜，如同被仙气吹拂，健康而且聪明。安疆吃惊地发现，营养丰富干爽清洁的猪，智慧而善解人意。安疆和猪有了深厚的感情，每当一只猪迎来它们宿命的结局，安疆都非常难过。安疆因此仇恨节日，每一个节日，都会让一批最优秀的猪走完生命的历程。当那些安疆最喜爱的猪离开之后，安疆总是非常痛苦。

那些猪其实没有死。它们还活着。政委劝她。

安疆不习惯顶撞政委，但心里不服。

政委说，你在想那些猪都变成熘肉片或是红烧肉了，再不就是汆了丸子，怎么还能说猪还活着？

安疆不好意思地笑了。政委就是有水平。

政委说，辩证唯物主义是讲究物质不灭的。猪是什么变的？

安疆说，老猪下的。

政委像给大家上文化课一样说，也对也不对。老猪下小猪，这不错。可那小猪像个小老鼠。小猪长成大猪，是吃了你挖的野菜。在这个意义上讲，猪就是野菜变的。你把猪肉吃下去，猪就成了你的一部分。所以，我说，你的猪没有死，它就活在你我的身上，活在战士们的身上。

安疆嘴上说，我从不吃我养的猪。心里却越发钦佩政委，谁能既解除了她的哀伤，又把科学讲得深入浅出？只有她的政委啊！

安疆的工作为政委锦上添花，政委当了更高一级的政委。政委说，到了新的工作单位，你连猪也不能养了。只有什么也不做，才是对我工作的最大支持。

安疆不懂这是为什么，但安疆相信政委，成了一名家属。那是一个独立机构，如果安疆也在其中任职，哪怕是在猪场，也会对政委的工作造成影响。

那些年，安疆很寂寞。因为她是主官的妻子，人们会从她的一言一行中窥探出政委的动向。所以，政委什么都不告诉安疆。可惜当年神农尝百草式的工作热情，养肥了猪，却伤害了她的身体。安疆寻医问药，喝的中药汤大约能浇几亩地，却始终没有孩子。政委对这件事，有着深深的愧疚，但政委从来没有埋怨过，还开导安疆说，生个孩子，就是有了革命的接班人。不生孩子，革命也一样会发展。革命不缺接班人。

后来随着政委的进一步升迁，安疆也随之到了较大的城市。对于她重新工作一事，政委是这样指示的：你一定要有一个工作，但是，你一定不要担任重要的工作。也许你有这个能力，我从你当年养猪的干劲看出来了，但为了我，你不能去做。单位要相对封闭，人员不可太多……

政委的话还没有说完，安疆就说，政委，你看着办吧，我听你的。她的确是真心实意地讲这个话，在这个世界上，她的一切都是政委规划的。离开了政委，她真不知自己还有什么主意。

政委让安疆到城里的图书馆上班。破败的院落，几棵古槐，几万本书，就是全部家当了。安疆每天为很少的几位读者填写借书卡，把尘封多年的旧书用剪刀糨糊加牛皮纸修补一番。剩余的时间，安疆就用来看书。看的书越多，安疆就越佩服政委。她不是把政委当作丈夫来看待的，而是把他作为神。政委永远滴水不漏，政委永远见首不见尾。后来，"文化大革命"来了。即使在翻天覆地的变革中，政委依然是安全的。政委从不过激，无论多么瞬息万变，政委都淡定自若。政委不曾受到冲击，也没有揪到他任何把柄。政委没有戴过高帽子，没有被批斗。没有人贴过政委的大字报，也没有人找出政委生活细节上的任何纰漏。政委是无懈可击的。

风平浪静地度过了"文化大革命",表姐已经过世。这些年,她一直给表姐寄钱,但从未看望过表姐。政委说,不要和表姐来往,那是一个太有心机的女人。安疆暗自垂泪,觉得自己有负表姐,但她已没有自己决断的余地,生命的间隙被政委充满。

政委光荣地走完了军旅之途,到了干休所。政委到了干休所依然被称为政委,这称呼已成了他的皮肤。政委在干休所很低调,养花散步,政委知道不在其位,不谋其政的道理。政委只在安疆的心目中,保留着永远的权威。但是,也只有安疆知道,离休给政委带来了多么惨痛的打击。政委不会在任何人面前流露他的哀伤,但安疆的眼睛是雪亮的。安疆不知道如何驱逐政委的忧郁,只有忠心耿耿地服从政委的指挥。小到一顿饭是吃米还是吃面,大到关于某个国际形势的走向,安疆都听政委的。后来,查出来政委有严重的心脏病。政委并不害怕,详细地向医务人员问清了心脏病患者死亡的各种可能性,是呼吸先停止还是心跳先停止?会大小便失禁吗?口鼻是否有鲜血涌出……政委请卫生所长到家里来向他介绍情况,并要求安疆在一旁陪听。这对安疆是恐怖的折磨,但政委执意如此,政委需要她知晓这一切细节,好让她有所准备。

你会在洗澡、看电视或是上厕所的时候,突然晕倒。然后抽搐、挣扎,如果得不到及时的抢救,就会……或是虽然抢救了,但是病情太严重,你也会……

在政委的一再鼓励下,卫生所长战战兢兢地说完了以上的话。政委说,你不要不好意思,我把你没说完的话补充完,就是我会死去。好了,安疆,你都听明白了,当这一切出现的时候,你不要慌张。关于我的后事,组织上都会操办,你放心好了。

安疆不想听,可她必须听。因为这是政委的安排。

后来,一切都如政委所预知的那样,他在看电影的时候,心脏病突发,猝然离世。安疆那天有些不舒服,没到礼堂去,不想就和政委永诀。安疆得知消息,痛哭失声。木所长说,政委事先早有交代,如果他死在外面，请阿姨不要懊悔没有陪在他身边。安疆木然地点头，政委知道她会哀恸，预先布置了一道篱笆，把她的哀伤阻挡在外。安疆提出要待在政委遗体旁边，木所长说，政委也早有安排，不要阿姨为他守灵。

安疆无法，跌跌撞撞地要回家里痛哭一场，木所长又说，政委生前嘱咐了，在他去世的当天，不能让阿姨一个人在家里待着，睹物思情，心中煎熬。政委要所里安排一个女医生，和阿姨在招待所里住三天。

安疆像一个木偶，听从政委生前的安排。三天之后，安疆回到了自己的家。政委好像并没有离去，到处都是他的痕迹。干休所对于处理老干部的后事，很有经验，所有的细节都考虑周到。选取了政委最英俊的一张照片，修好了底板，只等需要的时候，到照相馆里放出应有的尺寸。

政委逝世后，安疆的大脑几乎停顿。她不会思索，也不会哀伤。她不曾改变家中的任何设施，甚至连扫地笤帚安放的地点都和政委在时一模一样，更不消说政委的卧具和书籍。政委的老花镜就放在他读书的躺椅边，一伸手就可以拿到。政委的碗筷每一顿饭都会摆在他平常的座位上，安疆到街上买菜的时候，依然会以政委的口味作为唯一的取舍标准。

当时间的抹布把政委生活的细节擦得模糊之后，政委不是离安疆远了，而在更坚固地驻扎在了安疆的心里。安疆相信日有所思，夜有所梦。安疆养成了在梦中继续听取政委指示的习惯。政委没有让安疆失望，政委就生活在安疆的身边。从她拒绝手术，到她接受手术，直到参加小组，都是冥冥之中接受政委的安排。

人家都说我有精神病，我知道我没有。

安疆讲完了，长出了一口气。她是一个内向的人，这是她一生中第一次向人如此详尽地讲述她的一生。组内最少静默了三分钟，向一个逝去的时代致敬。

程远青说："安疆，谢谢你把你如此丰富的一生来和我们分享。"

安疆说："我也不知道为什么。也许，我这一辈子，除了政委，再没有其他的朋友。像应眉，那个嫁了副军长的女兵，政委也不让我和她来往,以后就断了音讯。在小组里,我感受到了温暖。我想跟大家说说我的事,哦,我明白了,最主要的原因,是我快死了。"

大家说:"你老人家的身体看着还不错,别说这话。"

安疆说:"是我自己不想再坚持下去了。"

花岚说:"我真感动于你和政委的爱情。虽说生死有别,可你每一天都和他生活在一起。不像有些夫妻似的,看着是在一个屋檐下,梦可做不到一块儿。"花岚说这话的时候,想到了自己,就格外感伤。

没想到卜珍琪冷冷插言道:"我却不佩服这种爱情。为什么在这时候回忆往事?很简单,不甘心!窝窝囊囊地过了一辈子,现在,就要离开这个世界了,你的心不能安宁。所以,你讲了自己的一生。你想重新看看这一生!"

安疆风烛残年病入膏肓,可经得了这猛烈一击?

岳评赶紧当和事佬:"爱情这事,没人能说得清到底是什么。像我们这个年代的人,革命就是爱情。我能理解安疆,那时就是跟现在不一样。求同存异求同存异!"她用手像和面似的紧着搅和。

大家就赶快附和,说,只要自个儿觉着好,别人也就甭说什么了。

周云若却不肯善罢甘休,说:"安疆老奶奶,您别生我的气,我想跟您说几句心里话。"她美丽的眼睛无邪地看着安疆,安疆到底也是多年修养了,说:"我把心里话说出来,就是为了换回大家的心里话。有什么你尽管说,我不介意。"

周云若说:"政委和你,总是政委一个人说了算。你到哪儿去了?"

有人赞同周云若的话,说:"我们也有同感。安疆你怎么一步步变成了附庸?"

"附庸?"安疆轻声地重复着。她说:"也许,我是甘当附庸的。"

应春草说:"老奶奶,我觉得您挺惨的。我是惨在了明面上,谁都一眼看得出。一个下岗女工,要钱没钱,要地位没地位。您的惨,是惨在了心里。您可为自己活过吗?远的那些咱就不说了,就说您这治病吧,不听医生的,偏要信梦。您这一辈子,为自己拿过一个主意吗?"

应春草说得很动感情，安疆喃喃地说："我这一辈子，是为自己拿过主意的。那就是我要当兵！"

应春草说："老奶奶，那会儿的你多么叫人敬佩！我听着都热血沸腾的。可你自从成了政委的老婆之后，是不是就变了一个人？政委是个好人，但你到哪儿去了？政委过了他的一辈子，你的一辈子在哪儿？"

应春草口气热辣辣的。

人们以为安疆会勃然大怒，会痛哭流涕，会怒目相视，要不就是用沉默表示敌意。但是，都不是。安疆静静地倾听着，虽然不无震惊。岳评说："老姐姐，你过得不舒心啊！人家都说，得癌症和性格有关，我觉得你这些年来太压抑自己了。什么都是为了老头子的威信地位什么的，他可曾考虑过你的发展？当然了，我可不是想挑唆你们俩的关系。我知道你们是恩爱夫妻，人都不在了，咱还是多说好话多烧香吧。可正是因为人都不在了，不能把自己永远都拴在那个人的裤腰带上。老姐姐，做一回自己的主张吧！要不然，枉为一世！"

周云若又说："安奶奶，这故事像一篇小说，凄美无奈。要是听小说，听到这里，也就算完了，很惆怅的一个结尾。可是，咱们不是小说中的角色，是活生生的人。我最奇怪的是，您为什么不敢叫您丈夫的名字呢？您叫他政委。政委是什么呢？是个官衔。当然了，政委是那个时代非常优秀的代表。但我想说的是，他老人家毕竟去世了，就是给您留下了再多的锦囊妙计，也终有用完的那一天。您是打算一生在政委的影子下生活，还是挺起胸来，做一回堂堂正正的有主见的人？！"

安疆的面容此刻如大理石般苍白。那些浓密的皱纹，由于悲哀和震惊，显得格外深刻。程远青说："安疆，你听了大家这么多话，你有什么想说的？"

安疆迟疑了半天，最后说了一句："我好像回到了当年。"

|第21章|
谁设下的陷阱

政委——那个无时无刻不在包绕着她的伟大的男人,突然渐行渐远。这种距离感让安疆极不习惯,有一种羊被剥了皮的恐惧。外界的任何风吹草动,都强烈地击打着安疆的神经末梢,叹气样的清风也像暴风雨一样凶猛。

从小组回到家里,安疆整整睡了一天。这一天时间凝滞,万物消失。她如同婴儿般的无知无觉,干休所的老姐妹来看她,门铃按得天响,也听不到。门窗紧闭,又悬挂着厚厚的绒布窗帘,敲门也毫无反响,老姐妹们找到了木所长,说,快去看看吧,老安怕是出了什么事!

木所长处变不惊。在这种岗位上,如果一惊一乍的话,木所长早被吓死了。木所长就叫上公务班一个身手最灵活的战士,来到安疆的家。木所长按门铃,毫无反应。木所长对战士说,扒门!战士一个鱼跃,攀上了安家门框,从上面的小窗户朝里张望,偏转头说,所长,没啥异常。木所长对邻居说,你再往安家打个电话。电话铃清脆地响起来了,木所长对战士说,有反应吗?战士回答,没有。

安疆睡得很熟,电话铃在梦境中化为上课铃。她一生都向往读书,在真正的学校里做一回真正的学生。这一次,她如愿以偿了。她沉浸在课堂中,幸福无比。

木所长思索了片刻,下达命令:跳!战士熟门熟路地把窗户上的玻璃卸下来,一个狸猫打滚,钻了过去。轻捷得如同一朵蒲公英,飘在了门的一侧。

战士把门打开,木所长一行进来,蹑手蹑脚地走进了安疆的卧室。老人满面笑容地躺在床上,那种安详与无声无息,让木所长在短暂的时间内,以为老人家已经安然仙逝。但他马上发现自己错了,他看到了安疆老人脸上的笑容在波动。

木所长轻轻地呼唤着老人。这很奇怪,一个老年人,睡到这般痴迷状态,真是罕见。木所长对安疆房间的陈设很熟悉,这并不表示他经常到这家来,只是表明安疆的家在过去的漫长时间内,陈设和布置没有丝毫改变。

木所长推醒老人说:"您怎么样?"

安疆睁开眼,很吃惊地说:"什么怎么样?"

木所长说:"我们敲您的门,还打电话,一点动静也没有,我们就从窗户爬进来了。您不在意吧?"

安疆说:"不在意。"

木所长说:"我看您睡得很安逸,是不是梦到了政委?"

安疆很沉稳地回答道:"睡得真好。好像几十年都不曾睡过这样的好觉。政委?我没有梦到政委。"

所长告辞了。安疆一动不动地坐在躺椅上,自己也感到奇怪——她没梦到政委。放在以前,会让她不安。发生了很重要的事件,政委却缺席了。安疆自由自在地做了一个专属于自己的梦,安疆回忆这梦中的每一个细节,充满了少女般的憧憬和期望。

从这以后,安疆的病不可遏止地走起下坡路,精神却从未有过的安定起来。她对医生说:"你们是好心,可我活够了,知足了。我参加了一个小组,小组,你们懂吗?"

医生说:"不懂。"

安疆也不解释,自顾自说下去:"小组像篝火,先是暖和了我的手,接着是脚,然后是心。我在小组长大了。医生,你听一个七十多岁的老太婆说自己长大了,一定觉得特别好笑。可这是真的。我有很多年没给自己拿过主意了,现在,我自己给自己做一回主,医生,不要继续治啦,让我顺其自然……"

这番话,对安疆犹如二战时斯大林格勒战役那样伟大的转折。她不再是虚幻梦境的回声壁,而是有了独立的意志。尽管这选择带着凄婉和无奈,但谁又能说凄婉和无奈就一定没有积极的含义呢?

医生大惑不解地看着他非常熟悉的病人面目全非。心想:小组?是一种什么东西?

程远青回到家里,略事洗刷,扑到床上,沉入暗无天日的睡眠。醒来,一时都搞不清是白天还是晚上,看了看墙上的静音强夜光表,六点。想来不会是下午六点。肚子很饿,要是下午六点,胃不至于生出痛苦的抽搐感。程远青起身,确认已是早上,又是洗刷一番。一边洗脸一边想:我从昨天回家到现在,做了什么呢?又要洗脸刷牙?这是仪式还是真的需要?

她满嘴都是牙膏沫子像只新鲜的大闸蟹。电话响了。程远青吃了一惊,大清早,都还没上班,谁会把电话打到家里来?最大可能是褚强,对昨天的活动,他想说的话肯定很多。"喂,你好。我是程远青。"程远青匆匆吐掉沫子,满牙龈冰凉的薄荷味。

"程博士,您好。我是成慕海。"那个沁人心脾的男声,把一缕阳光般的明亮注过来。实事求是地说,程远青喜欢这个声音。在被迫接受了成慕海为组外一员的城下之盟以后,程远青和这个男子形成了奇怪的关系。她从来没有见过他,却成了经常聊天的朋友。每当小组活动之后,成慕海就会打来电话,当然,最主要是关心他妹妹,也对小组的其他人员臧否有加。成慕海是很好的谈话伴侣,谈论的又是小组——程远青魂牵梦萦的话题,交流就这样延续下来。

"奇怪我为什么大清早就打来电话吧?"成慕海说。

"不奇怪。"程远青说。

"博士，我有要事相告。"成慕海一本正经。

"什么事？"程远青拿起纸巾，擦掉嘴边的沫子，看来这谈话非同小可。

"我觉得小组这个词的翻译不够精确，容易引起歧义。"

"哦。"凡和小组有关的，程远青就来了兴趣。

"首先我求教一下，小组的英文词是'Encounter Croup'还是'Fheme-Centered'？"

在这之前，程远青只知道成慕海发中文好听，现在才知道他的英文也十分地道。她说："是 Encounter Croup。"

成慕海说："小组这个词'Croup'，我越看越觉有趣。"

程远青说："它有多种含义。"

成慕海说："是啊。在数学里，它表示'群'；在法学里，它表示'团体'；在生物学里，它表示'族'；在地质学里，它表示'界'；在商界，它表示'集体'……"

程远青说："成先生，你是一部效能强大的辞典。"

成慕海接着说："在心理学里，简单地把它翻译成'小组'，是不是太朴素了？无法涵盖它丰富的内容？"

程远青说："越是朴素的东西，越有生命力。朴素而富含真理的东西往往长久。"

成慕海说："这个词在哲学里，当动词用，就有了碰撞、对抗之意。"

程远青说："你觉得咱们小组的对抗还少吗？"

话出口之后，她觉得自己犯了一个错误。成慕海什么时候成了"咱们小组"？弥补也来不及了，只好绝口不提，期望成慕海淡忘。成慕海是何等人，哪能忽略了这一改变。

成慕海说："你说咱们小组是'Encounter Croup'，准确的翻译应该是'交朋友小组'了？"

程远青说："成慕海，你是翻译协会的会员吗？"

成慕海一时没反应过来，老老实实回答："不是。"话出了口，才察觉程远青的揶揄之意,说:"我是因为热爱小组,才下功夫研究它。你再抬出真理朴素说,我也难心服口服。老百姓没法把它和普通的居民小组分开。"

程远青喜欢成慕海说"热爱小组",便认真起来,说:"那么,翻译成'会心',你觉得怎么样?港台就是这样翻译的。"

"癌症会心小组……"成慕海悄声重复着,好像面对一个襁褓中的婴儿。"对,就叫癌症会心,心与心的相会。我们得了癌症,可我们的心依然可以快乐相会。会心一笑。"成慕海高兴地说。

"你说你得了癌症?"程远青一惊。

"抱歉,说走嘴了。我没有癌症,是慕梅有癌症。我总是不由自主地和她捆绑在一起,请您原谅。既然说到了慕梅,程老师,您是否觉得慕梅有重大的心理问题?总是阴阳怪气的?"

程远青察觉到一大早绕了不少圈子,其实这才是成慕海最感兴趣的问题。她说:"你很爱你的妹妹,她是我的组员,我也很关爱她。为了她的利益,原谅我不能告诉你我的看法。"

成慕海说:"您的原则是不在背后议论组员。我同慕梅情深似海,为了慕梅,我愿呕心沥血。我知道她是小组内进步最慢的一个人,她乖僻冷漠,不合群,我为她心急火燎的。您是她的组长,我是她哥哥,俗话说,长兄比父,父母都去世了,我虽然只比慕梅大二十七分钟,也相当于她的家长。咱们现在的谈话,就像家长会后的个别谈心,全是为了慕梅好。您千万不要有什么顾虑,如果觉得她精神不太正常,只管对我说,我会陪她到精神病院。退一万步讲,就是慕梅知道了咱们的谈话,要怪也只怪我,对您只有感谢。"成慕海非常恳切。

程远青坚守阵地,不管她从心底里多么不喜欢成慕梅,不管成慕海兄妹多么骨肉难分,她都不能同第三者非议组员。她说:"你妹妹自有她的逻辑,每个人都是一个内在的宇宙,有太多的奥秘和神奇。作为多年的临床心理学家,我对人充满了敬畏之心。你妹妹至今不肯袒露内心,必有她的大理由,有她的大为难。小组就像一间温暖的房子,你从寒冷的夜晚走进来，在炉火边，渐渐烤暖，你就会脱去大衣，摘掉头巾。如果一个人很久还把自己裹得紧紧的，只能说是壁炉烧得还不热，我要多加木柴。众人拾柴火焰高。"

成慕海一直沉默着。许久，他说："我喜欢在温暖的房子里，脱掉大衣。"

程远青道："这是一个比喻。"

成慕海说："为了您温暖的房子，有一件事，我必须报告给您。"他语调森严，程远青凛然一震。"小组里，有一个精心策划的骗局。"

程远青大惊，追问："你说什么？骗局？小组里？"

成慕海说："为了小组的健康发展，您必须揭开这个秘密！这是我对您的忠告！"电话里响起了忙音。

第22章
爱也需要证明

程远青今天的安排原本是读书。经典的心理学著作有永恒的魅力。大师们的某些话，以前看到时，如青青的果子，挂在树梢只是一个美丽的存在，却不可亲近。一个人有了相应的经历，再次和果园重逢，果子就熟了，有了发酵的醇香，隔着很远就能闻到。摘下来，读着读着，醉倒在字里行间。

这种享受，今天无缘了。

程远青到了隽永公司，井然有序的大厦，今天有些忙碌，很多人熙熙攘攘，仿佛兵蚁出行。褚强也马上要出发，程远青简短地把成慕海打电话一事告知了他。面对成慕海提示组内骗局一事，两人百思不得其解，想不出到底谁是嫌凶。褚强说："成慕海真是挺怪的。他妹妹就怪，这个家族爱出怪人。程老师，您别着急。让我想想办法。"

程远青说："我不是急，只是摸不着头脑。这话不可不信，也不可全信。小组现在发展得不错，咱们以后更要小心。中国的古话说治大国若烹小鲜。把国家都比作小鱼虾，怕一不留神烤焦了。这个小组，简直就是虾米皮。"

褚强看程远青焦虑，说："程老师，谁要是欺骗小组，就是对大家的集体谋杀。"正说着，有人催促褚强出发，二人只好分手。

隽永开展大规模的义诊活动，隆重推出新产品鸢尾素。广场上一溜排开若干蒙着红色丝绒的桌子，摆着制作考究的标牌，上面写着××专家××教授××主任×××委员的头衔。一箱箱鸢尾素堆在销售处，码放整齐如同弹药库。

鼓乐队不辞劳苦地演奏着，将群众吸引过来。提前若干天，报纸上就登了广告，说有百名专家将在此义诊，内、外、妇、儿全面覆盖，不管你是高血压糖尿病还是跌打损伤脑萎缩，都能应对。

将近十点钟，人群麇集。专家下车，道骨仙风，一一落座，人们如见血之蝇，猛扑过去，将专家团团围住。一时间，这边人声鼎沸，那边眼见得一箱箱鸢尾素流水般销出。

一个瘦削的男子，穿流行中式团花夹袄，从各位专家面前走过，插空挤进人群，问几句病情，听了专家的意见，若有所思地退出来，却总不见他买任何一种产品。

他走到满头大汗的销售经理面前问："说是有一百位专家，可我数了数，不到这个数。"

销售经理正埋头取药，吵得两耳嗡嗡作响，没好气地说："专家也不是小伙子，就不兴有个头疼脑热的？你真不嫌麻烦，还一个一个地数。"

那人不恼，说："我看那边有块牌子上写着王老的名字，他是院士，大名鼎鼎的专家，怎么没来啊？你们是不是卖假药的，老先生一生气，就不来给你们捧场啊？"

销售经理这个气啊，革命形势一片大好，哪来这么个阴阳怪气的家伙！气急败坏地抬起头来，不由得结巴起来："吕……总……"

吕克闸拉销售经理到一边，问："情况怎样？"

销售经理说："您都看到了，前期准备充分，鸢尾素都卖疯了。连我都上了火线。"

吕克闸说："专家的数目有缺口。"

销售经理说："老先生们年事已高，有的从外地来，身体不适，在宾馆休息。"

吕克闸说:"王老呢?那边有几个病人就是冲着他的名气来的。让顾客失望不好。"

销售经理说:"王老留了活话,说是身体好就来。昨晚秘书来了电话,说感冒了。"

吕克闸皱眉道:"是不是打点得不够,因小失大?"

销售经理说:"老人家高风亮节,和有些专家不一样。照您的指示,钱不是万能的,哀兵动人,大道理先行,根本就没提钱的事。他真是年老体弱,平日深居简出的。"

吕克闸说:"没有把握的,就不要在广告上出现名字。出现了,就要兑现。"

销售经理慌了,说:"吕总,您怎么批评我都成,可我变不出一个王老来。"

吕克闸说:"是吗?我看老爷子来了。"

销售经理大喜过望,说:"老板,您在哪里看到的?"

吕克闸说:"在隽永三楼最东面的房间里。"

销售经理说:"怎么没人告诉我?老爷子悄没声儿地来了,微服私访啊!老板,我这就去请。"销售经理连电梯也不等,一溜小跑登上三楼。由于不在一个楼层,他还真不记得三楼最东侧的房间是哪个部门的办公室。气喘吁吁地到了目的地,只见门上写着"杂物间"。销售经理推开门,见一睡眼惺忪的老者正蹲在地上修理笤帚。

"你是谁?"销售经理不认识他。

"我是老王啊。"老头整理着笤帚毛说。

"你是哪儿的老王啊?"销售经理不敢大意。

"我就是拾掇厕所的老王啊。"老王不含糊,觉得谁都该认识他。

"你来这儿多长时间了?"销售经理还是不敢怠慢。

老王说:"有两年了。"反问道:"你来这儿多长时间了?"

销售经理哭笑不得地说道:"我是销售经理,可能我老在外面跑业务,不认得你。"说着,关上了杂物间的门,心中百思不得其解。这个吕老板，糊涂了？不能啊。要不就是叫大好形势冲昏了头脑？也不像啊。再不就是对未来的忧虑急火攻心？不至于吧？

走到一楼，销售经理突然一拍脑门，明白了。他噔噔噔重又爬上三楼，冲进杂物间，一把将老王薅起来，说："你有西服吗？"

老王摸不着头脑说："有。"

销售经理说："在哪儿？"

老王说："在老婆子的细软柜里。"

销售经理说："来不及了。这样吧，咱俩的个头差不多。你跟我来。"说着，扯着老王进了自己的办公室。

当老王重新走出，除了销售经理认识他，他自己都不认识自己了。西服笔挺，衬衣雪白，藏蓝底色白斜纹领带，每一根头发都若钢丝般固定。

"经理，这是干啥？"老王像个大头娃娃，连脖子都不知如何晃动了。

"从现在开始，人家叫你老王，你千万别搭腔。人家叫你王老，你就微微点点头。"销售经理手把手地教。

"老王！"销售经理出其不意地叫了一声，老王一动不动。

"好。就这个样子。"销售经理又叫了一声"王老"，老王还是一动不动。销售经理严厉起来，说："这不成。"

老王期期艾艾地说："不敢。"

销售经理说："没几个人真见过王老。见过的人说你像，你就像。"

这招果然见效，再叫"王老"的时候，老王已能把脖子哆嗦一下。

"你一天到晚打扫厕所，真是大材小用了。等咱这儿忙活完了，我有个朋友在电影厂当导演，我给你拉个线。"销售经理喋喋不休。"王老您跟我到外头去，有专门的席位，您就安然就座。病人自会扑上来说他们的病情，您就不吭声地听。他们会说，王老，您看我这病吃啥药好呢？您就说，吃鸢尾素吧……就这么简单。记住了吗？"

老王点点头，说："除了啥素记不住，别的差不离。"

销售经理说："就这个素最重要，您忘了啥都不能忘了它。"

老王慌了："保不齐。不敢瞎应承。"说着就要扒领带。

销售经理拿出鸢尾素资料说:"这样吧,谁问,就把这传单塞他一张,然后说,依我的经验,您的病……用这个药……会好……记得住吗?"

老王说:"这回差不多。一定得……吗?"

"一定得……说明你在思考。"销售经理强调。

"得了您哪,放心吧……记住啦!"老王嘟嘟囔囔,两人脚前脚后走到会场,人群一阵骚动。德高望重的泰斗驾到,气氛冲向高潮。立即有人说:"看人家这老爷子,鹤发童颜。怎么保养的?听说还是院士,听他的,准没错!"

褚强告诉申凌,自己要到广西出差,最近不在北京。申凌说:"为公司的事?"

褚强含糊应道:"哦。"

申凌说:"你到广西,给我带一件小礼物。"

褚强露出不屑的样子,说:"广西那地方,穷乡僻壤的。什么好东西,北京没有啊。"

申凌说:"我要你带一件广西特产。"

褚强想,女孩子喜欢的无非是蜡染一类的玩意儿,就说:"好吧。一定给你带回来。什么东西?"

申凌说:"可不要吓着你啊。知道柳州吧?"

褚强说:"不就是出刘三姐的地方吗?你是不是要歌带?我给你带回来。"

申凌说:"傻了吧你,如今都波波族了,谁还听刘三姐的情歌啊!柳州还有一宗特产,你给我买两个回来。要有龙凤的那种。记住啊。"

褚强说:"记倒是记住了,俩龙凤。可我还不知道到底是什么东西呢!"

申凌说:"孤陋寡闻。你到了柳州自然就知道了。每一个到了柳州的人都知道。"

褚强知道申凌的脾气,你要是追着问她,她就得意非凡,更不告诉你了。索性照单收下，容日后再想法子，就说："你就等着收货吧。"

申凌说："别忘了给我打电话。"

褚强为难地说："那里十万大山，电话不好打，提前向你请假嘛！"申凌不信，说："中国现在还有不通电话的地方？别欺负我地理学得不好，没门！"

褚强求饶说："我这回钻到当年红军走过的地方，你知道吧？电话讯号很难有保障。如果联系不上，那就是天灾人祸，和我对你的忠心无干。"

申凌说："好吧好吧，回来的时候，再带点荔枝。妃子笑最好，实在不行，糯米糍也凑合了。"

褚强说："你也不看看现在什么节气？大雪纷飞的，哪有妃子笑，只有野狼嚎。"

申凌说："你不是去南方吗，南方有大雪？"

褚强说："好，好，无论如何给你带荔枝回来，你就安静地等着剥妃子笑的皮吧。"

申凌突然想起什么来，说："咦，你那天问我信和字什么的，到底是怎么一回事啊？"

褚强看着申凌像婴儿一样无邪的眼睛，确信诡异来信和申凌无干。他说："有一个同事乱开玩笑，我以为是你呢！"

申凌大为不满地说："好事你不想着我，屎盆子尽往我头上扣。"

褚强赔着笑脸，心中却忽悠一下坠下去。那莫名其妙的来信昨天第三次出现了。很奇怪，所有的话都和第一封信相同，包括"现汉"的页数和字的序数，还有纸张的质量和打印的字体字号，也都完全相同。也就是说，这第三封信是第一封信的完整拷贝。三封信指示的字排列在一起是——"小心小"。

什么意思？或许只是那个玩笑的制造者疏忽了，把第一封信又寄了一遍？不知道。褚强只有顺其自然，再看有什么新动向。

褚强把申凌安置好了，心里的包袱就放下了一半。申凌爱耍小脾气，制造小情趣，闹个小误会，总之，跟着她，需要特别小心才是。刚开始谈朋友的时候，褚强对申凌的这种细腻和挑剔很是惊奇，由惊奇就生出了怜爱。他不忍伤害她，他知道她难过伤心痛楚的时候，是多么地悲戚，他觉得那都是他的责任。当他把一份责任背负在自己的肩上的时刻，爱情就像系上了保险带，可以被碰得七荤八素筋骨错位，却会含辛茹苦地纠缠着向前。

褚强给鹿路打了一个传呼，说有事同她商量。

褚强有王惠明的电话号码。鹿路在以后的日子里，从来也没有提起过王惠明，也不曾给褚强做过任何解释。

怀疑始终存在。看到程老师因为成慕海的电话不安，褚强安顿了申凌，专心清理小组中的危险因素。

"你好，请问是您呼我吗？"鹿路答话了，背景嘈杂。

褚强告诫自己一定要从容，这样才不会引起怀疑。

"喂，我是褚强。"嗯，还不错，挺稳重的。

"副组长，有什么事吗？"声音里没有热情，只有慵懒的淡漠。

"我们公司生产了一种药，叫鸢尾素，对提高人体免疫力很有效，提供大家试用。我发给大家。你看，咱们在哪里见个面？"

公司确有此意，为了调查鹿路，褚强提前抛出诱饵。

"这药，灵吗？"鹿路避开见面的事。

褚强说："试试就知道了……"

鹿路说："我可不愿成为什么新药的试验品……"

褚强急了，说："这也是程博士的意见，反正也不花钱，彼此还可以交流用药的体会。"褚强把程远青抬出来，假传圣旨。

听到程远青的名字，鹿路说："好吧，我去拿药。去哪儿拿？"

褚强说："就在我们公司。"

鹿路来了，穿着鸭蛋白的长羽绒服，内里是棕色漆光蟒皮纹上衣，说青不青说蓝不蓝的裤子上缀着暗灰色的金属亮片，好像是一条蛇从半夜直接钻到太阳底下，在冬天萧瑟的寒风中，显出不合时宜的玲珑曲线。

褚强这一阵子扎在患有乳腺癌的女人堆里，对女人外表的敏感度大为降低，对女人内心的了解却呈集合级数增长。在外人眼里，鹿路是很妖娆的，但褚强根本不把鹿路看成是一个女人，只是一个问号。

褚强把药品盒递给鹿路说："你试试吧。"

鹿路小声念着盒子上面的金字："鸢尾素……这是什么东西？我只知道鸢尾花。是从鸢尾花里提炼出来的吗？"

鹿路不打磕巴地念出了"鸢尾花"，褚强对她多了点好感。记得当时为产品定名的时候，有人提出这个"鸢"字比较生僻，怕在民众之中流行起来有难度。吕克闸一锤定音："就用这个难字。我们不靠朗朗上口，靠的是实力，是宣传，是疗效。要逼着全中国人民学会这个字，扫盲。武则天还自造字呢。我们不是武则天，要超过武则天，成就伟业。"

"具体成分，我不清楚，你知道，这是商业秘密。不过可以保证它是纯天然的，不是人工合成的。"

"纯天然就一定好啊？眼镜蛇还纯天然，毒蘑菇还纯天然呢，你敢吃？"鹿路撇撇嘴。她是一只警觉的豹子，有残疾的母豹。自从那次不知深浅地挑逗了褚强，就一直等着褚强要她澄清。

褚强卖劲地宣传鸢尾素，鹿路说："我回去看说明书。谢谢了。"

"好，好！不送你了。"褚强说。

"你留步。再见。"鹿路说。

褚强把鹿路送到了电梯口，殷勤地按了电钮。一侧的电梯先来了，褚强扶着电梯的门，把鹿路送上电梯，并让笑意在脸上又停留了若干秒钟，确信电梯门已经关上。褚强立刻跑到另一侧电梯，褚强飞快地冲进去。

下到一楼，褚强一看鹿路乘坐的那部电梯，居然比自己的这部慢，这在高层建筑里是常有的事。褚强不能走在鹿路前面，敞亮的厅堂里也无处可藏，只好一缩脖子，又退回至电梯轿厢，可他又不能把电梯放走。气得一位来买鸢尾素的老头一个劲儿地说："小伙子，你倒是上不上啊？"

褚强只好龇出虎牙笑，待到用余光瞟到鹿路出来了，他才闪身而出。鹿路款步走到公司大楼门前的马路上，看样子是想拦的士，褚强不敢怠慢，赶快走向停车场。上大学的时候，校方办过驾校暑期班，学费减半。褚强那时就拿到了驾驶证，昨天找人借了辆白色捷达王。

鹿路先到了邮局。褚强不动声色地等待着，鹿路走出来后往这边扫了一眼，褚强吓得够呛。其实褚强戴着遮天蔽日的墨镜蜷缩在车里，一般认不出来。

鹿路坐上了公共汽车。褚强原本以为公共汽车开得慢，跟踪起来比较容易，其实不然。大公共汽车气宇轩昂地在专用线内跑得像西班牙奔牛，褚强不敢违规，只有在旁边的车道亦步亦趋。幸好每站上下很多乘客，褚强才能跟上。鹿路几站后下了公共汽车，很悠闲地背着小巧的坤包，东张西望。

鹿路进了一家药店。门前有空位，褚强赶紧把车靠了进去，麻烦又来了。他是坐在车里等呢，还是也跟进去看个热闹？车里妥帖，但鹿路到药店干什么，也许是很重要的情报。褚强下了车，把本来就很高的皮衣领子干脆竖起来，仿佛戴了一个脖套，偏着脸走进了药店。药店里很静，有点水至清则无鱼的意思。鹿路熟门熟路，只看了一眼药物的标签，就示意售货员开票，然后拿着票去交钱，在交款台前，抽出了厚厚一沓钞票。褚强不禁心生疑惑：什么药，这么贵？

鹿路拿了药，往外走去，褚强赶紧赶到孤岛柜台，对售货员说："刚才那位小姐买的是什么药？"

售货员说："她买她的，你买你的。"

褚强一想，也是的。人家凭什么把刚才那位顾客买的药方告诉你。赶快换了一个说法："我以前用过一种药，忘了名字了，看那位小姐买的药，模样有点像。您能把这药再给我拿一瓶吗？"

售货员不苟言笑地拿出药瓶，褚强一看英文说明，骇出冷汗。这是最新出品的治疗性病的药。

褚强把药瓶一推，跑出药房。鹿路打车直回度鸟别墅，很顺利地进了戒备森严的大门，但捷达王就没有那么好的运气了。身穿黑色制服的保安拦住了褚强，问道："您找谁？"

褚强张口结舌，不敢说我就找刚才进去的那位小姐，反问道："这儿还这么严啊？"

门卫说道："我们要为业主负责。您要找哪一位，请在传达室和他通话。如果他在家并同意，您就请进。如果他不在家，您进去也没用。"

褚强把车停在度鸟别墅百米开外。唯一的收获是锁定鹿路住在这里。旁边有一间小小的冷热饮店，褚强下车进去，老板娘是个胖胖的半老妇人，肤色白得像雪花膏，肯定是把卖不完的牛奶，都抹在自己身上了。透明冰柜里摆着各式冰冻饮品。

"要热的还是要冷的？"雪花膏搭讪。

"这么凉的天，还敢要冷的？"褚强说。

"穷吃热，富吃冰。这边的人爱吃冰。"雪花膏说。

"我是穷人。"要了一杯热奶，慢慢啜着，想着对策。

"您这牛奶够贵的了。"褚强说。

"贵吗？是贵了一点。可你也不看看这里是什么地方。"雪花膏笑眯眯地说。

"什么地方？东京？"褚强嬉皮笑脸。

已近黄昏，屋外寒风一阵紧似一阵，小店寂寞无客，雪花膏说："度鸟别墅和东京差不多。看房子的外表不怎么豪华，里面，吓死你！"

褚强装出快死的模样说："都是些什么人住在这里？"

雪花膏戒备地说："没钱你甭想住进来。你是路过这里还是找人？"

褚强百无聊赖地说："是路过也是找人。我有一个朋友，出国了。他交过的一个女朋友，住在这里，叫王惠明。前几天，那朋友在网上对我说，他想起了王惠明，不知她近况。今天没事正好路过，想来看看，给朋友一个惊喜。可我除了名字，一概不知。"

褚强说到这里，无论怎样俭省，热奶还是喝完了，赶紧又要了一杯酸奶，好和雪花膏继续对谈。

"王惠明？没听说过有这么个人。多大岁数？什么长相？你说说模样，没准儿我还能给你提供点线索呢。"雪花膏见褚强吃相贪婪，来了热情。

"个儿挺高的，身条赛模特……"褚强把鹿路描述一番。

"这个女人，住在度鸟别墅。她不是业主，是个神秘人物。"雪花膏的声音不由得放低了。

"啊？不是黑道上的吧？"褚强大惊小怪。

褚强不够老练，进展快了。雪花膏收起热心肠道："你还喝不喝酸奶？问这么多干什么？"

褚强赶快稀里哗啦地喝酸奶，说："喝喝……你这儿的酸奶特新鲜……没别的意思，我这人就是特讲江湖义气。"

褚强在小店里，喝得像个婴儿似的从嘴角漾出奶沫，雪花膏却没再说出多少实质性的情报。不过，一句"神秘人物"就不枉此行了。

褚强觉出疲乏。看来私家侦探这种活儿，收取高额佣金，实在有道理。他想不出下一步的行动该怎么办。继续跟踪鹿路？到度鸟别墅门前盯守？要不先向程远青报告？

还没等褚强想出一个万全之策，第二天一上班就接到鹿路的电话。

"褚强吗？"鹿路说，"今天下班之后，我在你的办公楼前等着你，请你吃饭。"

"请我吃饭？由头呢？"褚强问。

"到时候，你就知道了。肯赏光吗？"鹿路不正面回答。

下班后，鹿路果然等在公司门前，两人握手寒暄，像一对长时间未见面的老友。

"我做东，有个小馆，菜烧得不错，路却不近。"鹿路穿着一件毛色暗红的皮草，表层的皮毛有着流水一般的光泽，随着气息流转和她身体的轻微动荡，涌着涟漪似的波纹。

"咱打车吧。"褚强说。

"原来你没车啊。"鹿路淡淡地说了一句。褚强一惊，心想，她是不是发现了什么？想到药店那幕，褚强不敢和鹿路同座在后排，便很绅士地打开前车门，对鹿路说："你坐在前面吧。好引路。"

的士七扭八拐的,到了一条小巷。褚强判断距度鸟别墅还有相当一段路程。小餐馆的门脸是原木树皮子贴的,门楣上挂着红灯笼,在越来越暗的暮色中,显出一种让人打喷嚏的暖意。

　　鹿路付费,褚强要抢。鹿路说:"说好了我请你。"褚强拒不用鹿路来历不明的钱,坚持付款。

　　进了饭店的门,一个喜眉喜眼的小伙子迎上来招呼:"大姐,你来啦!还要单间不?"

　　鹿路说:"好眼力!记得我。要。"

　　小伙子说:"大姐出手大方,哪能不记得。还要上回那个单间吗?"

　　鹿路说:"那儿有点吵,还有安静点的地方吗?"

　　小伙子说:"有。跟我来。"

　　一个僻静的单间。屋子不大,收拾得挺干净,墙上都是原木的树皮,插着野雉毛什么的,恍然在大兴安岭密林中。

　　褚强说:"你常来?"

　　鹿路说:"这儿的东北菜地道。想家了,就来这儿吃点顺口的饭,心里好受点。"她把菜单递给褚强说:"挑你爱吃的。"

　　褚强说:"你是熟客,点他们的拿手菜,让我也吃回地道的东北菜。"

　　鹿路说:"东北菜是什么,我也不知道。谁知你吃着合不合口味?我就点了。"

　　鹿路点了东北拉皮、小鸡炖蘑菇、酸菜饺子、熊掌豆腐,还有几样素淡的小菜。

　　屋子虽不大,只坐两个人,却显得空荡荡的。褚强没话找话道:"这屋子坐四个人正好。"

　　鹿路说:"是啊,平常,只坐我一个人。"

　　褚强惊讶道:"一个人吃饭,闷不闷啊?"

　　鹿路说:"一个人吃饭的时候,才能想起很多往事,灯光中仿佛有松明子的味道。"

　　菜上来了,鹿路说:"先吃。吃饱了咱们再说话。"

褚强说:"一边吃一边说吧。"

鹿路说:"还是先吃饱。要不,话不投机,连肚子也跟着受屈。"

褚强闷头吃饭,一边考虑:鹿路若问到关于跟踪的事,承认还是不承认?

"你喝酒吗?"鹿路问。

"不喝。"褚强低着头回答。

"给我来一扎啤酒。"鹿路说。

"你的身体,喝酒,行吗?"褚强关切地说。

"如果要死,喝也是死,不喝也是死。不死,喝也死不了。命,要是连一扎啤酒都抵不过,不要也罢。"鹿路很低落地说。

闷酒也喝了,饭菜也吃得差不多了,鹿路说:"副组长,你能猜出我今天请你是为了什么吗?"

褚强老老实实地回答:"猜不出。"

鹿路抽出一支烟,点燃,狠狠地抽了一口,烟火无声燃烧,蔓延到了香烟的一半处才停歇下来。

褚强本想劝她,不宜吸烟,想来话一出口,必被驳回,也就不说。

鹿路很悠闲地把烟圈吐出,她吐得一点也不圆,只是把烟雾吹得很远。她说:"你猜不出我为啥今天请你,我就更猜不出你昨天跟踪我的缘故了。说吧。"

好在褚强已有对策:"好奇。"

鹿路乜斜着眼:"好什么奇,尽可问我。犯不上玩这种小孩子的把戏。"

褚强一看越解释越乱,索性拉下脸说:"那好。既然你说了,我就问问你。你到底是干什么的?"

鹿路已把一扎啤酒喝得见了底儿,脸上却无一丝血色,惨白着嘴唇说:"卖肉。"口气温柔淡定。

"卖什么肉?"他下意识地反问。

"人肉。"鹿路安然回答。

"太难听了。"褚强说。

"这没有什么难听的。把一个卖花露水的说成是卖肉的,这是难听。可把一个卖肉的说成是卖肉的,就是正合适。"鹿路一支烟吸完了,又点上一支。

"卖肉是个行当,老祖宗传下来的。猪肉能卖,羊肉能卖,人肉当然也能卖。没人强迫,我自愿。我需要钱,很多很多钱,你说我有什么法子整钱?从自己身上挖,总比从别人身上下刀子,省事点吧?一拍两响的事,愿打愿挨。副组长,你得到了答案,满意了吧?我不愿意你费事,乐意成全你。大冷的天,你也不容易。你是个好人,太嫩了点,是个嫩好人。还有什么要问的?底儿都端给你了,有不清楚的,尽管问。百问不烦。"鹿路说到这里双眼圆睁,眼神飘逸,如同两盏鬼火。

小组中豪爽的鹿路不见了,代之风月场中的沧桑老妓。

"鹿路,我……真不知道说什么好……挺意外的……不过,你能不能金盆洗手?别……卖了!"褚强反倒乱了阵脚。

鹿路高声笑起来,绝望中掺杂着狎昵的浪笑,音调粗粝,内有尖细的喉音抽搐着:"褚强,你想挽救我是吗?好心的副组长!洗了手,我上哪儿混饭吃?我一个人吃一口冷饭还不难,可我上有老母,还有一个日日夜夜等着透析的三哥……"

鹿路把自己的身世告诉褚强。接着说:"我的钱寄不回去,三哥就肿,就会被毒憋得头往石墙上撞,就会被尿憋死在自家破床上!一想到这些,别说是卖肉,就是卖肝卖肾卖眼珠,我也干得出来!猪肉多少钱一斤?羊肉多少钱一斤?人肉贵多了,还可再生,头天卖了二天洗洗,还能再卖!我容易吗?我比别人少一坨肉,这可是关键的一坨肉,通常就废了。在市场上,我还能把自己卖出去,这是本事!你昨天不是到度鸟别墅打听我吗,你不是跟卖酸奶的问起王惠明吗,不是大姐说你,你可够傻啊,干我们这行的,哪有真名实姓?我有多少名字,连我自己都不记得了。可你要是跟老板娘打听'一只奶',那就没有人不知道的!嫖客爱嫖'处',这不假,可'处'嫖够了,就要换口味了。再说了,谁知那些'处'是

241

真处假处？猫腻多了去了，我也懒得说。女人有两只奶不稀罕，有一只奶就稀罕了。有一只奶的女人还干这一行的，我不知是不是第一个。上回有个嫖客，还撺掇我申请个吉尼斯纪录呢！我功夫了得，也是钻研出来的。我这人虚心好学，硬件上不行了，就得在软件上下功夫。我这里来的都是回头客，第一回尝到甜头了，下次来我还有优惠！我是个病女人，是个残女人，天下的事就邪门了，偏偏有些男人，就喜欢病态残缺，就愿意和我这样的人鬼混，把这当成一绝。我挑人，我预约，我现在的身价，比生病以前还高。我想这是老天可怜我，给我一条生路！给我那苦命的三哥一条生路！所以，我的副组长，你别劝我。往好里说，是劝赌不劝嫖；往坏里说，你不该断了我三哥的活路！怎么样，副组长，你想知道的都知道了吧？你还想知道什么？我统统告诉你。我凭自己的身子挣钱，明码标价，不坑蒙拐骗，信誉好。我也不破坏别人的家庭，从来不让嫖客离婚，也不打听他家的私事。我从来没对嫖客付出过真心，这是职业道德，再说啦，我还想嫁给我三哥呢！副组长，你别把眼睛瞪得那么大，我三哥和我既不同父也不同母，我是抱养的。我要还这个恩情，我这一辈子也还不完！我苦命的三哥啊……"不知是不胜酒力，还是真到了伤痛欲绝之处，鹿路伏在桌上痛哭起来。

褚强听得五内俱焚。要知道会跟踪出这一番悲情陈词，他就是再有事业心和责任感，也会逃之夭夭。这席话，实在已超出一个阳光青年所能承受的最大极限。褚强只觉得从内到外，分离成了好几层。心里周天寒彻，一块见棱见角的寒冰，锋利地刺向每一道骨缝。寒冰之外是一团愤怒的火光，也不知要燃向何方，在心头像日冕一样膨胀着，烈焰熊熊。最外层，又是一层冰封的外壳，没有任何裂隙。他的脸铁板一块，不是因为无以作答，而是因为他要用脸上肌肉的全部力量控制住牙关，免得它们不争气地嗒嗒作响。

鹿路擦擦眼泪，轻轻按了一下藏在桌子下面的小铃，那个喜眉喜眼的小伙子走进来，说："大姐，有啥盼咐？"

鹿路说："拿二锅头。"

小伙子鳝鱼一般无声走出，很快回来，手里捏着酒瓶。"给他满上。"鹿路示意。

褚强本来想说不要，但他开不了口。一张口，牙就会撞击出声响。"大姐要吗？"小伙子问鹿路。

"满上。舍命陪君子。"鹿路说。

小伙子无声地贴着墙边出去了。鹿路向褚强示意，让他把酒喝下去。褚强毫无酒量，平日滴酒不沾，却一仰脖，把二锅头送下喉。酒真好，把无穷的热量和激动，送进了褚强的内脏。他感觉到那些寒冰在融化，变成了淙淙的小溪，冲刷四肢百骸。

鹿路喝了二锅头，颊上泛起轻微浮红。"你这样的年轻人，是不该知道世上还有这样的丑人脏事。可你跟着我，只好让你知底。"鹿路说。

有了酒精助力，褚强讲话："该请求原谅的是我。我不知道这么惨。"大悲大痛弥漫肺腑。

"是我自找的。"鹿路淡然说。

褚强斗胆劝道："可是，我还是觉得这样下去不行。"

鹿路冷笑道："我也知道不行，可怎样才能行？不操这一行，今天晚上我就可能饿肚子，明天就没有地方住，后天就被扫地出门。你如果是我，你怎么办？"

褚强张口结舌。

鹿路说："小兄弟，我知道你是好人，程博士也是好人。在我乱七八糟的生活中，能有你们这样的人关心我，爱护我，对我产生好奇，我就非常知足了。在小组的这段时间，是我一生中最有意思的时光。在小组，我是良家妇女，被当成一个正常的女人对待，我太快活了。我这辈子，还从没有被这样尊重过，呵护过，有那么多人认真地听我讲话，为我的事着急操心。我是个不要脸的女人，在小组里，我找到了自己丢了好久的脸。"

鹿路说到这里，手臂无力地垂了下去。她本来不能喝酒，今天实在喝得太多了。她把心里的东西掏空之后，虚脱袭上全身。

"我送你回家。"褚强说。

"不。我自己……走……你不要到度鸟……只有一个请求,答应我……"鹿路的眼珠凝固不动,一颗大大的椭圆形泪珠挂在睫毛上,久久不肯坠落。

"你说,我一定办到。"褚强咬牙跺脚保证。

"今天的话……不要告诉……人。"鹿路的泪水终于坠落下来,一发不可收拾。

"可以不告诉别人,可是我得告诉程博士。"褚强不敢隐瞒这样重要的信息。

"好。你……看着办……"鹿路支撑着站起来,抹去泪痕,精神好像恢复了一些,呼唤服务员买单。

褚强扶着鹿路,在路边等了很久,才打到一辆车,安顿鹿路坐在前排,自己刚要上车,鹿路说:"你别去。"

褚强说:"我……不放心。"

鹿路挣扎着说:"放心好了。今天……我比哪一天都自在。"

鹿路绝尘而去。留下褚强在寒风中伫立,冰冷的夜风从头顶灌下,让他渐渐地清醒起来。其实,在这之前,他也不是糊涂,只是丧失了反应能力。他恨不能今晚就给程远青打电话,禀告此事,又一想,还是让组长睡个安稳觉。

第二天早上,褚强打电话告知程远青,说有重要的事情通报。程远青说,全天都有安排,只有傍晚前后有点时间。褚强忙说,那也行。褚强在焦灼中煎熬,干什么都心不在焉,浑身荆棘。褚强忍不住拨了鹿路特别留给他的手机号,想确定她是否平安。鹿路接电话的声音很不耐烦,嘶哑着喉咙说:"啥事?"

"只想问问你……"褚强也没想好到底说什么。

"没事我挂了。"鹿路没说自己好,也没说自己不好,甚至不待褚强的反应,就将电话挂断,留下无尽的忙音敲打褚强疼痛的耳鼓。

褚强揣测,她肯定不是单独一个人,所以这样不耐烦。她干什么呢?

是不是在"卖肉"?

一想到鹿路对自己工作性质的描述,褚强对她的悲悯就化作了厌恶。感谢这份厌恶,才让褚强心绪稍微安宁。

下午,一家小小的茶座,两杯绿茶。采摘的时间久了,绿叶已被北方干燥的空气攫走了色彩,泛着疲倦的淡黄色,昏头昏脑地在玻璃杯中浮动着。褚强说:"程老师,我已经查到了谁在小组内不说实话。"

"谁?"程远青道。

"鹿路。"褚强把跟踪和对话的全过程,一一报来。

"没想到她真是妓女。一个悲惨的理直气壮的妓女。"褚强扶着头。

程远青半天做不得声,嗓子发咸,胸口堵得直想吐血。眼皮底下的弥天大谎,居然毫无察觉。她暗叫着自己的名字说,程远青啊,你还博士呢,连一年级都没有学好!妓女和良家妇女都分不出,真是枉读了那么多书!屏息半天,做了若干次深呼吸,一寸寸地将手指握紧又松开,调整了半天,才渐渐平静。明白其实这不是失败,而是心灵的深入,无论真相怎样残酷,也比粉饰的虚假好。心理学家也不是神仙,不可能洞察所有的秘密,对自己不要太苛求。

"怎么办呢?"褚强看到程老师也和自己一样惊骇,赶紧问。

"什么怎么办?"程远青有些虚弱地说。

"妓女。"

程远青沉思片刻——她已将心态复原,说:"对于一个面向社会所有公众招募的小组来说,这种情况不稀奇。褚强,你不要沮丧。这正说明了小组的生命力。"

褚强说:"以前的事就算了,今后怎么办?"

程远青说:"首先要解决你我怎样看待鹿路这个问题。"

褚强说:"点我死穴了。说真的,下次活动,我都不知如何面对她。"

程远青喝了一小口茶,说:"你觉得向你亮出了真实身份的鹿路,和以前的那个鹿路,哪个更能让你接纳?"

褚强说:"还是后面的鹿路。虽然我一想起她有性病,就打心底腻歪。"

程远青紧追不放，说："挺复杂的？"

"是。"褚强老实承认。"我就没她这份勇气。要是我，我就不说，打死我也不说。"

程远青叹息道："这就是人的多样性啊。你把这话告诉她了没有？"

褚强一时摸不着头脑，说："哪句话？"

"就是佩服她勇气的话。"程远青说。

褚强说："这话也就是私底下和您说说，哪能真告诉她？我一个堂堂正正的男子汉，佩服一妓女？这能说出口吗？"

程远青说："妓女怎么啦？杜十娘、李香君不都是妓女？要挽救一个人，只有让她重新燃起尊严。"

褚强想了想说道："如果需要，我可以在小组内，说钦佩她的勇气。"

程远青沉吟道："鹿路的身世，你看在小组能否公开？"

褚强说："别公开。大家的反应会多种多样，对鹿路对大家，都是大挑战。再说，她本人再三要求保密。"

程远青说："我也为难。不解决吧，题目已然出了。用什么方式，就要斟酌……"程远青一边沉思，一边不停地喝茶，直到把杯中的茶喝得精光。茶小姐走过来续水，轻声道："茶要留一点，才有味道。喝苦了，就是续进新水，也泡不出来了。"

程远青若有所思道："通常在小组以外，组长不应和组员有个人交往，但鹿路情况特殊，约她出来坐坐，个别谈谈。"

褚强说："我可以作陪吗？"

程远青说："事情是从你那里引起的，你要在。茶室的单间不错，隔音，陈设雅致，气氛很温暖。就定在这里吧。你约鹿路，看她愿不愿意来。"

褚强紧张地问："要是她不愿意呢？"

程远青说："只能尊重她的意见。"

褚强领了指示，到屋外去给鹿路打电话。鹿路半天才接电话，劈头就说："嗨！烦不烦啊你！别误了我干活。快说。"

褚强很坚决地说:"我有重要的话要同你谈。"

鹿路为难,但还是说:"我再打给你。"

褚强拿着手机,在茶室外的绿地畔,焦急地等待。几乎绝望时,鹿路回话:"什么事?"口气简短冰冷。

"程老师想和你谈谈。"褚强的回答也很简短。

"告诉她了?"鹿路的声音里听不出嗔怪,也没有激动。

"是。你不生气吧?"

"知道你会。"鹿路说,还是平淡如水的语调。

"咱们一起谈谈。你赶快来吧,我们在……"褚强报出地点。

"你忘了问我有没有时间,我的代价……"鹿路幽幽地说。

褚强飞快地想到了鹿路的代价是什么,一些画面电光火石般的从脑海中闪过,都是影碟中的色情镜头,所有的女主角都变成了鹿路。

褚强对着话机吼道:"我不知道你在干什么,但我知道你来了以后我们会干什么!鹿路,这是你的机会,赶快来吧,无论付出多大的代价,你都要来!"

鹿路冷冷地说:"别跟我说什么应该!对我来讲,没有什么是应该的。也许,我最应该的是去死!"

"别……"褚强紧抓住电话,好像那是鹿路冰冷的手指。

鹿路丝毫不为所动,说:"收起你的话。我会让你们所有的期望化成灰……"

褚强疯了似的对着电话喊道:"鹿路,你不知道我要说什么!我想说的是——我佩服你的勇敢!"

这一句话后,嘭的一声巨响,然后是长久的静寂。不,不是完全的静寂,可以听到呼啸的风声……褚强知道那是手机掉在地上了,质量极好的机子,毫发无损,收拢着周围的风声……长久的沉默之后,传来鹿路非常微弱的声音:"等着我……"

褚强回到茶室,程远青问:"她来吗?"

褚强揉着被冻僵的耳朵说:"来。"

247

两个人无声地喝茶，好像再做任何交谈，鹿路都会听到似的。闲着无聊，褚强又要了一些香蕉干、兰花豆、点心之类的小食品，不停地吃着。程远青说："等一会儿鹿路来了，就不能吃了啊。"

　　褚强苦笑道："也不是肚子饿，是心里发虚，总想用什么东西垫补垫补。"

第23章
从黑夜到黎明

茶室的单间,一个清雅幽静的所在。一张小桌,古朴的檀香色,厚重而沉稳。几把椅子,散在小桌四周。程远青说:"褚强,我考考你。一会儿鹿路来了,三人如何落座?"

褚强看桌子是方形的,招呼来小姐说:"能换张圆桌吗?"

茶道小姐说:"几个人呢?"

褚强说:"三个。"

茶小姐说:"圆桌有,只是和这屋里的颜色不很配。"

褚强说:"麻烦你把圆桌拿来。"

小姐换上圆桌,果然颜色污浊,好在茶室内的灯光也很柔和,看着还算相宜。

褚强让小姐把多余的椅子搬走,只留下三把,围住圆桌。问程远青:"可行?"

程远青点了点头:"很好。我还要考考你,这三把椅子,怎么坐?"

褚强说:"看鹿路了。她愿坐哪儿就坐在哪儿,她会舒服些。"

程远青说:"考虑得不错。不知你想过没有,鹿路来这儿,对于我们将和她谈什么,心里没底。加上对你我的尊重,她不会直接选座位的。我们不妨把一个最符合她心意的位置留给她。"

褚强说:"难了。我又不是她肚里的蛔虫,谁知哪个座位最合她的心思？"

程远青说："这个距离门口近的位置，可能她最中意。谈话对她来说压力很大，潜意识里会想着如果实在受不了了，就能逃出去。这个位置又能看到窗户，给人一种视野豁亮的感觉。你看那个位置，缩在犄角旮旯里，很憋气……"

褚强说："我坐那儿。一会儿全看您的了。"

程远青说："甭紧张。有话就说，没话就不说。"

正说着，茶小姐进来续水，程远青对小姐笑笑说："还要来位朋友，就不麻烦你了，我们自己操持。"又对褚强说："把茶碗茶壶都收拾到一旁去。待会儿，没有我示意，咱们都不喝水。记住啊，尤其是不给鹿路喝水。"

程远青很安详地坐着，好像在打坐。门开了，一个裹着巨幅黑色披肩的女人，走了进来。披肩遮住了她面颊的三分之二，只留出两个眼睛，好像阿拉伯妇人。她看到程远青和褚强，身体一歪，倒在那个预留给鹿路的椅子上。待把黑色的披肩揭开，程远青和褚强都不禁"啊呀"一声惊叫起来。

来人正是鹿路。但不是他们熟悉的鹿路。脸颊肿得老高，眉头偏左一道粗重的血痕，脖子一团团淤血的青紫……

"鹿路……怎么了？出了车祸？"褚强说。

鹿路说："工伤。我平常挺敬业，干活时连手机都关上，以防客人不满意。今天，我总觉着会有事，就没关手机。两次接了你的电话，把客人从身上甩下去，后来，干脆把钱扔了回去，自己走了。客人给我身上留点红，也是应该的。"

褚强毛骨悚然，不单为鹿路遭受的蹂躏，更为她的平静和漠然。程远青一言不发地看着鹿路，说道："鹿路，看你受伤，心里真难过。与其受这么大的折磨，不如你干完了活再来。我们会一直等着你。"

鹿路双手支着头，说："生怕晚了，你们就再也不理我了。"

褚强说："怎么会！"

程远青说:"褚强把你的事都告诉我了。你怪他吗?"

鹿路说:"我谢谢他。一直想跟您说,可我不敢。我是个下贱的女人,我怕说了会失去你们。"

程远青抚摸着鹿路的头发说:"你为了给哥哥治病,把自己的一切都押出去了。这是你的美德啊!"

鹿路惊得差点没从椅子上跳起来说:"程老师,我没听错吧,你说我有美德? 我——这个被千人骑万人跨的女人,还有美德吗?"

程远青很郑重地说:"我个人坚定地认为这就是美德,这就是舍己救人。我猜想你在干活的时候,原谅我用这个词……"

鹿路说:"程老师,你就说干活吧,我就是干这个的。我知道羞耻。"

程远青说:"好,鹿路。我猜你在那种时候,会想到你哥哥。会觉得你所有的付出,都是为了一个好的目标,虽然你干的是最卑贱最肮脏的行当。"

鹿路泪流满面,那些红肿和紫色的伤痕,由于眼泪的滋润,变得更加触目惊心。她说:"你怎么什么都知道啊? 我心里想的是什么,你都听到了啊? 我是不是在梦中告诉过你?"

程远青抚摸着鹿路的手说:"鹿路,我知道你想着有一天,当自己攒够了钱,帮助哥哥换了肾,让他能像正常人一样生活了,你就再也不干这活了。你会和哥哥走得远远的,走到一个没有任何人知道你过去的地方,你嫁给哥哥,永生永世地服侍他……"

程远青说到这里,鹿路突然站了起来,惊恐地睁大了眼睛说:"程老师,你是神还是鬼? 我没有告诉过任何人,你怎么什么都知道? 你是天兵天将来救我的吗?"她战战兢兢地退后一步自问自答道:"你……你是不是我的亲娘? 不能啊,我亲娘是个穷苦女人,她哪能有您这样的学问? 再说,岁数也不对啊。可是,你是怎么知道的? 你是不是在外国得了什么能刺探人内心秘密的仪器? 要不然,你就是神灵附体!"

程远青把鹿路重新按在椅子上坐好,说:"鹿路,我还知道你得了病以后,知道自己的时间不多了,你跟死神赛跑,你希望在自己临死之前,能尽可能多地为哥哥挣下一点钱,那样,就算有一天,你死了,你臭了,烂了,全世界的人都骂你,可你还觉得自己活得值。你自己为自己流泪。你觉得你虽然干的是最下贱的事,可你心里有一眼干干净净的泉……"

椅子上的鹿路,刚开始还像倾听神谕一样,听程远青说话,后来,身子就软软地顺着椅背流淌下来。褚强在一旁看着,赶快去搀扶,鹿路已经昏厥过去。

"这可咋办?!"褚强手足无措。他讶然于程远青怎么能说得那么肯定,那么决绝。鹿路的反应,更让他始料不及。不会有生命危险吧?

"给她喝一点热水。"程远青很镇定,一边用指甲掐着鹿路的人中,一边吩咐褚强。褚强赶紧兑出不凉不热的清茶,凑到鹿路唇边,喂她咽下。过了一会儿,鹿路渐渐清醒过来。

"我这是在哪儿?"鹿路的眼光像婴儿一样无辜而好奇。程远青心里一动,若干年前,当鹿路的父亲第一眼看到鹿路的时候,她一定也是这副模样吧?

"你在家里。我和褚强在陪着你。"程远青说。

"我没有家。"鹿路绝望地说。

"你以前没有家,以后会有一个家。"程远青非常肯定地说。

"我以后的家在哪里?"鹿路困难地思索着,眼神空洞。

"我们的家,就在我们的心里啊。"程远青柔声道。

"你是说,我的心一直没有找到自己的家?"鹿路渐渐地恢复了思维。

"是。"程远青很肯定地说。

"我没有心。我没有家。"鹿路面如死灰。

程远青抱着鹿路,如同她是一个小女孩。程远青说:"鹿路,你的心到哪里去了?"

"我生下来就没有心。"鹿路迷茫但是很清晰地说。褚强在一旁看得发傻,觉得好似谶语。见两人的态度都极认真,只有满怀疑虑地观望下去。

程远青说:"鹿路,你的意思是你一生下来,就和别的孩子不一样。"

鹿路说:"是。我不知道谁是父亲,谁是母亲。我是多余的人。没人爱我,我又何必爱惜自己!"

程远青郑重地说:"身世不幸,这不是你的罪过。你一定无数次叩问苍天,为什么自己的命运这样悲苦?你觉得这一定是你天生有罪。所以,当你知道是养母含辛茹苦把你养大,你就不遗余力地用自己的一生报答她,报答她的孩子……"

鹿路忧郁的眼睛睁得很大,注满了惊愕和狐疑,但这些光芒如同电光石火一般闪动和变幻,很快成为一片灰烬。

鹿路反驳说:"程老师,我承认你说的某些地方对。我是私生子,一个野种,我没有父母,没有家。抚育了我的养母,给予我一生一世也报答不完的恩情。养母不在了,我就尽力报答她的儿女。程老师,在这之前,您说得都对。可是,我对三哥,不是简单的报恩,我爱他。他不幸,我更爱他。为了这份爱,我会献出一切。您不是说要给自己的生活找一个意义吗?我找到了。不论我和多少个男人上过床,可我的心从来没有放在那张床上。它干干净净地放在家乡的草地上,我只爱三哥。"

褚强听得非常感动。说实话,他对妓女深恶痛绝,都是些人渣,为了一点钱,居然把身体零敲碎打地卖了。他一直想不通那些世界级的大文豪,怎么描写了那么多优秀的妓女。比如羊脂球比如玛斯洛娃比如茶花女……现在听到一个活生生的妓女描述自己卖身的理由和对爱情的向往,让他动容。

程远青知道更严重的挑战在即。刚才的谈话,虽说犀利,还在鹿路能够承受的范围之内,那么,她下面要触及的话题,就更直接更残酷了。也许,她应该就此打住?深入地揭开一个人内心的疮疤,脓血四溅白骨森森的场面,是所有的善良人都难以忍受的。可是,如果浅尝辄止,鹿路的内心就无法得到真正的解脱,那纠缠了她一生的梦魇,也会永远作祟。如果鹿路翻脸不认人,拒不承认,或在惨痛的打击之下,精神趋于混乱呢?不得不防。斟酌再三,程远青决定谨慎挺进。

程远青说:"鹿路,你很爱你三哥。是吗?"

鹿路毫不迟疑地说:"是。非常。"

程远青说:"如果三哥的病能好,你会和他结婚。"

鹿路说:"那当然。"紧接着又补充道:"即使三哥的病治不好,只要我能挣到足够的钱,我也要和三哥结婚。结婚之后,我再也不会干这活了。结婚前,我要先把钱挣足。"

程远青缓缓地说:"鹿路,咱们先不谈钱。假设你已经有了足够多的钱……你知道,结婚是两个人的事情,爱是两个人的事情。"

鹿路很快地答道:"这我知道。"

程远青说:"鹿路,我知道你很爱你三哥。可你知道,你三哥爱你吗?"

"这……"鹿路张口结舌。她好像从未想过这个问题。

程远青单兵深入,说:"两个相爱的人当中,爱还是不爱,是很明确的,你怎么好像很意外?"

鹿路舔舔嘴唇说:"我想,他是爱我的。"

程远青说:"听你口气好像没多少把握。"

鹿路不悦道:"我有把握。"

程远青知道触到了鹿路的痛处,遭到责难。这不是鹿路对程远青的不敬,而是她必得躲开。程远青怎能让她躲开?现在接近问题苦涩的内核了,切不可手软。程远青说:"对不起,鹿路。可能我不够了解情况,如果有所冒犯,请你原谅我。你告诉我,你怎么知道三哥是爱你的?"

鹿路心里焦躁,很不耐烦地说:"我敢说他是爱我的。否则,我寄回去的钱,他怎么都收下了?他还老说谢谢我……"

"就这些?"程远青穷追不舍。

"就这些,还不够吗?你还想要什么?你有完没完了你?!"鹿路突然变得穷凶极恶龇牙咧嘴,面部和脖子上红红紫紫的伤痕一起沁血,简直如夜叉出更。

褚强吓了一跳。鹿路不是非常尊重程老师吗,怎么一下子变得青面獠牙?看看程老师,还是人淡如菊。

程远青情知已和鹿路一齐走到悬崖边缘。要么人仰马翻,要么柳暗花明。不能退,必得挺进。程远青说:"鹿路,爱不是一厢情愿。就你刚才所说的那些爱情的证据,恕我直言,实在是太苍白了。对于一个病入膏肓的人来说,如果妹妹在外打工,号称有一份很体面很高收入的工作,给自己寄些钱来治病,我以为他接受下来表示感谢是很正常的事情。我估计,他从来没有用任何一种方式表示过他是爱你的,不管是文字还是口头。所以,你所说的爱,是没有证据的!不但犯罪需要证据,爱也是需要证据的。没有证据的爱,只能是镜花水月!"

鹿路脸色铁灰,褚强真怕她又一次昏倒。

褚强真想堵住程远青的嘴,替鹿路哀求程老师:别说啦!求您别说下去!就算事情真是这样,也不要说破!

褚强没敢动。程老师不时给他明确的眼色,示意他少安毋躁。

鹿路被逼到了穷途末路,负隅顽抗。她说:"就算我以前没跟三哥挑明我是爱他的,但我要是现在说了,他也会说爱我的。"

程远青说:"好啊。为什么不说?"

"不……敢说。"鹿路的气焰削弱了。

"你对三哥是不是真爱你,没把握?"程远青步步为营。

鹿路用极低的声音说:"也许吧。"

程远青说:"要是我,我就要问清楚。爱与不爱,关系一生。不能是一笔糊涂账。"

鹿路说:"我为什么要搞清楚?不要!我很好!"

程远青说:"你很好吗?骗谁啊?我看你不是不清楚,而是很清楚。只不过你不敢面对这个清楚。"

鹿路困惑地看着程远青,无助地说:"程老师,我不骗你。我真的不知道。"

程远青逼她道:"你知道。"

鹿路胆战心惊地说:"你是说——其实我三哥从来没有爱过我?"

程远青残忍地说:"鹿路,我不能回答你。你只有自己回答。"

鹿路歇斯底里地叫起来:"这不可能!三哥是爱我的!他只是因为自己有病,才不敢对我说爱。如果他的病好了,他能确知我们没有血缘关系，他一定会说的！"

程远青说："鹿路，未知数太多了。"

鹿路说："我三哥爱我不爱我，我还不比你知道？"语气之中，已有恼怒。

程远青内心长叹一口气，看到过太多自欺欺人的爱情，越是到了接近核心的时候，那揭穿真相的痛楚就越来越锥心刺骨。她换个角度说："鹿路,你说得很对,你比我更知道三哥爱不爱你。但是,我要说,这世上,还有一个人，比你更知道三哥爱不爱你！"

鹿路的眉毛耸得飞入鬓角，说："谁？"

"三哥！"程远青说。

"我可以问问三哥？"鹿路一点就透。

程远青说："对啊。两人相爱，当然可以问。"

鹿路说："我今天晚上会把这个问题搞清楚。可是，我怕……"

程远青说："怕什么？"

鹿路说："我不知道。"

程远青说："最可怕的是假象。"

鹿路平静下来，她对褚强说："我想喝水。喝很多很多水。"

褚强看看程远青，程远青点点头，褚强就把早就晾好的茶水递给鹿路。心里惊呼，我的天，一个女士，居然牛饮一般，水顺着鹿路的嘴角滚到脖子上，血红的伤痕镀了釉似的放光。鹿路的精神好了许多，对程远青说："那我就走了。谢谢你。"她又把面孔转向褚强，说："谢谢你的追踪和告密。"

鹿路走了，如同她来时一般匆忙。

褚强说："程老师，吓死我了。我看您倒是胸有成竹。"

程远青喝着茶说："哪有成竹？连个笋丝都没有！我也很紧张。每一个人那么不同。人们的经历就是各自的宝藏，也许正是这些宝藏制造了他们的苦难，除了他们自己想挖掘出来，谁也没有办法。"

褚强说："您估计鹿路下一步会怎样？"

程远青说:"如果一切顺利的话,估计她晚上会给我打电话。"

程远青的估计有一点小小的误差,鹿路的电话不是晚上打来的,而是半夜。

"程老师,这么晚了,会打扰您吗?"鹿路有点迫不及待。

"不打扰。我正在等你的电话。"程远青如实说。

鹿路接着说:"程老师,我给我三哥打了电话。其实打电话是很容易的,可这么多年,我不敢。今晚,我要彻底整明白三哥究竟爱不爱我。我跟三哥说了很多,我不是他的亲妹妹,他也不是我的亲哥哥。我爱他,我要救他。我想和他结婚……"鹿路的口气渐渐急促起来,程远青也跟着紧张。虽说久经历练,且那答案也在预料之中,面临一个活生生的回答,还是充满悬疑。

"你三哥怎样回答?"程远青说。

"我三哥说,你就是我的亲妹妹,我就是你的亲哥哥。他一连说了好多遍,无论我怎样解释他也不听。他说,要不是亲的,你还会这样搭救我吗?只有血才是最浓的。我说,三哥,就算你不是我的亲哥哥,我也一样救你。他说,他不信。他说自己是风烛残年的人了,对什么爱不爱的一点兴趣也没有。他还说他的医药费快用完了,问我何时再寄钱回来。他还说,让我找对象的时候,一定要找个怕老婆的,自己才能当家做主说了算。不然结了婚以后,再往老家寄钱就不顺当,三哥的命就难保了……我木木地听着,心一截一截地变成石头。我知道,三哥爱的是那个能寄钱给他治病的小妹,三哥从来没把我当成一个独立的女人。三哥自始至终,从来没问一句我的身体,三哥以为我是铁打的……"

鹿路说到这里,话筒里出现了长久的缄默。程远青一言不发地等待着,知道鹿路此刻只需要陪伴,不需要安慰。最悲恸的时刻是要一个人孤独地享用的,任何分餐都会让痛苦卷土重来。

时间过去了很久。鹿路说:"谢谢你,程老师。谢谢你一直在听我说。夜已经很深了,我的心比这夜晚更黑。"

程远青说:"黑夜过去就是黎明。"

鹿路说:"像我这样的人,还有黎明吗?程老师,我恨你。你把我心中最后的美好幻象打破了。"

程远青说:"凡是能打破的,就不是美好的。真正美好的,是打不破的。"

鹿路说:"我最美好的东西是什么呢?四周一片黑暗。我什么都看不到。"

程远青说:"你最美好的东西就在你身边。"

"我身边?"鹿路失声叫道,"不!我身边全是虚空,什么也没有。"

程远青说:"你身边有一样东西,那就是你自己。"

"我自己?千疮百孔肮脏不堪残缺不全……这个身子有什么好?"鹿路说。

程远青说:"你帮助养母一家,你自己身患重病还顾念他人,你对爱情的向往和付出,你的直率和坦诚,你的挣扎和渴望,这些,不都是最最宝贵的东西吗?鹿路,我想对你说,你要学会爱自己,爱惜自己的身体,爱惜自己的灵魂。这才是世界上最宝贵的东西!"

鹿路在电线的那一侧听着,听着,突然爆发出了凄厉的哭声,吓得程远青全身的皮肤立时增厚,原来是起了一身厚厚的鸡皮疙瘩。鹿路的哭声一会儿大一会儿小,断断续续迁延许久,程远青一直在耐心地听着。胳膊拿得酸痛了,就把听筒放在桌上,然后把自己的腮帮子也贴在桌上,听着那哭声。她也尝试着把电话的免提功能打开,这样虽说是听起来不用费劲了,但震耳欲聋的哭声响彻屋宇,让人毛骨悚然。程远青只得赶紧把免提关了,还是用传统的耳机听哭声。虽然鹿路一次也没有和程老师有过交流,但程远青坚信鹿路知道自己是不是在听。程远青无论多么劳累,倾听鹿路的哭声没有丝毫倦息。

终于,暴风雨过去了。鹿路的哭泣渐沥起来。"程……老……师……"她抽噎着说。

"鹿路,我在。"程远青说。

"谢谢您,我好多了。我知道我要为自己活着了。我不知道自己还能活多久,可是我从来没有这样清楚地知道,我要爱我自己。程老师,我永远会记得今天。"鹿路大哭之后,声音喑哑,但却有一种神圣的坚定。

"鹿路,如果我在你的身边,会紧紧抱住你!"程远青一直等着鹿路挂了电话,才把听筒放下。

第24章
想象死亡

褚强收到了第 4 封信，指示他去查"现汉"1531 页第 3 个字。这第 3 个字一查出来，褚强脸色大变。

这是一个"组"字。和前三封信连在一起，组成一个短句——"小心小组"。

是谁发出的警告？如果说以前褚强还可自我调侃，以为是公司里什么人的恶作剧，那么此刻，怪信锋芒指向小组，褚强心中惶惑。公司同伴对小组并不知情，基本可排除嫌疑。神秘的写信者，为什么反复用这种烦琐的方式报警给他？是到此为止，还是另有下文？

他带着所有信件去找程远青。程远青翻来倒去看了信，沉吟半晌，说："不去管它。"

褚强不解地问："为什么不管？"

程远青说："很简单，不是不想管，是没法管，束手无策。也不能报案，没夹子弹，也没有炭疽菌。"

褚强说："那就听之任之？"

程远青说："褚强，只要我们按兵不动，我想，那个写信的人就会有下一步的举措。唯有以静制动，别无他法。"

褚强心稍安，决定拭目以待。

小组活动，定在安疆居住的干休所内。一是老人希望大家到她家做客，二来停止所有治疗之后，安疆身体虚弱，天寒地冻，她出门不便，只有把小组活动地点向她靠拢。木所长大力支持，找的房间宽敞肃静。一地金色阳光，衬得大家的脸庞也有暗红浮动。

小组团团围好，进行了日常报告之后，岳评说："我憋得够呛了。求求大伙儿，一定给我个时间，让我把心里话说说。"

大家就笑，说："岳校长，您怎么跟急着上厕所似的，好像谁不让您说了。您尽管说。"

岳评说："谢谢大家给我这份信任，我却是对不起大家的。我要先在这里向大家道歉，请大家原谅我，我才能把以下的话说出来。"

程远青说："你心事重重。"

岳评一拍大腿说："我骗了大家。"

众人愕然，独有褚强出了口气。原来小组在鹿路之外，还有个骗子。好在她自己跳出来了。

岳校长说："告示上说，参加人员是乳腺癌手术后的恢复期病人。我报名的时候，在电话里问过，要检查身体吗？程组长说，不是医院，不用检查身体。我为什么要问这样的话呢？我不是一个乳腺癌病人，我也没有做过手术，我是混进来的……"

大家的目光冷厉起来。

岳评赶紧说："我不是混进来做什么不法勾当，我有我的苦衷。我是没有得过乳腺癌，可是我女儿得了乳腺癌，去年已经过世了，才二十八岁……"

大家"啊"了一声，不满烟消云散了。岳评说："女儿生前，我从来没和谁说过癌的事。从得病到她走，关于她的病我们就没有说过一个字。我和女儿原来可好了，是无话不谈的朋友，人家说多年父子成兄弟，我们是多年母女成姊妹。她什么都爱和我说，别家孩子的成长期反抗期什么的，在我女儿身上，一点都没有。她后来成了一家公司的白领，男朋友是个医生，很帅，文文静静的，对我女儿好得不得了。我不是那种怕女儿长大的妈,不是那种一看女婿要把女儿领走,就百般挑剔的丈母娘。女儿把约会和接吻的事都告诉我,我还和她研究约会的地点,劝她不要到太僻静的小树林子和荒郊野外游玩,以防小伙子把持不住太热烈了。我和女儿聊得热火朝天,连她爸爸都嫉妒。女儿结婚了。我这边房子宽敞,婆婆那边只能给他们腾一间小房。女儿问我,妈,我们是住在那边还是这边?我说,我站在当妈的这个角度说话,就希望你住我这儿,早早晚晚我都能见着你,就跟你没出嫁似的。可我要是站在你的角度考虑,我就希望你住在那边,到底是人家的人。女儿抱着我的脖子说,妈,你真说到我的心里去了。女儿和女婿住到他们的小屋里去,每个星期回来一次。对了,说了这么半天,还没讲我女儿的名字,她有大名,我就不说大名了,说小名,叫小澈,清澈的澈。结婚一年之后,小澈当了妈妈,她生的也是女儿,名字叫蕊蕊。蕊蕊一岁的时候,女儿得了乳腺癌。她的癌怪,乳腺上的肿物一点也不显著,一开始就是肝脏转移,把胆给堵了,人就黄了。他们带着孩子正在泰国旅游,我本来还一股劲反对,说这么小的孩子能记住什么呀?女儿非说,小时候的经历一辈子都有印象。带就带吧,没想到发病了。蕊蕊看见她一下变得像金子做的,都不认她这个妈了,吓得直哭,香港也不游了,直接回家,从机场就去了医院,医院马上就把她留下了。当时以为是丙肝戊肝什么的,怕肝衰竭……"

岳评一口气说到这里,没有丝毫喘息的机会,她终于注意到大家的神色,不好意思地说:"我这么讲,是不是太啰嗦了?"

大家一时不知说什么好,还不知道岳评要讲的主题是什么。

岳评跳出来,这是一个意外。成慕海所说的有人作假,指的就是这件事吧!程远青看了看成慕梅,心想,她的同胞哥哥从哪里知道了岳评的故事?

成慕梅拄着腮帮子,很注意地看着岳评,表情仍是一贯的漠然。程远青对岳评说:"你最悲痛的事是什么?"强调了"最"字。人需要学会简洁,即使在悲怆中。

岳评说:"医生把她的肚子打开之后,什么也没有做,就缝上了。

上次说了，别家都盼手术短，只有我家盼手术长。女儿出了手术室，没想到我和她的反目就此开始。从那一刻到她死，女儿没和我说过一次有关病情的话。癌横亘在我们之间，如同铜墙铁壁。她对我说的最多的一句话就是，妈，我觉得好多了。我对她说的最多的一句话也是，孩子，我看你也比以前好多了。谎话啊！弥天大谎啊！无论是说的人还是听的人，都不曾相信过哪怕一秒钟，可我们天天重复，像念经一样无数遍地唠叨着，装出喜形于色的样子。就在这句话的重复中，我的小澈，从体重110斤身高1.70米的优雅女性，瘦成了一根灯草，缩成一团，身上千疮百孔，比个木乃伊还可怕。木乃伊到底还是个全尸，我女儿剖腹探查的伤口一直到死都没有愈合，张着嘴流着脓液。从住院到她死，没有吃过一顿饭，瘤子广泛转移，肚子里黏成了大冰疙瘩，肠子完全不通，吐了胃液吐胆汁，最后就是吐血。太馋了，会吃下一个小饺子。她会把那个饺子在嘴里嚼呀嚼呀，一直嚼上十分钟，那个饺子才消失了。不是她咽下去了，是在嚼的过程中，饺子一点一点化成了渣，顺下去了。饺子下肚不足五分钟，她就会大吐特吐。我真不知道，一个饺子可以让人吐出这么多东西……女儿死后，我最最不明白的就是，一个癌症病人，在最后的时刻，和自己的亲人为什么不说实话？每当我关心她的病，她就会非常不耐烦地说，妈，你累不累啊？你烦不烦啊？你有完没完啊？你还让不让我安静一会儿啊？我每天胆战心惊地观察着她，你想啊，她身上的每一寸肌肤，每一个零件，都是我给予她的，对于她的身体，我像对我自己的身体一样熟悉。现在，这个如花似玉的身体，每时每刻都在发生着可怕的变化，黄疸深似橘皮，脚面肿了，头发掉了，鼻子出血，尿却越来越少了……我不敢相信自己的眼睛。我去向医生报告，他们总是胸有成竹地告诉我，晚期就是这样的，还会出现很多……那些吓人的恶兆，医生嘴巴吐出来，就像播报天气预报，平淡，但是准确。我想和女儿说说这些事儿，她能给我一个解释，说这只是某种药物的副作用或是一个暂时的状况。小澈每次都粗暴地打断我的话，顶我呛我，我的眼泪哗哗地流，她才不作声。等女婿来了，她就跟女婿告状，说我一天到晚老怄她。她把对病魔的怒火都发泄到我身上,我想和她开诚布公地谈谈,不要再说'好多了'的假话,把最后的时间,用来说点温暖的话,彼此也留点念想。可是,我找不到机会。互相折磨中,病越来越重,隔膜也越来越深。我甚至觉得女儿仇视我,因为我比她年长,她要死了,可我还活着。她只对蕊蕊和颜悦色,拼尽自己最后的力量,和蕊蕊玩。哪怕刚刚吐完血,用纸巾把嘴角的血丝一抹,就满面笑容地和蕊蕊说笑。有一次,血沫子没擦干净,蕊蕊说,妈妈,你嘴巴怎么红红的?我女儿用手指按按嘴唇说,这是妈妈新擦的口红。我在一旁看着,就想,女儿啊,你也是当妈的人了,为什么你对你的女儿就那么好,却不让我对你好?直到女儿死,我和女儿的关系也没有恢复,我不知道这是为什么?为什么两个本该是最亲的人,却如同路人?我一直想不通,这比女儿的死还让我难受。死没法逃避,可我和女儿的关系为什么变成这样?我错在哪里?女儿去了,疑团留给我,好像一个大火球,藏在我肚子里,烧得我日夜不得安宁。我装病,实在不是想骗大家,或是猎个奇什么的,我要把女儿的心事搞明白,她不在了,我想问问你们。求你们给我一个答案。我想在我活着的时候,搞明白这事。要不然就只有等到我也死了,见了我女儿,才能明白。再一次为我欺骗了大家而道歉,请大家帮我!"

回肠荡气一气呵成。真不愧是当校长的,把小组活动的场地也当成了大礼堂,作报告一般讲完了她的心事。大伙儿听得心一阵阵紧缩,以为岳校长说着说着会哭起来,但岳校长自始至终,一滴眼泪都不掉,音色也保持着洪亮。

程远青说:"岳校长,谢谢你带出了一个非常重要的问题。我们病了,亲人在怎样一种煎熬当中,也许我们不明白。这种改变,深刻地影响着我们和亲人。甚至,在癌症病人故去之后,他的亲人依旧被无尽的折磨环绕。岳校长刚才谈得比较多,我大致总结了三个问题。岳校长,你听听是否全面。

"一是如果你得了癌症,你愿意知道真相吗?

"第二个问题是:你希望怎样度过最后的时光?其实,这个问题,谁都会遇到。即使不得癌症,人生也有大限。

"最后一个问题是:当你远去之后,你希望亲人怎样生活?"

程远青说完,岳校长和组员都频频点头。程远青说:"咱们请岳校长做主角,做一个游戏。"

这么惨痛严峻的题目,如何同游戏联系起来?

程远青说:"游戏很简单,每人就第一个问题,想好自己的答案。岳校长走到你身边时,你偷偷地把自己的答案告诉她。"

大家说,好啊。

岳校长有点忐忑,尴尬地低着头,希望大家原谅她的打扰。"从谁开始呢?"她自言自语。

"从我开始吧。"周云若说。又问:"我不想小声说,我想大声说。可以吗?"

程远青说:"可以。"

岳校长就走到周云若面前。周云若一把抱住了岳校长说:"我不喜欢糊里糊涂地死,我要知道真相。您今天的话,对我太重要了。我现在已经能对陌生人讲我是一个乳腺癌患者,可是我还对父母保密。我马上回家,告诉他们。不然,有一天我离开了这个世界,母亲会洒下像您一样多的泪水。岳校长,谢谢您!"她拥抱着岳校长,岳校长也紧紧地拥抱着她。

应春草是第二个。她附在岳校长耳边轻轻地说:"我不想知道。可我还是要知道。"她轻轻用手指尖触触岳校长,好像岳校长是个稻草人。

第三个是褚强。褚强说:"我没得过癌症,希望以后也千万别得。如果万一得了,请在第一时间告诉我。如果谁知道了还不告诉我,我跟他没完。"

大家就笑了。说你到了那会儿,就是想跟人家没完,只怕也是心有余而力不足了。

第四个是安疆。老人坐在椅子上,站不起身来,岳评俯下身,听到老人微弱但清晰的声音:"瞒一个人容易吗?不容易。快死的人聪明。

骗不了，趁早说了好。"

轮到鹿路了。今天的鹿路化着浓妆，不知道的人以为那是浮华，其实是为了遮挡满面伤痕，遮掩青紫的瘀斑。浓妆之下神情肃穆，有一种祭祀般的宁静。她没有拥抱岳评，而是用沙哑的声音说："告诉我真相。"

卜珍琪站起来，她身材高挑，和胖胖的岳评正好形成反差。卜珍琪在岳校长耳边悄声说了一句，谁也没有听清，但岳校长重重地点了点头。

到了花岚身边。花岚长叹了一口气说："还是别告诉我了。太可怕了。"岳评表示明白了，刚要离开，花岚又扯住她说："我又改变主意了。还是说吧。说了，大哭一通，总能过去。"

岳评最后走向成慕梅。成慕梅坐着，露出不打算站起来的意思，斩钉截铁地说："务必把真相告诉我。"

岳评一圈走下来，才要落座，程远青说："你还没问我呢。"岳评说："您我就不用问了。"程远青笑道："这么有把握啊？你倒说说看，我会怎样回答？"

岳评说："您学问大，也许会说得非常幽默。您的看法一定是——把最坏的情况和最好的希望都告诉我。当然，还有时间。"

程远青惊讶无比，说："岳校长，你吓着我了。我真会这样说。"

程远青环顾四周，所有人的意见都征询完了，程远青说："岳校长，把大家的意见报告一下。"

岳校长说："没想到，都是希望知道真相。我谢谢你们，我知道我错了。我那苦命的女儿，在孤独中挣扎的时候，多么需要得知真相。为什么怨恨我，这也许是非常重要的原因。以为爱，实际是害。无法沟通的痛苦，离间了我和女儿的情感，这比身体上的癌更可怕。"

程远青说："这第二个问题，我想用……"

大家接下茬说："一个游戏！"

程远青笑着说："这么想玩游戏啊？"

大家说："题目沉重，方法轻松点好。"

程远青很高兴，回想当初，小组刚成立时，大家的情绪压抑紧张，对死亡讳莫如深，如今，已能谈笑风生。

程远青说："第二个问题是如何度过你最后的时光。不要受经济、地域、条件这类环境因素的限制，天马行空撒开欢儿想象。每人一张纸，把愿望写下来。时间五分钟，写好后直接交给我。"

卜珍琪问："多少字？"

程远青说："一二十字就行。不要写名字。"

褚强发纸。某些人考虑过千百遍了，刷刷动笔，有的人就很困难，抓耳挠腮。五分钟过后，程远青示意褚强收卷。有几个人还没写完呢，程远青也不宽容，说："停笔。"

程远青把卷子拢在一起，对褚强说："还要劳驾你，把卷子打乱了再发下去。"

卷子发下，全场无声，大家都忙着参观他人的临终愿望。程远青道："把你手上的答案念出来，与大家分享。"

褚强念道："到一个遥远的地方，安静地躺在白云下，死亡之后被秃鹫啄食，不让任何人看到我的身体。"

场内的气氛陡然间阴冷。略带浪漫的死法，不可言传的孤寂。

程远青琢磨——这是谁？吃不准。她不动声色地说："继续。"

应春草念道："我要死在家里。别给我吃。让我安静。"

岳评念道："把窗帘拉上，放一首江南的丝竹音乐。点上香，要那种檀香味道的。在我死后一个小时之内，不要离开我。我还需要陪伴。"

这话叫人听起来，有几分苦意，又有几分禅意。

成慕梅念道："请给我足量的镇痛药物。如果有可能，让我的孩子围绕在我的身边，当然，孙子辈的就算了。他们太小，别吓着他们。我会在还能动笔的时候，留下一封信。永别了，人们！"

一篇很有特色的小短文，虽被成慕梅念得毫无水分，感动依然蔓延。

轮到安疆了。她衰弱得几乎透明，但精神尚好。一阵撕扯般的咳嗽由于她准备念纸条而爆发，让大家很难过。"安奶奶，我替您念吧。"周云若说。

"我行。我高兴。"安疆困难地说完,又休息了一段不短的时间,才缓缓地念道:"妈妈,我就要到你那里去了。我很高兴。爸爸,一想到马上就要见到你,我就情不自禁地期待着那一刻快些到来。"

安疆由于底气不足,断断续续,更加重了一种乞求死亡的气息。连程远青都莫名其妙。谁写的呢?

大家的情绪也随之低落,这简直就是向死亡发出的邀请书。

程远青不得不插话说:"大家会听到各式各样的说法,也许并不美妙,却是心声的自然流露。在这个意义上,我尊重所有的纸条和它们饱含的感情。我们依然可以用明亮来对待它们。毕竟,生命此刻在我们手中。"

有一张纸条让大家忍俊不禁。

纸条上写着:"我要吃一大碗红烧肉。要把空调开得暖暖的,临死前嘴里要含一块糖。"

大家就把目光投向褚强,说:"也不怕蛀牙!实在是太年轻,离死太远。"

褚强说:"我这已经是挖空心思在想了。程博士说了,贵在真心。"

后面几张纸条上的内容大同小异,只有一张纸条上写的文字很独到:"把我身上所有的管子都拔下。不要抢救。怎样来就怎样去。"

大家对别的纸条上的内容都不表态,唯独对这个条子鼓起掌来,说:"对!这太重要了。"

最后轮到花岚念道:"死不足惜。就是化成厉鬼,也要报仇。我会拨打那个电话,日夜不宁。死在哪里都可以,就是不要死在家里。"

气氛为之一变,疑窦丛生:谁?咬牙切齿?有深仇大恨不得昭雪?

程远青算是把魔鬼放出来了。生死一线之时,矛盾激化。如果你安然,那时就更加安然。如果你混乱,那一刻就翻江倒海。所谓"死不瞑目",就是这个意思吧。

这份冤仇凝结的檄文,不能拖延。程远青微笑着说:"这张纸条上的话,吓了我一跳。不知大家感受如何?"

大家说:"汗毛竖立。"

程远青说:"这张纸条的主人就在我们中间。我想,你之所以写了这张纸条,是心里的苦痛和愤怒实在压抑不住了。既然你已经等了很长时间,能否再耐心地等待一会儿,让我们把大家刚才写的临终愿望做一个总结?好了,你不必说同意,只要你不反对,我们就往下进行。然后,我们再回到你的纸条上来。"

人们面面相觑,没人反对。

程远青说:"我听了大家写在纸条上的愿望,第一个感觉是想死在家里的人比较多。"

大家说:"正是。"有人小声补充说,我条子上没写,但心里也是这么想的。只是家里地方小,怕不吉利,给家人添麻烦。

程远青说:"这就是你的不是了。我刚才不是说了吗,你怎么想的就怎么写,别顾忌太多。"

大家说,嗨!要是条件允许,谁不愿意死在家里啊!

程远青说:"第二个感觉是特别在意亲人的陪伴,死在熟悉的环境和亲人身边,福气啊。"

大家就说,岂止是福,是奢侈!

程远青说:"第三点感受是,大家对于现代医学对死亡的大幅度的干预,抱消极态度。当生命不能挽回,就顺其自然了。"

大家说,太对了。真该请医院的大夫和卫生部的头头听听我们的心声,一来省钱,二来顺民心。以为人临终总是千方百计求活,大谬不然。死亡不可避免之时,过程搞得人道一些,就是医学的大成就。

程远青说:"这第四点感受是,大家还有一些未完成的事。思念呀,复仇啊,如果假以时日,愿意把它完成。"

有人频频点头。

程远青说:"如何死的事,要有提前量。干得动的时候赶紧准备,要不然,真到了那会儿,没人知道我们真正的心愿。"

大家说,对啊,要让全社会的人都多知道一些癌症病人的真实想法,是功德无量的事。就算我们自个儿不一定能享受成果，为以后的癌症病人造点福，也是好的。

程远青说："不知大家注意到了一点没有？无论写得浪漫也好，凄凉也罢，没有一个人写到钱。"

大家就笑了，说，钱在生死面前算什么呢？有钱的，在这之前，早立下了遗嘱，该分就分了。没钱的，想挣也来不及了，也没脸谈钱了。那么小的一张纸，谁能想到钱？您要是发一张大字报那样大的纸，或许在犄角旮旯里，能写到钱。

程远青说："第三道题：当你死后，你希望家人，你所爱的人，如何生活？"

周云若抢先说："我在手心里写下意见，在小组内走上一遭。你要是同意，就举手。要是不同意，再提出自己的看法。好不好？"

大家都说好。褚强就从文具盒中拿出一支笔递给周云若，说："这能在玻璃和金属上写下字迹。你手心得洗干净，有油腻可不行。"

周云若接过笔说："我的手心也不是红烧肘子，哪有那么多的油水！"说归说，周云若还是到洗手间，把手洗净，用笔描画了一番，握着空心小拳头，绕场一周。

成慕梅细细看了看周云若的手心，迟疑着，好像不是很赞同。但她思忖了片刻，还是把右手举了起来。

每当一个人看过之后，周云若就把手心重新攥起，又怕字迹模糊掉，就松松地蜷着手指，好像手心握着一只蚂蚱。这个手势引得大家充满了好奇，不知在五根美丽手指的护卫下，是怎样精彩的答案。每个人看过之后，就会把自己的手臂抬起。这个动作，对于一般人来说，是很普通的，但对于乳腺癌病人来说，却要付出艰辛。根治术切除了肌肉和皮肤，臂膀像是被无数绳索捆绑，要高举过头，是很吃力的。

周云若最后走到程远青面前。周云若的手心写着两个大大的字，由于保护得很好一点也没有洇散，新鲜得如同两尾活蹦乱跳的小鱼。

那两个字是——"快乐"。

岳评此时泪如雨下。她觉得这是远在天上的女儿在说话。在这一瞬间,她终于理解了女儿。因为太痛,她无力和最亲爱的妈妈诀别。每一句话,都会回忆起无忧无虑的日子。面对最沉痛的爱,只有选择欺瞒。女儿走了,今天在这里,在这些和女儿患了同样疾病的人身上,岳评明白了女儿的良苦用心,得知了女儿在天上对亲人的祝福。

快乐就是解脱和救赎,是冰释和消融。

程远青走过去,轻轻地抱住了岳评。

多么好的气氛啊!程远青真想在此刻的氛围中结束今天的小组活动,但是,不行啊!关于秃鹫和化成厉鬼的纸条,都是已经开始行走的定时炸弹。

要拆除它们的引信。仗得一个一个打。

程远青说:"那个厉鬼纸条是谁写的?要是经过刚才的互动,你不愿谈了,也完全可以。有话要说,请抓紧时间。好,我开始问了,这个纸条是谁写的?"

静谧。没有人回答。

程远青倒很平静。在她做心理医生的生涯中,最大的收获就是知道人是那么精密复杂,所有不可思议的事件,都能发生。你可以惊诧于逻辑的怪异,却不能否认它所呈现的事实。

没有人答话。为了缓和气氛,程远青说:"我像是拍卖会上的拍卖师,可惜手里没有锤子。现在,我问最后一遍——谁写的那张纸条?"

在人们几乎绝望的时候,花岚说:"我。"

大家着实吃了一惊。那张纸条是花岚念的,她念得很平静。收集起来并打乱顺序之后,她写的纸条又分到了她手上。刚才大家都在猜测,没有人猜到花岚头上。这种咬牙切齿的狠话,难以想象出自她口。

程远青说:"有大冤苦大仇恨的人,才能在最后的时光,还这样耿耿于怀。原谅我用了'耿耿于怀'这个词。我们愿意分担你的悲愤。"

花岚抬起头,大家一看她的脸,几乎认不出她来。文静的面孔被怨恨扭得狰狞,眼光聚成一串火星,如果那个令她愤恨的人在面前,会被她撕碎。

花岚讲她的经历，反复提到绿色的香纸。花岚把对她丈夫的怀疑和推论，演绎得活灵活现，如同一个充满悬念的故事。花岚闭上了嘴，大家不知所终。

程远青说："你最需要大家帮你的是什么？"

花岚很茫然，说："我不知道。您刚才说让我们想象临终遗言，我一怒之下写下了那些话。我不想临到死都是一个糊涂虫。许久以来，就像有一只脏手，掐住了我的喉咙，现在，它让出一条缝，我喘气通畅多了……"说到这里，花岚绷紧的小脸，有了一些似笑非笑的纹路，荡漾着，比刚才中看多了。

程远青绝不被表面的松弛所迷惑。她说："花岚，你觉得好些了，我很高兴。可是，你下一步的行动呢？"

"行动？我没有什么行动。下一步，我会回家，到超市买点果味酸奶什么的。"花岚说。

程远青："如果那张绿色的纸条又出现的话，你怎么办？"

花岚一听到绿纸条，怒火就腾地蹿起来，她咬着牙说："我会撕了。"

程远青说："如果纸条不断出现呢？"

花岚冷不防哭起来，说："我现在特别怕小组解散。小组散了，我再到哪里找这么多知心朋友！"

大家看到花岚对小组这么痴情，纷纷说，花岚，别害怕。即使有一天小组解散了，我们仍旧是你的好朋友！花岚破涕为笑。

程远青说："花岚，你真的舍不得大家吗？"

花岚不悦地答道："程老师，我说的是真话。"

程远青说："想念大家什么呢？请说具体些。"

花岚困惑地说："见到大家就高兴。"

程远青说："没那么简单吧。你会和大家再次谈起你的磨难,对吗？"

花岚理直气壮地说："当然会。我把大家当成我的篱笆和桩。花岚不是好汉，当然更需要人帮了。"

大家听得感动，说，花岚，你放心好了。我们不是一般的桩，是水泥墩。

程远青朝大家摆摆手。组员们噤了声。程远青说："谈完了你的苦难，你再做些什么？"

花岚说："回家。酸奶……"

大家听着，仿佛明白了一些，又仿佛什么都没明白。

程远青和颜悦色地说道："恐怕还得加上翻看你丈夫的衣兜……"

花岚不情愿，但还是承认了，说："是。翻兜。"

程远青正色道："花岚，我不知你发现了没有，你进入了一个怪圈。当你忍受不了的时候，你就宣泄。当你宣泄完了以后，你就忍耐。这是一个恶性循环。你不能把大家的倾听当成一个高压锅的减压阀，你呼呼吐出怨气，然后，压力舒缓了，你又有空间接受新的怨气。直到下一次忍无可忍之时，再来一次减压。花岚，那不但是对大家的利用，更主要的是你的苦难的延宕，是对恶势力的妥协。仇恨不会终结，只会越压越深，直至引发全面的崩塌。"

大家听得冷汗涔涔。

花岚双手抱住头，大叫道："是的，我就是要崩溃了！我的心一会儿松一会儿紧，好像弹性绷带。好的时候，我以为那不过是心魔。坏的时候，我会有一阵阵的冲动，去跳楼卧轨割腕摸电门……绿纸条像蟒蛇，越缠越紧……"花岚说到恐怖处，双臂环头，如同受刑。

程远青不去安抚花岚，说："我知道你所遭受的痛楚，用语言来形容是非常无力的。我想知道，你为挣脱苦海，采取过什么措施？"

花岚无力地说："诉苦……"

程远青说："然后呢？"

花岚抹干眼泪，肿着眼睛说："我要找一家私人侦探所，我已经把有关的程序都搞清楚了。包括费用，一大笔钱，我准备出。我要他们派出最干练的私家侦探，追踪我的丈夫，然后，找到留下绿色纸条的女人，最好能抓拍到他们苟合的镜头，起码也要录下音，这样我就人赃俱获……"花岚说着说着，悲戚一扫而空，换上眉飞色舞的表情。看来这个周密的计划，在她脑海中已经孵化很久了。

大家惊呆了，觉得像一部肥皂剧。

程远青很认真地倾听并思索着，说："然后呢？"

花岚目光空空地说道："到这儿就差不多了。"

程远青说："什么叫差不多了？你不会是把录音带留着自个儿欣赏，把相片插到影集里留个纪念吧？"

花岚揪着自己的衣角说："我真的不知道以后该怎么办了。也许，我会大吵一架，把录音带和相片甩到裴华山面前……"她困难地想象着，如同一条受伤的蠕虫在泥泞中爬行。

程远青毫无体恤地说："然后呢？这可不能算完，好戏才刚刚开始啊。"

花岚双手抱头说："我不知道！你为什么要这样逼我！"

程远青说："没有人逼你，这就是现实！你不是小孩子，你可以想象一下，裴华山看到了你搜集来的证据，会有什么想法和举动？和你的期望吻合吗？还有很多具体的问题，你都要思考。"

花岚说："程老师，不是我不想回答你的问题，是我真的不知道真相。"

程远青说："花岚，你有能力知道真相。"

花岚说："你的意思是，要我打那个绿色纸条上的电话？"

程远青说："这不是我的意思，这是你自己的意思。你的临终愿望，不正表明了这一点吗？"

花岚吓得直往后藏，好像程远青会扑过来逼着她打电话。"不！我不敢！"

程远青说："你怕的是什么？"

花岚想了想，说："我怕知道真相。"

程远青说："我看你是个分裂主义者。一方面，像鸵鸟埋头；另一方面，又充满想象，编织悲剧。在分裂状态里，必会崩溃。你选吧。要么知道真相，要么想入非非，包括崩溃，都是你的选择。"

花岚低着头，坐着。花岚甚至伸出手指头，一个一个地扳动指节，好像小孩子做算术题一样，数着她的选择。大伙儿这个急呀，恨不能拉着她的手说，这还有什么可迟疑的！

程远青不急。有些非常复杂的问题，只围绕着一个极简单的内核旋转。有些非常简单的问题，背后却是整整一生的浓缩。急什么？人的一生都在寻找，寻找那个真正的与众不同的自我，寻找属于自己的快乐和自由。

花岚想了半天，这半天简直比百年还长。她终于开了口说："我不知道。"大家就火了，说花岚你真是榆木疙瘩，这事简直太明白了，你只要……

程远青适时地打断了大家的指责和教诲，说："花岚，我想你心里很乱。"

花岚说："是，乱极了。比我第一次看到那绿色的纸条时还乱。"

这一次，程远青用严厉的眼神制止大家插话。程远青说："我明白。那时候，你还能用种种的假设搪塞自己，可现在你面临着选择。"

花岚说："我没有选择。选择权不在我手里，在裴华山手里。"

程远青说："咦？原来你是裴华山的附庸。"

花岚不愿意听了，说："我不是任何人的附庸。我是我自己。"

程远青紧抓不放地说："花岚，你刚才说什么来着？请你再说一遍。也请大家注意听，这是一句非常重要的话。"

花岚有些尴尬，也有些莫名其妙，说："这句话真那么重要吗？我刚才说的是——我不是任何人的附庸。"

程远青说："祝贺你，花岚，你说出了一个最基本的事实。既然不是他人的附庸，就能自己做主。现在的问题是，你有选择知道事实真相的自由。当然，你可以放弃这个自由，如同你以往做过的那样。但是，你会死不瞑目。"

花岚若有所思地说："我知道了真相又能怎样？"

程远青说："你依旧可以再次选择。"

花岚说:"就是说,我可以佯作不知,我也可以找裴华山摊牌?我可以警告他,也可以原谅他?我还可以离婚,也可以忍辱偷生?"

程远青说:"基本上是这样的。纠正你的一个说法,你知道了真相,如果选择继续保持婚姻,也并非忍辱偷生。那是你为了一个目的,比如你的父母,比如你的未来,而有意付出的代价。你不是被迫,而是主动。这就是两者的区别。"

花岚慢慢地说:"我明白了。"

程远青觉得气氛过于严肃,微笑着说:"我也明白了。"

这下轮到花岚不解,说:"程老师,你明白了什么?"

程远青说:"我明白了,你不想家庭解体。采取的方法就是回避事实,糊里糊涂地苟延残喘。"

花岚说:"程老师,真相只是更有利于选择。"

在人们几乎以为无望的时刻,花岚拿出了精巧的手机,对大家说:"对不起,我要在这里打一个电话。"她想也没想,就拨出了一个个数字。那些数字在她的脑海中已生根发芽。

电话通了,有人答话。由于屋子里极静,花岚的电话质量过硬,居然大家都听到了一个机械的女声应答。那女声说的话是——对不起,您拨打的电话号码是空号……

第25章
子非鱼

程远青回到家里。每逢小组活动的那一天，程远青早上从家走的时候，就像核潜艇驶向深海，不知道将遭遇怎样的波涛。回来的时候，也像返回港湾，夹杂着疲倦和喜悦。

小组像花苞慢慢长大。从社会各个角落汇集而来的病渣，在小组的这个锅子里，搅拌煮沸蒸腾，今日的小组和刚刚成立时的小组，已不可同日而语。人还是那些人，但她们脸上的笑容显著地增多了，她们打开了封闭的心扉，把纷杂的往事——梳理。大多数成员，心境已趋清爽。

当然，不是全部。程远青知道，即使到小组结束的那一天，也不能保证所有的组员都会有长足的进步。这和自己的指导水平有关，更与每个组员的开放程度和灵性密不可分。

"死亡之后被秃鹫啄食，不让任何人看到我的身体"的纸条，让程远青不安。谁写的？纸条在褚强手里，一时也无法判断笔迹。

程远青把自己像个线毯似的铺在床上，背后倚个软绵绵的靠枕，随意翻阅一本休闲杂志。

她有点心不在焉，说得严重点，甚至是魂不守舍。她是在连连换了几本刊物，都不能成功地读上5页的时候，发现了自己的烦躁。

昨天才和国外通了电话，女儿在写硕士论文了，让她深感欣慰。女儿显然不是她不安的原因。那么，招致她心绪不宁的原因究竟是什么呢？

程远青细细搜索，很快就明白了。一旦她明白了，就有些生自己的气。原来，她有意无意地在等成慕海的电话。如今的成慕海，成了一个奇怪的角色。经常会在小组活动的当日晚上，或是第二日早上，打来电话，述说他对小组的评价。成慕梅事无巨细都报告给哥哥，以致程远青曾愤愤地质问："你妹妹是不是携带了针孔录像机？"

成慕海充满磁性的声音说："外人很难理解双胞胎之间的那种感应。小时候，我们兄妹一个得病了，父母会给两个孩子一起喂药。刚开始我以为是预防，怕另一个也得病，后来我妈说，两人都吃，药一块儿使劲，两份药治一份病，好得快。所以，妹妹不是故意的，我也不是故意的。如果您特别在意，我就不说得这么详细了。"

成慕海说得恳切，程远青只得作罢。当然了，程远青握有主动权，可以立即停止交谈，但她始终不能断然叫停，奇怪的谈话就延续下来。程远青需要一个交流者，一个置身事外却又明察秋毫的观察员。在这种交谈中，她快乐轻松。成慕海是宁静的，有着淡淡的书卷气和忧愁，健谈，但有分寸，行于当行，止于当止。时有发人深省的疑问，有时会带一点巫气。比如他说组里有人不以真实身份示人，程远青几乎要一笑而之。没想到褚强深入下去，才挖掘出了鹿路的一段隐情。鹿路的改变是显而易见的，她将重新规划自己的人生道路，从这个变化来讲，成慕海功不可没。只是，他从哪里知道的？

也许，鹿路风尘生涯，阅人无数，使成慕海从某个途径得知了她的真实身份？程远青这样推测。他不会亲自晤过鹿路吧？想到这里，程远青有些惆怅。

电话铃响起来了，程远青立刻抓起了听筒。

"你好，程博士。在等我的电话吗？"那个充满磁性的声音，有些喜出望外。

程远青暗骂自己接听得太快了，故意说："您是哪一位？"

成慕海说："程博士，您真的听不出我的声音来了？心理医生都有很好的听力，您是业界的佼佼者，这点修行还是有的吧？如果我说得不错的话,其实您听出了我的声音,故意装作听不出,以防让我得意。是这样的吗,博士?"

魔鬼!程远青暗暗地骂了一句。但正因为这种魔鬼般的聪明和判断,使得程远青把和成慕海的谈话,当成一种精神的博弈和休憩。程远青说:"凭此出言不逊,可以判断出是成慕海先生了。铃声只响一声就被我接听的原因,没有您想得那么复杂,只是我凑巧经过电话机旁。成先生,您有什么事吗?"

程远青有意拉开和成慕海的距离。

成慕海感到了话语中的淡然,马上恢复了恭敬的口吻:"程博士,请别介意我的随便。主要是刚和妹妹聊完天,听她绘声绘色地讲您的小组,感同身受,余兴甚高,好像和您也很熟稔了。其实是陌生人。"

这席话倒还算入程远青之耳。有关小组的情况,程远青当然愿意听到反馈。程远青在音调里加入少许温和,说:"您对小组有什么新印象?"

成慕海等的就是这句话,马上说:"如果您时间充裕,我就多聊点。反之,就简练点。"

程远青希望多聊点,说出来的却是:"简练点。"

成慕海说:"哦,好。最简练的发言还是我以前说过的一句话,您应该记得的。"

程远青说:"对不起,您说过很多话,不知您指的是哪一句。"

成慕海说:"小组有骗局。也就是说,有人脸背后还有一张脸!"

程远青愕然。澄清鹿路的身份之后,以为问题已然解决,不想仍在原地踏步。程远青道:"您还坚持这个说法?"

程远青记起同鹿路的谈话,并没有在小组公开,便笑自己大惊小怪,又不能把来龙去脉告知成慕海,就说:"不知你妹妹向你描述的小组,有什么变化吗?"

成慕海说:"成慕梅发现鹿路不同以往。她讲话很少,几乎没有任何突出的表现,但很显然,一个深刻的变化已经发生。她身上的流浪漂泊之感消退了,好像有了家。至于岳评校长,我不知道您是否把她的表白当成了谜底,她就算是欺骗,也是一个小小的善意的刺探。这算不了什么,还有更深刻更令人震惊的假象,存在于小组之中。"成慕海最后的话,简直充满预言的味道。

程远青沉吟片刻。不知这份敏感,是属于成慕海还是成慕梅。想想看,一份病两份药治,这样的共同体真是不可思议。

程远青说:"您说得这样肯定,是否可以告诉我,您从哪里得知的?"

成慕海笑了,说:"博士,您不该这样问。我只是一个局外人。我告诉您的是真的,这就足够了。"

回家的路上,花岚又用手机拨打了那个号码。她很紧张,等来的还是"没有这个号码"。花岚先是松了一口气,马上她又怀疑,是不是记错了?打错了?

记错是不可能的。号码已烫在脑屏,就是死了,火化之后,在碎骨的白色坯面上,也一定会留下这组数字。花岚再次查看了自己拨打的电话记录,没错。地铁上的信号不是很好,花岚索性提前下了车,爬出地面再次拨打那组数字。屏声静气地听,还是那个标准的录音在回答花岚的等待。花岚现在几乎可以确认那是空号了。于是,花岚上了瘾似的一次次按下电话的重拨键,享受地听着那个不带任何感情色彩的声音。

她给裴华山打了电话,要求他回家来吃晚饭。裴华山自由惯了,什么时候回来什么时候走,花岚都表示出一种冷漠的淡然,好像根本不在意。今天不是邀请,是"要求",这让他思量。

裴华山说:"有什么要紧事吗?"裴华山在脑子里迅速搜寻,谁的生日?世界抗癌日?好像都不是。再说,他家从没纪念这些日子的习惯。

花岚说:"我很想和你谈谈。"

花岚从未用这种口气和裴华山说过话。裴华山推掉了重要应酬,早早到了家。花岚整出一桌菜等他。花岚体弱,不胜油烟,自己也没胃口,全靠西洋参乌鸡精什么的支撑身体。其实,她小时候,家中雇过一位杭州保姆，会烹制很精致的小菜。花岚跟着学过几手。今天特意表现，就有几分江南小馆的风味了。

胃的力量强大，裴华山津津有味地埋头便吃，至于种种疑问，饭后再说吧。

花岚说："有一件事，我一直想问你，可我一直没有问你。"

裴华山剔着牙缝说："干吗这么兵临城下？有什么事，你说吧。"

花岚觉得自己的牙床骨直打架。不是因为冷，也不是因为害怕。谜底就要揭开，她有一种颤栗的期待。花岚说："你的衣服一直都是我洗的。"

裴华山说："是啊。你是不是对此有意见？如果你觉得太操劳的话，我可以自己洗，也可以送到洗衣房。"

花岚说："我在你的衣服上经常闻到脂粉的气味……"她不得不停下来，因为她的声音抖得不成样子。她觉得这有损自己的威严。

裴华山一点都不意外地说："是吗？这有可能。你知道我们经常要和一些客户打交道，甚至要到一些很暧昧的场所。我不能放弃这些业务，你病了，需要钱，我不能不去。但我洁身自好，倒不是品行多么高洁，甚至也不敢说是对你的忠诚，实在是出于对健康的考虑。我可以向你发誓，我从来没有做过背叛你和这个家庭的事情。"

裴华山讲得很坚定，眼睛也毫不躲闪地望着花岚。花岚经过小组的锻炼，知道这样讲话的人，通常是真实的。但她能相信裴华山吗？焉知裴华山不是一个老到的情场高手练就了风雨不透的功夫？花岚自觉不是裴华山的对手，她从来就说不过他，也从来算计不过他。但此刻的花岚不自卑。她已经反复琢磨过自己的处境，与其在痛苦的猜测中焦灼而死，不如问个清白。在今天小组活动之后，花岚决定不再用一生来做赌注，而是顷刻就要面对真相。

花岚说："我给你看一样东西，希望你保存它的完整性。这是一个仿制品。你就是把它撕毁了，我还有不止一个真品。"

裴华山来了精神，说："花岚，我佩服你。一天到晚待在家里，想出了神话。它是什么东西？你说到撕毁，可能那玩意儿质量不好，是纸或塑料或丝绸？你放心，我不会撕毁。"

花岚就拿出了绿色的纸条，丢到裴华山面前，说："你看吧。很熟悉，是不是？"

裴华山很仔细地看看，又把那串数字念了出来。花岚冷静地说："一组密码？很亲切，是不是？"

裴华山抚弄着纸条说："这对我真是一组非常重要的数字，有关一个重大的投资客户。它恰巧是八位数，和电话号码的位数相同。不知为什么，我总是记不住这组不规则的数字。但是，和客户谈话的时候，又要不停地重复这组数字。没办法，每当我和这个客户见面之前，助手都会把这组数字抄下来给我，以防我忘记。我这个人有时会突然考试晕场，不信去问你爸爸。"

花岚半信半疑。那个袭扰了自己无数个夜晚和白天的数字，竟是如此简单！她甚至怅然若失，为自己所有的眼泪和惆怅，为自己无数脑细胞的夭折和毁灭……

"这是真的吗？"花岚哽咽着说。它太简单了，简单到让人心碎。

裴华山说："你可以拨打这个号码啊！我不知道它能不能打通，即使通了，也是完全的巧合！"

花岚说："我打了。打了几十遍，都说不存在这个号码。"

裴华山轻松地耸耸肩膀说："那不就得了。我总算洗干净了。"

花岚还有最后一个疑问："那张纸条，为什么那么香？"

"香吗？"裴华山有些吃惊。想了想说，"那是业务助理为大家买来的便笺纸，进口的，都说好，我还从来没闻过它的气味。我是老鼻炎了，你又不是不知道。"

花岚转过身，号啕大哭。这是她自从得知自己身患乳腺癌之后，最气壮山河的一次痛哭。她恨那些牵肠挂肚的日日夜夜，恨所有的胡思乱想，恨出卖绿色羊皮纸的商店，甚至恨那个机械的女声，让自己所有的忧虑变成毫无意义的虚空。好像一个标有骷髅头的集装箱，浸泡在海水里，长久地不敢打开。今天打开了，大箱子里面套着小箱子，小箱子里面套着木匣子，木匣子里面是布袋子……当所有包装打开之后，她看到了一点灰尘。

也许这就是人类常常面临的困境。当你以为是海洋的地方，是一滴水。当你以为妖孽出没的时候，是一根鸡毛飞舞……

半夜里，在久违的鱼水之欢后，裴华山说："想不到，你活力迸射。以前，我几乎不敢碰你。"

花岚说："如果你不碰我，我就真没活力啦！"

裴华山说："你病了，我觉得是我的责任。我要好好地保护你。我要压制自己对你的欲望，我觉得那是不道德的。所以，我拼命地在外面工作。"

花岚说："你每天看也不看我，我以为我做女人的魅力一点都没有了。你总在外面不回家，我以为你另有他欢。"

裴华山紧紧地搂住花岚说："你变了。"

花岚说："以后还会变。"

裴华山说："见好就收吧。变化太大了，我可害怕。"

花岚说："不会的。我只会越变越好。即使我的病治不好，我也依然可以幸福。"

这次小组活动的地点，是花岚选的。精神面貌一变，脸上的神气就不一样。本来嘛，哭笑全是脸上的肌肉组合而成。肌肉也像扑克牌，组合不同，成就了千姿百态的表情。花岚的衣服也换成了跳跃的粉蓝色，透着轻快。银行有处"阳光屋"，面积虽不大，但十分敞亮，还栽了若干在北方很罕见的热带植物，不是形单影只的巴西木苏铁，而是高大的椰树和芭蕉。通常不外借他人，只是单位员工可来此休息吃茶。花岚来借，知她有病，就破例批准了。花岚做了准备，常绿椰树下，椅子摆成圆圈。为了活动方便，把四周的帘子拉上。冬阳从玻璃屋顶垂直倾泻下来，好像一匹金色的瀑布。

新地方，很多人怕来晚了，提早出发，车顺了，到得格外早。暖融融的光线像一支支金黄的麦秆,挠着人们的鼻子和眉毛。大家闲来聊天,反正褚强这个唯一的男性还没到,肆无忌惮,开始讨论胸罩问题。对于切除了乳房的女人们,胸罩就不仅是美观,简直就是保持体面和尊严的同盟军。

花岚说:"我用的是一种内囊充满了水珠的假乳。关键不在好看,主要是有波动感,我觉得这太重要了。硬邦邦的乳房,无论形状多么逼真,只要一走动,就露馅了。"

应春草说:"你说的这个东西好是好,可是,得多少钱呢?"

一个否定句。可惜沉浸于快乐之中的花岚,把它当成了疑问句,轻描淡写地说出一个吓人的数字。

"我的是自己缝的。"应春草说。

"我的天!胸罩不比裤子,要很多奇形怪状的布才能拼起来,手够巧的。"花岚顺嘴说。

应春草说:"自己的身子,哪凸哪凹都有数。第一次做的不合身,第二次就好了。要不,一辈子的事,老买现成的,太破费。"

大家连连称是,这确需长治久安。

"你在里面填什么呢?"安疆又出现了。她的身体极为虚弱,被周云若搀扶着来了,谁也劝不住。

"这个……"应春草有点迟疑,好像寻思要不要把独门功夫传授他人。反问道,"安奶奶,您的胸罩哪儿来的呢?"

老人家瘦得如同棺材板,腰佝偻如虾米,对这样的提问很满足,说:"我是自己做的和街上买的相结合。"

大家说:"您说详细些。"

安疆老人说:"我只能在街上买少女型的胸罩……老了老了,还用上少女型了……"老人咧开干燥的嘴唇,开心地笑了起来。从暗色的唇中,你感到生命正在出逃。但是,谁又能阻止一个老人在阳光下开心地微笑,并遥想自己的少女时代呢!

"少女型的胸罩还是肥,乱晃荡,没办法,动手把它改得更瘦。这样，有东西的那一边算是凑合了，可没东西的这一边，就得絮些棉花进去，要不然，跟个空老鼠洞似的，多不好看。后来，我技术革新，找到一个好物件往里填，你们猜是什么？"老人眯缝着眼睛，只有在饱经沧桑而又充满天真的人身上，你才能看到这种得意的笑容。

不知真的无人猜中，还是大家要讨老人家的喜欢，纷纷说，猜不出，您就自揭谜底吧。

安疆得意地说："我在空罩里填的是旧丝袜！怎么样？又软和又透气还好洗！"

大家就夸张地表示自己的钦佩，乐得老人简直觉得这个创意，可以申请个专利。

应春草小声对身边的鹿路说："填袜子，对老年人，特别是麻秆形的老太太还行，但对中青年不行。我另有一诀窍。"

鹿路微笑着听大家讨论胸罩。她当然曾有过最性感最奢华的胸罩，胸罩是她的旗帜。这些经历，对如今的她来说，已远隔天涯，她搬出了度鸟别墅，租了一间小小的公寓，正在读书，准备开始新的生活。

"你有什么好法子呢？"鹿路问应春草。

"绿豆。我在假乳房的袋子里，放绿豆。我放过米，江米小米都放过。我也放过各种豆子，黄豆红小豆……最后发现只有绿豆最好。你知道为什么吗？"

鹿路说："不知道。"

应春草说："重量。乳房的重量是最重要的。小米太轻了，不成。黄豆太重了，一边像挂了颗手雷，另一边却什么也没有，悬空。悬空的滋味不好受，不平衡，人会歪歪斜斜。绿豆和乳房的比重是一样的。这是我的一大发现啊。只是有一条，夏天的时候，要勤换。你要有两口袋绿豆替换着用。这份被汗浸透了，赶快倒换下来晾晒。刚开始用绿豆，我没经验。一次外出，两天没来得及换，到家一看，绿豆露出芽啦！以后我琢磨着把绿豆炒熟，也不能太熟，七八分熟就成了。太熟了，人一靠近你，会闻到豆香气。心想，咦，这女人刚在家吃完铁蚕豆吧……"

应春草喋喋不休地讲着,鹿路耐心地听着。她知道,这就是一个普通的平民妇女的生活。也许,这就是她的未来。

大家说笑一番,目标集中到沉默的成慕梅身上,问:"你用的是啥胸罩呢?有没有什么经验,也跟大伙儿交流交流。"

成慕梅闷声闷气地说:"我在里面填的是石头。"

大家哄堂大笑,觉得成慕梅够幽默的了。只有周云若没笑。她想起来了,上次和成慕梅拥抱的时候,发觉她的胸部非常硬,好像鹅卵石。

大家又问一直没说话的卜珍琪。卜珍琪说:"一会儿,我会在小组活动中讲这个事。"大家就有些奇怪,戴什么样的胸罩这类事,还要一本正经地说吗?

程远青和褚强到了,小组正式开始活动。程远青说:"我想告诉大家,小组会在近期解散。"

大家听得一颤,空气也跟着起伏,附近的那棵国王椰子的枝叶,明显地哆嗦了一下,惆怅涌上心头。

程远青说:"刚成立小组的时候,我听到外面有人说——一群患了癌症的人成立心理小组,还叫什么'成长会心',癌症病人还能往哪里成长?再成长,成长到坟墓里去了。心会到一处都是苦的。参加过很多次活动了,你成长了没有,自己心中有数。如果你觉得自己成长得不够,那么,这个责任也在自己了。"

程远青说到这里,稍事停顿。提到时间,不但是一种督促,更是在打预防针。一个小组,也同一颗麦子一样,有沉闷的种子时期,当土壤湿润,当肥料撒下,当温暖的阳光照射之后,那颗麦子就艰难地拱破了土壤,露出稚嫩的幼芽。风来吹,雨来打,麦苗细弱左右倒伏,但生命的本能逼迫它向着太阳生长。它拔节抽穗,它灌浆成熟,如金子般放射着灼目的光芒。然后,它沉甸甸地垂下了自己的果实。再等一段时间,它会把饱满的麦粒送给肥沃的土壤,把新的希望交给下一轮的生命。然后,麦秆萎黄了,它干成充满香气的粉末,随着风飘向远方。

程远青是老农,知道麦子的起承转合,知道一株麦子无法对抗生生不息的宇宙。程远青预告了小组的终结，人们很安静，斟酌宝贵的时间如何走过。卜珍琪说："刚才听组长说时间有限，心中紧迫。说实话，我对小组，刚开始没抱太多希望，心想一群哭哭啼啼的女人，能说出什么来呢？但我还是来了，因为孤独。我以前在办公室里养过一缸金鱼，人家都说金鱼好养活，随便喂点鱼食就能活。我是我那个部门的领导，人家都说我好像缺少女人味，我不服气，就从花鸟虫鱼市场买来了这缸鱼。那时正是夏天，鱼买回来活蹦乱跳的，尾巴就像红纱巾，在水草中摆动。我非常喜欢它们，给那条最大的鱼起了个名叫红袖。来我办公室的人看到了，都说，司长，工作累了看看鱼，心情也荡漾起来。鱼食都是现成的，只要每天别忘了往缸里投食就成。就是一天半天忘了，也没有关系，金鱼很皮实。如果我出差了，就告知司里的同志，代我喂喂，大家都很帮忙。鱼活得很好，个头也见长。后来，很奇怪，有一天早上我上班，习惯性地走到鱼缸那儿，除了红袖，别的鱼都死了，像乒乓球一样翻着橘黄色的肚皮。我傻了，是谁谋害了我的鱼？死了的先不管，抢救活的。我赶紧把红袖从鱼尸中打捞出来，暂时养在我的脸盆里，把那些死鱼倒了，把缸刷干净，再把红袖移到干净的水里。我给红袖喂食，它吃得很欢，完全忘记了同伴们的悲惨遭遇。鱼的死因，我一直搞不明白，很久之后，才听人说，金鱼喜冷不耐热，在炎热的夏天，它们之所以还活得优哉游哉，是因为办公大楼里空调强劲。那一晚，正是三伏天最热的时候，办公室停电了。气压又低，鱼儿经受不了忽冷忽热的折磨，就一一谢世。对于剩下的红袖，我格外地当心。我亲自喂，怕它不知饥饱，吃个没完，容易撑死。没过多长时间，红袖居然有了一条大鱼的模样。有一个懂行的朋友来我办公室看到这条鱼，他说，你被人蒙了，这不是金鱼，是金鱼的爷爷。我说，那不是赚了吗？朋友说，这叫红毛鲤鱼，养大了，可以烧成一盘菜。我说想得美，我会给它养老送终。红袖每天在一只硕大的鱼缸里游来游去。凡来我办公室的人，都会看看红袖。有的人，本来是不来我办公室的，为了看红袖，也来了。不知从哪一天开始，我突然注意到，所有看到红袖的人，不论是老的小的男的女的，只要他们独自观赏一会儿红袖,都会说同一句话。好了,同志们,我就请大家猜一猜,这是一句什么话?"

卜珍琪今天是要拉开架势和大家好好谈谈了。平常,她惜字如金,隐带领导者的霸气,言简意赅,语句干净得让人有一种被冷风呛着了的感觉。今天的卜珍琪婆婆妈妈絮絮叨叨。甚至离题万里不着边际。好在经过小组的训练,大家的耐心都有很大的提高,知道只要诚恳地听下去,就会揭开那背后潜藏的秘密。

大家微笑着齐声说:"猜不着。"

卜珍琪也没指望大家能猜出来,她说:"只要身临其境地想想,那句话就脱口而出了。每个人看到红袖都说,它多孤独啊!一个伴儿也没有。所有人说的都是这句话。刚开始,我还觉得很好笑,秉承那个古老的故事,你又不是鱼,你怎么就知道它孤独?当然了,这话也可以反过来说,你又不是鱼,你怎么就知道它不孤独!但是,当我一个人看着红袖的时候,我就知道了,人们为什么会这么说。看到红袖,我们就看到了自己。当我知道患了乳腺癌,我就成了红袖。为了这无法排解的孤独,我来到了小组。我知道'物以类聚,人以群分'这句话,可我没想在小组中找到知音。刚到小组,除了组长以外,我谁都看不起。当然了,我会把它包装得很严密,一般人能感到,但抓不到。即使抓到了,我也不在意。因为,我从小就觉得自己是与众不同的。

"刚才组长讲到小组即将解散,我要把自己的心里话和大家讲一讲。我知道自己在这个小组里,学历算高的,职务也算高的。我把这些看得很重,但从这个小组里,我知道了一个人的价值不单在标签上,更在他内心。看到了那么多真实的生活状态,我也要真实地活一次。所以,我要告诉大家,我欺骗了你们!"

大家呼出了一口长气,阳光屋内的绿色植物,枝叶抖动。

小组里为什么有这么多秘密?小组内为什么有这么多"骗子"?小组有什么魔力,让一个个秘密大白于天下?

卜珍琪说:"我复查出乳腺癌之后,没有告诉任何人。就是我最好的同事,我也没说。我至今没做手术。所以,我违背了小组发起要求中必须是乳腺癌术后人员这样一个先决条件。肿瘤还在我身上。"

卜珍琪深深地喘了一口气,看来发表这样的长篇大论她也很不习惯。"我不想手术。罹患癌症,是冥冥之中的报应。部里马上要提拔一批正局级干部,我是热门人选之一,呼声很高。我对自己说,如果我动了手术就让那些反对派有了口实,说这个女人得了癌症,那还提拔什么呀?马克思比我们更喜欢她。我不能功亏一篑,所以,我要坚持,坚持到提拔我的命令下来的那一天。命令只要一下来,我就住院手术。在这之前,如同战士不能离开阵地,我不能离开我的岗位。说实话,如果我这时遇到什么意外,比如车祸或是在下面检查工作的时候以身殉职,从我的身上搜出了疾病诊断书,也许人们真的会以为我是一心扑在工作上的好干部。我和那些为革命鞠躬尽瘁的好干部不一样,他们是真的,但我不是。我究竟是什么,我也不知道。我的疾病在进展之中,虽然很慢,但我知道它分分秒秒侵蚀着我的肌体。父亲很在意仕途,他炉火纯青的时候,遇到了'文化大革命'。'文革'最可怕的是'耽误'。'耽误'把一切可能性都扼杀了。父亲被耽误了,但父亲没有怨天尤人,真正的政治家是不怨天尤人的,只是把更多的期望放在今后。由于父亲的内向和寡言,父亲不曾说过期望。没有说出来的期望就是更大的期望。父亲期望我在仕途上有所进步。父命不可违。之所以不做手术,是因为手术会毁了我的仕途……"

程远青洗耳恭听,知道人要胜过自己的父亲,是一件深具标志性的事情。有多少人在这样的空想之下,耗尽一生。

其实,夜深人静之时,卜珍琪知道事情不是那么简单。她可以被人骂成"官迷",但她知道自己心底迷的不是官,是父亲的遗愿。

也许这就是问题的终极答案,但卜珍琪总还觉得有什么地方不对头。她不知道是哪里搞错了。如果当事人都不知道是哪里错了别人又怎么能知道。所以,卜珍琪不相信小组,但亲眼看到了很多人的变化和成长,卜珍琪有点慌了。她知道有一天小组会解散,散了之后,她那无时无刻不在的疑问就成了千古之谜了。

卜珍琪谈起自己幼年时的经历。她说:"当时发生了什么事情,我忘了。等我醒来之后,就'文化大革命'了。在我的脸上,有妈妈的泪水。妈妈的眼泪如同强酸,腐蚀了我以为她是金属的感觉。妈妈后来再也没有回来过,然后就死了。"

卜珍琪说得很平淡,程远青却敏锐地感到事件完全没有那么简单。因为卜珍琪的一生都在实践父亲的愿望,为什么和父亲同等重要甚至更为重要的母亲,在卜珍琪的记忆中居然是一张白纸?

程远青说:"卜珍琪,你能否用一句话告诉我们,你想要解决的主要问题是什么?"

卜珍琪想了一会儿说:"我想知道我为什么不愿做手术。"

鹿路说:"卜珍琪,你是真不知道还是假不知道?"

卜珍琪一脸清白地说:"真不明白。"

程远青说:"你想知道吗?"

卜珍琪很惊讶地说:"这和我想不想有关系吗?"

程远青说:"当然有关系了。你为什么会忘记,就是因为你不想记住它。它已经沉默在记忆的海底了,就像泰坦尼克号的残骸。那年,有人要打捞泰坦尼克号,死难者遗属都反对。他们说,就让死者长眠在冰冷的海底吧,不要在这么多年之后再去打扰他们的安宁。人的大脑,是有保护机制的。记忆太痛苦了,才要忘记。把遗忘的记忆从深海中打捞出来,你也许会痛不欲生。你可有这个勇气?"

卜珍琪说:"程老师,我明白您的意思。我不知道我忘掉的是什么,可我相信您说的,它一定非常痛苦。生命有限,我要知道在我的生命里到底发生过一些什么事情。它曾丢失了一个晚上。不,正确地说,是几十分钟,我觉得它不是空白,是一个黑洞。至今还在飕飕地刮出冷风,吹遍我身体的每一个角落……"

卜珍琪嘴角抽搐着,双手交叉着抱住肩部,在人们看不见的华丽衣着下面,一定是密布的鸡皮疙瘩。

程远青看看大家,说:"今天你们愿意帮助卜珍琪找回她失去的记忆吗?"

大家异口同声地说:"愿意。"声音之齐整,犹如幼儿园的小朋友在回答问题。

程远青说:"卜珍琪,你准备好了吗?"

卜珍琪惊讶地问道:"我还需要什么准备吗?"

程远青说:"你可以选择在小组内公开讲,也可以选择私下找人个别谈。"

心如火燎的卜珍琪卡了壳,嗫嚅着说:"我还可以反悔吗?"

程远青说:"当然可以了。只要你还没准备好,我们就会等你。"

卜珍琪半仰着脸,好像等待分发苹果的小朋友,问:"等多久啊?"大家奇怪地发现,极具杀伐决断能力的副司长,突然变得如此幼稚。

程远青说:"咱们两个私下谈,好吗?"

卜珍琪嘟着嘴说:"好——吧。"

大家算是彻底糊涂了,卜珍琪变成了受气包似的小姑娘。

程远青决定马上终结和卜珍琪的对话,帮她逃出这个境地。程远青说:"卜司长,这个事就这样决定了,你还有什么意见?"程远青的口吻极像写字楼中流行的味道。

卜珍琪清醒过来,挺直腰板,在短暂的迷惘之后,很快恢复了正常的神态,她好像并不记得自己刚才的表现,很自然地说:"我没有意见,就按您的指示办。"

大家就把目光收了回来,虽然摸不着头脑,但知道程博士这样处理,一定有深意,遵从为上策。

| 第 26 章 |

泪洒春草

有人哭泣。程远青不用扭头，就知道是应春草。这算是程远青的一绝，视野余光格外宽，好似一架质地特别优良的广角镜头，可把周围的人和事尽收眼底。

应春草哭得很痛心，一把鼻涕一把泪，全然不顾把自己的脸面和衣服搞脏。衣服是很破旧的羊毛衫，早年间的四平针织法，袖子下面都磨出了洞，用肉色的丝袜衬在里面缝补起来，依然可见断裂的线头子。脸上细小的皱纹，被泪水一洗，肿得亮起来了。

大家不知所措。有人轻轻地抽出手帕纸，塞进应春草手中。应春草感激地点头，然后起劲地用纸头猛擦脸颊和眼袋。纸巾质量不好，加之过于用力，纸屑被泪水黏结，很是狼狈。

程远青走过去，示意坐在应春草身旁的周云若暂时和自己换个位置。周云若乖巧地让开身，程远青坐下，轻轻地拍拍应春草的肩膀，说："春草，你哭得这样伤心，想到了什么？"

应春草不说话，把自己的破毛衣袖子往上撸了撸。大家就看到应春草的胳膊上青一块紫一块的，有一道道像刮痧留下的血痕。应春草又把自己的毛衣下摆往上拉，于是大家又看到她的肚子上有一块块螺旋状的伤痕，好像红豆沙撒在肚子上。

"这是什么？"其实都想到了那个答案，但大家不敢说，不忍说，于是问。

"是那个人打的，拧的……"应春草哽咽着说。

人们气愤了，说："谁？！"

"那个人。"应春草说，还下意识地看了看屋外。

于是大家猜到了那个人是她的丈夫。

"他这么打你，多长时间了？"安疆虚弱但是很生气地问。她一生被政委呵护，不能想象一个女人被自己的丈夫殴打成这个样子。

"还有见不得人的伤呢……"

女人们极端地愤怒了。男人——在场的褚强也震惊和愤怒。这样惨无人道的迫害，居然就在我们身边发生着，而且这个女人隐忍多年！

"告他！把他送到警察局！打110报警！"岳评怒火万丈。

"这也太无法无天了。退回去60年，若是在穷乡僻壤，这事就蒙混过去了，可现在是什么时候，21世纪了，做女人的，哪能就这样任人蹂躏！必须奋起反抗！"花岚说。

周云若说："哎，应春草，你男人是干什么的，怎么这么残暴？你当初怎么找上他的？这不整个一个上当受骗吗？"

应春草小声嘟囔着："那会儿他不是这样的，好着呢。每天我下夜班，他都到厂门口来接我，骑一辆大28的破车，让我坐在后头，他带着我，送我回家。路不好，坐后头颠得我屁股都快成两瓣了。后来，关系密切了，他就说，要不，你坐大梁上，那样舒服些。我说，只有小孩才坐大梁上呢，我一个大人，哪儿坐得下。他说，坐得下。说着，就把我抱到自行车大梁上了。那是冬天，可冷了。我坐在大梁上，其实就是裹在他怀里，他的胳膊从我背后伸到车把上，紧紧地搂着我。按说他要是把手放在车把边上，也还算宽敞，可是他不。把手往里搁，都攥在车铃铛内里了。我缩在他怀里，那个暖和啊，我第一次听到一个男人的心跳，那么大一块地方都在跳，不像女人的心跳，只有小小的一个地方。男人的心跳像一块忽闪的门板……"应春草说到这里，脸上荡漾出满足和幸福的光芒，让大家看得目瞪口呆。

程远青适时地打断了应春草的美好回忆。程远青说:"应春草,你说的那个他,是谁呀?"

应春草一下子从梦幻中醒来,她不是一个太聪明的女人,但她从程远青的话里听到了疑问。她支吾着说:"嗨,还能是谁? 就是那个冤家啊。"

程远青说:"哪个冤家? 我看你刚才好像很享受的样子。"

应春草不服气地说:"那个时候的他,特可爱。淳朴青年。"

程远青说:"可你今天哭了。你的泪流了那么多,我想,你今天要和我们讨论的是这个淳朴青年的事吗?"

应春草嗫嚅着说:"那是过去的皇历了。"

程远青说:"也不能说是都过去了。我看你刚才回忆的时候,满脸笑容。"

应春草吃惊地说:"是吗? 连孩子都说我不会笑了。我刚才真的笑了吗?"

程远青说:"你们看,应春草不相信我呢。大家说说,也好替我做个证。"

大家就说:"应春草,你真的笑了,挺享受的。不骗你。"

大家以为应春草听了这话该高兴,没想到应春草抹抹未干的眼泪说:"想那会儿有什么用呢? 人怎么一结了婚,就变得不是人了。起码不是原来那个人了。"

程远青说:"应春草,你说的这个人是谁啊?"

应春草说:"就是那个人。您不是知道了吗?"

程远青很严肃地说:"应春草,你为什么不说出他的名字?"

应春草抗拒地说:"你知道,我知道,为什么一定要说出他的名字? 我讨厌他! 我不说,就不说!"

大家看到应春草对着程远青发脾气,就有些打抱不平。岳评说:"应春草,你怎么就不识好人心? 程老师问你,就必有她问的意思,你就说呗! 你男人又不是皇帝老子,他的名号说了就说了,怎么就不能说!"

鹿路倒是多少能理解应春草的心情,说:"你是不是不敢说? 说了,怕他知道了再揍你？"

应春草蓦然变了脸，说："我不怕他揍我，我就怕他不揍我！"

天啊，这是什么逻辑？安疆老人伸出骨瘦如柴的手，哆哆嗦嗦地摸了摸应春草的额头，说："孩子，发烧了？"

应春草简直变得不可理喻，她推开了安疆的手说："我好着呢！你们干吗盯着我不放啊？"

要是平时，卜珍琪遇到这种事，就会用领导的口吻说："应春草，是你要大家帮助你搞清问题，你要反思。"可惜今天的卜珍琪沉浸在自己的混乱中，无暇他顾。

半天没说话的褚强挺身而出，说："应春草，我看你被人打成这样，心里特难过。可你到底是怎么回事，怎么一转眼反倒和自己人干起来了？你这不是混淆了敌我吗？"

应春草翻翻白眼说："谁是敌？谁是友？我不跟我男人是友，反倒跟外人是友？休想吧你！"

一席话，把褚强噎了个大窝脖。

大家此刻已顾不得恨应春草了，无边的疑惑袭上心头，这个下岗女工着了什么魔？翻手为云覆手为雨，毫无立场。人们发出厌烦的嘘声。有人说，组长，时间这么宝贵，别瞎耽误工夫了。

程远青眼看应春草像变色龙一样改换腔调，唯一不变的是她臂上的血痕。不管大家情绪多么纷乱，程远青对自己说，别慌。回到刚才应春草逃开的地方，那就是要害所在。

程远青说："应春草，我还要拉你回到你不愿意回答的那个问题。"

应春草忘得一干二净，她说："哪个问题啊？我回答。没什么可保密的，没不乐意回答的。"

程远青笑笑，面向大家说："我请大家给我做个见证，我问的问题应春草肯定是知道答案的。如果她不愿意回答，就是说话不算数，待会儿活动结束，要请大家吃饭。"

大家说："好啊！"

这本是开玩笑，家境贫寒的应春草还真费踌躇。她叮嘱自己一定要回答出程远青的问题，要不然，这么一大拨子，人吃马喂的，那得多少钱啊！应春草不单是心疼钱，按说大家小组一场，请组员们吃个便饭，也不为过，但应春草今天身上只带了几块钱，预备着给家里买点菜，要是请客，连买水喝都不够解渴的。

想到这里，应春草说："行，只要是知道的，我一准儿答出来。"

程远青说："好，那你听好了，应春草，你身上的伤，是谁打的？"

"是……他……"应春草下意识地抚摸着自己的胳膊，可能是伤口被触痛了，她原本就皱缩的小脸，更显枯萎。

程远青说："他是谁？"

"我男人。"应春草吃力地回答。

程远青说："他叫什么名字？"

应春草看看程远青，看看大家。程远青坚定地看着她，大家期望地看着她。应春草好像下了极大的决心，说："他叫苏——秉——瑞。"

程远青说："苏秉瑞打了你，你怎么想？"

应春草木呆呆地说："以前恨，后来就不恨了。"

大家百思不解，说："打你还不恨他，你太懦弱了。"

应春草说："你恨，他就更打你。你不恨，他过了那个劲，就来哄你，对你可好了。你要是好长时间不挨打，你就皮肉痒痒。他打了你，他才会后悔，他才能想起疼你，给你买好吃的，送个礼物什么的。所以，他说，你就是找打。你一想，还真是这么回事。男人不是无缘无故地打你，必是你有了该打的事，不打你，你就不知道害怕男人，你就自个能上天了。男人打你，是爱你。男人不打你，就是没把你放在心上。你要是恨了自己的男人，你就是个大笨蛋！你就是大傻瓜！"

在座的好几位，都用手掐了掐自己的大腿。大家愣着，不知道说什么好，或是说什么都不好。

程远青想起一道兵法，叫作"引蛇出洞"。蛇不是应春草，是她心中的死结。

程远青说:"我猜这番话,你常常对自己讲。"

应春草说:"是。"

程远青说:"你得感谢这些话。"

应春草说:"程老师,不是笑话我吧?"

程远青说:"你挨了苏秉瑞那么多打,你要是不对自己有一个说法,你就活不下去了。"

应春草说:"程老师,我从心里不恨苏秉瑞,我这个人就是欠收拾,要是没有苏秉瑞打我,我没准儿会变坏呢。"

程远青说:"应春草,那你刚才为什么哭呢?我看你是怕小组就要解散了,你的心事再也没机会讲了,你才哭的。你靠哭引起大家的注意,大家真的注意到了你,你就后悔了。你觉得家丑不可外扬,就说起了苏秉瑞的好话。你被苏秉瑞吓怕了,你连他的名字都不敢说。应春草,你自己选吧。你可以逆来顺受,也可以挨了打还说那个凶手的好话。你要是活得连这点尊严都没有了,谁还能救你呢?你可以忍,也可以选择改变。"

应春草呆若木鸡,撇了两下嘴巴,她想说"我可以忍",但说出来的却是:"我要变。"

那个说出要改变的话的人,是埋在躯壳里的另一个应春草。

"如果你要改变,请你把刚才说过的那些话,再说一遍。"程远青乘胜追击。

"哪句话?"大家和应春草一起问。应春草记不得了,大伙儿也都不知所以。

程远青说:"就是应春草你刚才讲的那套打人有理的长篇大论以及你不恨苏秉瑞的话。只是,这一次,你要把话中所有的'你'都改成'我'。也就是说,你原来说的是——'你恨,他就更打你',改成'我恨,他就更打我'。就这样。明白了吗?"

应春草迷迷糊糊地说:"明白是明白了,可这有什么不同吗?"

程远青和颜悦色道:"你试试吧,应春草。"

297

应春草就慢慢地说起来，刚开始因为不熟练，常常打磕巴，后面就流畅些了："我恨，他就更打我。我不恨，他过了那个劲，就来哄我，对我可好了。"

不知为什么，同样的话，把"你"变成了"我"，意思就大不一样了。应春草说道："我要是好长时间不挨打，我就皮肉痒痒。"

大家就笑起来，看到应春草的眼泪掉下来，才感到不合时宜。

应春草说不下去了，可怜巴巴地看着程远青，程远青却不为之所动，表示非说下去不可。

应春草只好咬着嘴唇说："他打了我，他才会后悔，他才能想起疼我，给我买好吃的，送个礼物什么的。所以，他说，我就是找打。我一想，还真是这么回事。男人不是无缘无故地打我，必是我有了该打的事，不打我，我就不知道害怕男人，我就自个儿能上天了。男人打我，是爱我。男人不打我，就是没把我放在心上。我要是恨了自己的男人，我就是个大笨蛋！我就是个大傻瓜！"

刚开始应春草边想边说，留声机一样地复述着，后来就渐渐激愤起来。大家先是听着好笑，听着听着就再也笑不出来了。一个受尽屈辱的灵魂在呻吟中挣扎。

应春草说完之后，久久地沉默。把"你"变成了"我"，就具有了神奇的力量。当一个人频繁地使用"你"这个代词的时候，就在下意识中把自己的真实感受掩藏了起来。那无法隐忍的真相，太残酷和冰冷，乔装打扮的"你"就出现了，一个替身，一个稻草人，代你受辱受屈受害受压迫。你以为那个"你"，和你无关，殊不知真实的"我"正躲在"你"的背后哭泣。

就像一个医生用了一剂猛药之后，不知会有怎样的疗效，程远青等待着，时间是如此长久。

应春草突然抬起头，说："程老师，我知道您的意思了。我要是这样了，我还不恨那个男人，我才是个大笨蛋！我才是个大傻瓜！"

大家鼓起掌来。在小组内，是很少鼓掌的。因为变化的萌动总是悄然发生,你想要鼓掌也找不到契机。但这一次,组员们都看到了应春草是如何在艰难中蜕变的。

程远青说:"你恨他了?"

应春草说:"恨。他也是人,我也是人,他为什么打我?"

程远青说:"他打你,是为了让你屈服。"

应春草说:"是。我明白了,可是我今天回家之后,他还要打我,我可怎么办呢?我本来就又瘦又小的,加上还做了大手术,我哪儿是他的对手呢?"

鹿路说:"这我可以教你一招美女防身术,专门朝他的下三路下手,不需要多大的气力,趁他不备,四两拨千斤,保你教训得他嗷嗷叫。"鹿路一边说,一边站起身来一通比画,出手快捷,看得站在她身边的成慕梅胆战心惊。

应春草说:"这功夫不是一会儿半会儿练得出来的,真的伤了他那儿,我还要负责任。"

程远青说:"应春草,你想达到的理想状态是什么呢?"

应春草说:"我也不打算跟他离婚,苏秉瑞对我好一点就成了。这是起码的要求。"

程远青说:"你跟他说过吗?"

应春草说:"以前说过,可他不听。后来我就不说了,逆来顺受。我想我是个残废了,做个女人都不完整了,老爷们要打,也没法。"

程远青说:"大家有什么法子,教教应春草。"

安疆说:"家庭暴力,现在是犯法的。你跟他说,这可不是过去打老婆,打就打,你要是告了他,他就要坐牢。到底是共产党的天下,看他还能横到哪儿去!"安疆是典型的生命不息,学习不止,报纸杂志上的重要信息,只要有一口气,就记在心里。虽然说话都上气不接下气了,威严可不减。

应春草说:"对,别看他跟我凶,其实胆小着呢。他不敢跟法律对着干。"

花岚说:"我问你,苏秉瑞打你的时候,你怎么着了?"

应春草说:"我还能怎么着啊?忍着呗!门牙打落了和着血咽下肚。"

花岚说:"傻了吧?如果他打你,你可千万别忍着,要往外跑,大声呼救,嚷嚷得街坊邻居都听得到,给他来个曝光。就算他不一定能改,起码自己少挨打,也比较安全一些。"

应春草一拍大腿说:"我真傻。我还替他护着脸,其实护着自己的命,才是最要紧的啊!"

周云若说:"我也教你一个窍门,顶不顶用就不知道了,你可以试试。准备一个白胡椒粉瓶子,一看大事不好,就把胡椒粉瓶子打开,朝他一扬,嗨!那叫一个百发百中。"

应春草说:"我家没白胡椒粉,听人说贵着呢。"

周云若说:"那你就把花椒磨细点,估计也能管事。"

卜珍琪已从自己的情绪中走出来,很有总结性地说:"这个事情,关键是你自己的态度。只要你挺起腰杆,事情就会起变化。"

程远青不作声地听着。事情当然不是这样简单。从应春草的描述中可以判断,她的丈夫苏秉瑞虽然在事业上未必有什么能力,但在操纵控制他人方面是个暴君。小组能解决多少实际的问题呢?程远青没有把握。今天来不及了。夕阳西下,浮云遮住了阳光,光线明显地黯淡下来,温暖的屋内也有了丝丝凉意。卜珍琪的发言,是一个很好的收尾。

大家散去。卜珍琪走到程远青身边,还没开口,程远青就微笑着说:"我知道你要问什么。等我找到了合适的谈话地点,我再同你联系。"

卜珍琪说:"我家很安静,也好找,可以去我家。如果您方便的话,到您家里也行。"

程远青说:"不能在你家,也不能在我家。我们要找一个第三地。"

卜珍琪说:"好像一场意识形态不同的谈判吗?"

程远青说:"和意识形态无关,只和时间有关。"

晚上,一切收拾停当,程远青又舒舒服服地把自己摆在一个听电话的位置。也许是因为压力太大,也许是因为严格的行业约束,使她无法同他人交换对小组内诸多情况的思考。她需要督导,但是条件不具备。中国的心理医生,就是在这样一种艰苦的情况下开始工作,只有因陋就简了。程远青一面提醒自己这是明知故犯,一面为自己开脱。记得《爱德华大夫》吧,那是一部多么经典的心理片子。可是就在那部片子里,爱德华大夫就公然违纪了。他同前来就诊的病人一同滑雪,才造成了曲折的故事。好了好了,不要为自己辩护了。程远青敲敲自己的头,好像啄木鸟要叼出树干里面的虫子。我并没有和成慕海谈更多的事情,最主要的是听他说。听别人说话,有什么错呢!

程远青这样想着,电话响了。

"程博士吗?本不该这样不停地骚扰您。但是,一来因为慕梅,二来同您聊天是件很愉快的事情。如果您不想听下去了,就可以马上放下电话。"又是那个充满磁性的声音,又是那种先入为主的霸道。而且,他有一种让人乐意接受的狡猾,把你的种种猜测,都先说到头里,就使你明晰的预见,变得像个玩笑。使你的所有防范,都显露出不必要的滑稽。

是个聪明人,极端地孤独。打着他妹妹的幌子,实际在探索我这个心理医生的内心,窥测他人的秘密。

程远青迅速做出了判断,但遗憾的是判断归判断,那是理智的事,情感上,这个深夜的男子的声音,依旧给了她很大的欢愉。她知道此刻的主动权在自己手里,成慕海就是有再深的道行,也不能强迫心理学博士跟他聊天。

多了解了解这种类型的人,也是心理学家的工作。我不怕!程远青找到了不挂掉电话的理由。

"我只有一点时间。工作很多。"程远青说。

这是一个中性的回答。你可以理解为:我很忙,所以你不要打扰我。我不欢迎你这个不速之客。也可以理解为:我很忙,但是我接听了你的电话,这说明我还是欢迎你这个不速之客的。

成慕海按照第二种逻辑推断。他说:"工作永远是多的。博士,这么晚了,该休息就休息。况且,你的小组今天有了很大的进展,你该给自己放点假。"

成慕海知道,只要一谈起程远青的小组,她就像斗牛看到了红布,激动起来。程远青也知道这是一个诱饵,但是没办法,她一定会上钩。

"你每天还关心别的事吗?"程远青反问。

成慕海说:"我忙得很。但慕梅非要跟我说,我只好听着。慕梅在病中,她的话,我要多倾听。"

程远青喜欢这种充满了浓浓亲情的相知。对一个身患癌症的女性来说,有这样一个坚强的哥哥,是她的福气啊。

程远青口气和缓了许多,说:"哎,我问你,成慕梅和你在一起的时候,健谈吗?"

成慕海说:"还可以啊。您想啊,她要是不健谈,我怎么能跟顺风耳似的,知道小组里那么多事?毕竟我们是两个人啊。"

成慕梅为什么在小组内,总是沉默寡言?整个小组都活动起来了,好像一棵灵敏的跳舞草,只有成慕梅这片叶子,依旧瘫痪着。幸好有她哥哥这条线索,能让程远青得知别看她不言不语的,心倒是一直和着小组的脉搏跳动。在导师们的著作里,也谈到了这种现象,说是有一些格外内向的人,语言表达很少,脚步却始终追随着小组。对此组长要有耐心,不必强求形式上人人发言花团锦簇。

成慕梅真是这样的人吗?她的哥哥倒是很健谈并且富有生趣。

成慕海很敏感,他说:"是不是慕梅在小组内的话太少?"

程远青说:"不是太少,是几乎没有。前几次还好一些,今天,简直一言不发。"

成慕海说:"那您就点她的名。小组就要解散了,我觉得她的进步不够大,起码和她嘴里的别人的变化比起来,她要算第三世界了。我挺着急的。"

程远青说:"你督促一下她。"

成慕海苦笑道:"她能把小组内的活动一五一十地告诉我,我就得念阿弥陀佛了。要督促，还是您来吧。"

成慕海说得很恳切，简直就是哀告了。程远青说："我督促？你帮我出个主意吧。"

话一出口，她就觉得自己很好笑。乾坤颠倒了。哪有医生向病家讨方子的。成慕海出主意说："下次活动，您要逼着慕梅开口。不然，她岂不是小组内的死角吗？"

程远青说："我怎能逼组员开口？又不是旧时的衙门搞刑讯。我倒真想从你那里多知道一些你们的家庭背景、生活习惯什么的。"

这本是非常正常的一个要求，起码在程远青看来是这样的，没想到成慕海突然火了，说："慕梅的事，和家庭背景生活习惯什么的，一点关系都没有，只和她个人有关系。下次小组活动的时候，你就让她把衣服脱掉，看看她的伤口就行了。这就是治疗！"

程远青吓得差点把电话筒扔到地上。那个温文尔雅的哥哥消失了，代替他的是一个暴躁的凶神，说出的话如此不可理喻。这个哥哥，居然让组长逼迫妹妹脱下衣服，展示她的伤口，还说这就是治疗？！程远青确信，在电话线两端，有一个人是脑筋错乱了。

程远青想，也许成慕梅寡言和闭塞的背后最主要的原因，就是这个哥哥。哥哥对她的无比关爱，是一种暴虐的控制和指挥。如果真是这样，成慕梅最终走向心理康健，必须和哥哥彻底分离。

想到这里，程远青对成慕海滋生出了强烈的兴趣。她把语气调得很柔和，说："成慕海先生，你的建议让我很感兴趣。但我不知道这样做是否会冒犯你妹妹。毕竟每个人对自己的身体都很敏感。"

成慕海没能识出程远青诱敌深入的战术，说："我不是心理学家，但我知道，它对慕梅一定有效。程博士，求您了，请一定要在小组中，让慕梅袒露她的伤口。她本人没有这个勇气。您要帮她。如果她失去了这个机会，就没有人能帮得了她了。"话语中的迫切令人动容。

程远青何许人也，才不会被这些花言巧语所蛊惑呢。她决定要把成慕海搞清楚，说："你和妹妹的情谊，我很感动。我想，约个时间见个面，咱们当面谈谈，如何？"

一个多么通情达理的建议，程远青语调温和，不具任何威胁性。没想到那边的成慕海好像被毒蜂蜇了，叫嚣起来："不行不行！我没空见你。就这样吧！"迫不及待地收了线。

程远青如堕五里雾中。自己对成慕海的了解，除了一个电话号码，再无任何线索。

程远青直觉陷入一个诡异的预谋当中了。

第27章
记忆之门

卜珍琪遗忘的东西究竟是什么呢？那段遗忘了的往事，对今天的卜珍琪还有多大的影响呢？程远青不知道，但程远青相信如果是某人反复提及某事件，那么一定在她的心中有魔法一般的力量。

程远青要为卜珍琪做一次个别辅导。

当她千辛万苦地把地点商定之后，打电话给卜珍琪。接电话的卜珍琪明快利落，声音嘎嘣脆，真听不出是个癌症病人。程远青心里反倒更不踏实。卜珍琪拖延手术，只靠虫草雪莲在勉力坚持。越是让人看不出她拖着病体，越说明她内心冲突激烈。一种可怕的分裂状态。

下午。没有风，天空瓦蓝。卜珍琪到达了程远青指定的地点——一家街道办的幼儿园。由于事先打了招呼，胖胖的园长很是热情，把程远青和卜珍琪当成准备把孩子送托的家长，喋喋不休地介绍着。程远青说："您忙吧。我们自己看看。"

园长完全听不出婉拒之意，说："我不忙，你们忙。我领着你们，能节省点时间！"卜珍琪只好单刀直入："我们自己看看。"所长这才作罢。

卜珍琪说到往事，反复提起幼儿园，程远青推断，一定在幼儿园发生过极其重要的事情。她找到了这样一所老旧的幼儿园，企图在相似的环境里，唤起卜珍琪遗落的记忆。

但是，她想岔了。童年的记忆是那样地顽固，这个幼儿园怎能替代孩子心中的那个幼儿园！卜珍琪顽强地抵挡着这个幼儿园，根本就不开启记忆的罐头。无论程远青怎样希望她沉思默想进入情境，卜珍琪还是顽固地清醒而矜持。程远青不气馁，领着卜珍琪从小班转到大班，从盥洗间到秋千架大象滑梯，从小饭桌到游戏室，简直就像检查卫生似的，搜索了个遍。程远青在前面走，卜珍琪就跟在后面，很乖，但是绝对封闭。从理论上说幼儿园的结构大同小异，但细节可完全不同！程远青几乎绝望了，但她还在坚持。

到了厕所，靠墙摆着一长溜圆形便盆，有的盖子紧紧扣着，想必是刷洗干净的。有的斜盖着盖子，露出孩子们解出的秽物，看来值班保洁员手脚不够快，还没来得及倒掉。卜珍琪一看，几乎呕吐，一溜小跑闪了过去。

程远青觉得卜珍琪的表现有点过激。虽然她是个老姑娘，没孩子，但也不至于敏感到这种地步啊。凡是反应过头的事件，可能就是症结所在。程远青叫住了卜珍琪，说："咱们到卫生间看一看。"

卜珍琪一百个不乐意，说："臭烘烘的，有什么好看的？"

程远青说："你不是想把问题搞明白吗？"

卜珍琪无法反悔，只得跟随程远青钻进了幼儿园的卫生间。无论是贵族幼儿园还是乞丐幼儿园，童子尿所富含的生长激素味道，夹杂着刷洗不净的尿碱味，还有幼儿园最愿意泼洒的来苏水味，像无法仿造的气味鸡尾酒，熏得人踉跄。

味道是无法抗拒的，它储存在大脑中非常古老的地方，一旦被唤醒，就把意识席卷一空。卜珍琪的一切防卫机制，都被童年那不可磨灭的味道击穿，成了味道的俘虏，变成一个饶舌的小姑娘，乖乖地对程远青谈起了往事。

童年的卜珍琪很早就发现，阿姨们在孩子们睡着之前和睡着之后，所讲的话是不一样的。在她睡着之前，阿姨会说，美丽的小公主，你是咱们这座城市最可爱的小姑娘。快睡觉吧，睡了就会长个儿，长大了你就是全市的大美人。

卜珍琪就甜蜜地睡去。一觉醒来，上厕所的时候，她在走廊里听到两个阿姨悄声聊天。

"你说卜家那个丫头长得好看吗？"一个阿姨问。

"好看什么！卷子脸，大颧骨。就是眼睛大点，可叫脸上的疙瘩肉一挤，也看不出啥了。等着吧，长大了，看嫁不出去吧！"夸过她的那个阿姨说。她的脸很瘦。

另一个阿姨说："都是人，咱家的孩子就不能比了。我看我的闺女，一个美人胚子，可整天黄龙过江，两筒子绿鼻涕，臭得不行。看大夫，说是鼻里有个洞化脓了。要是不赶紧治，鼻子里的小骨头都得烂穿。你说怎么这么不公平？"

瘦脸阿姨说："怎么不公平？公平！你知道市长的老婆为什么到了星期天也不接孩子？那是她和人私通！嫌孩子碍事！"

"真的？你怎么知道？"家有流脓鼻涕孩子的阿姨说。

"谁不知道？只有市长不知道！他到上头去开会，老婆就在家里偷人。那个男的是小白脸，演许仙和张生。因为大家在传这件事，剧团的生意格外地好，许仙成了大明星。"瘦脸阿姨说。

"嘻嘻，许仙把自己的绿帽子给市长戴上了。"

两个阿姨笑得不可开交。

这段话，卜珍琪记得非常清楚。包括当时她完全不能理解的一些名词。孩子的记忆很奇怪，他们不懂，可是他们能记住。这种记住，比明白了的记住要强烈百倍。卜珍琪从蔑视的语气中，知道了母亲在做一件非常丢人的事情。它的丢人程度足以让家有流脓鼻涕孩子的阿姨快活起来，可见那是比脓鼻涕还要恶心的东西。

之后，小小的卜珍琪每晚克制着困倦，在躺下之后，强制自己不睡觉。这对于一个孩子来说，需要极强的忍耐力。卜珍琪在被窝中目光炯炯，等所有的小朋友熟睡之后，蹑手蹑脚地走近阿姨值班室。

可惜，她再也没有听到有关她父母的直接议论。越是听不到，卜珍琪越滋生出偷听的愿望。她因为有了这个秘密,在小朋友中鹤立鸡群。如今,她藐视别人,不再是因为她可疑的美丽,也不再因为她有一个"国王"父亲,而是她独一无二的秘密。她每逢见到瘦脸和家有流脓鼻涕的孩子的那两个阿姨,都会特别地乖巧,希望她们能在背后多讲有关她父母的坏话,使她了解更多的内幕。她在讨好她们的同时,看不起她们。她觉得她们是一种植物,就像窗台上养的绣球花。那些花开得很娇艳,同时散发出浓烈的臭气。卜珍琪不爱喝牛奶,卜珍琪想不通,自己不是小牛,为什么要不停地喝牛奶?即使是小牛,四五岁时也不再喝奶,为什么人还要喝?如此深刻的疑问,让卜珍琪把牛奶倒到臭绣球花里了。臭绣球花刚开始得了牛奶的滋养,长得很茂盛。但是,经不住长期的高营养,臭绣球终于不臭了,也不再开花。

卜珍琪像养臭绣球花一样,养着瘦脸和家有流脓鼻涕孩子的阿姨,她们也像臭绣球花一样,让卜珍琪失望。不过,卜珍琪在偷听的过程中,极大地锻炼了自己的意志和勇敢,并且学会了忍耐。包括穿着衬衣衬裤忍受寒冷和长久的一无所得。阿姨们总要聊天,否则她们无法打发漫无边际的夜晚。阿姨们的聊天涉及除了国家大事以外的所有领域,卜珍琪在这种偷听中知晓了很多在她那个年龄不能理解的事情。卜珍琪也被阿姨发现过,好在阿姨们绝想不到这个孩子日复一日在偷听,只是大惊小怪地把卜珍琪抱起来,摸摸她是否发烧,以为她是因为身体不适来寻求帮助。卜珍琪从偷听中得到了成长。

星期六晚上,她被接回家。爸爸妈妈都在的时候,她搂着妈妈的脖子,问了一句:"许仙是谁?"

这是一个世界上最可怕的问题。妈妈的脸色缓缓地变了,好像一朵红绣球花被扔进了沸腾的牛奶锅,从血红变成惨白。爸爸在灯光的另一侧,没有看到这一幕。爸爸抢先回答了女儿的问题,说:"许仙是戏里的人物。"

卜珍琪说:"我要看戏。"

妈妈已经缓过神来,说:"这个戏不是木偶戏,小孩子不喜欢看的。"

卜珍琪说："我就要看这个戏。我要看许仙。"

妈妈抱着卜珍琪，卜珍琪感到妈妈的手臂在发抖。妈妈一下子把卜珍琪放到地上，说："你快到外面玩去吧。"要把她推走。

卜珍琪那一天非常执拗，她一个劲儿吵着要看许仙，以至于爸爸破天荒地问道："你们剧团在演什么戏？"

妈妈说了一个戏名，卜珍琪没记住。那里面没有许仙。爸爸接着说："那你们就演一场《白蛇传》吧，我带珍琪去看。"

妈妈进行了殊死的反抗，说："你怎么能为了一个小孩子的话，就打乱整个剧团的安排？你这让我如何做人？"

也许正是妈妈的反抗，激起了爸爸的好奇。他说："你老说我不关心你的事业，这一次，我和珍琪愿意去看你的剧团演戏，你为什么反倒不高兴？现在，不是一个小孩子要去看你们的戏，而是一个市长要去看你们的戏。团长同志，就开始排练吧。"

卜珍琪知道自己惹了祸。她不知道这祸是如何来的，她没有办法阻止灾祸向前发展，只有紧张地等待。当她等得几乎忘掉这件事的时候，"文化大革命"逼近了。

在市长"亲自督促"下，剧团日夜抓紧时间彩排《白蛇传》的消息，激动了全市的人民。公演的那一天，成了一大盛事。爸爸从来不曾这样兴师动众，因为是初次陪着女儿观看妻子领导下的剧团演出，爸爸很早就到了剧场。卜珍琪喜欢第一排正中的位置，她个子矮小，觉得在那里才能一睹许仙真颜。尽管警卫再三说明，在首长前面的座位可以完全空出来，也就是说，给他们预留的第三排位置，实际上就是第一排。小女孩心里，第一排就是第一排，不是用第三排假装的第一排。

那一天在爸爸的身边，留了两个座位，其中一个是给妈妈留的。妈妈刚开始没到这个位子来坐，妈妈对爸爸说，她要亲自在后台盯着。后来爸爸再三要求，妈妈才来了。一边坐着爸爸，一边坐着妈妈，卜珍琪夹在中间，好像多嘴的小鸭子。那一天晚上很隆重，卜珍琪受到了空前的关注。小姑娘以为那是因为自己的出现，忘了身旁的爸爸才是这一切的主角。

回忆到此为止。

卜珍琪站在幼儿园的卫生间里讲了这一番故事，完全忘记了时间。程远青就站在卫生间里听完了卜珍琪的童年往事，一次也不曾打断她。卫生间里的空气很不好，但幸亏远祖给了大家很好的能力——久入鲍鱼之肆不闻其臭，程远青刚开始直想作呕，她一个劲儿暗示自己——你不能吐，一吐，就帮不成卜珍琪了。还好，最初的恶心过去之后，便安之若素。

卜珍琪讲完了，卜珍琪得到了释放，可是事情的关键还埋藏着，卜珍琪自己不知道，程远青也不知道。程远青说："你现在感觉如何？"

卜珍琪说："好像有什么东西松动了。好像有一束光，照到了一个晦暗的洞穴。"

程远青说："回家好好休息。改日我再找你。"

五天后，程远青领着卜珍琪来到一所大院的墙外。那种建国初期的大院，自成一体，围墙高耸，当时只有军政要地才有这样的气派。透过围墙，可以看到疏朗枝条后的灰色三层小楼房，虽然破旧，却有一种过时的威严。程远青通过吕克闸的帮助，说服了有关人士，被批准进入。在警卫处登了记，程远青和卜珍琪进了大院。

建造于20世纪60年代的礼堂，方方正正，残破，昔日的辉煌依稀还在。恐怕不久就要推倒了，连看管的人也久寻不到。一个面无表情的中年男子，开了大门上一把巨大的铁锁，说："走时，锁上就成了。"

程远青忙着道谢，那个中年男子好像连承受别人谢意的耐心也没有，不等程远青说完，就自顾自走了。

走入尘封的礼堂，让人想起《夜半歌声》之类的恐怖片。大门口的光亮很快就被礼堂幽深的大厅吸附一尽，变成午夜的黑瞳。程远青摸索着找到开关，开了一个，是一侧甬道的天花板灯。毕竟明亮些了，人的心情也好了起来。程远青不灰心，一盏盏开关摸下去，终于，关键的开关打开了，整个礼堂被昏黄的光线塞满。

"这个礼堂，像你当年看戏时的礼堂吗？"程远青小声问。她看出卜珍琪的神色有些迷惘。

"有一点像。那时候的礼堂都是很像的，也许全国都用一张图纸。"卜珍琪说。

"你们——就是你和你父亲母亲坐在哪一排座位上？"程远青牵引着卜珍琪往前走。倒不是她有意充当阿姨的角色，是卜珍琪把手伸给了她。

"喏，就在那一排。"

卜珍琪指了指中间靠前的那排椅子。程远青感到卜珍琪手心又湿又冷，像一摊化了的雪糕。卜珍琪本能地抗拒着，不肯向前，程远青拖着她，走到那排座位。

真要感谢当年设计师乏味的千篇一律的造型，礼堂的椅子，薄而脆的三合板，简陋的纹路，还有排与排之间的距离，都非常近似。找到幼时看戏的位置时，程远青示意卜珍琪坐下，自己退到暗处。

现在，偌大的礼堂里，看起来只有卜珍琪一个人。她看着舞台，开始哆嗦。距离是一种要命的东西，从这个位置看舞台，角度和远近都和她幼年时一模一样。如果说这个礼堂在结构和细节上，和卜珍琪家乡的礼堂还有若干差别的话，那么当卜珍琪坐在这个硬而凉的椅子上，当她的视线穿越飘满灰尘的空气，落到空无一人的舞台上的时候，冬眠的记忆就像蛇一样复活了。是的，当时就是这样的，父亲坐在左边，母亲坐在右边，她坐在中间……

有霹雳火光闪出，伴着隆隆的雷声，卜珍琪恐怖地捂着自己的太阳穴，失声叫道："程博士，你在哪里？我头痛。吓死人了，我要走。"说着，她就要从三排跑掉。

程远青站起来，抱住卜珍琪说："我知道你一定想起了什么，你非常害怕。我在你身边，我会一直在你的身边。卜珍琪，我问你，你现在多大了？"

311

卜珍琪沉浸在自己的想象中，对程远青的问题置之不理，只是一个劲儿地叫道："我不要在这儿了，我要走……我要回家……"

程远青的个头自没有卜珍琪高大，这样搂抱在一起，对于程远青是很吃力的。程远青觉得卜珍琪如同雪人，疯狂地把她身上的寒意传达给任何靠近她的物体。包括她的冷颤，都像电波一样向四周辐射，连程远青也不由得乱晃起来。程远青嘱咐自己要挺住，这是关键时刻，她要和卜珍琪一道，把那悲惨的尘封往事，挖掘出来晾晒。

程远青扶正卜珍琪的脸，让她的眸子正对着自己的目光，在如此近的距离内四目相对，灵魂如同钢板，激烈地碰撞着。程远青说："卜珍琪，你一定要告知我，你现在几岁了？"

也许是"几岁"这个词，让成年的卜珍琪觉得太奇怪了，她一下子停止了抖动，恢复到惯常的表情，说："我几岁了？对我这样年纪的人还能用'几岁'这个词吗？我已经几十岁了。问女士的岁数是不礼貌的，这您知道。"

程远青说："对。你不是几岁，你是几十岁了。你明白这一点，很好。请你再看看台上。"

卜珍琪的目光一转向舞台，筛糠似的抖动就又出现，只是这次的频率降低了一点，幅度稍微减缓。

程远青给自己打气：一定要坚持下去。她接着对卜珍琪说："几岁的你害怕舞台，几十岁的你，还害怕舞台吗？"

卜珍琪说："我……不……怕……"那"不怕"二字吐得煞是吃力，但终究是说出来了。

程远青说："那就盯着舞台看，你看到了什么？"

空空的舞台上什么也没有，但卜珍琪惊恐地后退着，她的腰背痛苦地弯向后方，双眼惊恐地看着天花板，好像前面有一个圆形的庞然大物压迫着她，上面又有一道铁钩钩起了她的脖颈……

"我看到了……"透过时空，卜珍琪看到了一副至死不忘的场景。她的抖动变得越发剧烈起来，好像钟摆，牵扯着程远青也摇来晃去。

"你看到了什么？说出来。"程远青指示。

"我不敢……"卜珍琪尖声嘶叫，近乎歇斯底里。

"你已经是成人了，你看看你的身体，看看你的衣服，看看你的手和脚……"程远青轻轻地抚摸着卜珍琪，柔声说道。卜珍琪就顺从地依照程远青的指令，看着自己穿着墨绿色西装的身体，看着自己的身高和胸膛，看着自己的长长手指和穿着高腰皮靴的39码的脚。她很疑惑地说："我这么大了……"

程远青说："对，你完全是个成年人。无论你看到了什么想到了什么，无论它原来对你是多么可怕，今天都变得毫无危险性了。有漫长的时空阻隔在中间，你是安全的。"程远青说得非常肯定，掷地有声。

卜珍琪很信任程远青，说："好。我不怕。我……"她把目光重新投向舞台，说："我看到了戴着绿帽子的许仙……后来，我就大叫起来，我说，爸爸，你看许仙的绿帽子多好看啊，人家说他把绿帽子送给你了，把你的绿帽子拿给我看看……后来……"卜珍琪惊恐地四望，程远青紧紧地抱住她，然后又松开，是的，对于一个成年人，拥抱只传达力量和关切，传达到了，就及时松开。只有对一个恐慌无比的孩子，才要一直抱紧她。

卜珍琪明白了程远青的用意。她又一次自发地看看自己的手和脚，从这些实物里验证自己确已长大。

"后来发生了什么事？"程远青追问。

"后来，我妈妈就伸出手来堵我的嘴，我说，人家说许仙的绿帽子是你给的，妈妈，你还会缝帽子啊……后来，我就感到妈妈捂住我的嘴的手慢慢地松了，滑了下去，滑到她的身体两边，她的身体也滑了下去，倒在了椅子上……我大叫起来，妈妈妈妈，你怎么啦？我的声音很大，几乎全场的人都听见了。我说，妈妈，我不要你给许仙的绿帽子了，你醒来……我的话没有说完，就再也说不下去了。这一次，不是妈妈捂住了我的嘴，是爸爸强有力的手掌捂住了我的嘴，他的手太有力量了，我也像妈妈一样昏了过去……再后来，我醒来之后，就再也没有看见妈妈……听说妈妈是和许仙一起死的，喝了苦杏仁里提出的一种毒粉……'文化大革命'开始了，我听到有人说，就是这个小丫头把她妈妈给羞死了……"

说到这里，卜珍琪颓然跪倒在身边的椅子旁，那里，就是她母亲的座位。想象中，母亲依然在那里微笑着看戏。

不知过了多长时间。程远青一言不发。在一个人最紊乱最艰难的时刻，有的时候，只需要一个一言不发的陪伴者，任何语言都是蛇足。当卜珍琪再次抬起头来，程远青看到一张泪眼迷蒙的惨白的脸，但脸上已是成熟女人的神情。

"我妈妈是我害死的。我当众羞辱了她。我就是杀害我妈妈的凶手。我父亲在的时候，我用对父亲的报答，掩盖了自己对母亲的愧疚。这么多年以来，我拼命地进步，在学业和仕途上的奋进，我以为是为了我的父亲，其实，骨子里是要掩盖杀害母亲的罪恶感。后来，父亲去世了，我一下子失去了继续奋斗和生存的目标。我只好在心中把他幻化成神，以为他在冥冥之中和母亲在一起，我做的所有为了让他高兴的事情，母亲也会有知，也会快慰。后来，我知道自己得了癌症，我觉得这是对我不孝的报应。我其实一直在等它，我等它这么多年，终于等到了。我不做手术，我觉得我应该死了，我要去见我的妈妈，我要用我的生命来赎我的罪。当然，这一切我说不出来。我对自己讲的是，我要提升，我要进步。我讳疾忌医，在这一切的背后，是我要用我的生命，来赔偿我屈死的母亲……"

多么灵慧的女人啊。这样的女人是不应该死的。这样的女人还会有很长很长的岁月要慢慢地走过啊。程远青一边听着卜珍琪说，一边想。

第28章
爱情如雪花

吕克闸打电话给程远青,约她吃饭。"时间你定,地点我定。"他说。

程远青说:"我最近很忙。"

吕克闸说:"我也很忙。"

程远青笑起来,说:"那咱们不吃这个饭岂不正好?"

吕克闸说:"我这么忙,还邀请你吃饭,可见这个饭是非吃不可了。"

程远青说:"那就是早吃比迟吃好。明天晚上吧。"

吕克闸说:"地点在电视塔的旋转餐厅。"

第二天,大雾弥漫,十步之外,人影绰绰。程远青到了电视塔下,见吕克闸已等候在那里。问候之后,大家一齐说:"好大的雾。"

两人走到检票口,小姐说:"二位还是另挑一天再上塔吧。"

程远青诧异,说:"为什么?"

小姐说:"今天这么大的雾,你们到了上头,什么也看不见,跟泡在牛奶里似的,白花冤枉钱。票是全年通用的,等下回天气晴好,你们再来吧。"

程远青看看吕克闸,吕克闸毫无表情。程远青说:"小妹妹,谢谢你的好意。"

两人随着电梯急遽上升,到了顶层的旋转厅,空空荡荡,居然没有一个游人。俯身下望,广袤城市湮没在浓雾之中,恍若消失。程远青扶

315

着栏杆向外眺望，说："这种感觉很怪异，你确知偌大的城市和无数人群就在你脚下，可你看不到一丝踪迹。"

吕克闸说："他们和我们没关系。今天只谈咱们两个人的事。"

程远青一直感觉这个冷峻的男子也许会和自己发生某种更深的关系，没想到这么快就在浓雾中铺开。

吕克闸说完，不待程远青反应，就拉她走向茶座，要了两杯茶，选了一张距服务台最远的桌子，坐下了。

程远青同人谈话，喜欢坐成呈"丁"字位，比较放松。这一次，程远青特地与吕克闸面对面坐下了。

吕克闸说："你先看一下有关的文件。"说着，从厚厚的公文包里，取出文件夹。

程远青不解道："和文件有什么关系？"

吕克闸不回答。程远青打开卷宗，看到了离婚证书。

"你离婚了？"程远青说。

"这是谈论我们之间关系的基础。"吕克闸说。

程远青有些愕然。她知道很有一些人是容易爱上心理学家的，那是移情，而不是真正的爱情。看来，她要把老总从感情的漩涡中打捞出来。不过，有人爱你，是让人振奋的事情。久经考验的心理学家，也会得意。

程远青说："离婚是你个人的事情，我不能发表意见。但你我之间，除了工作关系，我不知道还有什么关系。"

吕克闸说："是的。我们现在是没有其他的关系，但是，可以建立。"

程远青说："你并没有征询我的意见。"

吕克闸说："我不必征询你的意见。"

程远青轻笑道："吕老板，你太一厢情愿了。"

吕克闸说："我不征询你的意见，是因为你肯定不会同意。觉得我这个人是个商人，唯利是图，没有你学识高，追求你，不过是为了满足自己的虚荣心，也许还有更大的野心……或者干脆就是骗色骗财……"

程远青忍不住大笑起来，说："你不能强加于人。我没有想这么多。

吕克闸偏着头说:"笑了就好。这才像个谈情说爱的样子。"

程远青:"谁跟你谈情说爱了?"

吕克闸说:"我朝这个方向努力。做事要遵循游戏规则,我单身,在法律上无懈可击。记得你说过追求一个心理学家很难,我这个人,就愿意挑战难的事。"

程远青说:"我不年轻了。"

吕克闸说:"我不用你提醒这个事实。我可以找非常年轻的女孩,可我对年轻已心生厌倦。那是一种多么幼稚无知的状态。我不断渴望自己快老,历经沧桑饱含经验,现在,我总算熬到有点模样了。我希望我的女人和我一样苍老,一样富有经验,历久弥坚。这就有双份的智慧和能量。"

程远青说:"这样的爱情宣言,我第一次听说。"

吕克闸说:"我知道世俗的爱情是什么样。我可以循序渐进,从玫瑰花和情话绵绵开始,渐行渐远。可惜我没有时间,没法慢慢来。另外,你洞若观火,那些幼稚的把戏,我猜你一眼看穿,暗自好笑。我决定直截了当。这不是鲁莽,是对我自己和对你的充分信任。当然了,我不会强迫你。你可以思前想后慎重考虑。也可以拒绝,但不是现在,给我一段时间。"吕克闸撒豆点兵,一番话面面俱到。

程远青阅历再丰富,这立等可取的场面,也是头次遇到。她注视着吕克闸。吕克闸也勇敢地迎着她的目光。程远青想:看来他是认真的,这有离婚文件为证。也不是简单的移情,而是深谋远虑。

程远青干涸的内心渐渐酥软,惊奇缓缓滋生。虽然寡居多年,程远青对于情爱,并不悲观,她相信在世界的某些僻静角落,一定还生长着纯真的性与爱,暗自芬芳和永久。那是珍稀植物,需要很多特殊条件的养护。程远青对于爱情降临到自己身上的概率,几乎不抱期望。

难道它真的来了吗?

程远青看着吕克闸,心生惶惑。她在旁人的问题上,有着女巫一样的直觉,可她看不透面前的这个男人。他高大干练,几乎可以说是英俊的。

他有灵敏的头脑和机智的谈吐,他喜爱心理学,有一颗热衷公益的心……

此刻的程远青,几乎单纯透明,疑惑和思考都写在脸上,被吕克闸破译。

吕克闸决定把火烧得更旺一些,说:"我知道心理学在中国方兴未艾,我愿意援助这个事业。如果你不是我的妻子,这种帮助就会大打折扣。不是我小气,是师出无名,我要避嫌。我看过心理学大师马斯洛的传记,他晚年能在学术上有那么大的成就,和一个经济财团支援他的研究很有关系。我希望我能名正言顺地做这件事。对你是个帮助,对你的事业小有裨益。"

这席话攻心为上,效果显著。程远青几乎要缴械投降了,她曾立下毒誓,再找爱人,一定要热爱自己为之献身的事业,看来吕克闸是能够做到的。

吕克闸捕捉到进展,趁热打铁地说:"程博士,原谅我还这样郑重其事地称呼你。关键不在称呼,而在心的距离。我猜,你一定还有疑问,我为什么要追求你?以上所说,都是真的,但还不是最重要的。最重要的是……"

程远青有点揶揄地说:"你不会想说是一见钟情吧?"

吕克闸说:"程博士,你也太高看我了。我哪有一见钟情的能力?那是年轻人的专利,廉颇老矣。我是为自己后半生做一个设计。我要站在中国生物制药的前列,我需要健全的人格,我需要卓越的胆识,我需要有人能和我旗鼓相当。我觉得你能帮助我,成全我。所以,我要穷追不舍。这是我的全部底牌。"

程远青在一个极短暂的时间内,仿佛遭受了核打击,丧失了反应能力。

"你一定要帮我。远青。"吕克闸满怀柔情地说,在桌子上握住了程远青的手。

程远青心中一热。已经很久很久,没人叫她"远青"了。单这一个称呼,就让她百感交集。她克制着自己的情绪,说:"给我时间,让我好好想一想。"抽出了自己的手。窗外,浓雾渐渐消散,阳光羞羞答答地从云缝中泄漏下来。

　　下雪了。小组活动第一次遇雪。程远青有些担心，组员都是病人，风雪交加的日子，挤公共汽车或是打车，都不容易。有心要改变时日，一是小组的纪律不允许，二是今天的活动场所定在别墅，她就睡了个懒觉。一觉醒来，漫天洁白，看看时间，路远的组员已上路，通知也来不及了。

　　程远青披挂好了头巾靴子，正要出门，电话铃响了。程远青有心想不接，可丁可卯的时间，十分紧张。又怕有急事，就穿着靴子，回卧室听电话。

　　"我是安疆啊……程组长……"一阵猛烈的呛咳，让安疆的话淹没在霹雳样的杂音中。

　　"老安，不急，有什么事慢慢说。"程远青不敢露出一点焦急的语气，这位坚强的老人，不是万不得已，不会打电话找她。

　　"也没什么特别的事。我就是打电话告诉你，我请假，今天不能……参加小组的活动了。昨天我大口咯血，广泛肺转移，侵犯气管了。医生说也没有什么好法子，要不就把肋骨切几根，看能不能再做放疗。我说，不了，给军队节省点钱。我太想参加小组的活动，但一口接一口咯血，怕给大家添乱。都是这个病，可别吓着大家。我就不去了，代我向大家……问个好吧。"说到这里，又是一阵猛烈的呛咳，震得程远青耳边嗡嗡作响，只好把听筒挪远些，立马觉得是对老人的不敬，又把听筒移近，倾听剧咳……远远近近了一番，那边安疆的咳嗽才告一段落。

　　"老安，你安心休养吧。有什么需要我们帮助的吗？"程远青说。

　　"不……没……生活上的事，干休所找了个护士老吴，照顾得很好，放心吧。能认识你们，真好。我安疆一生，只有这最后的时光，才过得这么明白。如果说人生有什么遗憾的事，对我来说，就是在小组的时间短了点啊……"老人很感慨。

　　时间不允许程远青过多表达，她说："老安，小组的伙伴们会去看你的。"

安疆说:"我有一个要求,最后的要求……"老人迟疑着。

程远青说:"您有什么要求,尽管说,只要我们能做到……"

电话那一端的安疆突然忸怩起来,说:"这是个难题……我希望大伙儿……最后……和我在一起……"

程远青一时没明白安疆的意思,或者说,她明白了,却被惊愕袭击,不知说什么好。她说:"我找一个充裕的时间,细细听你讲。"

安疆轻轻地舒了一口气,知道组长明白了她的意思。这是她为自己一生设计的结尾。她一辈子不愿意麻烦他人,这下子,却要大大地麻烦大家一下了。安疆为自己创造了一个死亡盛典。想到这里,安疆在电话里,轻轻地笑了起来。

程远青听到了安疆的笑声,在癌症剧咳的间歇中,这些笑声显得那么晴朗而干净,甚至还有一点点的顽皮。安疆最后说:"下雪了,多好啊,多美啊。你们快到雪地玩吧!"

安疆垂危,但此时她的声音充满了平静与欢愉。在程远青眼里,安疆是从未有过地康复了。她的心康复了,她为自己制订了一个伟大战役的计划。她希望组长协助她实行。让这些和她一道哭过和笑过的人,陪同她走向死亡。

和安疆道了别,程远青一看手表,肯定要迟到了。她安然地走在路上,看纷纷扬扬的雪花把城市装饰得陌生。按照她以前的脾气,身为组长迟到,心里会焦虑万分,不能原谅自己。明知要迟到了,也要一跌一撞地死赶活赶,希图把迟到的时间能缩减那么一分半分的。程远青从慢慢的脚步中,感到了自己在小组中的成长。是的,生命是多么宝贵啊,人们急匆匆地向前赶去,在生命的终点,矗立着一个死亡。为什么不欣赏一下沿途瑰丽的风景呢?被诗人咏为"燕山雪花大如席"的雪花,不是那么容易撞上的,撞上了,就要珍惜它掠过鼻尖的凉意。

雪花把城市变得像旷野,大厦像山峦,马路像河流,匆匆的路人像雪人。程远青从地上捧起一把雪,手心微薄的热气融化了雪花,还有几朵坚强的雪花，顽固地保持着六角形状，像钻石一样盈盈闪光。程远青看着雪花在掌心化水，从指缝漏地，滴出一个个黑点，消失得无影无踪。瑞雪兆丰年。也许，这预兆着她的爱情？自电视塔会面之后，吕克闸恪守着"不打扰"政策，留程远青思前想后。程远青心绪很乱，最后制定的策略是，在小组活动期间，不能分心。一切少安毋躁，慢慢斟酌。

临近小组活动时间，程远青给褚强打了一个电话，说自己和安疆谈了会儿话，耽误了时间，请大家别急，建议大家到楼下去看雪。

褚强宣布分散活动，活动的主题是"看雪"。人们面对纷飞的雪花，感慨万千。

褚强一脸茫然。早上，他有个奇怪的预感，就在来小组的途中，到单位转了转。在他的办公桌上，堆着厚厚的信件。他飞快地扒拉着信件，好像饥饿的大公鸡。在最底下，又看到了神秘的来信。

褚强撕开信封，这次，A4 纸上打着两行字：

1387 页第 6 字。
1435 页第 1 字。

好嘛，看来这个发信人也沉不住气了，居然一下就指示了两个字。那就看看这是两个什么字吧。褚强打开了手边的"现汉"。如今"现汉"天天都放在最顺手的地方，闭着眼睛也能找到。

1387 页的第 6 字是"有"。

现在，有 5 个字了。拼在一起是："小心小组有……"

有什么？

总不会是有钱吧？褚强苦笑了一下，打开了第 1435 页。谜底就要揭开。

那个字是"诈"。"小心小组有诈"。

这就是全文吗？还会不会有下文？褚强不知道。他很想马上把消息通报给程远青，看看表，来不及了，只得立刻出发，待今天小组活动结束之后，再和程博士商讨这诡异的信件。

如果说莫名其妙的来信，让褚强心猿意马，并不全面。扰乱他心境的，还有和申凌的关系。自从上次他为了跟踪鹿路，对申凌撒了个小谎，说是自己到广西出差，裂隙就日益加深。

褚强把鹿路调查明白了，重新出现在申凌面前时，拎了一篮子包装精美的荔枝，说："快吃吧，我从南宁机场买的。"

申凌用兰花指掐着荔枝说："那边要便宜些吧？"

褚强说："差不多。你喜欢就好。"

申凌吃着荔枝，问："你到柳州了吗？"

"到了。"褚强这才记起当初是这样对申凌说的。

"柳州特产给我带回来了吗？"申凌口气娇嗔。

褚强一惊，他忘了当时的承诺，这可怎么办呢？难不住褚强。他说："柳州特产是带不回来的。"

申凌说："你说的是什么特产？"

褚强说："刘三姐的山歌啊。你如果特喜欢，我这就到街上音像店买也来得及。"

申凌说："我说的特产不是这个。凡去柳州的人，都会带回棺材。"

褚强吓得一激灵，说："申凌，开什么玩笑？带棺材？这不是恶作剧吗？"

申凌突然说："生在杭州……"然后目光炯炯地看着褚强，等待下文。

褚强说："你跟个土匪似的看着我，干吗？"

申凌说："说对了，我就是要跟你对个黑话。你说吧，这下一句是什么？"

褚强猜出这是一句类似切口的话，但他不知道正确答案，胡乱说："生在杭州，吃在广州。"

"错！那会儿还排不上广州呢。告诉你吧，是死在柳州！"申凌冷笑道。

322

啊？眼看要露馅，褚强负隅顽抗，说："我只知道死在邙山。那里的黄土最厚。"

申凌反击道："那不是死在邙山，是埋在邙山。怎么埋，总不能裹在布里放在坛子里吧？要有棺材！柳州的棺材天下闻名，带个小棺材回来，寓意升官发财，这阵子我们公司正酝酿换中层，我心里许了愿，你哪怕带个最小号棺材回来，我就能升主管。你倒好，我千叮咛万嘱咐的，你没带回来不说，还不停地装傻。毁了我的前程，你心里到底有我没有啊？"

褚强这才知道棺材具有如此深远的象征意义，双重罪过，连连赔不是。申凌说："你到底去了柳州没有？"

"去了。"褚强死不改口。

申凌冷笑道："你这荔枝篮子里，有附近超市的标签。骗谁啊？坦白从宽抗拒从严。"

褚强到底没经验，经不住诈，就招了，说自己因为癌症小组的工作，临时放弃了出差。

"那你为什么不告诉我？烦我了是不是？哼，我就知道你一天到晚扎在女人堆里，学不了什么好！告诉你吧，小棺材没带回来，升官发财的希望就毁你手里了。还瞒着我，说谎……"申凌哽咽起来。

褚强忙着掏出不怎么干净的手绢说："我觉得咱俩喘气都越来越快。好不好来个暂停，长出一口气，也许好些？"

申凌不接受这个合理化建议，说："我看你参加了那个老娘们小组，坏毛病是越来越多，再也不把我放在心上了。甭废话，要这样，趁早散伙……"申凌说着说着，眼泪就下来了，扭着身子跑了。

褚强也懒得追。

一系列的事，让他太累了。冷处理，大家都静一静，各自后撤20公里，停火一段时间再说吧。

|第29章|
裸体秀

　　程远青慢悠悠走到别墅，大家正在楼下打雪仗，当然了，她们捏的雪团很小，扔得也很近，简直像樟脑丸，但这已经是久违了的快乐。

　　程远青感谢安疆。老人给了大家一个多么好的机会啊。如果没有她的提议，我们会辜负了这场好雪！

　　人们累了，程远青宣布告一段落，回到室内，开始小组活动。她特别注意了一下成慕梅。身材高挑穿着羽绒大衣的成慕梅没做雪球，孤零零地看着变臃肿了的小柏树。她和组内的任何人都没私交，雪球贸然打过去，别人不喜欢，自己会难堪。她用指尖轻触着侧柏羽毛状的叶子。侧柏修剪得很齐整，积雪堆积其上，成慕梅手指掠过，雪花扑簌簌落下，仿佛鸽子惊飞。

　　程远青走过去，对成慕梅说："一个人玩啊？"

　　成慕梅面无表情地说："一个人有一个人的好处。"

　　程远青说："你和哥哥无话不谈？"程远青早就想和成慕梅谈谈她的哥哥，但成慕梅总是拒人于千里之外。小组快解散了，有些事一定要说明白。

　　成慕梅轻声重复着："哥哥？是啊，无话不谈。"

　　程远青说："你哥哥对你很关心。"

　　成慕梅说："我和哥哥好得如同一个人。"

程远青又说:"你哥哥每次和我谈了什么,他会告诉你吗?"

成慕梅迟疑了一下,好像在考虑如何回答。最后她说:"我知道。"

程远青心想这话有点毛病,答非所问,不会是成慕海每次和程远青通话都录了音吧?程远青还想深谈,可惜组员们已经上楼,不能再耽误。

进到别墅,暖气格外热,用温暖如春形容都不贴切,简直是如夏了。大家纷纷脱了外衣,环顾四周,物是人非。那时是夏末,大家都穿着单衣,此刻已是冬末,大家都穿着羊毛衫。你看看我,我看看你,彼此都说:"啊呀呀,你好像比刚来时漂亮了!"

大家夸赞说:"咱们这不成了相互吹捧吗?"

程远青一本正经道:"还真有学者研究,说成功的小组活动,有美容效果!"

周云若大感兴趣地说:"正规的美容院做一个脸贵着呢!小组怎有如此魔力?"

程远青说:"我觉得这原理,可能不是让皱纹减少皮肤变嫩,而是让人的表情有了变化。要总是愁眉苦脸的,在人背后绞尽脑汁地策划阴谋诡计,久而久之,一定会像面具塑型,把脸改成丑陋的样子。如果你由衷地微笑,别人就觉得你美丽了。"

大家纷纷说:"这倒是!最近认识我的人都说,你看起来气色不错啊!"

程远青说:"你们各自怎么回答?"

花岚说:"我就谦虚呗!说,得了这种病,还能说什么好气色呀。"

程远青说:"这事可别谦虚。身体每时每刻都在监听我们的对话呢。要是你谦虚,它努力的劲头就大受影响了。"

大家就笑了,说:"身体还挺狡猾的,内有窃听机制。"

程远青正色道:"时时给自己一个积极的暗示,潜能发挥出来,向着光明的目标挺进。"

小组活动就在其乐融融的气氛中开始了。先是应春草报告她回家这一段时间的遭遇。屋内安静下来,可以听到暖气中水流的声音。大家都不动声色地打量着应春草的手和脸，还好，没有可见的伤痕。但是，谁知道人们看不见的地方，是否潜藏着血迹和瘀斑？

应春草说："上回小组活动以后，我想了好多。我怕他在外面找女人，就故意气他，让他打我，他打了我之后，就会对我好。每过一段时间，我就得这样试验他一回。要是我气了他，他不肯打我了，我就会疑神疑鬼，反倒特伤心。我就变本加厉地气他直到他动手打我，我才安了心……我得了癌症之后，有一段时间他不打我了，我心里没底，我想，他不在乎我了，我气他也不生气，连打我的兴趣也没有了，我就狠狠气他，直到他暴打了我一顿，我这才放下心来……"

大家骇然。应春草不管大家的反应，自顾自地说下去："一天早上，苏秉瑞上班以后，我搂着枕头大哭一通。我觉得我太惨了，我还是个人吗？我靠着皮肉受委屈，来让自己得到一点爱。这是爱吗？这是施舍！是一点可怜的补偿！我病了，身体本来就差，还要这样折磨自己，我真不是人！我对不起我自己！我为什么这样窝窝囊囊地过一辈子？我不知道自己还能活多长时间，可我要挺直了腰板活一次。我一边哭一边想，连中午饭也没吃。我把一辈子的委屈都哭出来了。等把这些里里外外的事想通，苏秉瑞也下班回来了。平常日子，我都是拖着病恹恹的身子，给他做他爱吃的东西。他是个粗人，最爱吃的是红烧肉，现在的人都不爱吃这个了，说胆固醇高什么的，他不，老说自己像毛主席。毛主席就爱吃红烧肉。我做化疗，吃不了油腻的，为了迎合他，强忍着恶心吃，还不能让他看出来。这回，我第一次不管他，按照自己的口味做了一碗肉末鸡蛋羹。他进屋来，往常都是我蹲在地上，给他换上拖鞋。这一天，也改换章程了。我躺在床上，一动也不动。苏秉瑞进了屋，看到我无动于衷，说了句，你装什么死狗啊，我肚子饿了，有什么吃的？我说，你才是死狗呢。我还想好好地活着。他说，哎，老婆，你吃了炸药了？怎么变了？我说，看出来变了就好，再不能像以前那样了。苏秉瑞说，以前怎么啦？我说，你以前打我，这是犯法的。苏秉瑞说，我以前打你，是你自找的。隔一段时间，你就要我给你松松骨。我说，你胡说！天下没有愿意挨打的人。苏秉瑞嬉皮笑脸地说，我就是愿意挨打的人。我说，那我就打你！他横眉立目说，你敢？我说，打人犯法，我不打你。你以后也不许打我！你要打我，我就告你去！"

大家说："你首战告捷了。"

应春草反倒不好意思，说："也不知他今后能改多少，但我不能像以前那样任人宰割了。"

程远青说："应春草你说得好，你改变了，就让事情有可能向好的方面转化。"

程远青看看组员们，屋里温度高，除了严重贫血的成慕梅和鹿路，大多数人的脸蛋都红扑扑的，容光焕发。在这个组里，大家一块儿哭过，一块儿笑过，结下了生死情谊。世上的事就这么怪，你会忘记和你一道笑过的朋友，但你不会忘掉和你一起哭过的朋友。

"大家还有什么要说的？毕竟，我们在一起的时间已经很有限了。"程远青说。对于今天的活动，她没有更多的安排，要看组员们情绪的起承转合来运行。

大家纷纷说起参加小组的变化，心胸豁达了，不像以前那样怕死了。情绪比较稳定，不那么怨天尤人，比较能接受现实。更能够体会到人世间的美好和亲情的宝贵。卜珍琪说，自己的字比以前写得好看了。程远青笑道："这可真是个新发现。"

卜珍琪很认真地说："我以前找过一位笔迹专家，他的工作是研究比对案犯的笔迹，笔迹能反映一个人的心理。他说，我没法给你更多的意见，你的字已经写得很好了。如果你想要更好，只需把写字的速度放慢，会有奇效。我说，写快不容易，写慢应该不难。笔迹专家说，不一定。一试，才发现像骑自行车，快起来好办，慢起来就难了。没想到心境一平和，手就自然慢了，字也眼见着好起来，最近不止一个人夸我呢。"卜珍琪说得很得意，眼睛闪闪发光。程远青不由得想起一句西谚：你夸将军会打仗，这不是夸奖；你夸将军会跳舞，这才是夸奖。卜珍琪有多少杰出能力，她都淡然，却为自己的字迹，由衷地高兴。

这是历次小组活动中，欢声笑语最多的一次，好像辛劳的渔民，开始收网，看到鱼虾乱蹦乱跳。

"可是，我呢？我的收获比大家都小。"成慕梅说。

程远青说："收获大小，这和一个人的投入是紧密相关的。你觉得自己的收获不够大，分析一下原因。一个小组，也不可能解决所有的问题，小组不是万能的。"这些话固然不错，但对于心急如焚的成慕梅来说，远远不解渴。

"我有一个秘密，可是我不敢说。我之所以来参加这个小组，就是想说出这个秘密，可是我张不开口……"成慕梅真是急了，哀告大家。

这番话若在几个月前说，还真不知会得到怎样的回应。那时的小组，人人自顾不暇，人人都有一本难念的经。如今不同了，炉火正红，炙烤着每个组员的心。你加入薪柴，你获得温暖。即使你袖手旁观，一旦表示出对燃烧的向往，火苗也跳跃着欢迎你的到来。

大家不计较成慕梅平日的淡漠，很关切地对她说："说吧说吧。有什么困难，我们和你一起扛。"

成慕梅喃喃自语："不是困难。比困难要命多了……"她一边说着，一边开始脱衣服。成慕梅穿着一件米白色的羊绒衫，保暖性能很不错，她的额头沁出细密的汗珠，但是，这个脱衣的动作，还是让人有些不得要领。没热到这个程度吧？

程远青凛然一惊，她想到了成慕海那个可怕的建议——你可以让她脱掉衣服！成慕梅要在大庭广众之下，展示自己骇人的伤痕或是躯体的残缺？

小组就是如此地具有挑战性，每个人都在和别的人互动，携带着她们家族和本人的历史，其中还潜藏着无数的密码。方寸之地，汇聚着人间悲欢离合。这边程远青飞速地考虑着，那边成慕梅不停地脱着衣服。羊绒衫脱下，露出莱卡的白色内衣和挺拔的胸部，现在，成慕梅开始把内衣的下摆往头上兜去。此刻，就是再愚钝的人，也明白成慕梅打算上演一出裸体秀了。

328

程远青迅速判断形势。成家兄妹对脱衣这事，决心已定。这不是一时的心血来潮，而是一个精心的策划。既是有备而来，单纯阻止恐难奏效。身为女性，在小组内如此大胆暴露，不管她此时如何迫不及待，也许事后会追悔莫及。身为组长，她有提醒之责。

程远青道："成慕梅，你是要把衣服脱掉吗？"

成慕梅的头颅已包绕在白内衣里，发出的声音瓮声瓮气："我不在乎。"

可以看出她决心已定，破釜沉舟也不在乎，但组内还有男士。对年轻的褚强来说，是否相宜？程远青看了褚强一眼，褚强悄声说："我回避。"

成慕梅听到褚强的声音，忙不迭地说："褚强你留下。你在，我还踏实一些。你千万不能走！"

一个离奇的要求。褚强不知所措，大家也一脸茫然。程远青小声问褚强："你愿意留下吗？"

说实话，褚强才不想留下来。半老徐娘裸露残缺身体，虽然他出于革命的人道主义可以表示关切，但感官上肯定不愉悦。成慕梅殷殷恳求，脸露不出来，两手直作揖。褚强只好说："好吧，我留下。"

这当儿，成慕梅已把自己的上身，像个削了皮的萝卜似的扒光了，只留下了粉红色的文胸。大家都不知一向拘谨内向的成慕梅，今天怎么如此放荡不羁。看她的神色，一副沉冤似海的模样，不像是开玩笑，屋内死一般寂静，且看她意欲何为。

程远青也不知所措，好在心理学家的素养，让她保持基本的从容。成慕梅目光专注，动作有条不紊，不像是精神错乱。但一个中年女子，就算是和大家再熟稔，在这北风呼啸大雪纷飞的日子里，当众裸露上体，终究是不可思议之事。

相处半年，从素不相识到深入到彼此生命的底色，组员已结下难舍难分的情谊。如果在背人处，看看刀口瘢痕，也可理解。不料最封闭的成慕梅跳将出来，当众裸体，令人惊悚不已。

成慕梅脱下文胸,把它甩到一边。

粉红色的文胸滚落在地,转着圆圈。一个会舞蹈的文胸。两个罩杯中,各有半个花皮球。那种早已过时的现在很少有人玩的花皮球。红黄绿三种颜色好像被太阳晒化了的油漆,混合在一处,随意流淌着,形成了不规则的图案。每瓣皮球里塞着一团圆形棉纱,恰到好处地填充起了花皮球。于是,花皮球就成了半个惟妙惟肖的乳房。

大家看得发呆。如果说这个人造乳房样子古怪,倒还没什么了不起的。造物主把女人的性征拿走了,那么,这个哀伤的女人用什么法子来弥补自己的缺陷,谁也不能多说什么。关键是,文胸两侧都镶有花皮球。也就是说,成慕梅双侧乳房都是假的。

大家首先想到的是:会有极少数病人罹患双侧恶性肿瘤,只好将双乳一并摘除。这是极大的不幸。

目光从粉红色的文胸移到了成慕梅身上。之所以没有在第一时间关注成慕梅,是地上滚动着的粉红物件太引人注目。当它安静下来,人们才发现更大的惊骇还在后面。

成慕梅的胸膛上的疤痕,远没有人们想象中的那么长,甚至可以说,比在场任何一位动过手术的女性的疤痕都要小。最最恐怖的是——她胸部只有一侧有手术的痕迹;在另一侧,平坦的胸壁上,是男性的乳头!

成慕梅就那样赤裸着胸膛,低垂着头,接受着大家惊骇莫名的目光鞭笞。他知道必须承受这一切。

他不是一个女人,他是一个男人。从夏秋到冬春,每当小组活动的时候,就装扮成一个女人。他以女性的身份参加这个小组,直到今天,他决心恢复自己的真实性别。

程远青呆若木鸡。这种过分的真实,已经超出了常人所能够容忍的极限,大家闭上了眼睛。

成慕梅是一个男人!一个货真价实的堂堂男子!胸肌发达,胸毛茂盛。他一直混迹于一帮女性癌症患者之中,居心何在?!

程远青感到自己受了莫大的愚弄。一个并不高明的弥天大谎,居然把一个资深的心理学家蒙得晕头转向。面对这种大虚伪大欺骗，程远青恼羞成怒，想把裸露上身的成慕梅一脚踹开，方解心头之恨。

全组盯着自己，程远青第一个反应是——你务必冷静！

程远青自知有一致命弱点，就是难以忍受被人欺骗。以牙还牙以眼还眼！程远青相信，凭借她在组员中的威望，只要一号召，谴责将如冰雹砸下，成慕梅必成丧家之犬，灰溜溜滚出小组……一百种报复的计划在程远青脑海中闪过，反击的话语已堵满双唇，只要嘴一张开，叱骂就会冲口而出。

程远青，你何去何从？

一个优秀的心理学家，有清晰的自我洞察能力。程远青深吸一口气，徐徐吐出，问自己：你为何如此愤怒？

成慕梅乔装打扮来参加小组，必有他锥心泣血的理由。招致程远青怒火中烧的答案只有一个：程远青觉得成慕梅此举成功，是对她这个经验丰富的心理学家的嘲弄和蔑视。

记住，在小组中，你要永远把注意力集中在组员身上，而不是在自己身上。你要把组员的利益看得重于一切，而不是把自己当作中心。程远青的耳边响起导师的指教，那个有着一双湛蓝眼睛的老人，说出这些话的时候，音调轻柔，此刻在耳边响起，却有万钧之力。

程远青，放下你自己的得失！你在小组中，组员在看你！你能否接纳成慕梅，也是大家的一面镜子。不管开头怎样，成慕梅已经走向了更真实的存在。他在众人面前卸下了伪装，把一个赤裸的自我展示给大家，这就是进步，这就是成长！你要用宽广的胸怀，来包容这个令人震惊的变故。

程远青吐纳胸中空气，那是碰到火柴就会像甲烷一样燃烧的气体。她把新鲜的空气吸进肺里，将一种稳定感从丹田传到胸部颈部头部，然后又下行到手臂手指大腿小腿脚踝和足尖……呼吸渐渐平稳，肌肉放松下来，这才轻吁了一口气，缓缓地说："成慕梅，你穿上衣服吧。别着了凉！"

组员们也同时呼出了一口气。她们被成慕梅的当堂变性惊住，丧失了应对能力。愤怒吗？被人骗了半年。沮丧吗？居然没有一个人看出有诈。好奇吗？且看他说出怎样的理由。一时转不过弯来，天下竟有这样稀奇古怪的事。好像电视连续剧，不知后面将会上演怎样的剧情……程远青的态度就是小组的态度。如果组长说把成慕梅赶出去，大家一定群起而攻之。褚强是男性，但人家磊落光明，是大家的小弟弟。现在倒好，一个大老爷们混迹女流之中，简直有被他偷窥春光的感觉。虽然女人们基本都不年轻，就是被窥，也只能算是秋光了。

成慕梅感觉冷，顺从地穿上内衣，用另一种青檀样的嗓音说："对不起，请大家忘记成慕梅这个名字吧。在这个世界上，没有成慕梅，我的真名叫成慕海。"

幸亏椅背很高很结实，承受程远青身体猛然后倾之时，没有发出劈裂之声。成慕梅是虚拟的，是水中月是镜中花，是无中生有的幻象。原来在漫长的冬夜，和程远青窃窃私语的成慕海，就是面前这个"变性人"。原来资深的心理学家被人耍弄而不自知，原来整个组都在混沌之中，只有面前这个男扮女装的家伙才是唯一的明眼人！

程远青的理智已像千疮百孔的小船，刚从漩涡闪过，复又遭遇暗礁。程远青只想朝着成慕梅——对了，没有成慕梅了，目前只有成慕海了，大吼一声：你这个骗子加混蛋！你给我滚出去！

程远青咬着嘴唇，在心里反复默念这几句话。她不能出声地咒骂，这是她的教养和身份所不能允许的。她只能无声地咒骂，一遍又一遍。

时间凝固。大家虽说搞不清这个成慕海是何来历，总之明白了是同一个人用两套名字的把戏，非常诧异。她们看着组长，等着组长。眼光交织成致密的轨迹，如弹道射向程远青。

程远青紧急梳理着自己的思绪。在连续骂了成慕海若干遍之后，情绪稍稳。理智如雷暴之后的天光，缓缓澄明。如果说违背天条，程远青负有不可逃避的责任。不要和小组以外的人谈小组的事！程远青明知故犯，她遭到了报应。

程远青，你快从一己恩怨走出！

以小组为重！

以组员为重！

以成慕海为重！

程远青连连呼叫自己的名字，好像面对昏厥之人。一系列警示，风驰电掣般的从脑海中闪过，如同冰冷急速的潮汐。她渐渐冷却，平稳下来，从心境扩展到语调。她强制自己抽动了一下嘴角，一个痛楚的笑容，但毕竟是笑了。她轻声说："我们以后就称呼你成慕海了。"

这表明组长代表全组，接受了一个名叫成慕海的新组员。成慕海不知所措地频频点头。他做好了被宣布为"不受欢迎的人"驱逐出组的准备。现在，他归队了，悲喜交集。

程远青说："成慕海，你让我们非常惊奇，觉得自己很弱智。这可不是一种舒服的感受。"

成慕海穿好衣服，舔舔嘴唇说："能给我一点水吗？"

成慕梅即使改叫了成慕海，他也是很清楚小组活动中不喝水的规矩。的确是太焦渴了，程远青破例同意了他的要求。

喝了水，成慕海表情稍安，说："我不是诚心想骗大家，虽然看起来就是这么回事。在小组里，我无时无刻不想说出真相，可是我不敢。"他改作男声，大家听着很陌生。

花岚说："啧啧，你真是一个男人？"

成慕海说："真是。货真价实的。"

岳评说："你一下子变成了成慕海，还真不习惯。我要是说走了嘴，叫错了，你不会介意吧？"

成慕海苦笑道："我哪还会介意？大家不介意我就好了。"

岳评说："那我就说了。你不是个二尾子吧？就是半男不女的那种人？真是，也没什么。大家能接纳你。只是这回你可要说真话，不能再玩花活了。"

成慕海说："我是个男人。生理上没问题。"

鹿路说:"虽说咱们这个小组也没说只许女人参加,活动中也没有什么不能让男人看的节目,可你这个事,我还是别扭。你是不是把我们骗了这么长时间,自己挺得意的?"

成慕海诚惶诚恐地说:"我哪还敢得意!每次来参加活动之前,我都对自己说,大家都那么交心交肺的,我瞒着天大的一件事,对不起大家啊!可我一到了小组,就没有勇气了。我怕大家一生气,就把我赶走,那我就再也不能参加小组了。我喜欢这个小组,在这个小组里,我体验到了真情。我很少说话,但心还是和大家在一起的。由于我自己这事,把我压得不敢和大家痛痛快快地交流。小组也要解散了,就是把我赶走,小组的绝大部分活动我也参加了,我也不亏了。其实我还有一个选择,就是一直不说,可这样,一是我心里的疙瘩就再也解不开了。过了这个村,就没有这个店了。就算癌症还能饶我一点时间,可我未必还能找到像你们这样的姐姐妹妹,还能找得到程老师这样的组长……二是如果那样,我就太对不起大家了。所以,今天在来的路上,我就下定了决心,不管大家怎么骂我,我要把自己的真面目露出来,对自己也有一个交代。真实地做一回人。"

听了成慕海的这一番掏心窝子的话,原本恼怒的人,也都原谅了他。

好像为了弥补以前活动中说话太少的毛病,成慕海滔滔不绝。

我非常孤独,从小内向。身体不好,不爱活动,体育不行。对男孩子来说,学习再好,跑不快跳不高,就没有自尊。我爱和女生一起玩,她们细心温柔,不欺负人。中学我在戏剧社演过女角,是《雷雨》中的四凤。大学毕业后,在机关工作了两年,后来下海做了生意。人们看我可以信任,很快业务就做得很大。我也交过几个女朋友,相处一段时间之后,都离开了。临走的时候,都说我是好人,但没有激情。我也不知道她们说的激情是什么东西,我对她们很好,这还不够吗?后来,我索性也不想去闹明白了。日子慢慢过着,突然我发现胸壁上有个硬块。以为是疖子,就没理它。但这疖子很奇怪,一点也不疼,却无声无息地长大。有一天我路过医院,想看看医生。司机帮我挂号,他说,老总,你挂哪个科。我随口说乳房上长了个疖子,你问问我挂哪个科。司机捂着嘴乐个没完,说老总你哪儿不好病,怎么病在了这么个地方。我这才发现病在那儿,是个很严重的问题。我对司机说,你到车上休息,我自己去看病。在挂号处问了护士,她让我挂乳腺科。我以前不知道医院里还有这样一个科。想想也挺正常,既然耳朵鼻子都有专门的科,乳腺为什么就不能单有一科。到了乳腺科,管分诊的护士把我的挂号单看了好几遍,好像我偷了别人的单子。到处都是女人,闹得我有了一种进了女澡堂的感觉。轮到我检查了,医生触摸之后,脸色很严峻。我说,有问题吗?那个老太太只说你再做个红外线检查吧。我好不容易找到了红外线室,在医院的角落里。老楼,走廊挺宽大的。光线不好。每过一会儿,检查室的门就打开,放出四五个完成了检查的人,再把单子拿进去,可能是做登记或是筛选之类的工作,再叫一些人进去。在我这个搞电脑的人看来,工作程序太原始了,手工化,少慢差费……我把单子排好队,就坐到角落等候。叫到名字了,我起身进了检查室。没想到我一进去,就听到妇女们嗷嗷的尖叫声,说,一个男人!赶出去!一位女医生严厉无比地说,谁让你进来的?我说,就是你让我进来的啊。你喊了我的名字。女医生说,你怎么是个男的?我说我一直是个男的啊。我的登记表上也写的是男的啊。女医生还真把我的表又拿过来看了看。可能是为了让医生更好地在仪器下工作,屋内只有一盏微弱的红灯,如同血泊。这时我的眼睛已经适应了暗红色,注意到黑暗中浮动着白色团块,那是众多女人裸露的胸部,耳朵充满纷杂的摩擦声。原来女人们为了等候检查,都提前把衣服脱掉了,现在看到一个大男人闯进,都吓得魂不附体,窸窸窣窣地忙着穿衣服。轮到我了……

　　头发花白的女医生反复比对之后,告诉我说,几乎不用再做检查,依她的经验,就可以断定我患了乳腺癌。随手开了住院通知单,要我尽快预约手术。

　　在猩红色的黑暗中,我声嘶力竭地说,我是一个男的。

　　女医生说,我知道你是一个男的。

我说，为什么会得这种病？

女医生说，你知道几乎所有的癌症都病因不明。

我问，怎么办呢？

女医生说，不是给你开了住院单吗？赶快手术。

我说，可我怎么说呢？

女医生纳闷，跟谁说？

我说，所有的人。

女医生忙着把我的资料敲进电脑，头也不抬地回答，你不必跟所有的人说。

我揪着医生的白袖子说，大夫，告诉我，患这病的概率是多少？

女医生抽回胳膊告诉我，在发达国家，已占女性癌症的首位。

我歇斯底里地吼起来，我不是女性！我要知道像我这样的男人，在这个病中占多少？

女医生定定地看了我一眼，在红色的背景中，她的眼神像被枪击中的鸽子。她说：百分之一。

我跌跌撞撞地从检查室出来，看到太阳像一颗粗糙的绿色苍耳，嵌在猩红色的天空。从此，猩红色挥之不去，总在缠绕着我。我用最后的气力坚持走到停车场，司机说，老总，你面色不好看。

我说，到了医院，还能有好脸色吗？他很关切地问，怎么样？我只有装作不明白，说，什么怎么样？他笑笑说，就是那个地方的病。我看着他充满了玩笑意味的嘴角，在这一瞬决定了，我要保守这个秘密。我说，没事，是我大惊小怪。司机的脸色一下子明亮了，说，一个男人，哪能得奶子上的病呢？那还算是个男人吗？

我从小就最怕人家说我不像个男人。现在，我得了这种病。疾病是有性别的，疾病也是有品位的。你是老板，你可以得高血压心脏病糖尿病，那是富贵病，是豪华享受的同义词，你不丢人。但是你不能得肝炎。得了肝炎，人们立刻会想到你身份不高，经常在路边的大排档吃饭，你才得了传染病。如果你得了性病，那倒没什么，只要不是艾滋病，男人们都可一笑了之。可是,我得了女人的病。如果告诉别人,在应该收获同情和关切的时候,我将成为人们茶余饭后解闷的奇闻。

记得哪位哲人说过,如果他受了伤,会独自一人躲进密林,用舌头舔干血迹,等待伤口慢慢结痂。不会有人看到他断裂的白骨,伤口长好,他才会走出密林。我欣赏这话。以前就喜欢,所以记住了。当我做出向所有的人隐瞒病症的时候,这句话成为我的指南针。

我把生意交给助手,住到了另外一家医院。不是因为这家医院的名气更大,是为了在原来医院彻底蒸发。这个病不是疑难杂症,我已不是早期,第二所医院的诊断更为快捷。我住进了医院,用了一个假名字——成慕梅。这不是我的发明,是我死去的妹妹的名字。身份证是很容易作假的,你只要给街头的小贩一张照片和写着你编造的住址等资料,三天就可以取货。住院登记很简单,我就以这个名字做了手术。我对所有认识的人,都说我到欧洲旅游去了。大家都说,放松一下是对的,你的脸色最近不太好,一定是太疲劳了。警惕过劳死,日本人最爱得这种病了。我住进了医院的单间病房,不愿被人撞见。没有告诉任何人,也就没人来看我。我也不和病友交谈,除了和医生护士说几句话,我都面壁而卧。面壁这件事,能让人思索很多东西,所以古代的高僧都面壁。一定要是白色的墙壁。你不可能对着一面五颜六色的墙壁思索很多深刻的问题。手术的前一天,麻醉师来看我,我给了他一个红包。我不是想贿赂他,只是想多咨询有关的问题。我不怕手术,我怕在手术中糊里糊涂地死去。这样的意外最容易在麻醉的时候发生,那么,这个穿着蓝色工作服戴着蓝色工作帽的小伙子,就是我的活阎王了。红包是我付给阎王的咨询费。

我说,在手术之前,你们都会来看病人吗?

他说,是的。特别是全麻。

我说,全麻,就是我什么都不知道吗?

他说,你的手术范围很大,时间也很长。但究竟有多大,究竟有多长,只有到了台上才知道。

我说,麻醉如果出了意外,我就会死。是这样吗?

麻醉师说，手术台上的任何意外都有可能招致严重后果。我们会尽力防范。

我知道再问也问不出什么了。麻醉师走后，我抚摸着自己的胸壁，它目前虽然有病变，但还是完整的。明天以后，它就不完整了，但也没有肿块了。这样想了之后，我就嘲笑自己，也有一个极大的可能是：胸壁不完整了，病变依然存在。

男子乳腺癌的发病率虽然极低，一旦发病，常常很凶险。我已有多个淋巴结转移。除了助手之外，我没有将病情告知任何人。除了那些最必要的手续，让助手在百忙之中到医院填写，其他有关病情的进展和预后，都是我和主治医生直接谈。

我不知这是好还是不好，没有温情脉脉的面纱，全是最严酷最精粹的真实。我可以在医生面前表现得很沉着冷静，他们都夸我是他们见过的最稳定的病人，殊不知，在医生走后，我会用一条干毛巾敷在额头上，盖住眼帘。我并不觉得自己流泪，但那条毛巾会慢慢变湿。我也不动，让风和自己呼出的气，再把毛巾晾干……

在生命的搏杀中，全军覆没的感受是如此强烈，以至于每晚的梦境都被黑色压扁。精神被分馏了，在精神的最表层，是淡黄色的稀薄的期望，其下是猩红的黏稠的绝望。

手术之后是化疗。这都是老生常谈，我就不多说了。出院以后，头发都掉光了，朋友们问，这是怎么啦？我说在欧洲洗了一种温泉，里面含有矿物质，过敏了。大家就笑我说，看你这样子，不像是从欧洲回来的，像是从非洲回来的。我说，不管是从哪儿回来的吧，我现在要好好工作了。

话是这么说，但气力大不如从前了。你们见过饭馆里客人点吃的那种活鲤鱼吗？抄网捞起来，让客人过目，验明正身，活蹦乱跳的。过秤，然后当着客人的面，把那条鱼拎起来，啪地往地上一摔，那条鱼就一动也不动了。表面看起来，那条鱼和以前没有什么不同，头还是头，鳃还是鳃。然而那条鱼受了致命的伤，已是肝肠寸断，所有的骨头都脱了臼。我就是那样一条鱼。

我的病无法对别人说。医院斗室，虽日夜一人，起码医生护士还会走进来，问你几句话。出了院，才陷入真正的孤独。偌大的世界，我不知道还有哪个人和我患了一样的病。从理论上讲，一定是有的，可他们藏在哪里？也会在暗夜中哭泣，在太阳下装出硬汉的模样吗？我不知道。本来得了癌症的病人就是孤独的，他不是一个健康人，他也不是一个死人。他游走在生死之间的真空地带。后来，我找到了一个做伴的人，那就是成慕梅，我创造出来的承担我疾病的那个倒霉蛋。我把自己分裂成了两个人。当我是成慕梅的时候，我阴郁孤僻落落寡合。当我是成慕海的时候，我开朗健谈风趣善解人意。没有成慕梅，我无法安置自己惨淡的人生。没有成慕海，人生对我了无意义。我游走在成慕海和成慕梅之间，凭借这个古怪的分裂的创造，我才得以在那些极端孤独的日子里，自己和自己对话，自己给自己排解，才有了活下来的勇气。我喜欢成慕梅，在某种情况下，我要感谢她。她负载着我全部沉重灰暗的东西，是一个真实的人物。另一方面，我不喜欢成慕梅，如果一直像她那样活着，我还不如死了。我愿意永远当成慕海，可是我做不到。过去的成慕海已经消失了，在手术台上被割去了，扔到粪车里了。新的成慕海是我创造出来的，他是我的偶像。我知道我做不到他那样优秀，当我扮演成慕海的时候，我要耗尽心血，我坚持不了多长时间，我就要逃走，因为这个充满阳光的男人，是暂时居住在我的这个残缺的躯壳里的。病把我切割成了两个人。刚开始，我还能胜任他们之间的转换，好像在点歌台切转曲目。后来越来越困难了，冷热水龙头失灵。要拧热水的时候，浇你一个透心凉。想要冷水的时候，把你烫出燎泡……

每半年一次的化疗，切割着我的生活。我预感到自己要崩溃了。神经无法胜任这种转化，咝咝地冒烟。我想到了死。这个念头一出，无论是成慕梅还是成慕海，都击节叫好，他们罕见地统一起来。我知道，这就是我最终的选择了。我搜集了相关资料，成了一个自杀问题专家。我决定自我爆炸，把炸药捧在胸前，如五马分尸一样支离破碎，没有人会知道我曾得过这样的病。我选择了一家狗肉馆作为最后的葬身之地。

正在这时,我看到了报纸上刊登的癌症小组招收组员的消息。这一次,成慕梅和成慕海又罕见地达成了一致,表示要参加小组。我想,也许这就是生命的本能吧。成慕海就先打了电话,表达了想参加的愿望。具体出席的是成慕梅,因为在想象中,病是在成慕梅身上,成慕海是她的哥哥……

在死亡的阴影中,我参加了小组。

小组有一种奇怪的引力,对抗着自杀对我的引力。我要为我的自杀找一个理由,可这个理由越来越不容易找到。我在迷茫和怀疑中,给褚强写信,起初是恶作剧,以排解自己的苦闷,后来就变成了一种变相的呼救。现实中,成慕梅每次参加小组活动的前一天,都要去美容店润肤,特别是用紧肤水收缩粗大的毛孔,让颜面比较细腻。临出门前,都要花数小时乔装打扮,浓妆艳抹以免被识破。置备各色高领服装,以遮盖喉结。而且练习用女声说话,冷漠孤僻,寡言少语……大家讲的每一句话,都进入了我的脑海,它们撕扯打架昼夜不息……慢慢地,我发现自己起了变化。我再也不喜欢两个人共同生活在一个躯壳这种局面了。我要把这两个人整合在一起。我不知道症结在哪里,我无能为力。我要感谢你们的真诚。我发现自己最大的误区是在企图掩盖一个发生了的存在。为了让这个真实的存在变得虚无,我把自己一分为二。只有在这种分裂中,我才能为自己的懦弱找到栖息之地。今天,我一定要把成慕梅和成慕海合在一处,我没有其他的方法,我只有用我的身体来说话,证明我本来就是一个人,而不是我臆造出来的两个人。我早就想把真相告诉大家,可是我没有勇气。我希望程博士能够揭穿我,所以,我在电话里通知程博士组里有人隐藏秘密,以假象示人。程博士大智若愚,没有动静。我不停地给副组长写信,提醒他小组有诈,希望能引起他的高度关注,把我揭露出来……

成慕海说到这里,充满歉意地看看组长、副组长。程远青面上还算安然,褚强可是恨得牙根直痒痒。好你个成慕海!简直是间谍,直至今天早上，还把人吓得手脚冰凉。原来这一切背后，竟是一个分裂人格在反复表演。

成慕海接着说："谢谢大家。今天，你们的惊讶，你们的愤怒，你们的宽容，都让我知道了一个最基本的事实，我是一个人，而不是两个人！现在，我已经能够感到成慕梅和成慕海渐渐地靠近，重叠在一起，他们的边缘渐渐地模糊，变成了一个人……天边的猩红渐渐远去，代以清新的草绿……"成慕海这样说着，目光凄迷。他真实的声音仿佛不是从一个男人的身体内发出，而是从一架优良的仪器发出来，游离着，悠然回荡，带有稍纵即逝的魔力。

成慕海说到这里，头重重地垂了下来。人们以为他是昏过去了，急忙围拢过来。程远青摆摆手，示意大家散开。他是睡着了。这一席话，耗尽了他所有的精力，魂灵出窍。

大家不敢触动他。

程远青心里百感交集。这一番剖白，她始料不及。人啊，多么复杂！类似这样由疾病引发的人格分裂，极为罕见。作为组长的她，没能在早期识别出这种复杂的多重人格表现，但小组强大的功能，拯救了成慕梅和成慕海复合体，一个新人在此地重生。

341

| 第30章 |
水晶厅的表决

程远青若干天内萎靡不振。成慕海的自白，让她身心俱损。

心理学家并非神，只是对自己有更多的觉察和重构。

觉察这个词，在佛教中有"顿悟"之意。程远青觉察到了自己的盲点。她的情感生活被压抑得太久了，遇到一个虚幻的异性形象——幽默风趣智慧的成慕海的声音，就被吸引，触犯了小组活动的天条，使双重人格扑朔迷离，难以捉摸。如果自己无懈可击，整个事态就要简单得多。幸好没有造成更严重的后果，但这个教训她要终身汲取。

吕克闸常有电话来，程远青正在反思之中，口气淡淡的。

吕克闸说："博士你好像不开心？"

程远青说："我在总结小组的经验，不尽如人意之处甚多。"

吕克闸说："博士是否太谦虚了？我听褚强说，小组卓有成效。组员的心理状况都有了很大的改变，也许因为我是造药的，不知她们病理上有无改变？"

程远青问："癌症是一种非常顽固的恶性疾病，根据国外的研究，辅以适当的心理治疗，可以调动病人的免疫系统，增强和疾病抗争的能力，延长生存时间，提高生命质量。让病人对即将到来的死亡有比较达观的态度……但针对东方人的具体资料，我不曾查到。"

吕克闸说："博士，你可以来做这个研究，成立一个癌症心理研究所。

这是功德无量的事情。"

程远青说："谈何容易。"

吕克闸说："只要动手去做，也不一定很难。噢，我给你打电话，是打算放松一下，没想到一张嘴就又是工作。"

程远青说："你是一个工作狂。"

吕克闸说："你也是。物以类聚。"

这样的对话，你不能说不和谐，但程远青总在疑惑之中。她不知道自己还有没有能量再投入地爱一次。吕克闸是一个合适的人选吗？也许是以往失败的哀伤还在腐蚀着她？愤怒是可以变化的。有一些事情，在它新鲜的时候，你是愤怒的。当它陈旧了，你就不愤怒了。可是，哀伤是不会变的，它只是更深沉和更细致了。

鸢尾素市场拓展遭到阻遏，因为它是"食"品而不是药品。公司高层发生争论，焦点是再次动用种种合法以至不甚合法的手段，让鸢尾素升级为"药"准字，还是依旧以食品面目出现，辅以更强大的宣传攻势？好比是重新为这个小伙子捐个红顶戴，还是凭现有的资历，横刀跃马独闯天下。

"老总，您大手笔，何必在乎这打点的小钱呢？"副总说。

吕克闸说："这不是钱的问题，是时间问题。中国保健品市场鱼龙混杂，大洗牌在即。报批药品，且不说它能不能算药品咱们心里有数，就是用钱把它堆出来，那些作为药品必须经过的临床试验，耗费多少时间？退一万步讲，就算都拿下来了，时不我待，市场早已饱和，功亏一篑！"

大家面面相觑，危机如狼，噬咬脚后跟了。

"那咱们怎么把食品说得像药品一样具有显著的疗效，让人们一窝蜂地吃？"高层意见统一起来，下一步就是具体的市场运作了。

"我有这样一个设想……"吕克闸说。

褚强给程远青打电话，说要提前进行小组活动，地点就在公司的水晶厅。

"理由？"程远青不解。心理小组又不是救火车。

褚强说："公司办公室要我把最新包装的鸢尾素发给大家服用。这是好事。"

程远青说："好事也不能办得像抗洪抢险。有这么十万火急吗？"

褚强说："公司目前把鸢尾素当成市场主打品牌，准备在全国地毯式推开。标语刷向大街小巷，就像当年红军打土豪分田地一样，大造声势。"

程远青说："如此大动干戈？鸢尾素究竟有何奇效？"

褚强说："具体的作用谁也说不清楚，商业秘密。从老总到普通职员，用了都说好。强身健体益寿延年。"

程远青扑哧笑了，说："褚强，你怎么像旧时天桥卖大力丸的？单说这益寿延年，鸢尾素问世才多长时间？没有经过时间的检验，没有对照组，怎么就能说具有神效呢？"

褚强说："现代人都喜欢夸张。反正这鸢尾素还是挺不错的，吕总批准免费给咱们小组服用，是大家的福气啊。"

程远青说："鸢尾素到底是植物还是动物药材？"

褚强说："顾名思义吧，鸢尾就是鸢的尾巴。"

程远青说："瞎猜。世上有多少只鸢把尾巴拿来制药？动物保护组织还不得和你拼了？"

褚强说："那就是植物吧？凡·高还画过鸢尾花。"

程远青说："凡·高和咱们没关系，只是这提前召开小组会一事，在我看来，没有必要。"

褚强说："那下次活动，一定要把鸢尾素发下去，这是公司交给我的任务，地点在公司水晶厅。"褚强刚要走，程远青叫住他说："我还有一件私事要你帮忙。"

褚强说："我愿为您赴汤蹈火。"

程远青说："我需要吕克闸和公司的有关资料，越详尽越好。"

褚强说:"我一定尽力而为。程老师,您不是工业间谍吧?"

程远青说:"你高估我了。只是为了研究。"

组员们没到过如此气派的公司,特别是进了水晶厅,眼睛不够使的,四下散开参观。程远青走南闯北,也叹为观止。

墙壁全为透明玻璃砖建造,室内除了米白色沙发为皮质,其余皆为玻璃或水晶制品。玻璃茶几水晶灯,玻璃烟缸玻璃柜,银光迸溅,锋利冰冷。悬挂的艺术品,也都像是从冰雕现场切割来的,晶莹剔透,寒光四射。

大家环顾四周,觉得自己像被观赏的热带鱼。

程远青说:"这么奇怪的会议室,利用率高吗?"

褚强说:"总裁最喜欢这间会议室了。"

程远青说:"如此纤毫毕现的环境,无论是会客还是开会,就不怕受干扰吗?"

褚强说:"这您就有所不知了。这墙壁是等离子可控的。能让外头的人看不见里头,也能让里头的人看不见外头。"说着,动了一个开关,果然,墙壁很快变成了墨绿色。褚强说:"内外隔绝,谁也看不到谁。"

程远青好奇地说:"这么奇怪的墙壁,有什么实用价值?"

褚强说:"公司业务不景气的时候,老板会在这里办公,内外清澈如水。每一个人上下班的时候,都会看到他来得最早,走得最晚。"

程远青心里打了一个结。

程远青对大家说:"这地方看起来古怪,现在其实和普通墙壁差不多。咱们该干什么就干什么。"

大家稍安。褚强拿出了鸢尾素,大伙儿说,鸟枪换炮,新包装像喜糖。褚强也喜滋滋地说:"改进了配方,这是最新款。免费让大家长疗程试用,怎么不是喜事?街上一盒要卖上百块钱呢!"

大家读着上面的说明。有人问褚强:"公司真大方,白给我们吃?"

"那还有假?"褚强一拍胸脯,好像鸢尾素是从他身上提炼出来的。

345

"太甜。"鹿路撕开螺旋形的包装盖，一低头，把一管吸了进去，咂咂嘴巴。

"是吗？甜了好！都说良药苦口利于病，我吃了苦药，病也没见好，从此信甜药。"花岚说。

岳评因为自己不是货真价实的癌症患者，想要又不好意思，低着头，对褚强小声说："有多的吗？要是有，就给我点。要是不多，我就不要了。尽着要紧的人吃。"

褚强大声说："有！人人有份！"

大家拿了药，欢欣鼓舞，刚要收拾起鸢尾素，进入正常的活动环节，呼啦啦大门开了，进来一伙儿拿着长枪短炮的年轻人，对着大家拉开阵势。一个扎着马尾的女生，像是头领，连连喊着："灯光，灯光，别看这屋子光线不错，还要打强些，镜头才好看。"

大家愕然。程远青恍然明白，这一干人马是来摄像的。她一直潜藏着的不安，如同一只夜惊的水鸟，终于飞起，变成了现实。隐患暴露，她反倒安下心来。同进行指挥的女生说："对不起，我们正在进行小组活动。"程远青语调温婉，拒绝之意却很清楚。

小指挥不知是没听出来，还是由于这类不受欢迎的话听得多了，并不在意，笑嘻嘻地说："您就是程博士吧？一眼就能看出来，气度不凡。我们是电视台的，来录你们活动的场面。"

程远青说："你们并没有征得我们的同意啊！"

小组成员原本以为程远青知道此事，现在方明白均被蒙在鼓中。

小指挥也很奇怪，说："公司事先同我们联系好的，没跟你们打招呼啊？这就是他们的疏忽了。"

程远青问褚强："你知道此事吗？"

褚强红了脸说："知道。"

程远青愠怒，说："你怎能背着大家答应这事？"

褚强委屈地说："我没答应。早上来了才知道。我只是个小卒。"

程远青直觉一个计谋在渐渐合拢。她对小指挥说："很抱歉，我们不同意这个安排。"

小指挥发觉出了岔子,就说:"博士,虽然责任不在我们,但我还是要为打扰你们而说一声对不起。"说完竟滑稽地敬了一个不伦不类的礼,场上气氛因此缓和很多。

程远青明白公司要利用乳癌小组做一篇文章,也许还是大文章。她想还是先把情况搞清楚,于是依旧微笑着说:"小姐,我不知道你们想拍什么。"

小指挥说:"癌症小组这一创举,对病人康复大有好处,听隽永公司的老总说,在国内填补了空白!他们资助这项慈善事业,也是为了保障癌症病人的利益。"

程远青点点头,说:"还有呢?"

"没有了。"小指挥说。

"小组活动的时候,不能有外人参加,更不能录音录像,这是小组的规定。"程远青解释。

"您就通融一下,况且,主要部分并不是拍小组的内部秘密,只是需要几个镜头。"

程远青平和地说:"你要我配合,总要把拍摄的主题是什么告诉我。"

这话看似平常,却很有杀伤力。小指挥摄像,领衔受命而来,剑拔弩张也办不成事,不如坦诚相告:"隽永生物公司要为鸢尾素的效果做一系列软广告,癌症小组成员长期服用鸢尾素,精神面貌和身体状况都不错,就是最好的活例证。我们用事实说话,榜样的力量是无穷的。"

程远青摸到了底牌,心中动怒。说:"隽永生物公司有隽永生物公司的构想,我们有我们的原则。不能拍。"语调虽柔和,话锋却毫无商榷的余地。

小指挥锲而不舍地说:"如果您一定不让拍小组,那能不能拍个人呢?她们虽是您的组员,但也都是独立的个人,总有自己决定的权利吧?"

小指挥闯荡江湖多年,来了个迂回战术,把橡皮子弹射向程远青。

347

程远青明白小指挥说的也在点上。即使程远青阻止了此处的拍摄，记者私下约见组员，大家作何反应，也是他们的自由。

程远青和颜悦色道："你是为工作而来，这么重的机器，这么多人马，不容易啊。"

程远青说的是真心话，身高不过一米六的小姑娘，操持这一彪兵马，不简单。

小指挥点头，并不为这番将心比心的话所动，步步紧逼道："程老师若是体谅我们的不易，就请配合一下。只耽误您一点时间就够了。"

程远青说："让我们单独讨论一下好吗？"

小指挥一看，乱糟糟地僵持下去，像也摄不成，音也录不了，便说："您看需要多长时间？"

程远青说："十分钟之后，给你们一个答复。"

小指挥示意把黑黝黝的设备留下，一干人马撤出。

屋内安静下来。由于刚才的嘈杂，此刻的安宁更显异样宝贵。程远青说："大家都听到了我和导演的对话，小组，最初在公司的资助下成立，我以为出自慈善动机，是无偿的。关于鸢尾素，也不知它的成分以及疗效究竟怎样。公司和电视台电台等媒体，策划的一系列活动，我不知晓。如今，大兵压境，留给我们讨论的时间只有10分钟。不对，现在已经没10分钟，只有9分钟了。我想听听大家的意见，小组是一个整体。"

水晶厅内鸦雀无声，冷光晶莹。

卜珍琪最先发言："在组长和组员不知情的情况下，隽永生物公司把媒体约到现场，这不是偶然的疏忽，是一次有预谋的安排。这类似国际上的单边主义，一方说了算，另一方只有服从。这是不平等的。"

大家纷纷点头。岳评说："我也不知道鸢尾素是个什么效果，要说不要钱让白吃，我愿意一试。还没吃出个名堂，就要说好，不是编瞎话吗？我不能说。"

花岚说："我很想得到鸢尾素。可要是付出这样的代价，还是自己花钱买比较踏实。"

应春草说:"这不是变相的广告吗?就凭这么几盒子药,就把咱们打发了?这也太小瞧人了。"

有一位最后收拾设备的公司人员,正要退出,好像看到了曙光,插言道:"这位大姐,您要是嫌少,那您觉得给多少药,您才肯做这个节目呢?"

应春草说:"那你起码发我够吃三年的药。"

褚强说:"您可够贪心的了,三年以后,不知公司还在不在呢!"虽说是笑话,但褚强毕竟是公司的职员,一听应春草要白吃三年,屁股就坐到公司的椅子上了。

应春草说:"一个抗癌药,没有三年,你能看出效果啊?三年还少说了呢,按说该有五年八年的。要是三年以后,我还活蹦乱跳的,别说你请我,就是你不请我,我也要逢人便说呢。"

成慕海今日着男士服装,西装革履,大家不习惯,格外认真地听他讲话。他说:"我可以吃鸢尾素,也愿意配合公司做一些工作。但不能这样急,强人所难。"

周云若说:"我先表个态啊,我不参加这个鸢尾素的治疗方案。我现在挺好的,不想乱吃药了。要是大家都参加,只有请你们原谅了。"

除了安疆病重不能出席,在场的人基本上都发了言,程远青刚要说话,销售经理进屋,快步走到程远青面前,说:"程博士,吕总想马上和您谈谈。"

程远青到了吕克闸的办公室,灰暗的黑胡桃色让人感到压抑。

"没想到在这种情况下,咱们见面。"隔着阔大的老板台,吕克闸有些伤感。

程远青一笑说:"我倒觉得这很好,真实,坦率。"

吕克闸说:"工作太忙,有些事沟通不够。我以为咱们有默契。"

程远青单刀直入,说:"你是指小组的事吗?"

吕克闸说:"正是。媒体我都打了招呼,马上就全面开动起来。公司已经通过了以鸢尾素为拳头产品的宣传计划,你在这个时候,来了个釜底抽薪,我想不通这是为什么。"

程远青说:"我要为组员负责。"

吕克闸说:"你只为你的组员和教条负责,我这是为了向全中国的癌症病人负责。一个能拯救他们于水火之中,延长他们宝贵生命的方剂,可能就由于你的不配合,和无数人失之交臂,耽搁的是时间,丧失的是人命……"吕克闸说得很动感情,目光炯炯地逼视着程远青,好像她是千古罪人。

程远青莞尔一笑。她要感谢褚强的资料,让自己有了更清醒的把握。她要感谢心理学的训练,使她在这样义正词严的指责面前,举重若轻。心中叹道:吕老板,你可能用这一手,成功地操纵过很多人,完美地达到了自己的目的,并把一个无懈可击的背影留给世人。你想和一个心理学博士联姻,以提高自己的身价,把癌症小组作为商业筹码,获取滚滚利润。以为出其不意就可让小组就范。可惜,这一次,你碰到了一个懂行的人。

程远青说:"吕老板,帽子太大了,我和组员们担当不起。鸢尾素和癌症小组没有关系。"

吕克闸说:"既然担不起,就应承下来,于国于民于己都有利。你说没有关系,这不是事实。癌症小组是隽永生物公司资助的,包括你的工资。"

程远青说:"如果我记得不错的话,虽然我们口头上约定了,但您还不曾履约。"

吕克闸说:"对。如果癌症小组不配合隽永生物公司的宣传,那这个约定就无法履行。"

程远青说:"好。谢谢你告诉我。我完全可以做义工。"

吕克闸继续紧逼道:"还有,如果你一意孤行,褚强将无法继续在隽永生物公司工作。"

这一招倒令程远青意外,她说:"责任我一个人来负,你怎能株连褚强？"

吕克闸说："请你站在我的角度想一想，公司的职员，不能为公司的发展尽力，我岂能用他！"

程远青愤慨道："吕老板，你太冷血了！"

吕克闸挥挥手说："不一定吧，程博士！"说着，他拿出一个信封，抖得哗啦作响，说："这是我打算送给你的礼物，原本想在下次见面的时候，给你一个惊喜。不想，咱们提前见面了。你是心理学家，能猜猜这是什么东西吗？"

程远青说："你不要对我说这是一栋别墅的钥匙。"

吕克闸露出伤怀之色说："程博士，你把我想得太低俗了。我不会送别墅给你，那就小瞧了你的人格。我尊敬你和你的学问。你有一部分说对了，这是一把钥匙，是你未来的癌症研究所的钥匙。"

程远青坚定地微笑着说："吕总裁，一硬一软两手，我看你都使完了，就此打住吧。无论你说什么，我都不会让我和我的小组受制于任何人。"

销售经理正在走廊里和褚强谈话，见程远青归来，很恭敬地说："我就等你们的最后决定了。"说罢闪到一边。

褚强神色不安而凝重。程远青低声问："他威胁利诱你了？"

褚强说："您怎么知道？"

程远青说："同病相怜。"说完和褚强一道进了水晶厅，组员们等得不耐烦，见他们进来，迫不及待地说："电视台的人来催过好几回了。"

褚强说："我现在的身份很复杂。大家看到我们公司的排场了，在这里有一份不错的工作，我很珍惜。我是公司的职员，我又是小组的副组长。小组成员对我来说情同手足，在小组里，我和大家结下了深厚的友谊，我也得到了很多成长。现在，我特别为难，不知应该站在公司的角度还是站在小组的角度说话……"

程远青说："这样吧，你就做个角色扮演，先以副组长的身份说话，然后再以公司职员的身份说话，怎么样？"

褚强的情绪缓和下来，说："我以公司职员身份说话的时候，大家不要打我啊！"

几个年轻的组员，鹿路和周云若，粉拳紧握，说："那可不一定。你要说得太离谱，小心美人拳！"

褚强清清嗓子说："我是副组长，我完全拥护大家的意见。鸢尾素是一个还没有经过临床验证的滋补食品，具体有没有疗效，有多少疗效，都有待时间检验。我们很希望这一天早点到来，给无数癌症患者一个福音。鉴于我们并没有长期服用鸢尾素的经验，小组无法为鸢尾素做广告。这是对广大患者负责，也是对小组的声誉负责，更是对每个人的良心负责！"

大家说："有理有据有节。"

褚强把椅子挪到对面，以示楚河汉界，又用手掌从额头往下平推，表示另一副面孔呈现。果然，抚过的面庞，没有一丝笑容。

"你们这个小组，是我们公司出资兴办的。在商言商，掏了钱，理所应当要求回报。回报很简单，就是请大家谈谈服用了鸢尾素之后的体验。你可以说好，也可以说不好。当然了，说不好的，我们就不给你播出去。期待着合作成功。"

大家说："如果合作不成功呢？"

"如果你们拒绝做广告，那么公司原来对小组承诺的一切资助将予以撤销。我将失去在公司的岗位，程博士将完全是义务劳动。"讲完之后，褚强赶快离开对面的位置，和大家挤坐在一起。

屋内一下子炸了。这些话犹如一剂从毒蛇红芯子中提炼出来的侮辱剂，注入了大家的心里。

敬爱的程老师这么长时间辛苦操劳，没有一分钱的回报。小弟弟褚强，将为此失去工作。怎么办？投鼠忌器啊！

一向懦弱的应春草发了话："将心比心，我觉得程老师和褚强付出的代价太大了，要不然，咱们就做了这个广告吧。留有余地，别把话说死，行不行？"

她的声音很小，但如同一粒滚珠在地面上淌过，余声不断。

卜珍琪字斟句酌地说："恕我直言，我以为，问题的关键就在程博士和褚强身上。对于大家，无非是一个不'得'，对于程博士和褚强，就是一个'失'，而且不是小'失'。我们不能替你们做决定。"

周云若说："我看，不妨征求程老师和褚强自己的意见之后再来讨论。"

鹿路说："我们给程博士捐一点钱吧。肯定不够，只是一份心意。"

程远青不禁眼帘微湿。这些癌症病人，自己挣扎在极端的困境之中，还敢于坚持原则，不再认为自己是弱者，要驰援她这个健康人了。

程远青看着褚强说："咱俩成了问题人物了。我提议，咱们用游戏来决定这个问题。"

"游戏？！"兵临城下，气氛压抑，哪儿还能做游戏！

"如何做？"褚强狐疑地说。

"你我都闭上眼睛，你不看我，我也不看你，我们伸出右手。如果你答应做广告，就出手心；如果你拒绝，就握拳。"

褚强说："听明白了。"

程远青眨眨眼睛，说："OK！那咱们这就开始。"

大家饶有兴趣地等着看组长和副组长出手。突然，卜珍琪说："我有一个疑问，不知当说不当说？"

程远青说："当说。咱们是一个完整的小组嘛！"

卜珍琪说："既然是一个完整的小组，我觉得这个问题就要在小组内解决，不仅仅是你和副组长的事情。"

程远青说："意见好极了！改正的方式就是——咱们整个小组，来玩游戏，规则同前。"

鹿路问："有的手心向天，有的握拳，怎么统一？"

程远青说："少数服从多数。"

应春草说："投弃权票，怎么表示啊？"

褚强脑子来得快，说："手背向天，如何？"

大家说:"同意。"

周云若说:"我还有一个小小的补充。"

褚强发言:"快说。电视台的人都急了。"

周云若一本正经地说:"我要投两票。左右开弓。"

大家说:"哎呀,我的小姑娘,都火烧眉毛了,你就别添乱了!"

周云若说:"刚才商讨时,我已给安疆老奶奶去了电话。她病得厉害,神志却非常清楚,我向她做了一个现场转播。她说,如果要表态,你替我传个话。所以,我被委托替她投票。"

纷乱之后,屋内安静了。程远青看看墨绿色的水晶厅,对褚强说:"这神秘的墙壁,目前什么状态?"

褚强说:"和普通墙壁是一样的。外面看不见咱们,咱们也看不见外面。"

程远青说:"请你把它调成全透明的。我们能看到外面,外面也能看到我们。"

褚强一番操作,水晶厅就变成一览无余的鱼缸了。大家看到公司和电视台的人目不转睛地看着屋里,嘴唇翕动,只是听不见他们说什么。

程远青说:"这是我们小组的一次表决。我把它公开了。"

大家说:"好。我们同意。让他们看看癌症病人的心愿。"

程远青说:"现在听我指挥,请大家闭上眼睛。把你的右手伸出来,代表你自己。如需代表别人,就把左手也伸出来。如果你同意癌症小组为隽永生物公司做广告,就把手心向上。如果你选择了拒绝,就把手攥成一个拳头。如果你弃权,就把手背朝上……"

小指挥很窝火,有偿新闻,时间就是金钱,原本可丁可卯的安排,不想却在第一站搁浅。隽永生物公司打了埋伏,原本说和癌症小组打好招呼了,谁知人家根本不知情。不知情也不要紧,事情不复杂,三言两语就能说清。谁知这帮得了癌症的人,不单是乳房出了毛病,脑子也都不灵光了。如今的广告,有多少是真的呀?你看那些明星,今天说自己得了这个毛病，明天说自己得了那个毛病，挣起钱来生龙活虎的，你就知道他们是真病还是假病了。倒是这帮真正得了不治之症的人，反倒如此较真。这种人，岂止是应该得癌症，干脆死了算了，要不，世界还怎么向前发展啊！再说那个从国外学成归来的博士，怎么连这点国情都不懂啊？鸢尾素有没有疗效，几年以后的远期效果如何，你管得着吗？操那么多心干吗？你没看那些个给外国手机做广告的都说手机辐射对人体没害处，其实手机问世才多长时间？他们凭什么打这个保票？人家就敢红口白牙地拍胸脯。咱中国这些拍广告的够老实的了，让咱等咱就等。其实，我就胡乱找些群众演员，让他们说自己是癌症小组的，吃了鸢尾素如何好，让他们咋说就咋说，哪用费这个事啊？真是的，怎么早没想到这个好主意啊？对，就用癌症小组这个创意，至于那些人是不是癌症病人，死无对证！

　　小指挥这样想着，快乐飞上了她那青春的脸庞。正在这时，面前的玻璃幕突然透明起来，好像卖火柴的小女孩临死前看到的那堵墙壁，室内情形呼之欲出。

　　癌症小组的男男女女们都肃穆地站立着，受场地的限制，围成了一个不算很圆的圈。每个人都闭着眼睛，向前平伸着自己的手臂，粗的细的胳膊微微有些颤抖。咦，怎么还有一个人伸出了两只胳膊……小指挥看得一头雾水，心想，这不是在练一门邪门武功吧？得了癌症的人，生存无望，是很容易走火入魔的。她正胡思乱想着，隐约听到心理学博士说："好，我喊一二三，大家就可以睁开眼睛了。"

　　臂膀细弱而抖动，伸出的每一只手，都紧紧攥着拳头。

| 第31章 |
花纹下面是金属

吕克闸双手抱肘，站在水晶厅旁，看到了众人攥拳的这一幕。除了鼻翼翕张，他基本上可算不动声色。他明白自己在这场较量中，面临关键的一局。手下的人没有能力驯化这批癌症病人，看来他要亲自出马了。以前，他低估了女博士的能量，以为她像水晶厅里的外国花瓶，名贵高雅，但是脆弱。现在他知道了，如果一定要把程远青比作花瓶，那也是青铜制造，在精美的花纹下面，是坚硬的金属。必要的时候，抡起来简直可化为凶器。

吕克闸示意无干人员退下，只身大踏步走进了水晶厅。

"我是这里的老总。欢迎大家的到来。"吕克闸嘴角抽动了一下，算是给了个简陋的笑容。他自诩深谙癌症病人的心理，认定给予他们的关爱已太多，不妨反其道而行之。

程远青摸不清吕克闸的来意，说："吕总，我们刚刚表决完，很遗憾，不能为鸢尾素做广告。"

吕克闸淡然地挥挥手，说："不遗憾。天下三条腿的癞蛤蟆难找，两条腿的癌症病人好找。当然了，骨癌截了肢的不算。总而言之，让你们上广告，是给你们这些一只脚迈进骨灰盒的人一个露脸的机会，也是死到临头的福气。大家都是凡夫俗子，能在告别人世前上上镜，给家里人留个念想，不然，你们无声无息地死了，多冤啊。我是为大伙儿着想，可不要给脸不要脸啊！"

全组愕然，没想到隽永的老总居然这样出言不逊恶语伤人。程远青用目光一一巡视大家，她看到这些对一般癌症病人不啻致命毒涎的话，如水珠般从她的组员身上光滑地滑过，又旋即蒸发，不留一丝伤害的痕迹。当大家在这间银光四溅的水晶厅里伸出握紧的拳头时，就准备好了承受这一切。躯体是病弱而残缺的，但他们的精神在这一瞬，完整而坚定。

程远青优雅地笑笑，在这种时候还能保持优雅，不仅源自她的教养，更是力量的体现。程远青说："吕总，我记得你的父母都是得癌症去世的。"

吕克闸不知何意，梗着脖子说："那又怎么样？"

程远青叹息一声，说道："你在患有同样重病的人面前这样讲话，我深深地为你父母难过。"

吕克闸说："博士，你错了。我造药，正是为了祭奠父母。没想到你的这些癌症病人，竟是如此冷血，不肯助我一臂之力。"

程远青说："吕总，恕我直言，你的祭奠是以攫取无数金钱为目的。你认为再吝啬的人，在癌症面前也得卑躬屈膝，这个钱便成了天下第一好赚之物。你把你的悲伤换成了金钱和计谋。"

大家频频点头，声援组长。

吕克闸恼羞成怒地说："不要把自己说得那么高尚。我再也没兴趣陪着你们玩了。我宣布，从今天开始，癌症小组解散！"

程远青站起身说："吕克闸，你没有权力这样说！"

吕克闸冷笑道："怪了！请你们睁开眼四处瞅瞅，这是什么地方？你们在我的地盘上，我是这个小组的发起人，我当然有资格这样说！"

组员们不待程远青发话，都站起身来。程远青说："吕克闸先生，你可以看到,癌症小组将继续活动。今后还会有更多的小组成立。"说完，她和组员们手拉手离开了隽永公司。

吕克闸看着他们的背影，心绪难平。在女博士和一帮苟延残喘的癌症病人面前，他败了，败得毫无周旋之力。他愤然想，博士，我知道你不会改弦易辙，可我也很坚定。癌症是个圈子，说大不大说小不小，咱们后会有期,来日方长。伙伴是一种亲密关系,既然做不成,那就成为另一种亲密关系吧——仇人。在吕克闸心里,从爱人到仇人的鸿沟,有索道相连。他一旦认为伤及自尊,瞬间就完成了跨越。

小组如同有生命的小船,每一场风暴都化作养料,木板炼成了钢板,风帆变为发动机组,羸弱的乘客成了骁勇的水手……小船被浪涛锤打成为巨轮。

褚强离开公司之后,很快找到了另外一份工作。他年轻的面庞因为经历浓缩的沧桑而显出不相称的成熟。和女友的关系,也在积极的修复当中。申凌惊讶地发现,她离开的这段时间里,褚强不知被何人点化,不刮目相看绝不可能。她撒娇,褚强不急不恼。她发火,褚强淡然处之。她装疯卖傻,褚强以柔克刚……申凌把戏用尽没咒念了,只得和褚强认认真真地谈恋爱。

岳评校长发觉自己能安静地听别人讲话了。从前,每当开完校务会,嘴角都凝着两磴坚硬的白沫子,用指甲抠一阵才能剥下来。现在她屏息静听,口中津液充沛得能养一条金鱼。老师们有了说话的机会,干劲倍增。岳校长获益匪浅,却还是想不通,为什么自己说的少了,大家反倒听话了?

卜珍琪不再讳疾忌医,用了一种新疗法,正在按部就班地治疗中。

鹿路开始了一种全新的生活,她现在又有了新的名字。就像古老的传说——一个人在病入膏肓的时候,应该改名,让按图索骥的魔鬼找不到你。只是她在小组内,还沿用着以前的名字。这里是她的再生之地,保留着这个名字,就保留了刻骨铭心的记忆。人有时候很奇怪,引起快乐的东西常常被遗落,但必然引起痛楚的东西却会长留身边,并在特定的时刻拿出来让自己滴泪。

周云若开始撰写她的硕士论文,题目是《中国古典诗词中对死亡意象的超越》,同时开始了热火朝天的恋爱。这一次,她一洗情爱铅华,认真得如同情窦初开的高中生。同室的女友大惊失色,说,周云若,你怎么在爱情上返老还童了？再说这两件事，如何能同时并进？周云若笑着说，死亡和爱，本来就是永恒的主题嘛！

应春草报名参加了一家女子防身术训练班。教练第一眼看到她，差点没背过气去。应春草在花团锦簇的年轻学员当中，很沉着地说，您是看我太瘦像个螳螂吧？我能吃苦，一定是个好学生。其实教练不是怀疑她的好学精神，而是琢磨：像这样的女人还有性骚扰的危险吗？

花岚坚持整日上班了。最初的几天，她不胜烦苦，刀口处也炮烙般疼痛，咬紧牙关，渐渐就适应了。她把家中的各路"神仙"请进小屋，让它们专心致志"修身养性"，腾出的时间，和裴华山聊天。裴华山说，你参加的这个小组，还真有几分神奇。不知以后有没有专为商界精英开发的项目，比如"老板小组"或是"CEO 小组"？

成慕海已经把那个精密的爆炸装置销毁了。破坏它的时候，很有几分奇怪，想不通自己在那些日子里，为何对这个置人于死地的玩意儿如此痴迷。分裂是天下最可怕的状态。国家分裂了，就是内战。家庭分裂了，就是离婚。山河分裂了，就是地震。天空分裂了，就是黑洞。目光分裂了，就是斜眼。人格分裂了，就是疯子和死亡。统一的感觉可真好。唯一遗憾的是他经过狗肉馆的时候，要把头偏过去，不忍卒读那悬挂着的血腥菜名。无法以自己的生命换回狗的安宁，是为惭恧。补偿的机会要等到很多年后，一群藏獒和一只京巴……

没有了成慕海的电话，没有了吕克闸的电话，程远青耳根一下子清静到枯寂。她在沉痛反思。自己情感上的空白，是造成这一系列风波不可推卸的原因。那是一个百转千回的死结。她不知道在自己的有生之年，是否可以解开它。心理学家不是神仙，也不是完人。程远青探查到了自己的死穴所在，今后的日子里，她会格外当心。也许最终她也没有能力解开这个结，只能在漫长的岁月里，绕道而行。承认这个限制吧。

安疆许久没有消息了。

第32章
死亡盛典

安疆要走。这一走,就是永远。

木所长把这一消息告知程远青的时候,语气很平和。木所长保持语气平和的原因,除了经验以外,主要来自安疆本人的态度很平和。

癌症的死亡通常是相当缓慢的,在给予痛苦的同时,也给予罹患者以足够的时间,用于告别和安顿后事。安疆坚持不再治疗,她要死在家里。安疆在尚有余力安顿事务的时候,委托木所长帮她找有经验的女护士轮流值班,费用由她个人支付。她有一事相求——最后的时光到来之时,请木所长给程组长打一个电话。

"干什么呢?"木所长刨根问底。木所长是一个爱管闲事也爱思考的人。他料理过数目庞大的老人的后事,上至将军下至炊事员,没人提过这样的要求。

"你就告诉她我快死了,别的就什么都不用说了。"安疆安静地说。

木所长知道安疆不忌讳谈死,就放松和随意了一些。老人分成能谈论死亡的和不能谈论死亡的两种。和这两种人谈话,分寸有很大差异,木所长区分得很清楚。

木所长说:"您放心,电话我一定打。只是,他们会来吗?"到时候老人很可能昏迷不醒,他需要落实此事。

安疆说:"我和程博士说过了。她说,她会来看我。"安疆甚至有点兴高采烈，好像不是在议论自己的归期，而是一次朋友聚会。

木所长笑了，木所长觉得这很有趣。别开生面的死法——让萍水相逢的人陪伴自己死亡。原谅木所长对小组不是很了解，所以把组员们的关系框入到"萍水相逢"的范畴。安疆从木所长的笑声里，猜出了他的疑虑，但是安疆不想解释。到时候，他会看到的。

"只要打了电话，别的事情就不要你管了。"安疆说。

木所长还有一点拿不准的地方，虽说他对弥留之人何时仙逝，有一些经验，但这不是机械性的操作，很可能出现差池。你以为人马上不行了，结果他又呼哧带喘地活上几十个小时，你以为他还能带病延年，没想到转眼人就没了。

木所长就把自己的顾虑和安疆说了，比如小组的人都来了，老人家若是一直很能坚持，让大家久久候着，怎么办？安疆说："咱俩一块儿掌握着。"

木所长说："什么叫一块儿掌握着，您还得明示于我。"

安疆说："估计着我要不行了的前几个小时，我给你打个招呼。"

木所长不以为然。他说："您就这么有把握？您也没经历过这事，怕不内行吧。"

安疆说："到时候，如果我说不出话来了，就向你眨三下眼睛。你可记住了啊，别以为我是因为眼睛不舒服才眨眼，我是在向你通报信息——你该去打电话啦！"

木所长说："好嘞！我记下啦！您也得记好了，可不能乱眨眼，到时候我老木打电话不要紧，把那些组员都惊动了，担当不起。如果人来了，您老好长时间不走，那我是代您招待他们歇息，还是一直围在床边守着您？您别嫌我啰嗦，问清楚了才不会忤了您的意。"

安疆说："木所长，我得用最后的气力向军区给你请个功。这才是真正为老干部琢磨事的好所长。你放心，我不会太早惊动大家的，我有数。如果真出现了人们来了好几个钟头，我还走不了的情况，我就不再说话，让大家以为我走了。到时候，你别揭穿我就是了。咱们约好！"

木所长这才真正相信,老婆推荐安老太参加的这个癌症小组,自有神奇所在。安老太脱胎换骨,不但有了主意,居然风趣和幽默了。后政委时期的安老太,变得极富创意,浮想联翩了。生命的过程很奇妙,年轻力壮的时候,你的精神很可能并不强健,甚至可能是不堪一击的。当你垂垂老矣病魔缠身,你的精神也有可能并不颓废,甚至历久弥坚斑斓多姿。

木所长答应了安疆的请求。临走的时候,安疆又叮咛了一句:"我要是表示感谢,表示我很幸福,我也眨三下眼睛啊!"

木所长说:"老人家,您刚才说叫人就是眨眼睛,这下表示幸福又是眨眼,到底让我如何解读?"

安疆说:"让你叫人,我就眨左眼;表示我幸福,就眨右眼。记下了吗?"

受人之托,木所长不敢怠慢,特地和程远青事先沟通了一番,连细节都讨论周全。

接到电话通知,所有的组员立即以最快的速度赶到干休所。小组的最后一次活动,是陪伴安疆走过生命的最后一程。一次充满了严峻与温柔的活动,不但对所有的组员是个大挑战,就是对程远青本人来说,也是绝无仅有的经历。能够被允许观看一个人的死亡,这是非常亲密的行为。一个人从容地计划自己的死亡,这不单是勇敢,更是优雅。当这个平凡的老女人追随她的意志而去的时候,死亡就变得从容和富有情趣。

安疆发出了死亡请柬。她的一生就像一棵树,普通到毫无味道的一棵树。现在,树老成精,枯索萧瑟,树根被砍出了深深的斧痕,大树将倒。它日渐枯萎的枝叶,散发出了让人震惊的芬芳。

大家到达安疆的卧室,大约是中午。冬末春初,头天下了大雪,雪后又起了风,寒意肆虐。走进安疆的卧室,却是非常温暖。五十多岁的退休护士老吴守在安疆身旁,屋子收拾得非常洁净,有淡淡的茉莉花香,没有一点不洁的气味。安疆睡在她和政委的大床上,靠着边,只占了一个极小的角落。她瘦得如同一张未及染上颜色的皮影,苍白得透明的脸上,只有目光依然是清澈和温煦的。

"你们来了……你们……好……"安疆吃力地说出这些话,干枯的眼眶因此变得湿润。

每个人都默默地走过来,用口中的热气把手心哈热,搓了又搓,直到手心滚烫才轻轻握握老人的手。安疆的手如同一把枯枝,把干燥的乏力传达给每一个人。

成慕海走过来,有点不好意思。如今他是男人装扮,组里的其他人都熟悉了他的新身份,但自从他恢复原形后,安疆还没见过他呢。

安疆非常宽容地微笑着接纳了他,虽然那微笑只是嘴角的一个微弱的牵动。周云若每次活动之后,都把要点向老人家汇报。"这样……好。"安疆吃力地说。

随着阳光西斜,屋内的光线像铅一样沉重起来。大家你看看我,我看看你,彼此用目光打着招呼。传统中,死者为大。在这间屋子里,有一位即将远行的长者,大家都不由自主地压低了声音,怕惊扰了她的安宁。

安疆仿佛睡着了,紧闭着双眼。程远青和组员们走到另一间房屋。老吴把灯打开,明亮的日光灯把整个房间照得如同正午。大家问老吴:"她现在痛苦吗?"

老吴说:"基本上没有痛苦,她只是极为衰弱。所有的系统都衰竭了。就像俗话说的,油干灯灭。"

卜珍琪说:"她的神志怎样?我看刚才我们进来的时候,她非常清楚。"

老吴说:"神志目前没问题。我也不知道这是好运气还是坏运气,癌症病人弥留的时候,基本上会清醒到最后一分钟……"老吴不知道这周围聚拢的人当中,大部分是癌症病人,自顾自讲着。

"是福气。能够掌握自己到最后一分钟,怎么不是好运气呢?"卜珍琪说。她刚做完一种新治疗,身体很虚弱,却还是来了。

老吴叹了一口气说:"你们能来,对老安像灵芝一样有奇效呢。我护理过的临终病人多了,咽气的时候,就是高干,也没有这么多人围在身旁。老太太有福气,走得不孤独。"

程远青说:"我们还有哪些要注意的事?"

老吴说:"别在她面前说和她无关的话。我相信每个临走的人,都一直能听到别人在说什么,他们脸上一点表示也没有,那是他们没这份力气了。要一直把她当成一个正常人。"

说得多好!要把一个临死的人当成正常人。是的,死是正常的。

周云若说:"我过去看看吧。别把她一个人扔在那儿,奶奶会伤心的。"

过去一看,安疆睡着了。周云若轻声说:"要不要我剥一个橘子瓣,一会儿她醒了,给她润润喉咙?"

花岚跟着说:"我还带来了纯正的西洋参片,含上一片,回阳救逆很灵。"说着就开始翻动手提包。

卜珍琪说:"我有人参。中国人,也许还是吃本国产的更好。"

大家纷纷找自己带来的补剂和急救药,安疆病重众所周知,都有准备。

这一回,不等老吴表态,程远青就抢先说:"安疆已经选择了安然离去,就不必再强行给她喂药和进食了。我代安疆谢谢大家了。"

岳评说:"程老师,您别生气啊,我有个问题……"

程远青说:"有什么尽管说。我不会生气的。"

岳评说:"程老师,您又没死过,您怎么就知道她不爱吃了呢?您看,《大宅门》那个电视剧里,老太太的大儿子隐姓埋名多少年,好不容易回来看老太太一眼,老太太已经奄奄一息了,大儿子就愣把一块点心塞进老太太嘴里,说儿子孝敬您老……照您说,这就不大对了……"

程远青说:"那儿子的心意我能理解,要从老人那方面讲,多此一举。儿子不是为老人着想,是求自己一个心理平衡。觉得我妈临死也吃上了我给的一块点心,心里就稍安一点……"

岳评说:"那咱们怎么就知道老太太不会拼着自己难受,也乐意让自己的儿子日后想起来好受点呢?"

程远青说:"你这么想也对。只是,我们的组员安疆老人不是电视剧里的老太太，我们也不是她的儿女，不必心存不安。我虽然并没死过一回，但有很确切的研究资料证明，人在临终状态，生命之火渐渐熄灭，除了极少量的饮水，其他都不需要了。给人一个尊严体面的死法，就是咱们古话里所说的'善终'，尊重她的想法是最好的。咱们和安疆在一个小组，她觉得咱们了解她……"

程远青说到这儿，老吴打断了她的话说："老安和你们这个小组，感情可深了。谁给她来个电话，说说小组的事，那一天她就过节了。以我的经验，垂死的人，并不像咱们正常人那样知道饥渴，他们已经没有这些感受了。别打扰他们，让他们逐渐进入一种安静的弥留状态，就是仁慈和人道。人和病之间有一道坎儿。在坎儿这边，人可以受苦，可以希望，受罪值得。过了一段最困难的时光，病魔就败了，人就会慢慢好起来。如果你在坎儿那边，你无论吃多少药，受多少苦，遭多少罪，都没了意义。病魔不会退却，摇身一变，就成了死神。你所受的那些磨难，除了让你觉得生不如死以外，没有别的意思了。这道坎儿，在哪儿竖着，医生不知道，只有病人知道。身体会给你一个信号，你要尊重这个信号。别太相信医生，我一个当护士的说医生的坏话，是不地道的事。但正因为我是护士，我才有资格说这个话。什么人才能当医生呢？都是学习最好的孩子。他们从小就喜欢成功，不愿意接受失败。当了医生，他们也把死亡当成失败，觉得高科技怎么能不灵呢？他们不甘心。他们要搏。在我说的那道坎儿之前，是没错的。但过了这道坎儿，就甭这么折腾了。所有的折腾都是泡沫，除了让死亡变得更长和更难以忍受之外，没有效力。不是所有的人都明白这个道理，就是当了多少年医生护士的人，也拿不准这一条。我佩服这个老太太，她不是搞医的，也不是干过多少大事的人。可她明白极了，她用这种明白，让自己有了一个有尊严的死法。她没有一个亲人，可她能有你们这么一大拨组员陪着，难得啊！前几天，她体格比现在好些，有时能说一会儿话，我还问她，一不沾亲，二不带故的，你说的这些个组员到时候会来陪你吗？她想了一下，说，能来。我说，你认识他们多久了？她说，半年。我说半年的交情够吗？安疆老太太很肯定地说,够。这半年,抵得过我以前几十年!我也不知道小组是干吗的,也不知道你们小组里发生了什么事,反正我没见过这么有主意的老太太,不悲观,不害怕,不怨天尤人,那么从容,那么优雅……真不知道她是如何修炼成的。我早想问问她,是多年练就的豁达胸怀,还是天生就是一个把生死看成寻常事的人?我还没来得及问,现在,没机会了……"老吴很遗憾地摇摇头。

程远青和组员们知道答案,他们不说。

程远青说:"老吴,谢谢你这样无微不至地照顾安疆,你也是她的亲人。"

老吴有些不好意思地说:"老安还真这样说了。所以,我见了你们,也有很亲近的感觉。咱们过去吧,我估计老安可能会清醒一会儿。回光返照,差不多都有这一小段时光。"

安疆平平地躺在床上,微阖着眼睛。眼皮有点浮肿,使她的脸看起来有些变形,但依然是平和的。她的嘴唇很干燥,老吴用一个棉签蘸了温水,轻轻地为她擦拭。死亡就这样慢慢驾临。它冷而强壮,不可一世,用陡峭强直的线条,涂改着人间的温情。

安疆并没有醒来。回光返照的光芒还不知在哪里摇曳着,不肯光临。组员们默默地坐在安疆周围,好像睡莲的花瓣守候着花心。花心蜷缩着,一刻比一刻缩小。组员们默不作声,空气中有一种奇怪的味道,似麝似檀。在人们以为这是灵魂的香气的时候,才发现是老吴在墙角点燃了一盘名贵的香料。

"这是我的一位朋友从西藏带回的香,用很多名贵草药和香料熬制的。我守候在垂危的病人身边,会点燃这香。对人有一种安抚作用。"老吴低声说。

人们注视着安疆,等待着,等待着那一刻的到来,好似虔诚的观众。这是一场生命结束的演出,安疆是主角。组员们是看客,但每一个人都深知自己有一天一定会成为主角。有幸观摩这样的演出,是机遇和福气,也是残忍和震撼。程远青曾经再三考虑过是否请所有的组员参加安疆的临终告别，对于这些罹患绝症的人来说，这考验非比寻常。他们与死亡的距离比一般人要近很多。思忖的结果是：邀请全组参加。谁认为难以承受，可以不出席。

这是一场盛典！如今，你难道可以随随便便看到死亡的全过程吗？在以前，比如一百年前，比如五十年前，比如现在某些闭塞的村庄，你可以看到。但是在近几十年的城市，特别是大城市，你看不到死亡。这不是因为死亡减少了，而是因为死亡被包装起来了。人们害怕死亡，人们对死亡束手无策，人们把死亡看成可以隐蔽起来的东西。于是人们把死亡转移到了医院，人们用冰冷的白布和铿锵作响的医疗器械，把死亡割裂和包裹，然后直接焚化。人们以为这是科技带给我们的优越和好处，殊不知这违背了人类的天性。人类是害怕孤独的，在生命的最后时刻，没有人愿意被陌生人和金属的亮光包围着，但他们到那时已无法反抗。安疆用自己的思索，为自己创立了一个体面而温暖的死法，这个瘦弱如剪纸一般的老女人，成功地为自己也为他人创建了一个模式。也许，这死亡本身所具有的意义，已超过了她活着的岁月的总和。

人们默默地思索着，思索着自己的生和死。和以往的小组活动不同，这一次的活动静寂无声。思索和顿悟都是在沉默中孕育，当你以为什么都没有发生的时候，一个思想的婴儿已然在血泊中啼哭。

静默，在场的连带老吴，是十一个人。木所长有一个重要会议，暂时还来不了。一个人躺着十个人坐着。躺着的那个人，目前她还能被称为是一个人，再过一会儿，就要以另外的名字称呼她了。十个人坐着，分明感到一位没有受到邀请的客人已经走进了房间。他无声无息，但你感觉到他在房间的每一个角落抚摸。他是安静的，不慌不忙的。他只取走他想要的东西，对于他目前还不想染指的东西，淡然处之。他就坐在人们中间，打量着大家，也许在暗自揣算着下一个目的地是哪里。

人们和这不请自来的客人共居一室。他冰冷而颀长的手指，从人们的头顶温柔地掠过，弄乱了大家的头发，抹湿了大家的鬓角，捏了捏大家的心脏，让它们扑腾扑腾乱跳了几下，牛刀小试之后就轻轻地放开了，径直走到床边，看着那垂死的老女人。

人们看到安疆的身体猛然悸动了一下，大家都相信安疆感知到了自己最后时刻的到来。死神如同一支抽吸酸奶的透明吸管，插入了安疆的身体。他把她的精神带走了，剩下了她的躯壳。周云若俯下身来，凑在安疆的脸上。少女的杏色身体，犹如精致的小提琴。老女人的皮肤如同风干的肥皂，沟纹皱皱，几乎裂开。这强烈的对比，让人无以承受。

安疆的呼吸越来越缓慢，如同叹息。安疆的心跳微弱到好似一只甲虫的蠕动，即使经验丰富的老吴，也已探索不到了。安疆的皮肤迅速地退掉所有的颜色，仿佛切下的蜡片。安疆的眼帘再也没有打开，一扇苍老的百叶窗永远地关闭了。

没有回光返照。安疆就这样安静得仿佛空气一般平静地走了。死亡被她演绎成了一泓秋水，在这冬末春初的夜里。

人们走过去，一一握住安疆渐渐冷下去的手。她的手可真小啊，如同一只空的儿童手套。人们轻轻地附在安疆的耳边，说出心中的祝福。

周云若轻轻地说："安奶奶，我知道您走了，到了一个遥远的地方。我以后也会到那里，我会去找您玩。在我还没去的日子里，您要多多保重您自己。如果您听到了我的话，您让灯光暗一下好吗？"

周云若的声音很轻很轻，但所有的人都听到了。于是人们清楚地看到屋内的灯光猛地暗了下去，好像有一个大功率的电子设备启动。还没等人们的惊呼出口，灯光就恢复了原样，怯怯地，像极了安疆生前时的谦和，好像是为刚才的举动道歉。

门嘭的一声开了，把大家吓得不轻。一身寒气的木所长闯了进来，一看老人的气色，就知道已然晚了。

"哎呀，您为什么就不等等我？生我的气了？您听我解释，这个会不能不开，我是个好军人，您不是不知道。这关系到干休所上百名老干部的福利，您原谅我吧！再说啦，咱们还有一个约定呢。我紧赶慢赶的，就是要完成您的这个心愿。您让我白跑一趟，是不是？您看，您的小组的同志们还等在这里呢，您就没有个临终遗言什么的？您不说出来，将来找不到我这样的翻译了呢!"木所长自说自话,捶胸顿足。

然而,其后发生的事,大家可都真真切切地看到了。安疆老人的右眼,轻轻地眨了三下。幅度之轻微,简直不能说是通常意义上的眨眼,只是右眼皮的轻轻抖动。

扑在安疆床边的木所长抬起身子,五大三粗的汉子泪眼婆娑。他说:"看到了吗?眨右眼!"

大家说:"看到了。三下。"是的,所有的人都看到了,不知是什么意思。

木所长说:"安疆告诉过我,她的意思是——她很幸福……"

安疆的身体如同燃烬了却不肯倒下的香灰,不堪一击而又神圣庄严。她的精神在空中俯瞰着人们,充满了平静与欢愉。现在,一切都过去了。她已经彻底地从人生的苦难和病痛的折磨中走了出来,带着她最后完成的自尊,无憾地走向宇宙的另一端,去领受她应得的那一份幸福和快乐。

无声的眼泪在众人的脸上流淌。什么是幸福呢?在珍爱你懂得你的亲人中间,远行,这就是所有幸福中最永恒的一种。

安疆的后事由木所长和老吴操办,程远青带领大家走出了安疆的家。

冬末春初,白天刮风,到了晚上,风停了。

天空湛蓝,无数闪亮的星星,从邈远的空间俯视着人寰。干休所有个小小的花园,一些石凳围成一个不很规则的圆圈。旁边竖着黄黄的路灯。程远青几天前来看望安疆的时候,就选下了这个地方。大地回暖,有汹涌的热气从地心向上涌动,春天毕竟挡不住地来了。

大家的心情很复杂,谁都不说话。目睹一位亲密组员的死亡,心中荡起的涟漪久久不能平静。

程远青说:"这是我们最后的一次小组活动。我很高兴,安疆参加了这次活动,并给了我们无比宝贵的启示。我现在请大家抬起头来……"

在宝蓝色的天空中,有无数星斗。程远青说:"看到了什么?"

花岚紧紧自己的风衣说:"您是想让我们看到一颗流星,请我们记住这就是安疆给我们留下的财富?"

程远青说:"哦,我没有看到流星。我也不相信'地上消失一个人,天上就消失一颗星'的说法。我只是想让大家看一眼单纯的星空。看到银河了吗?"

大家说:"看到了。"

程远青说:"我可要考考你们了。谁知道太阳系是由多少颗星星组成的?"

应春草说:"这我知道。九大行星,加上太阳。太阳算不算星星呢?"

大家说:"当然要算啦!咱们看太阳很大,其实如果在别的星球上看太阳,也不过是一颗普通的星。"

程远青说:"我喜欢'普通'这个词。太阳系是属于哪里的?"

大家说:"程老师,你不教心理学,改教天体物理了,是吗?"

程远青说:"别打岔啊。知道吗?"

鹿路说:"这谁不知道呢,属于银河系啊。"

程远青说:"大家抬起头来,再看看银河系吧。"

浩瀚的银河系波光粼粼,在春天上升的蜃气中影影绰绰地浮动着,无数星光汇合成无声的波涛,横过九天。璀璨的星光有一种摄人魂魄的魅力。这是一种更浩瀚的生命对另一种短暂生命的浸润,当这种浸润阔大无边的时候,奇迹就要出现了。

大家一时屏气息声,为之怆然。程远青说:"谁知道银河系是由多少颗星星组成的?"

大家你看看我,我看看你。向来程博士在这一连串的问题之后,必有一个令人动容的结论。于是没有太大把握的人,就不敢贸然回答。卜珍琪说:"我记得是两千多亿颗恒星,像地球这样的行星,就不知有多少亿颗了。"

程远青嘉许地说:"对,很对。那我现在再问最后一个问题,在无限膨胀的宇宙中,人类已经发现了多少个规模如同银河系的星系?"

这就更难回答了。静默片刻之后,成慕海说:"我看到过一组数据,记得不太清晰了,好像是说据人类已经观测到的数据,在宇宙中,像银河系这样的星系,简称为河外星系,已经发现了一百亿以上。"

程远青说:"成慕海你不必谦虚,完全正确。是的,一百亿以上的河外星系。这样,大家就可以算一笔账了,我们每个人的生命是如何地渺小和短暂啊。面对浩瀚无穷的宇宙,我们可以做些什么?"

大家抬起头来,久久地凝望星空。

程远青发给每人一张白纸,说:"现在,我们来最后答一次题,题目叫'生命线'。在纸的左面写上你出生的年月,然后让线右延伸,把你一生的大事标注在这条线上,把你一生想做而尚未来得及做的事,也写在这条线上。好吧,开始画吧。"

程远青看着她的组员们俯下身子,以膝代案,忙碌地画起来。她看到组员们的大脑——活动起来,犹如停电过后恢复照明的城市,一盏一盏地亮起了璀璨的街灯。

每个组员,都很认真。在这条曲折的线上,人们都画出了一个显著的顿挫,标明乳腺癌,一如标明自己上学、获奖、恋爱、婚姻、生育的年份,然后,他们沉思着,写下自己对未来岁月的憧憬。

这是一些独特的人。这是一些千疮百孔而又无比复杂的身体,它们比世界上其他很多的身体,都要饱经磨难。有很多奇怪的科学产品注入其中,被打过若干的孔,剔开了若干的缝隙,割裂了若干的口子,缝进了若干的线头。大脑思索的轨迹里程,比起一般人,也要漫长很多。从这个意义上讲,这些大脑和这些身体,都无与伦比的宝贵。

程远青轻轻走动着,一一看过去。在生命线的右侧延长线上,大家标出自己的理想。有人要读博士,有人要当部长,有人要生养孩子,有人要写一部小说……那些线延伸着,没有尽头……

按照惯例,组长是不参加这类具体测试的,但这一次,程远青破例了。她在想象中画了一条笔直的生命线。那上面,浓缩了自己的前半生,失败的婚姻和艰苦卓绝的学习……在线的前方,并不很远的地方,她标出了自己的理想——开办中国的癌症心理研究所。

天蓝似海，树直参天。路灯暖得孤独凄凉，雪地也被渲染成棕色。水凝成雪，走过多么遥远崎岖的路：在酷暑中蒸发，在严寒中凝结；被无数乌云折磨和裹胁，被风暴鞭笞和戏耍。雪花会心一笑，自九天降下，把如玉的花瓣在枯枝上粉碎了，粉末溅落在人们的发丝上。死亡欢欣地协助了生命的诞生。这个过程是如此壮丽，如此波澜壮阔，它漫无边际地涌动过来，淹没了落叶飘浮的残息。

　　雪化了，变成了泪。泪被温暖的风吹干了，雪就变成了春天。